紫玉成烟·血鸟

ZIYU CHENGYAN XUENIAO

清泠 ◎ 著

花山文艺出版社

图书在版编目(CIP)数据

紫玉成烟·血鸟／清泠著．—石家庄：花山文艺
出版社，2006
ISBN 7-80673-766-9

Ⅰ．紫… Ⅱ．清… Ⅲ．长篇小说—中国—当代
Ⅳ．I247.5

中国版本图书馆CIP数据核字(2006)第016662号

紫玉成烟·血鸟

作　者：	清泠	策　划：	张国岚
责任编辑：	李 伟　尹志秀	美术编辑：	美 慧
封面设计：	小 贾	责任校对：	成 仁

出版发行：花山文艺出版社
地　　址：石家庄市友谊北大街330号
邮政编码：050061
网上书店：http://www.hspul.com/ecity
邮购热线：0311—88643242
销售热线：0311—88643227/3228/3229
传　　真：0311—88643225
E-mail：hspul@163.com
印　　刷：三河市三佳印刷装订有限公司
经　　销：全国新华书店
开　　本：710毫米×1000毫米 1/16
字　　数：220千字
印　　张：17.5
版　　次：2006年4月第1版
　　　　　2006年4月第1次印刷
书　　号：ISBN 7-80673-766-9/I·364
定　　价：23.80元

（版权所有 翻印必究·印装有误 负责调换）

目录 CONTENTS

第一章·圣女·001

第二章·狼孩·016

第三章·血婴·030

第四章·连云·042

第五章·流光·056

第六章·脱劫·070

第七章·邂逅·084

第八章·冰雪·094

第九章·往事·111

第十章·家破·122

第十一章·风雨·133

第十二章·剑殇·146

第十三章·哀毁·156

第十四章·梦觉·166

第十五章·魔帝·179

第十六章·地宫·191

第十七章·师徒·209

第十八章·密室·228

第十九章·秘道·246

第二十章·清云·260

CONTENTS 目录

圣女

SHENG NV

月光清冷,一望无垠的雪地在月光底下蔓延开去,清森而空寂。

地面上掠过的风拂起数点落雪,在空中曼舞飞卷了一阵,无声无息地坠回地面,就像是一轴没有声音的画卷。四周安静得恍若死去,仿佛它亘古以来,就没有了生命迹象。

月过中天,空寂如死的雪域忽然有了生命迹象,宛如波浪一般涌动起来。

波浪涌动的幅度不断加大、加剧,仿佛有着一种急遽而激烈的情绪,抑制不住地在地底下翻涌奔腾。终于,千尺雪域从中裂开,蹿出一道焕发灼灼蓝芒的夺目光影。

水波一般荡漾的蓝芒中心,慢慢显现出一个少女身形。光影中的少女保持着一种奇异而妖艳的姿势,张袖抬足,恍若九天流波,低眉信手,拂出繁花朵朵。蓝光晶莹,拂动她衣袂犹如御风而行,被月光照耀得晶莹耀眼的千里霜雪亦遮挡不住她绝世容颜的惊人闪亮。

苍穹之下,隐隐约约有吟唱和鼓韵回转,却是隐隐的欢呼——宛若沉睡于地底千年的闷雷——冒了出来。

"守护圣女,光耀闪族!"

"守护圣女,光耀闪族!"

声音渐渐加大,清晰,以至声震四野,闷雷也变成了一串串响彻天地的惊雷。

蓝光如云雾缭绕,衬着少女冉冉下降,片片流云敛入袖中,泠泠月华映得那晶莹透明的脸庞有些苍白。她缓缓睁开双眼,智慧的光芒,照亮这空濛苍茫的世界。

空无一人的雪域之上,忽然多出一大片白茫茫的人影。不知这些人影是从何时冒出来的,或者,他们根本就一直跪伏于雪地,与之融为一体。而现在,他们向少女不住地膜拜礼敬,远远望去,便如白色海洋里一波波起伏不停的波浪。

少女听得这样的欢呼,却只是嘴角微微一动,似笑非笑的神情,更多却似有着冷然的自嘲及无奈的悲悯。

一白衣人匍匐而上:"恭喜圣女!您是闪族三百年来,第一位破除天、地、人三关的人,同时也是闪族第一位来自异族的守护圣女!"

她眼波微微流动着恍惚的神情。——冒着生,冒着死,千难万险,天、地、人三关,真的被她闯过来了么?将近两年在地宫那暗无天日的岁月终于可告结束了么?

一刹那间,反而有种力竭的颓废。

"你作为异族人进得地宫,除一日三餐有人相送外,不会有任何外力帮助于你。要出去,必须破除天地人九道关卡,如此才能得到闪族认同,成为我们闪族的守护圣女。破不了关,你只能在地宫等死。"

生死又何妨?只是在那遥远的家乡,还有白发苍苍的亲人,睁破泪水哭迷的双眼,日落月升,秋暮冬残,聆听风的讯息传送回家的消息。所以两年来,她学习地宫种种秘籍绝艺,到了废寝忘食、浑然忘我的地步。在那里看不到白天,看不到黑夜,甚至看不到希望,却兀自守着那一点不息的火苗在心间闪耀。

"守护圣女,光耀闪族!"

"守护圣女,光耀闪族!"

执著的欢呼声再次响彻雪原,少女如梦初醒,依稀有淡淡笑意浅萦于眉目之间,嘴角动了动,想说什么,又忍住了。白衣人拜伏道:"圣女请示下。"

少女微笑说:"其实我一路过来,已经忘记了是第几关。"

声音平和而清纯,宛如流水一般缓缓流动,叫人听着微微沉醉。但她这句话实在令人有猝不及防之感,白衣人张大了嘴,半天结结巴巴地道:"但是您出来了,那样的姿势,就是圣女显现。"

"我事前不知闯到哪儿才算破出三关,至于那个动作,只是出来的时候,有一股力量,非得以这一招化解不可。"少女微笑,"那个动作似乎很夸张啊。"

闪族最新一任的守护圣女,子民们虔敬膜拜的神一样的人物,居然记不住从头至尾闯过了多少关,还说那样神圣的动作过于夸张。白衣人不知所措,不知如何回答是好。

"你是闪族三百年以来,破除天、地、人三关的第一人。"

一道低沉幽冷的声音自她身后响起。同样一句话,显然分量大不相同,跪伏于地下的大片白衣人更加虔诚地以头触地,如吟如唱的声音涌起:"圣尊!"

少女转身,亦是跪倒在地:"祖师伯。"

一个白衣人鬼魅一般无声无息站在所有人的面前。罩一件宽松的白袍,更由于所有人都是跪伏着的,衬得他身形高大无比。黑发及腰,脸上戴了一副青铜面具,两道寒芒自黑魆魆的眼孔里射出来。

"祖师伯……嘿!"

铜面人轻轻冷笑了一声:"在你心里,是愿意做暖魂帮的弟子更多些,还是做这个守护圣女更多些呢？只怕两者都是心不甘情不愿的吧！"

少女没有作答，铜面人顿了顿，接着说："三关并非凭武艺可破，闪族历代高手不知凡几，能闯过三关的却寥寥无几。眼下的你论造诣、功力深厚，绝非这三百年中第一人，但若论起机变无双、智谋百出，我若是你的敌人，亦百死有余。"

少女说："祖师伯大恩，弟子无以回报。"

"既破三关，无论你是否愿意，你从此都是闪族的守护圣女，是十万闪族人的希望，你的职责，便是佑护十万子民获得永生的幸福！"来人透过青铜面具冷冷地看着她，"你——做得到吗？"

如此沉甸甸的话，加诸于跪在雪地上这怯弱孤单少女的双肩，似乎显得过于沉重和悲怆。因此她也只是怔怔的，未及时应答。

铜面人要她答应的，是一生的负担。而这个负担终将成为她人生中不可分割的一部分吧？

这个民族千年以来流浪动荡，居无定所。无论是中原的繁华之朝大离，抑或北方游牧为生的农苦，抑或是冰山海域地区的瑞芒，对其都持以敌视的态度。她在地宫壁画上，见到这个民族到处被驱赶，被屠杀，无以生存的悲惨历史，到处是鲜血，才出世的婴儿挑落在枪尖，怀孕的妇女一尸两命被抛荒野，老弱病残纷纷倒在逃亡途中……那阴森恐怖的笔调，血淋淋的场景成为她一回回噩梦惊魂的根由。

直到这个民族由上代圣尊带领，在大离朝极北之地——雪域找到栖身之处。为了躲避朝廷的追查驱赶，他们刻意保持着躲躲闪闪、神神秘秘。在这短短五六十年里，他们休养生息，日复一日造就了比以往任何时间都显得巨大的成就——就比如，那个深邃的庞大地宫，无人能探知其间全部秘密。然而随着居住日久，十万子民栖息的痕迹不可避免地多了起来，谁也不能肯定，再度踏上流亡征程的日子何时轮回。

闪族以圣尊为首，恪守着对大神的独特信仰。守护圣女是他们与天对语的渠道，所以她也是大神放在人间的传语天使。

少女不易察觉地轻叹口气，终于明确地回答："沈岚有生之年，当尽己之力，守护闪族，获得生生世世的平安。"

铜面人蓦地冷笑发作："沈岚?！你不是叫沈慧薇的吗？"

少女说："那是别人起的名字。"

铜面人厉声道："那是你师祖起的名字！"

少女沉默着。

"算了。"铜面人疲惫似的挥挥手，"我才犯不上管你这些个小心眼儿。沈慧薇，我有两件事告诉你。其一，师弟已经写过几封信来，交代你破关而出便可返回中原，你们帮主正急着要用你。"

沈岚——或者是沈慧薇跪在地下的身子抖了一下，目中情不自禁流露出喜色："是。"

这句话在地下跪伏的一大片白衣人听来却有着别种意味，尽管闪族对于圣尊的服从是无条件的，无人异议，但是匍匐在地下的身子皆微有震动。

铜面人看到这点疑惑，道："守护圣女如果留在雪域，将有何作为？回到中原，也是我的意思。"

他转过脸，用一贯漠然的语气说："另一件事，你母亲已故。"

沈慧薇陡然一震，双目睁大，瞳孔中那一点喜气飞一般逝去，她怔怔地望着铜面人，似乎不能理解这句话，喃喃地重复了一遍："我母亲已……故……"

"你来这里不到三个月就发生了，是我不肯让你分心，压下来没说。"

沈慧薇重重咬住下唇，脸色苍白。

铜面人似乎还在说着什么，但她什么也听不见了。周身世界的一切色彩、一切声音都在离她远去，只有穿越过地域和时空的风，呜呜地在耳边吹着。

忍辱偷生，仍然保不住最眷恋的人和事。母亲临终之际，该如何地辗转枕侧，哀号呼唤她这不知生死、不知祸福、不知下落的女儿？

铜面人无情的眼光逼视着她。她瞬间收回迷蒙了双目的泪珠，默然向圣尊行过大礼，向着雪域之外走去。

"回来！"

铜面人一字字、以低得只有她一个人听得见的声音说道："沈慧薇，我知道你恨他，也有恨的理由。——可是，你若胆敢做出背天逆命的事来，纵是天涯海角，我也要取你性命，火殉闪族！"

她木然不答，良久，点头。

"守护圣女，胜利归来！守护圣女，胜利归来！"

听得漫山遍野狂呼欢送的声音，少女却是微微地倒抽一口气，美极了的眼眸慢慢地合上，闭上的眼睛里滚落出无尽泪水。

纷纷扬扬的飞雪在她身后漫天飞卷，很快湮没了千里雪原上一条孑然孤单的影子。

天近黄昏，落日在山谷上方最后歇息的时刻，几颗星辰淡淡映现于东面微暗的深邃天空。贫瘠的大地上，野草微微抖瑟。在风中，一只云雀扑棱着弱小双翅惊起，飞离了栖息的老树枝丫。树下，一堆人围着，一个粗大嗓门从中冒出来："狼具人相哪！大家看狼具人相！"

那是个中年流浪汉，长相粗鲁，光着两个肌肉虬结的膀子，被太阳曝晒得发着黑黝黝的亮光。他抬起身边野狼的一条后腿，给围观的人展示狼臀滑不溜丢的模样，没有尾巴，也不像是被割去的。

这头狼奇怪之处还不仅在此，它并非常见的灰狼或黑狼，它全身长着又软又密的白毛，就像狐狸的皮毛似的，头部的毛最长，一直拖到了地上。后肢长，前肢短，都很细，无力的样子。

它身躯很小，不像成年狼，身形孱弱纤细得让人有一刹那的眼晕，以为只是一个五六岁的小孩。

它垂着头，认命似的受流浪汉摆布。事实上这条狼在他手里已经三个多月了，每天跟着到处流浪，仗着它长相的奇特之处以及表演的若干技巧为生。

围观的人笑了起来。

流浪汉更加起劲，一把揪住小野狼脑袋上奇长的白毛，强迫其抬头："看哪！各位看哪！它长着人脸！它有着一张人的脸！"

五官整齐，相对于人很饱满，相对于狼就未免太扁平了。周围泛起一阵低低惊呼："怎么会这样，它不会是人吧？"

"是人？不对，它是生具人相的狼！"流浪汉咧开大嘴笑着，有一瞬他白森森的牙齿在阳光底下闪着冷冷的光，"别看它小，它可能干了。追逐兔子，撕咬小猴，什么都行。有一回，我亲眼见它撕开狐狸的身子。"

说得这样威风凛凛，那只小野狼却始终无法令人相信它有这种本事，没有人碰它的时候，它就蜷缩成一团，这样看来更小更怯弱。

"真的有这样厉害？叫它表演一下！"

"小样！等着看吧，你们说啥有啥。小崽子，趁各位叔叔伯伯高兴，做些个绝活出来！"

一声吆喝，他举起一把点燃的枯柴，示意小狼从火上跃过去。狼天生怕火，这只小狼尤甚，看着火光身躯轻微发抖，陡然眼睛一闭，前后腿一齐发力跳过去了。

这个动作尚属平常，可它的表情实在有趣，与人无异。人们笑得更欢了，一连看了几个表演，突然，有人说："像人一样的狼，应该学人的动作，叫它站起来走两步！"

"是哟，我看它是人，不是狼。莫不是丢掉的孩童被狼养大的吧？"

这说法换来一阵笑声："哪会有这种事情，狼还会养小娃娃？不过，让它站起来走走看吧。依我说，将来长大点儿说不定能冒充个大姑娘的。"

流浪汉笑道："站起来走？怕不成。这么细的脚杆子。"他踢了踢小狼，"站起来吧，先站起来给各位叔伯爷爷看看。"

小狼哆嗦了一下，它在捕食野兽的时候也像人一样站立过，专门这样做，却从未尝试。汉子一带,它前爪搭在他胳膊上,颤巍巍站起来了。

"要走!要走!放开让它自个儿走!"

脱离了汉子支撑的小狼叭的一声跌了下去,汉子赔笑道:"实在对不住,这没给它练过,临时做起来不容易……"

"不是讲说啥有啥吗?原来做不到。"人群发出讥笑之声,"做不到就别吹。"

汗从那个流浪汉额上一点点滴下来。他喝道:"畜生!给你吃饱喝足不想干事么?站起来!快,站起来!"

小野狼独力站起,纤瘦的后肢顶不住沉重的身躯,猛地又趴下了。

笑声加剧。有人威胁说:"走走,没啥意思!咱不看了!"

汉子脸露狰狞,吼叫:"站不站!"操起地上一条皮鞭子,一鞭挥下。小野狼发出凄厉惨叫,逃开几步,汉子追上去:"我养你,喂饱你,他奶奶的,不给我挣钱还敢跑!"鞭子如雨一般落在它头上、身上,雪白的毛里顿时渗出丝丝缕缕的鲜血。

小野狼终于站起来了,趔趄走两步,又摔倒。这换来更多的嘲笑,汉子觉得蒙了羞耻,还可能影响生意,更加暴跳如雷。一鞭子抽在头部,小狼浑身一抖,昂首长嘶!汉子陡然从它眼中看到绿油油的杀气,大惊,但来不及了。小狼如电般扑过,把他压在身下。它还不及他三分之一的体格,却把他压着死死的不能动弹,爪锋牙利,顷刻间连撕带咬地咬下半个头颅。

周围人惊叫着四散逃开,小狼躬起身子,又扑倒一人,瞬间那人腔内鲜血涌出。

野狼如此幼小,围观者却不乏身大力粗之人,只要稍稍合力就能制伏这头凶性大发的野兽,却没有人想到这样做。他们奔逃的速度远远比不上险崖危道上纵跃如飞的狼,顷刻之间已有四五人死于狼吻。

鲜血流满一地。小野狼摇晃着没有尾巴的臀部,满足而嗜血地低鸣。陡然之间,它几乎是凭着本能向右跳起逃开,淡蓝的电光,犹如微微荡漾的水波,轻啸而来。

蓝衣少年犹如天边乍现的一抹微云,但清俊容色里含着雷霆震怒,毫不犹豫地再一剑刺来。

小狼这一下无论如何也躲避不开,悲愤莫名,暮地仰起头来,向天呼号!其声凄厉,直冲九霄,就连山头低垂的云,也止不住微微震颤。

剑光已经刺到它的咽喉,像被定身法止住了似的凝固不动,伴随着轻轻倒抽的一口冷气:"你……是人!"

是人!

尽管浑身上下都长着又粗又厚的白毛,可是那双眼睛,乌溜溜的宛如珠宝中最璀璨的黑色宝石,高昂的头颅,风呼啸着吹开它粗长的脸毛,现出人的五官,鼻梁端正,唇薄有形。五官非但是人的长相,甚至,那是一张颇为俊美秀气的面庞。

少年这一剑，无论如何刺不下去了，一连倒退好几步，重复地说："你是人！"

是人，恐怕还是个未成年的小孩。这是一个狼孩。乡间愚民，没有办法想像这个世界有一种甫一出生即被抛弃在深山荒岭中的婴儿，遇上因为种种原因失去小狼的母狼，从而把它当成孩子养起来。狼孩从睁开第一眼看世界，就认识的是必须用四肢攀缘奔逐的崇山峻岭，是弱肉强食以力生存的原始苍莽，连本体初有的人性也几乎消失殆尽。

狼孩一扭头，露出狰狞的笑容，趁着少年止剑不发的刹那，流星般跃起，张牙舞爪地直冲向他。少年下意识向左一闪，狼孩从他身边扑空，呈弧线式跌下地来，浑身痉挛不息，趴在地下再也爬不起，又黑又亮的眼眸愤恨而又害怕地盯着眼前这个随时能够置它于死地的少年。

少年目光在它身上和四周来回扫视，见到地上那些支离破碎的尸身，那些人还保持着死去时奔逃无路、惊恐万状的表情，起初的愤慨重又回到心间，咬牙道："你伤了这许多无辜之人，终留你不得！"

狼孩似乎明白根本躲不开眼前这个人，干脆一动不动，大口大口喘着气，雪白的牙缝里犹有咬噬的人血淅沥洒下。它张大眼睛注视着剑光如电而来，两颗黑宝石镶嵌的眼睛里，流露出除愤恨以外的别种情绪，居然是——留恋！对于生的留恋，对于死的伤悲，对于迎接它的出生、而拒绝它的到来的人生的绝望！大颗大颗的泪珠从黝黑的深处涌出，亮晶晶的，滚出眼眶。

"啊……"少年低低叫了一声，伤人的"恶狼"居然是个人，并且还有深刻的人的性情，怎能漠视！怎能忽略！

剑尖无力地垂下。

狼孩仍在流泪，眼里的光芒却逐渐在涣散了。它受尽折磨、毒打，奋起发威已经超出了最大的潜力，其实就算少年不发剑取它性命，它也支持不了多久了。

它昏了过去。

少年慢慢地走近，俯身抚摸它的皮毛，见到那伤痕斑斑，惨不忍睹。

狼孩动了动。

"小妹妹。"

坐在窗边的蓝衣少年闻声侧过脸来。即将西沉的暮霭尽力挥洒最后一片金黄，勾勒出他柔美的面部线条。

狼孩困惑地眨着眼睛，蓦地撑起四肢在床上竖起来，摇晃屁股，示威似的向他低吼。

然而前膝一阵剧痛，它呜呜地叫了两声，忍不住龇牙咧嘴地把前肢抬起。

少年微笑："骨折了还这么凶，真是少见。乖乖躺着罢。我给你上了药。"

狼孩歪过脑袋看他，似乎在琢磨对方下一步的用意。它所碰到过的人，不是取笑它，视之为玩物，就是怕它，对之严防戒备，从未有过这样对它盈盈笑语的人。它四肢不安地在床褥上磨蹭，只觉在那些布条棉芯上怎么移动怎么不利索，噗的一声跃至床下。

少年唇边的笑意不见了。它明明是个人，但它需要的是一个山洞，一块石头，一把稻草已经是奢侈之物。它不要人所应该具备的最起码的东西。

他目光悲悯，有一种真真实实的情感在眼中流动。狼孩盯了他很久，忽地竖起前爪（或者应该说是手），在地面上画了一个图形，一个人扬鞭打在一头小狼身上，小狼无助地趴在地上，两爪护住头部，周围是许多大笑张开的嘴。线条虽然简单，却很传神。

少年看着，眼眶里渐渐涌起泪光。

无法准确推断它真实的年龄，总在十一二岁到十四五岁之间，由于长年以畸形姿态走路，骨骼发育不完整，比这个年龄的孩子矮小，但其强韧有力却远非同龄女孩可以相比。它身上有股奇怪的混合气质，仿佛很是深沉，历尽人世沧桑之苦，又仿佛无比幼稚，直白的眼神可以窥知它内心所有想法。

"小妹妹——"少年轻轻呼唤，语音轻柔，"以后没有人欺侮你了。一生一世，都不会有人欺侮你了。"

这自然是返回中原途中的沈慧薇，为行路方便，她换上男装。

母亲去世的消息，蓦然间让一切的努力都失去了意义。归心似箭的念头也静凉下来，那边有她惧怕不已的东西。但是帮主急召，而且除了母亲以外，还有未成年的小妹在家苦苦盼望。这两件事总算给她恢复了一些活力，给予她归去的勇气。

偶然救下的这个狼孩，激发了她所有的爱心。也许是把对亲人的牵挂、眷恋，都不知不觉地转嫁到这小狼人身上了。

她放缓了赶路速度，以便能悉心照料狼孩的伤势。闪族是个流浪的民族，流浪必定多难，与此相应，族中所备的伤药都是最好的，她以此为狼孩涂抹疗伤。狼孩的身体从来没有受到过药物呵护，一经用药，见效奇快，三四天就已经伤势痊愈。

沈慧薇施行第二个步骤。她放了一大盆水，安排它洗浴。狼孩不习惯，冲着她又吼又叫，凶之不成，便摇头撒娇，沈慧薇笑了起来，到底拖它下水，彻彻底底洗了个澡。

她在水里放了去毛去死皮的药物。这天夜里，她被狼孩的凄声呼号弄醒了。狼孩身上的毛大片大片脱下来。它极度惶惑，不论沈慧薇如何解释安慰都没有用，拼命用自己的爪子抓向身体，沈慧薇只得点了它的晕睡穴使其安眠。

如此两三遍，有一天沈慧薇为它穿上女孩子浅绿的春装，是她自己的衣服，连日来手工改小。

沈慧薇抱着它到水边照影,露出的是脱胎换骨以后的形貌。

凶猛的小狼人有着一张秀气温文的瓜子脸庞,眼睛里流淌着两汪汨汨清泉,鼻梁秀巧,唇如樱花;雪白的头发——特意替她保留了下来——发丝较粗,整体略显沉滞,像是刀刻出来挂在头上的装饰品;她的肌肤,因从前全身的白毛遮蔽而未被阳光晒伤,呈小麦色的健康肤色,只是肤质干裂粗糙,是她不能改变的过往的痕迹。

不动的时候,她有一种沉静的忧郁,就像盛开在山野之中的木棘花,带着憔悴的美丽。

只不过为她穿上多么整洁美丽的衣饰,都似乎有些不值,不到半个时辰,就被她又撕又咬弄得粉碎。沈慧薇每次笑着呵斥她两句,见到她那既委屈又无知的眼神,就不多说了。

于是教她走路。这遇到了所料未及的阻力。狼孩激烈反对,她双腿是弯曲的,根本无法直立,身体习惯性前趋,而且这使她想起了凶性大发之前的主人,正是因这一点而遭遇毒打差点致死。

沈慧薇态度温柔但坚决不退让,她们一面上路,一面每天必定要求她"像人一样"走两个时辰。狼孩忍受不了,两个时辰简直是魔鬼般的磨难,每到此时恨不得生生撕裂面前那个救她、照顾她、爱护她,然而又如此铁面无情的蓝衣少年。说是两个时辰,她真正在走路的时候一盏茶时间也不到,大多数情况两人厮打在一起。沈慧薇不忍心对她下重手禁制,往往被她撕咬得袖子碎裂,血痕无数。

狼孩会在事后觉得后悔,用手爪轻轻揉沈慧薇的伤口,但第二天故态复萌。

除了走路,狼孩其他方面都学得很快,已可以听懂沈慧薇一些简单常用的话,甚至学着她做出一些稀奇古怪的动作表情来,沈慧薇心间虽是愁绪沉沉,也时时被她逗得大笑。

她们从漠北绝塞一路行来,渐渐的空气中掠过的风变得温暖而湿润,青山绿水多了起来,人迹多了起来,路途经过的大型市镇也多了起来。

沈慧薇雇到一辆马车,把狼孩安置其中,如此她可以不必在那搏斗的两个时辰以外,还不得不抱着她行走。见路边的酒楼挑起大幅酒旗,她想了想,探头入帷。

"你若是答应像人一样坐着吃饭,我就带你去吃一顿好吃的。"

自从沈慧薇开始教狼孩做"人"以来,她学得最快最精的就是吃了。在此之前,她没有吃过任何熟食,从前的主人偶然会给她一些残羹冷炙或粗粮,那些东西她觉得比她捕来的新鲜动物难吃多了。和沈慧薇在一起,其实吃得也十分简单,头一次沈慧薇仅是下了一碗面条,喂她吃过以后,发了疯似的索取不休。——此后沈慧薇发现这小家伙居然是个美食家,对于食物越来越挑剔,口味越来越高,她所会的那两下子简直不足敷用。

所以听见这个提议,狼孩眼中闪过一道惊喜的光芒。——只不过,人家是有条件的。——她恨恨地咂了咂嘴,不依不饶地扭动。

沈慧薇失笑,补充说:"你可以不必自己动手吃,我来喂你。但若是你连坐着吃都做不到,可没法子啦。"

狼孩瞪了她良久,忽然耸了耸肩膀,摊开两只手,那意思是:你都这样威胁我了,我还有什么话好说?

沈慧薇大笑,从赶车的位子上跃入马车,替她穿上衣衫。——她在无人处,是打死不肯穿衣服的。

她抱着狼孩向那酒楼走去。

沈慧薇仍着男装,霞帔缓缓而来恍若仙境中人。店门口伙计眼睛一亮,急忙上前恭迎,一面扬着脖子向楼上叫:"雅座,两位——"

狼孩从未见过这种气势,被他猛然亮的一嗓吓了一跳。沈慧薇含笑拍拍她的背。

她挑了一个临窗的座位,篷窗以下,可以看到临街人流来来往往,主要是让狼孩见识见识,及早熟悉这热闹不堪的繁华嚣尘。

狼孩可顾不上这么多。看着流水般搬上桌面的干果点心,已是馋涎欲滴,低低欢呼了一声,就要跃上席面。

她跳不上去,沈慧薇似笑非笑地扭住她的耳朵:"小坏蛋。"

"呜呜——"狼孩表示抗议。

沈慧薇往她嘴里送了一枚蜜果,低声笑道:"小猴儿,这还塞不满你的嘴?"

这是制成蜜饯以后的干果,风味与一般水果自然不同。狼孩又惊又喜,几口吞下,目光却一直也未曾离开过其他果点,只恨沈慧薇喂得太慢。

送菜的小二暗自惊奇,在心里大叫可惜。这么可爱的小姑娘,怎么会又残又哑又傻呢?——那蓝衣少年,是她哥哥吧?看来,这智障女孩毕竟福气不错呢。

沈慧薇喂得手足俱软,实在应付不了她的大胃口,招呼菜式速速上齐,将雅座两扇活动门一闩,低笑道:"小丫头,上去吃吧。——喂,太烫的慢点吃!"

已然迟了,狼孩摇头吐舌地向她挥拳,一身衣衫已是汤汁淋漓。可这么着,她还不肯跳下桌面去。

沈慧薇看她吃,泪光又慢慢袭上了眼眶。

总是有种揪心的东西在拉扯着心房。

仿佛她那暗无天日、被深埋、封存的两年,过的也是同狼孩一样为整个人世所弃的日子。

她这样喜欢她,是为了她原是和她有互怜之处么?

她的境况,也未必见得比狼孩好得太多呀……

"玩物,玩物,你是我的玩物!啊哈哈哈!"

凶暴的声音如在耳边,她满心痛楚一点点碎裂开来。沈慧薇慢慢伏下了身子,抚着脸庞。

有人在摇她的手。

一抬头,狼孩努力地站在那儿,眼里是忧郁的光。

沈慧薇酸楚而欣慰地一笑,摸摸她的小脑袋。

集市刚巧有庙会。吃完了出来,沈慧薇便抱着狼孩随处走走。

狼孩在拥挤的人群里非常害怕,在沈慧薇怀中,吃饭时的快乐悄然飞逝。

"别怕,别怕。"沈慧薇安慰她,"世上绝大多数是好人。你看惯了,就不会怕了。"

陆续买了好些个玩意儿,竹编的花鸟,冰篆的风铃等,有一个会活动的木偶,稍稍碰一下,手足四肢一起舞动起来。狼孩看沈慧薇摆弄了一阵,透出一点点头来,沈慧薇给她,她犹豫了一下,禁不住这绝大诱惑,终于忘记了害怕和顾忌,伸手玩了起来,眉眼里是满意的神色。

走过一个摊,忽听有人叫:"这位相公,不看个相么?"

沈慧薇回头,见一青衣秀士,清朗出尘,手里拿了把拂尘,勉强大概算是个道士,左边张着一顶旗帜:"仙人指路。"她微微一笑,道:"不用。"

道人盯着她,微笑说:"相逢即是缘,何必躲开呢?"

他周围明明有着许多人,一概不理会,却只顾拦住她厮缠,沈慧薇也感到些微惊奇,想了想,还是说:"多承好意,不用了。"

道人一指她怀中的小狼人,而她因为沈慧薇和别人讲话,早吓得藏起了头。道人笑道:"那就为'它'抽支签吧。"

那个"它"字音极重,拖得也分外长,仿佛别有所指。沈慧薇不免一惊,见道人已将签盒子送过来,便随手抽了一根。道士接过来,随口念:"山中荆璞谁知玉,海底骊龙不见珠。"

沈慧薇问道:"这是什么意思?"她目光锐利,已然看见是一支下下签,心里陡地一沉。

"就是说,她从哪里来,还是要回哪儿去的。"

沈慧薇退了一步,怒视这无故纠缠的道人:"不会。我不让她再回去了,我会照看好她。"

道人笑眯眯看了她一眼:"这个小东西,收之放之都未必有益,为什么要收养?莫非——同病相怜?"

沈慧薇脸色一白。这句话就像一道闪电,准确而猛烈地直切肺腑,骤然间,剧痛难当:"你是谁?!"

道人眼睛里闪着比阳光还要刺眼的东西,那神情若欣喜又若悲悯,不可捉摸:"这位——公子,你有着在下平生所见独一无二的面相。命中荣宠非凡,贵不可言,只不过:欲乘风归去,又恐琼楼玉宇,高处不胜寒。"

沈慧薇忍无可忍,大声叫:"够了!不要再说了!"

她匆匆逃开,心里一晃一晃的,连头顶的阳光也是一阵阵恍惚。怀里不断颤动,狼孩从未听过她高声说一句话,吓得发抖。沈慧薇定了定神,负气似的在她耳边轻轻说:"不要怕……我会照顾你,一直照顾你,我会让你做人的。"

她没有看见,看相的道人追随她匆匆离去的复杂莫测的目光,也没有听见,超凡脱俗的青衣秀士从胸腔里透出的一声深沉叹息。

在旁边服侍的一个垂髫小童,满脸精灵,只有八九岁光景,见状问道:"先生,那个人的面相真有这么独特?"

青衣秀士眼珠子一瞪,原本再肃穆不过的神情突显几分滑稽:"你当我是卖狗皮膏药说话不用负责任的走方郎中?我的话,哪里有假!"

小童不服气地说:"先生既然又是摇头又是叹气的,那何不为人家排解一番呢?"

青衣秀士弯起食指,咚的一记敲在小童额上:"笨蛋,跟了我几年,连'天命不可违'这句话都没听过吗?比如你这小子,今天和我在一起,明天也不知有没有这个缘分。赶明儿哪,说不定倒是同那人有缘为师徒呢……"他摇头晃脑说着,蓦然见到摊上围了越来越多的人,赶紧又嚷嚷,"任务都已完成,不趁早收摊开溜,你要等到几时?"

小童依命收拾,显然是没有注意相面人的最后一句话,只是嘀咕道:"天命,又是天命,先生博古通今,却偏偏总是安于什么天命……哎哟!"

青衣秀士再度在他额上敲了一记,说:"还在叨咕什么?快走!快走!"

这一对师徒叽叽咕咕,却又旁若无人地挤开了人群,消失在庙会人流里……

沈慧薇在一个代小儿取名的摊前驻足。

"为这小姑娘求名啊?"乡下一生没名字的小姑娘并不罕见,只是沈慧薇的雍容气度令人无法轻视,"这么大没起名字,定然是太过宝贝耽误了吧。请问贵姓?"

沈慧薇从姓氏堆里拈了一块生肖牌,说:"崔。"

"公子想起什么样的名儿呢?"

沈慧薇低头笑道:"妹妹,你自己抓一个好么?就一个。"

摊子上放了成千上万的名字牌,狼孩受到鼓励,伸手出来抓了一个。

"艺雪。哎呀,好名字,瞧这小姑娘,不正是个冰雪可爱的宝贝吗?"

沈慧薇微微笑了笑,取了一个透明的琉璃葫芦,拇指大小,是一件挂饰,叫摊主把这名字写在里面,这原是起名摊儿的拿手本事。细细写了,用红丝绳将之穿起。

葫芦里用反笔写了"崔艺雪"三个字,从正面来看,笔画周正,清清楚楚。沈慧薇戴到狼孩的脖颈之中,微笑着道:"小妹妹,今后你有名字了。崔艺雪,雪儿。"有了名字,她才更像是一个人。

雪儿不明所以,呆呆地看着她。

当晚两人在野外找了个地方安歇。沈慧薇自从被那道人说了一番话之后,一直心神恍惚。有时想起道人说雪儿的话,她从哪儿来,仍将回到哪儿去;有时又想着说她自己的那句:只恐高处不胜寒。——这究竟是什么意思呢?她已经低微得不能再低,一生一世也不能改变,何来"高处不胜寒"之说?难道竟是指她"守护圣女"之说,且不说这是个被驱赶民族的违例身份,就算这个身份可以公开,也还是场羞辱,又有什么可值得炫耀的?

辗转反侧了好一阵,才倦极而睡。

雪儿翻了个身……终于可以趴着睡了,多舒服啊……睁着乌亮的眼珠子,看着月光下睡着的人。

雪儿不懂得分辨男女,沈慧薇明明是男装,却教她喊"沈姐姐",她没学会怎么叫,可心里,却认得了这位"沈姐姐"。

沈姐姐平素是极从容、极爱笑的,每每被她一些笨拙的言行弄得笑不可抑,眉间明朗得无一丝阴翳。但此刻月下看来,她是那样忧郁,那种悲伤流露得如此明显——就连她也觉得出。

沈姐姐不快乐。

雪儿摸了摸胸口那只葫芦,忽然叹了口气。

沈慧薇极警醒,立即醒来,盯着她看了半天,不敢置信:"小家伙,刚刚是你在叹气?"

雪儿呜呜叫了两声。沈慧薇笑了:"想来我是做梦了,你应该还没有学会这些情感的。"

不过这样一来,她也睡不着了,索性起来,抱雪儿在膝,指着星空一一地给她认:"那是紫薇星,那是天狼星,弧矢星,还有北斗七星……"

她微笑的嘴角渐渐勾出一抹恍惚的笑意,轻轻地说:"雪儿,我有一个妹妹,她和你差不多大。小时候,我也这样抱着她,凉风轻轻拂动身上的衣服,好像就要飞上天去了……"

雪儿不答,沈慧薇也不指望她回答,低头看雪儿,恬静的小脸安静而平和,原是睡着了。

归程屈指可数。沈慧薇带着雪儿,心下一日沉似一日。

她要去的那个地方，每每想起，悚然而惊。连自己都害怕的地方，怎么能够让雪儿去呢？

最好是把她暂时寄放在一处。

但雪儿除了对她以外，对其他任何人，仍然有着戒生防备心理，只怕稍一有失，雪儿兽性发作，回到原先的状态不说，也许还要伤人。

她思量再三，只得一天天开始告诉她："雪儿，姐姐属于一个帮派。——你不懂什么是帮派，没有关系。我的意思是说，姐姐要去一个地方，但去那儿不能带着你，所以我们要分离一段时间。"

看着雪儿茫然的样子，她补充道："就是说，会有一段时间，你看不见我了。"

蒙起她的眼睛："看不见，就是这样。"

雪儿有些恍然，全身一抖。沈慧薇微笑道："别担心，我很快会回来接你的。你记得我和你讲过有一个妹妹，等我处理完一些事，我来带你回家和我妹妹做伴。"

她主意既决，便着手进行。先是找个稳妥的地方，必须远离人家，然而，也需得没什么野兽才行。一路留心，让她找到一个废弃了的小村庄，有道浅浅河流经过村子边上，无人居住，看上去像是多年前遭遇过一场瘟疫。中原繁华之地能找到这么一个地方，算是意外收获。

这儿已经离沈慧薇所要前往的期颐不远，无暇寻找是否有更合适之处了，安顿雪儿住下。虽是破败不堪，好在雪儿不会挑拣住处。初春气候，食物不太会变质，沈慧薇为她备足干粮糕饼，限制着食量，尽够吃一个月的。

临去时千叮咛万嘱咐，嘱她不许离开了所处的这个地方，不许主动和人打交道，也不许再伤生。

"等我回来。雪儿，你要乖乖的，等我回来。"

她决然转身，不再回顾。

狼孩
LANG HAI

清脆的马蹄踏碎寒霜，数乘飞骑卷起二月间清新的冷气，朝阳初起的万道光芒，在乳白色晨雾内流水般闪耀。头顶，一只大鸟振开双翼，无声滑过。

他们所经过之处，看来是一个冷清清的村庄，破败不堪的冷落模样，可能是荒弃已久，无人居住。清晨，乡间静好如画。

蓦然，一阵尖厉的嘶吼，穿破晨雾，穿破晴空，穿破这静谧的所有——奔驰的飞马、安静的空气和莫测的人心。

马上之人面面相觑，双骑趋前，两马退后，把居中一人团团围住，一副如临大敌的神态。

那仿佛是一阵伤心至极的嚎叫，其中透着哀伤和绝望之意，说是人声，其实倒更像狼嗥才对。

但，眼下他们所经过的这个地方，离大路官道已经不远，不过二十余里，就有人口繁密的市镇出现，在这种地方，又怎么可能会有那种只在深山老林里才会出没的生物呢？

然而在那一声以后，纵然马上之人默不作声，如临大敌地等待，也再没有第二声类似的嚎叫。四下里恢复如初。——如果他们是天色漆黑之时行走在更为荒僻的路上，多半会以为那不过是因精神紧张而产生的幻听。

居中的马上坐着一个雍容华贵的美妇，四十左右年纪，尽管受到周围四人严密的保护，她却是其中最为冷静、声容不变的一人。一双风情万种的美目缓缓扫视，扬手招了招，头顶大鸟领会她的意思，立即展翅飞去，在半空里巡视了一圈，又飞了回来，飞翼急抖三下，指着前方。

那美妇微微笑起来："哦？这么看来真有什么奇怪的事了？"

一行五骑顺着大鸟指点的方向飞驰了过去，不过片刻，只见一棵粗大然而已经枯死的老榕树下，隐约像是坐着一个人。众人奔近前去，不由得微感失望，原来那是一个几乎赤身裸体的小乞儿，正把头垂在双肩以下，厚厚一层覆于其上的雪白头发微微颤动,似乎在哭。

美妇皱眉道:"就是她?你没找错吧?"

那大鸟昂首向空,颇为冷峻地鸣叫一声,仿佛抒发不满。美妇微笑向手下解释:"这扁毛畜生,它说周围只有这一个活物。"

四个黑衣人发出低低质疑:"……可是刚才明明是狼嚎,不像人声。"

美妇眉头微微一皱,没来得及开口,老树下那条怯弱纤细的人影忽然抬起头来。

她战战兢兢,小心翼翼,黑宝石般闪亮的眼睛因为泪水显得尤其璀璨。然而这个乞儿全身上下最出色的地方也只有这一双眼睛,幽幻离合,深邃得宛如千年古井。

她穿着一件千疮百孔的衣服——倘若那几条颤颤巍巍挂在身上随时都有抖落可能的布片,也能叫衣服的话——肤色一块深一块浅地交杂着,斑驳难看,看不清哪一块是为泥尘所污,哪里是她裸露在外的肌肤。雪白色头发垂直纷披在脸颊两侧,宛如石雕的发丝。十指纤长,却显得枯瘦有力,上臂和大腿部分明显要比小臂和小脚部分短而且粗壮,这是经常用力造成的结果。

那是雪儿。

沈慧薇离开后,雪儿一个人的日子,安静枯燥得好似石上的刻痕。起初,她听话地守在沈慧薇叮嘱她好好呆着的一间石屋里,慢慢的就不安分了。

她的人性还未曾全部复苏,仍具备着动物天生的善忘与无情,前一个主人在她心里留下的淡漠印象,仿佛已经是几百年前的事了。可是对沈姐姐的牵挂,一天见不到,仿佛煎熬了几百年。

沈姐姐为什么要离开她呢,临走的时候,为什么不肯回头望她一眼……是不是沈姐姐嫌她麻烦了,不要她了啊?

她忍不住顺着沈姐姐离开的方向跑,每天跑远一点点,一直来到大道。有人。她不敢再往前走,躲在树下翘首巴望。

粮食方面也出了问题。沈慧薇只留了干粮及腌腊等放得时间较长的食物,并交代她每天的食量。但雪儿善忘,即使最亲近的人的叮嘱也记不住,有东西就尽情吃,不过十天,所有可吃的都吃完了。

于是她自行觅食,免不了扑扑捕捕。她一天比一天离开所住的地方远。

终于在这一个凌晨(她习惯于夜晚捕食),她不认得回去的路了!在白费力气的奔突寻找后,她终于认识了这样一个严酷事实,凄惨地叫了一声,随后便呆呆地抱坐在地上,脑海里一片空白,眼眶里滚下一串泪珠。

找不到了,真的是断了和沈姐姐的联系。

低回无声的哭泣在空气里微微抖动,云气迷蒙,日光惨淡,似乎在黯然着她与这世间的又一场离别。她哭得那样伤心,甚至没有听到在极遥远处就能听出来的快马奔驰的声音。

直至雪亮的眼神落在身上,抬头发现这一群令她悚然而惊的黑衣人。

她当然不懂得,居中马上的女子,简单的一举手,一投足,一句话,乃至一个笑容一个眼神,都会带来使整个武林为之变色的风雨。

江湖首盟徐夫人,这时望向雪儿的目光是探究而意味深长的。

其手下为雪儿奇异的模样而迷惑,低声交语:"白头发,莫不是从瑞芒流窜过来?"位于大离西侧的另一国家瑞芒,向以银发浅眸为特点,而这个女孩只是白发,但除此以外无法揣测这女孩的奇形怪貌出自何处。

徐夫人缓缓摇头:"不像。"一时沉吟着,未曾决定把这奇怪的小乞儿如何是好。她出来是另有正事,似乎没有必要浪费精力和时间去研究这么一个流浪儿的来路。

雪儿听不懂他们在说什么,但这些突如其来的人显然并不持友好态度,甚至隐隐有种危险性潜伏其中,她开始有了戒惧之意,微微躬起身子掉头想跑。——虽然撕碎过人,但雪儿心下最畏惧的,还是以前主人手底的皮鞭与木棍。

头顶一片阴云当头罩下,是那只大鸟伸出铁爪抓了下来。雪儿大惊,猛地蹿了出去,徐夫人犀利的眼光追随她出逃的姿势,居然是双手双足一起着地,她眼睛里有种莫测的光彩一闪而过:"宝贝儿,别伤它!把它带回去。"

雪儿逃得更快,然而不等逃出两三步,大鸟如影随形地跟了上来,在地面奔逃的雪儿好似困在笼中的小兔,蹦跶着逃不出它铁骨钢爪的范围,肩膀一痛,竟被横空拎起!

雪儿尖叫,后肢反踢到大鸟胸腹,临危一脚,力量奇大无比,那大鸟吸气收腹,陡然整个胸腔一切为二,从中探出一张雪白的瓜子脸,鲜艳红唇在阳光下闪了闪,雪儿一声惨叫,双腿无力垂下,鲜血直淋。

徐夫人蹙眉叫道:"行了,放下来吧!"

那大鸟似不大情愿,低低鸣叫,终于盘旋到人群上方,铁爪一松,雪儿流星般直坠下来。

雪儿在空中感到获得自由,不假思索便是一爪,正仰首接她的那黑衣人出其不意,差点被抓着,爪风划过的手臂热辣辣地疼。

"好家伙,凶着哪!"

黑衣人顺手点了雪儿的穴道,又用绳索将她双手双足反捆起来。雪儿一声不哼地晕了过去——她从学会走路,就是四肢俯趴,此刻的捆绑完全是朝着一百八十度的角度反绑,如何禁受得住,身体里每一块骨头,每一块肌肉,都天翻地覆。只一会儿,又痛醒了过来,被点住穴道的身体不住发抖,大汗淋漓而下。

所有这些异常,都无人注意,一只长大布袋罩住她整个的身体。把她捆起来原是为使她更易于如货物似的携带。

雪儿伏在马背上,痛了又醒,醒了又痛。她的韧劲本就远远超出常人,而她本有的人的特性又使她具备了一般猛兽也无法具备的适应力,那种生不如死的折磨加诸于身,偏偏始终无法令她长久地失去知觉。也幸亏沈慧薇一直坚持让她学习直立行走,稍稍纠正了一点她骨骼生长的方向,否则非得全部折断不可。

她不清楚这种折磨持续了多久。

事实上,她丝毫感觉不出她被封住的穴道早已因时间漫长而慢慢解开。现在,只是那四肢反捆的撕裂般的剧痛形成的麻痹禁锢了她。

终于,颠簸奔驰的马匹停了下来。

叭的一声,她被扔在地上,随之一句冷落无情的话:"抬去洗洗,清理清理。"

雪儿情不自禁地哆嗦了一下,虽不是很明白是什么意思,但却是隐隐有种冰冷的杀气,在这句话里头流动,让她想起了以前看见过类似野兔山鸡那样的野畜被抓住后,反吊在木架上火烤的情形。

……我也要这样了吗?我也要死了吗?

她不能多想,又一阵剧痛阻止了她有限的思考。绳索被解开了,手足得到舒展。这一刹那,她的痛楚尤胜于被捆上时,她猝然间昏迷了过去。

她泡在温水里苏醒过来。

捉住她的人,脱去了这小姑娘身上残缺挂着的几片衣角,替她洁净全身。

莫名其妙地抓一个未成年的小姑娘回来,这种事情在任何家庭,都会是惊天动地的大事。然而对于江湖首盟而言,根本无足轻重。下人们甚至常常会照着徐夫人的吩咐去带一些类似的孩子回来,回来以后,也是一般地清洗处理一下,呈献上去。当然,呈献上去派什么用,这些只管清洗的粗使下人是不可能知道的。

因此,眼前这个人,由徐夫人出外时亲自带回,也是由她亲自关照"清理清理",两个女人干起活来便尤为起劲了,大力刷洗着雪儿的身体,一面发出惊叹:"这个小丫头的身体,真奇怪啊,怎么会那样粗糙?"

"是哦,你看她毛孔里,还有粗粗的毛在长出来的样子。"雪儿长期生活在深山峻岭之中,生长体毛已经成为其适应天时变化和周遭环境的一种自发能力,沈慧薇替她去过一次,然而这是远远不够的。

一个女子轻蔑地拍着她的身体,抓抓她的头发:"看她的头发,是个外国人。外国蛮子,和野兽没啥区别。"

她们忙于为雪儿清洗,同时也忙着议论,却未注意到,雪儿的眼睛,慢慢睁开一条细长的缝,里面有危险的光一闪而没。

温热的水迅速恢复了她的体能,活络了她的四肢。血液缓缓地在她体内循环流动着,她觉得自己恢复得差不多了。

另一种感觉迫不及待地产生。那就是饥饿。

在沈慧薇留给她的干粮吃完以后,她一直是处于饥一顿饱一顿的状态,给几名黑衣人抓住以后,更是没有吃过任何东西。她眯起眼睛瞧着那个忙活而粗鲁的女人,忍不住舔了舔嘴唇。

这个动作让女人发现了:"小叫花子醒了。"

雪儿舒展一下隐隐胀痛的骨骼,慢慢爬起来,四肢着地。她危险地歪过脑袋,对着两个女人微微一笑。

两个粗使女人一呆,觉得刚刚被她们嘲笑咒骂的小东西、小叫花子,身上有种说不出的诡异之感,露齿而笑的时候,仿佛同时把血红的舌头也往外伸了伸。

雪儿已经躬身向其中一个扑了过去,只一下,就把那女子扑到身下,牙齿狠狠咬下去,鲜血噗的一声溅了她满头满脸。她如饥似渴地狂啜两口,情知还留下一个很是不妥,又摇晃着扑过来。

另外那个女人早已呆了,看到雪儿一双血红的眼睛,才如梦初醒,骇然尖叫:"鬼!吸血——"

最后一个"鬼"字没有出口,雪儿早将她扑于地下,她手足抽搐了一阵,终于废然。这两个女人论体格比雪儿大了两倍,平常也是做粗使活的人,有着一身蛮力,竟无法在爪下挣扎。

雪儿喝足了血,满意地抬头,这是多少日子以来饱餐的一顿,她已经忘记曾经尝过的任何美食的滋味,只觉哪一次都无法与眼下填饱她肚子的这一顿的美味相比。

她不再看地下狼藉一片的尸体和鲜血,轻轻向室外走去。

外面是一道走廊,阳光扑面而来,耀眼生花的光线里,有着一道淡淡的影子。在众人簇拥之下的华服美妇,正张大了一双意味深长的凤目,看着四肢着地地冲出室外的赤身女孩。身后,汩汩的鲜血混杂着清水涌了出来。

雪儿与她的目光相接,如遭电击,震得微微瑟缩了一下。她不安地低鸣,继之向后稍退,躬起身子,那是全神贯注做好了随时攻击的准备。

徐夫人微微笑了起来,头朝旁边侧了侧,说:"有趣,牵到我房中去吧。"

博山香沉,金壶漏转,轻烟一段熏人欲醉。房中的红罗软帘半垂半挂,隐约窥见仰靠在贵妃竹榻上的女子那依然保持得姣好窈窕的身段。

面容姣好的少年微笑着把雪儿抬起来,放在徐夫人足前。

雪儿脖子上套了巨大的铁链,为防止她不断扑出咬人,嘴里也卡上了木制口枷。或许是被禁锢得动弹不了,或许是由于太累了,她竟然在这间布置得豪华温暖的房里睡着了。

也许这就是所谓的"畜生"罢？——所有对于生存的恐惧，对于周围事物戒备的意念，抵不上一个临时的温暖舒适的环境，一觉安稳的睡眠。

少年谄媚地凑上来说："我弄醒它，陪夫人玩玩。"

"不必。"徐夫人口气淡然，"我只是觉得，可惜这么个东西，终究无用。难道它还能比哈巴儿狗和你好玩？"

少年俊秀的面庞一阵潮热，笑道："它现在光着身子，像人更多些。不如弄一身皮毛，插上尾巴，那就更像畜生了。"

徐夫人笑嘻嘻道："马上去办。"

受到这一指派，少年雀跃地去了。

在这少年去后，有人从房间里另一道门走出，徐夫人看也不看，吩咐道："放下。"

小侍女微一屈膝，把描金红漆托盘放于徐夫人近侧桌上，轻声说："他来了。"

"让他直接进来。"徐夫人仿佛在馥郁的馨香里若睡若醒，半晌，才合着眼帘，幽幽沉沉地回答，那个声音仿佛受到房中馥郁香气的熏染，含着一丝恍恍惚惚的不真实以及一种难以言传的绵软味道。

听来人一步近似一步，犹不睁眼，直至猛烈的热气挨着她面庞了，才伸手一拨："别闹我。"

来人不做声，以手指抚过她光滑细腻的肌肤，徐夫人挺身坐起，笑道："真是个冤家！得个清静都不能！"

那是个气宇轩昂的男子，金线锦袍，广袖轻履，与之前少年的气质全然不同，眉梢唇际依稀的笑意暖如三月春阳，只是眼神里藏着一丝不易察觉的阴鸷。男子望着徐夫人说："干娘十万火急地吩咐儿子来，来了又不理我，敢情我来错了？那我还是走了算了。"

徐夫人笑道："回来！——你这臭小子，越发横了。不叫你，哪肯来？一言不合，拍拍屁股说要走。哼，你走出这道门给我看看？"

那人就势于榻上坐下，笑道："不走，打死我也赖在这里了。儿子最好这辈子都别出这个门才心满意足。"

足上踢到一个肉体，低头看见，惊奇地问："这是什么东西？"

徐夫人道："吓！你眼睛瞎的，才看见么？"

那人笑道："我进得房来，眼里只有干娘，哪还有别的东西。"黄龚亭——期颐的最高长官，不动声色间便能使这座南方大城整块地皮震动晃上几晃，向江湖首盟徐夫人说话，却是这般皮赖。

徐夫人连连摇手："这种肉麻的话少在我面前说。府里死了两个人，你不是那老实人,会连这东西也不曾听说?"

黄龚亭这才笑道:"可是我不认为干娘叫我来是讨论这个的。"

徐夫人嗤的一笑,随即长长叹了一声,脸上骤起隐忧,指着旁边紫檀木桌子上一物:"去看看。"

那是一只红漆托盘,以销金罗帕盖着,其下微微隆起,并不很高,占据了大半个盘子的范围,从表面上看不出是什么东西。黄龚亭顺手拿过桌上尚未插烛的铜杆蜡钎儿,把罗帕挑起,原来是一只黑黢黢的铁手,更为诡异的是铁手上涂满了一层暗红色。黄龚亭皱着眉问:"这是什么?"

徐夫人冷冷道:"我处理过了,上面没毒。你拿起来瞧瞧。"

黄龚亭于是拿在手中,只觉沉甸甸的,断掌关节突出,五指粗大而微曲,仿佛在做何种努力,再看手腕处歪歪斜斜的,并不是以利刃切断的那般情形。触手微感腻涩,铁手上涂的暗红色东西,倒像是真正的隔了许久的鲜血。他反过来看,有一道极为严重的通掌断纹。

"就是昨天晚上,我刚回来,收到的,所以叫你来。"徐夫人这时早已退去慵懒神色,眼里闪过一缕刻毒狠色。

"不看见这道断纹,我几乎想不起来。"黄龚亭沉吟着说,"这么说,十二年之期,他没有忘记。"

"十二年……"徐夫人轻轻叹息,"想不到我做这个江湖首盟,一晃十二年啦。亭儿,你春风直上,也是从十二年前开始的吧?"

"若无干娘提携,我铁定还就是个小混混。"

"小混混?"徐夫人抿嘴轻笑,"不小了,今儿个是个不老不青的光棍油子罢了,还会不时有那些个娇滴滴的小美人儿主动投怀送抱?"

黄龚亭面上颜色未改,镇定地说:"干娘是找我商量大事的呢,还是特为取笑儿子来的?"

徐夫人鼻孔里哼了一声:"商量什么大计!老废物当年就是个老废物,就算过了十二年,断了一只手不死不说,一只脚更是踏进棺材里了,当初我不怕他,现今倒怕了他不成?"

黄龚亭察言观色,见她虽是嘴硬,依旧有一搭没一搭地说着笑话,可那神色里不可掩饰地流露出害怕、惶恐、惊悚等种种神色,他清楚地知道这个时候绝非任意玩笑之时,于是假做并未注意徐夫人的强辞,只翻来覆去看着铁手:"做得很像。当初是用钢索把他的手生生勒断的,如今勒痕宛然,手腕断处凹凸不平。料想这十二年来,那只断手未尝离开过他分毫。"

徐夫人道:"老家伙性子狠酷阴忍,从不做没把握之事。他说过十二年为期,必定回来同我清算旧账……这只铁手，分明是一封战书。"

"铁手是谁送来的？什么时候送来？"

"不知道。"徐夫人答，"就是这点让人心烦呢。按说我前一天出去，若铁手是那会儿送来的，明着是府里下人疏忽大意，可我回来的当晚并不见这只手，是我一觉醒来，它就在我床头。"

徐夫人说着，身子微微一抖，又是嫌恶又是害怕。黄龚亭也是肃然。事情的严重性其实并不在于铁手是徐夫人在府内或不在府内送来的。"江湖首盟"徐夫人门下，收罗无数身经百战杀人无数的好手，而在她所住的"明碧楼"以外，在八条最主要的通道上，每天都有八人守候，一日三班，二十四人，每一个都是从前江湖中有名的杀手武士，不会因为徐夫人外出而有所懈怠。更有甚者，铁手是在卧室收到的，而徐夫人真正安眠之处，极端隐秘。来人能够通过重重警卫机关，人不知鬼不觉地把铁手送到徐夫人床头，行为直如鬼魅，非人所有。

黄龚亭想了一下，问道："昨天干娘和谁在一起？"

徐夫人见问，纵然都清楚她的脾气，也不由得红了脸，笑道："是个不相干的。"

黄龚亭道："干娘想想，府里内外多少人守着，别人也罢了，这门上的八人一班，加上暗道机关，这送铁手的无论多么高明，想要风声不动地把铁手送到干娘枕上，那是绝不可能之事，干娘得查查那晚的人，以及端茶送水那些丫头们，想必会有线索。"

徐夫人冷笑说："人都死了，怎么查法？"

黄龚亭颇意外，失声道："死了？——干娘已经杀了她们？"

"出了这样的事，还能留着？"徐夫人心不在焉地说了句，思绪仍停留在铁手上面，"但我确知，不干那些个倒霉鬼的事。小丫头近不了我的床，再说，谁身上藏这么大一只手进来，我都不曾察觉，那和死人又有何区别？——我翻来覆去想了整日，就是想不通，他是通过什么方法送进来的？既然能够悄无声息地送到我枕边，为什么不顺手把我杀了？"

黄龚亭以手叩桌，逐条分析："据儿子猜想，不外乎两种可能。第一，铁手还是通过内部的人送来的，故弄玄虚，拆穿了一钱不值。第二，如果是那人能避过重重耳目亲自送来，表明他魔功大成，之所以不动干娘，想必是自恃身份，估计会在龙华会那一天出手。此人行事诡诈，毒计百出，不知要用什么样的手段来对付干娘。"

徐夫人点了点头，道："你的意思是，龙华会之前，不会有事？"

"他是前一届江湖首盟。"

徐夫人冷声道："今非昔比，我这个江湖首盟是通过朝廷任命的，即使他在那天杀掉我，也没法抢回江湖首盟的位子！"

黄龚亭微笑道："干娘何必长他人威风？以干娘的身手，我就不相信，普天下有谁能在干娘做好准备以后,还能下手成功?"

"我也不信……"徐夫人似乎卸下心事,慵懒笑容里平添几分风情,"尤其是,我还有你这样的干儿子做臂膀。"

阴霾扫尽。媚眼如丝里,含着太明显的别样意味,黄龚亭低低一笑,凑近前去,却给门外的声音所阻:"夫人。"

"什么事?"徐夫人眼睛又沉得睁不开了,腮上的红晕一直延伸到眼睑底下,连声音也是其软如绵,"等会儿说。"黄龚亭悄悄停止做了一半的动作,忽然发觉她眼下一圈浮肿的皮,耷拉着一层薄薄的黑色,映在红晕里越加明显,到底是老了。

"是,夫人。"门外人答应了,却不走,"是有关礤礤帮。"

黄龚亭微微一震。徐夫人迅速恢复清醒:"说。"

"是。据查,它是江南礤礤地方的一个小帮会,以地名为帮名,创办人不详,近二十年来发展迅速。现任帮主名叫白若素,是号称大离首富的宗家长媳,长年随夫住在宗家,帮务处理通常由另外两个女子经手,一姓丁,一姓李,武艺才略平常。"

"又是女子?难道这个帮会下全都是女子?"黄龚亭问道。

门外那人对黄龚亭相当熟悉,闻言答道:"不是的,大人。只是在帮里掌握实权的那几个是女子而已,门下男女弟子比例约在六四之数。另查到,礤礤帮上一代帮主程雪雁尚在人世,不知何故让位。"

"还有?"

"该帮发展迅速,目前门下弟子数千,显而易见,在礤礤那个小地方,已经无法应付其如此快速的发展。此次龙华会,它是蓄意良久,非进入前三不可,以此取得在期颐及其下七省的立足权。估计届时,剑神和不大露面的白帮主都会在这三年一届的龙华会上亮相,至少保证夺取一个席位。"

徐夫人和黄龚亭异口同声道:"什么,剑神?!"

门外禀报之人声音之中情不自禁带上了几分激昂与隐约的得意:"没错!夫人,此行调查礤礤帮,最大收获便是查出早已退隐江湖的白衣剑神于四年前带剑投效!"

如果说二十年前的江湖上有谁可以做到叱咤风云、谈之色变的话,白衣剑神一定算得上一个。加上昔年的江湖首盟九天魔帝,这两人一正一邪,剑技惊人,绝步于当世,亦是相同的惊鸿一现,驰骋江湖创下不败神话!

但是,剑神比九天魔帝退隐江湖更早,二十年前,他受师妹容柔黛香消玉殒之打击,从此淡出江湖。只是据说后来有人曾经偶然在深山大泽见到寂寞冷疏的白衣剑神,有红颜翠袖相伴于侧……那女子显然不是他的师妹,但能与之不离不弃,总算是白衣剑神这段传奇最完美的尾声。

房中两人交换了一个不无担忧的眼神。——九天魔帝,白衣剑神。三年一届的龙华会尚未开始,已经是藏龙卧虎,天摇地动。

然而,更不可思议的是砇碚帮,一个名不见经传的江湖组织,居然能收纳剑神这样的人?黄龚亭问:"他们现在有多少人在期颐?主要聚居在何处?"

"大人……"门外的声音,突然有了一丝犹豫,"小的该死。小的只是查到了由李、丁两位堂主,带了几十人借住在冰丝馆。"

"冰丝馆是江湖首盟名下的产业,一向公开供江湖人租借居住。"

"不错……可是除此以外,还没发现他们另外的据点。其下的谢秀苓和钱婉若两位姑娘,都已认在夫人名下做干女儿,另外,前几天冰丝馆来了一个蓝衣少年,名叫沈岚。"

徐夫人问:"这个沈岚,是什么来路?可知他功夫如何?"

门外人声音里突现惶恐:"夫人,这一点……小的查不到。"

徐夫人厉声道:"我不是让你派人去试?"

"是……可是没试出来。"那人道,"我们试了两回,头次就一个人,第二回派了四个人去,两次都是石沉大海,对方连反应都没有!"

室内黄徐二人相互对视,徐夫人不耐烦地令人退去。黄龚亭站起来,踏着地毯上的花纹,慢慢地走了一圈。

"干娘,"他说,"砇碚帮野心不小。"

"嗯?"

"它想一夕成名。那个白帮主能为宗家之媳,定非寻常之人,况且还有剑神在为她撑腰,看来这一次它是非取得进入期颐的丹书不可。此外,派去试那少年的人手不会差,如果一些端倪也试不出的话,此人亦是再危险不过。加上谢、钱两人,虽未正式试剑,看得出身手也都不弱。此帮底细不明,忽然之间有此实力,说明潜心经营已非一日,恐另有图谋。"

"有道理。"

黄龚亭说:"干娘是不是见过那个少年了?怎会想到叫人试他?"

徐夫人漫不经心道:"没见过。我听秀苓讲,此人相貌俊美,把女孩子横压一头,叫他来,他居然不肯应命,所以才心生好奇。"

原来如此。黄龚亭不由得笑了笑,也就不以为意,眼光落在熟睡的雪儿身上:"这小东西奇怪。"

"怎么说?"

"狼人罕见,有也是生活在深山密林里边,干娘是在大路边上把它抓住的,而且它浑身皮毛剃光了,分明是被人养过。"

"有人养过它,然后又被抛弃,这也没什么奇怪的。"

黄龚亭说:"养过也就算了,最怕它不是真的狼孩。"

"你是说……"徐夫人想了想,不禁浑身打了个哆嗦,凶光一露道,"这可留不得。"

"那也不急。干娘可以稍等两天,我找个东西来试试它。"

"就算真是狼孩,也不好玩。"徐夫人忙道,"还费心试它作甚,杀了就是。"

黄龚亭笑道:"不是这么说。干娘,如若它真是狼孩,你忘了我那位岳父是最喜欢稀奇古怪玩意儿的。今年冬天是他八十寿辰。"

徐夫人释然,笑骂:"你可越发大胆了,打主意都打到干娘身上来了。"

黄龚亭一膝跪于榻边,俯首笑道:"干娘的好东西,自然是先偏着我了。"

"臭小子!"徐夫人哧哧笑着,吹气如兰,尖尖玉指戳在他额头,戳得他一软,向下一扑。就在这手脚一动之际,又密又厚的半垂红罗软帘彻底脱却金钩,房中顿时幽暗下来。

雪儿无声地张开眼睛,微弱之极的光在她眼内一闪。

雪儿从那间温暖如春的房里出来,受到寒气一逼,浑身打着哆嗦。水榭栏边彩衣如云,银铃似的笑声随风飘散。当中徐夫人,她已认得。广袖男子笑嘻嘻地坐在下首,虽只见过一面,这人语音中流露出的那种漫不经心的杀气,也让她再忘不了。

一众少女早就听说了有这样一个奇怪的兽人,有几个见了她还是忍不住低呼:"好像人呀!"

徐夫人笑着纠正:"长得像人,可不是人。这是千年难得一见的奇观,你们待会儿便知。"

雪儿耷拉着脑袋,无精打采地被铁链拖着带至草地上竖起的一个铁笼,刚走近那里,便给里面一阵惊天动地的吼声唬着了。

笼子里是一条漆黑的大狼狗,两只灯笼大眼里凶恶的光吞吐闪烁,长长的血红舌头伸在口外。

这头狼狗体型巨大,足是雪儿两倍有余。

雪儿害怕,爪子死死抠住地面草皮,不肯再向前走一步。

拖她的人笑骂一声:"畜生!"已经准备好的鞭子抽下来,打开铁笼子的门,一鞭下去,雪儿一躲,刚好便跳到笼子里面。笼门迅速关死。

雪儿往后退去,浑身发颤,头也不敢抬。

狼狗瞪着大眼,研究它面前的对象……这是很奇怪的东西,不是同类,非骡非马,不似狼狗脑袋里所能记忆到的从前捕食过的任何野兽,不过它四肢纤细,爬行走路……应该是个微不足道的对手吧?

带到这笼子之前,有两天未给狼狗吃东西,这个畜生早就饿得慌了。此刻一只弱小的动物在它眼前,哪里还忍受得了。纵身一扑,血盆大口向雪儿咬去。

——雪儿仿佛没有任何还手之力,水榭中少女们连连惊叫起来,徐夫人身子略向前倾,也全神贯注地瞧着。

接下去,应该就是眼睁睁看着它被撕裂、咬碎,成为饕餮口中的一顿美食了吧?

这应该就是个如假包换的狼孩,只不过太小太弱,黄龚亭找来的狼狗却未免过于凶狠。

只有黄龚亭若无其事,笑道:"狼孩既能生存于深山,它的潜力甚至不是一般的狼可与之相比。否则,它就不是狼孩。"

话音未落,狼狗一爪拍在雪儿左肩,顿时撕下一大片皮肉,鲜血横流,雪儿痛极啸叫,声调凄厉无比,正是狼嚎!

绝处呼号,使得那狼狗也不由得微微一惊,雪儿已然翻身起来,不顾一切地向对方扑过去。

求生是任何生物的本能,只要有万一的希望,无论是人或动物,都不会放弃的。雪儿自知若不反抗,那是必死无疑,危急之下,什么害怕、胆怯都抛之于脑后,手爪脚趾齐用,露出白森森的牙齿张口便咬。

刹那间两只凶恶的动物翻翻滚滚,扑在一起。

围观的少女耳边听得悲嘶惨叫,纷纷用两手蒙住眼睛越发不肯放下,颤声惊叫不止。惟有一个轻纱少女倚着朱栏,声色不变,饶有兴致地瞧着。徐夫人素来中意容色靓丽之男女,满亭中十余少女,无一不是方当韵龄,如春兰秋菊各擅胜场,但在这女子绝丽容色照耀之下,都似乎逊色几分。只不过她形容冷傲,颜色如冰,看去却令人有股说不出的不适感。黄龚亭看着她笑道:"谢姑娘倒是大胆。"

谢秀苓微微扬首,鼻子里哼了一下,状若不屑:"都是武林中人,这也不过如此,我没兴趣假装娇滴滴的。"

这句话打倒一片,其他少女无不脸有怒色,徐夫人不动声色摆摆手:"看打架。"

一人一兽持续相斗了一盏茶工夫,终于彼此的叫声都微弱下来,鲜血淋漓地纠缠在一起,动也不动。

"两个都死了?"良久,才听到这亭中压抑的呼气声,但这结果多少令人有些意外,也无趣。

黄龚亭目光如炬,微笑:"有一只活着。"

活着的是雪儿。

她颤着四肢缓缓爬起来的那一刻,亭子里少女忍不住放声欢呼——没有别的意思,只因为这是不常见到的狼人,而它的样子,看起来又是那么柔弱,助善扶弱是所有人潜意识的选择,它的胜利,正符合这一点。

"很好,把它牵出来。"

徐夫人满意地笑,眼睛微微闪亮。瘦弱狼孩仿佛有种不可思议的潜力,假以时日的话,她也会和自己养了多年的那个东西一样成为好帮手吧……一个计划片刻间在她心里隐隐绰绰形成。

雪儿伤得极重,额头、左肩、右臀等好几个地方血肉模糊,连骨头也露了出来,在草地上沉重地爬了两步,便即软倒。徐夫人不以为意,吩咐说:"带它下去好生休养。"

少女们情绪亢奋,叽叽喳喳讨论不停。黄龚亭已无心听了,四处张望一阵,悄悄起身离开。

远处桃杏争放,望之如绣。花间的少女,一袭绯色罗裙,绯色桃花片片映着面庞,仿佛人比花色更艳。

她未必见得比谢秀芩更美,只是全无那咄咄逼人的锋芒,宛若江南山水的钟灵造化,凝聚了一身的温柔秀气。

"婉若。"他从后面轻揽住她肩,"为什么一个人躲在这里?看狼孩和狼狗相争,还是挺有趣的。"

钱婉若摇头道:"我看不惯,从小怕见打打杀杀的,困兽之斗,更可怜了。"

黄龚亭不由得笑了起来:"你师姐可不是这么说的。"便把谢秀芩的话复述了一遍。

钱婉若微笑道:"我从小就不如师姐,胆略、才识,无一比得上。她是不怕的,我却不行。师父常常骂我,以后怎样行走江湖?"

黄龚亭微笑地注视着她的眼睛:"本来,像你这样风华绝代的姑娘,只应像那插花盆景里鲜艳而娇柔的花枝,被供养、钟爱、珍藏,哪里是抛头露面、浪迹天涯的人?"

少女脸微微一红,极力想要掩饰真实的想法,眼中却不争气地雾气茫茫起来,猛地扭转了头。

黄龚亭柔声问:"怎么啦?"

钱婉若被他逼不过,轻轻说:"我是个江湖女子,你……我和你便如草鸡之于凤凰。况且还有夫人在……你原不必如此哄我开心的。"

"这些都不是问题。"黄龚亭断然说,抓住她的手,"婉若,你信不信得过我?"

他的眼睛如春倦午后的天空,晴朗而氤氲,绯衣少女不由自主地点了点头。黄龚亭趁势将她拦腰抱起,毫不犹豫地把满天花光春色甩于身后。

血婴

XUE YING

雪儿自那次一伤,足足昏迷高烧了半月左右,幸亏徐夫人命令好生相待,并给她敷上最好的药物,才算渐渐歇转过来。

她似乎有点认命,知道凡是在这个府里的人,她惹不起,也不像初来那天狂性大发地伤人,对饲养她之人甚至极为温驯。

但徐夫人对此并不满意,再次看到她,只轻飘飘抛下一句话:"驯服的狼和看家狗并无二致。"

于是她再次被带到铁笼里,这次是一头真正的狼,已成年的狼。

雪儿又活了下来。而且这次,她只休养了不到五天。

从此以后,这种搏斗中求生存的生活成为一种习惯。她习惯了这种生活,遍体鳞伤也不在乎,她眼睛闪着杀气腾腾的光,已看不到对往事的任何留恋。经过生与死的考验和血与肉的煎熬,她的四肢越发有力,举手投足虎虎生威,她的肌肉坚硬如铜墙铁壁。她不再惧怕任何凶猛的野兽,也不再惧怕任何人。稍不如意,动辄就会向饲养她的那些人扑过去。

众人无法,在她不搏斗时,只得给她锁上重达百斤的链条,就这样,她也曾两度咬断铁链,冲出去伤人。

她怕的只有一个人:徐夫人。

每次徐夫人那冷冽的目光扫过来,她就全身发抖。

这似乎是因为她知道,每一次把自己放进铁笼,安排她与猛兽生死相斗,都是这雍容女子随口一句话。而替她养伤、喂她食物,容她活到现在,也全仗着徐夫人对她兴趣未失。

不止这样,她对徐夫人还有着其他害怕的理由。有一次她狂性大发,妄图冒犯徐夫人,徐夫人只一挥手,刺入她肌肤的东西像一根针似的轻轻一扎,蓦然便使她失去了全部力量,颓然倒在地上动弹不得。她挨了一顿打,足有两天,鲜血从她钢筋铜骨般的身体里流出来,流个没完,直到徐夫人吩咐为她治伤。

所以她明白，想要生存，不取决于她有多么凶猛、多么英勇，只是取决于她新的主人。

她就这样确定了新主人，开始着意讨好徐夫人——只是讨好她一个，对别人都凶恶异常。徐夫人不喜欢她对之外的任何人温驯，这一点是血的教训，雪儿牢记在心。

狼孩的进展神速，徐夫人感到满意。而雪儿对她独有的驯服，更令之心花怒放。

她吩咐下人将雪儿带至自己卧室。

这是雪儿第二次来，然而她的眼睛缓缓扫视四周，似乎已经不再认得这个地方了。

徐夫人笑了笑："跟我来。"

她牵着雪儿脖子里的锁链，打开卧室的暗门走了下去。在地道里盘旋来回，转过迷踪似的影壁高墙，穿过十几道暗格，徐夫人突然驻足。

到达密室。

密室安置得较正室更为富丽奢靡，不点灯烛，却有不知从哪里泻下的影影绰绰的光透过两格天窗照射下来，有浓郁腥甜的香气在空气里浮动。

徐夫人仍不停留，掀开西侧卷帘，现出一扇门来，牵着雪儿走进去。

又是一道极长的地下甬道，空气沉闷而混浊。走了一阵，先前密室内隐隐约约的那股腥甜浓香浓烈地飘出，有轻微的流水声，在耳边汩汩而过。

打开一道暗格，一片血红的光影汹涌澎湃地泻了出来。

前方是一个下凹的正方形沼池，用一层透明反光的琉璃完全罩住。沼池四角，雕着四只形态各异的飞鸟，从各自尖喙中，喷出暗红色的水，缓缓注入水池之中。暗红色的水在沼池底下缓缓流动，不盈不缺，水下有巨大晶石，把水色反射到琉璃上，形成大片绰约动荡的光影。

中央高于水面的白色石台上面，有一个肥白可爱的婴儿，此际四肢不住晃动，小嘴频张，当是在哭着，可是听不见哭声。

水声的流动以及那股刺鼻的香气——血的味道——却愈发清晰起来。

琉璃顶上栖息着一只凶恶的翼鸟，嘴喙尖利，眼神凶狠，一对巨大飞翼收在身体两侧。

婴儿哭了很久，仿佛觉得累了，慢慢停止哭闹，安静地睡着了。

水声豁然响动，从水底冒出一个长发女孩，眉目如画，看模样已有七八岁，却依然赤身裸体，暗红色水珠顺着她雪白肌肤小溪似的一路滚落，她看到婴儿，欢然叫了声，把婴儿抱在怀里，歪过头轻轻歌唱，嘴角噙着甜美快活的笑。

徐夫人忍不住笑道："宝贝儿，你就是嘴馋，时辰没到，又想偷食。"语气温煦如对儿女。

女孩听得说话，便弃了婴儿不顾，不胜欢喜地跳了过来，不住拍打琉璃。

这种情形诡异得令雪儿也不禁倒退了两步,呜呜地朝女孩叫。

女孩也发现了她,脸上快乐的笑容顿时消逝,阴沉地回视对方。

徐夫人笑吟吟瞧着这一人一畜,手指在何处掀动了一下,那层琉璃罩子自动向上抬起,长发女孩光着身子跑了出来,扑入徐夫人怀中,勾着她脖子,咯咯笑道:"娘!娘!"

徐夫人笑着拍她的背,声音里有一丝罕见的沉醉:"宝贝儿,宝贝儿……"

忽觉有什么东西在磨蹭着她的脚背,低头一看,却是雪儿,嘴巴轻轻拱着徐夫人的脚背,头微微抬起,眼睛里居然流露出无限讨好。——见徐夫人看她,立刻欢腾地连跑带跳,拖着铁链在地上不住地来回跳跃,做出种种花样。

徐夫人哈哈大笑:"你这小东西,吃醋了?你居然懂得吃醋邀欢了?"

长发女孩望向雪儿,阴郁的眼神顿时变得十分可怕,不依不饶地摇着徐夫人袖子:"娘啊。"

"你看它多懂事,会逗我开心。"徐夫人笑道,放她下地,"你呀,就懂得问我要吃的。"

女孩恶狠狠地看雪儿,忽地也弯下身子,四肢着地,学着雪儿的模样爬起来。可是她姿态奇丑无比,跑动的速度也慢。雪儿感到眼前这个"宝贝儿"不是她对手,显得更加快乐,一连翻了几个筋斗,稳稳当当以四肢站住,随后撒欢似的满室奔跑。铁链子在地下冷冰冰地拖动砸响。

女孩无论如何赶不上,气呼呼地停下来。

徐夫人招手笑道:"好了好了,你乖,过来吧。"她拍着雪儿的头,"从此以后你就住在这儿了,你们两个要做好朋友,不许互相斗气。"

雪儿讨好地拱拱她,表示同意。

门一关,就剩下雪儿和长发女孩这一狼一人。

两个小东西相互怒视,眼光如电光火石般的交锋。雪儿低声咆哮示威。

长发女孩向水晶池退去,陡然尖声呼哨,头顶狂风大作,栖息在琉璃顶上的大鸟振动双翼,如箭般直射而下,尖喙如铁,啄向雪儿。

雪儿急躲,它经过数次生死相搏,变得灵活异常,甚至懂得了趋退进逼之道,见大鸟势凶,先行躲开。

但这只大鸟有别于它以往见到的任何猛兽,虽是扑了个空,双翼卷过的狂风刮到雪儿身上疼痛不堪,雪儿怒视着它,毛发直竖。

长发女孩已重新下水,望着和翼鸟搏斗的雪儿——这个畜生、这个怪物、这个混蛋,"它"竟敢和自己争宠!她眼里闪过狠毒的光,伸指到嘴边一咬,雪葱似的指尖上垂直地滴下血来,一滴,两滴,坠入水晶池。池中暗红色的液体猛然翻滚沸腾起来!

大鸟振翅冲了过来,双翼拍在水面,激浪成柱,笔直地射向雪儿。雪儿奔跳着闪开,仍有几滴暗红色的水溅到它身上。

"呜——"雪儿骤然一声惨叫,她那铜筋钢骨般的身体,寻常野兽的利爪抓撕,也不会使她感到过分疼痛,此时竟然抵受不住几颗水滴飞溅,刹那间,毕剥连声,空气中燃起一阵皮肉烤焦的味道!她又跑又跳地惨叫,在地上打滚。

痛得即将失去神志之时,身上一重,裸体女孩冰凉的身体跨在她背上,毫不怜惜地按住她头部,张口向她颈中凑过来。雪儿恍惚的脑海里转过一念:"你也是一见面就要我性命!"只觉一团怒火在她内心深处熊熊燃烧起来,陡然涌出无限气力,翻身将那女孩压在下面,女孩一惊,料不到这奄奄一息的东西还能发力,尖叫声中,又翻了过来。雪儿身上的链子盘曲扭转,迅速把两个小东西纠缠在了一起,相互咬噬撕抓,雪儿力气已不如那女孩,但这种肉身搏斗她的经验远胜于对方,瞬间双方都是伤痕累累。那翼鸟在上空大声鸣叫,几次直冲而下,都因无法准啄到敌人而退开,猛地再次飞到水晶池边,双翅急拍水面,水面急转,一道水柱霍然向天冲起。

雪儿只是沾上几点水珠,便痛得几乎失去力量,若是被这一道水柱结结实实地打上,那真是神仙再世也难相救。

然而,水柱在刚刚凝结完成,还未射向雪儿之时,陡然停住,在空中急转不休,再也无法向前冲出,冷静淡漠得失去人情的声音适时响起:"够了,宝贝,我不准你吃它。"

徐夫人不知于何时又悄然进来。

雪儿除了爪上紧紧控制对方的力量不失以外,神志几近迷糊,全然未曾听见这句话。那长发女孩有心放开,才发现铁链把她缠紧了,眼下这种情势,只怕稍一懈怠便会被雪儿咬下一块肉来,只得继续出力顶着。徐夫人瞧着这对谁也不服输的小东西,不由得好笑,走上前提起链子,轻轻一拍,雪儿只觉一阵电流在她身上激蹿而过,惨号一声,撒手向旁边滚去。

徐夫人笑吟吟地把那女孩抱起,放回水中。"宝贝儿,做得不错,我准你提前吃你的食物,现在,快回去吧。"

长发女孩发出一声欢笑,跃到池中石台,再度把婴儿抱入怀中,自己身体蜷曲起来,宛然也成了母体中婴儿胚胎的那般模样。翼鸟在此时伸下粗大的爪子,连同婴儿在内把长发女孩抓了起来,顷刻间那女孩整个儿消失在它胸腹之间。

徐夫人静静地看着这一切,嘴角漾起一道诡谲而又残忍的笑痕。

"宝贝儿……我的宝贝。"

雪儿躺在地下,彻底失去了知觉。

雪儿这次的伤足足又养了半月。直至她从昏迷的状态里苏醒过来,身上皮肉烤焦的地方还在腐烂蔓延。水晶池里红色光影大片大片渲染在身上，仿佛是从体内流出的血影斑斑。

徐夫人去掉了她身上的锁链。雪儿对这一点优待显得相当麻木，只拖着腐蚀的伤口在地下走来走去。迎着长发女孩仇视的目光，既不退却，也不再次发动攻击。这似乎是因为她知道绝非有满池毒水相助的女孩的对手，何况，徐夫人对两者的偏爱眷宠十分明显。

偏爱眷宠……多么可悲！多么残酷！……雪儿是个人、她是个人！无论受到何种对待，她还保持人类最后一点未泯的思维，卑微地期待着属于她的那一份温情。

在她混沌的记忆里，偶尔会卷起在荒山老林里原始而蛮荒的风，奔逃、捕食、迁移，弱肉强食是她那时所感知的全部，只是因为懵懵懂懂走到大山的边缘而不自知，她被捕兽器夹住，婉转哀嚎多日，又因她的狼具人相而被居为奇物，由第一位主人带着她各地流浪，辗转天涯……

再后来呢？……

雪儿把她的头深深埋下，为的是不让任何人看到眼中凄楚的泪水……那样温馨的日子，那样友爱的姐姐……温暖如灼伤的电流，令它哀伤而绝望，姐姐找不到她，该有多么着急，她现在该是拼命在那个荒废了的小村庄里寻找她的踪迹吧？愚蠢地不听姐姐的安排，愚蠢地接近人类，愚蠢地落入永世无赎的深渊，她一定是对这个"小妹妹"无比失望吧？

雪儿浑身打个机灵，慢慢抬起头。长发女孩瞪大眼睛看着她。

女孩长得极美，黑发雪肤，红唇鲜艳。——雪儿知道她红唇鲜艳的原因，她在每天子时，必然要咬破一个婴儿的咽喉，吮吸其鲜血入腹。

此时，她的眼睛也有噬血的欲望，闪着奇异的辉芒，见雪儿发现她了，于是扬扬头，轻蔑地说："你——不是人，你——是怪物！"

其实，这女孩赤身裸体，吸血为食，与鸟合一的诡谲情状尤甚雪儿，她和雪儿的区别无非是，雪儿像兽多一点，像人少一点；女孩像人多一点，像兽少一点，却都是现于世间就会引起轩然大波的"怪物"。但她骄傲着，为自己多一点点像"人"而骄傲着。

雪儿毫无反应，眼神郁悒而冰冷。

暗格的门轻微响了一下，雪儿和那女孩同时听见，彼此分散了仇视的注意力，转头向外面。

听起来，这个声音极为微弱，并不是通向水晶池的那道最后的暗格，而是属于密室的门。按理说有着一条极长冗道的门的声响，是不可能传到此处的，但显然所有的暗锁都有着某种密切关系，一个带起另一个的轻微震动，雪儿和那女孩的感觉度却超越常人的敏锐，立刻就发觉了。

她们静心期待，但通往水晶池的最后一道暗门却始终无人问津，来人只到前面的密室为止。长发女孩略略有些失望，忍不住走到门边，侧耳听着，然而声息沉沉。

长发女孩跃跃欲试，寂寞难耐，她以往一个人居住在水晶池，坚硬的琉璃隔住她与外界的一切往来，但自雪儿出现，徐夫人似乎是忘记了把这两个冤家对头隔开，居然，并未将琉璃罩降落下来！

长发女孩灵活的眼睛四处转了转，这里没有人，没有声音，是个与世隔绝的天地，如果她悄悄地走出去……也没有什么关系吧？她终于按捺不住好奇心，手指轻轻一动，呈梅花形状上下轻按五下，晶莹如玉的手指灵活上下，好比一朵雪色梅花绽放的美丽。最奇怪的是她这一手势做来竟娴熟无比。

长发女孩从暗格之间的窄窄空间钻了出去。蓦然，她又从密道里探出头来，朝雪儿示威似的挥挥拳头，满脸得意骄奢的表情，嘴巴做出无声的形状："胆——小——鬼！"

如果雪儿稍微懂得一点人的心理，就会了解到，这女孩明明是在故意激怒雪儿跟着过来。可惜雪儿虽然聪慧，却不谙人心。她只是看见了女孩那个示威的动作，以及她对她的蔑视。雪儿耷拉脑袋在原地坚持了一会儿，幽凉冷锐的感觉瞬间游走全身，不甘示弱的心理占据了上风。

女孩在前头跑，掩饰不住嘴角浮起得逞后的狡狯笑容。

冗道很长，还没走到头，就听一阵翻天覆地的响动，紧接着是女人完全变了本来嗓音的尖叫："去查！立刻去查清楚！那个少年！那个来路莫名的少年！他从哪里来！我要知道，立刻就要知道，那个蓝色的精灵，他究竟是什么东西，是掉落凡间的天使，还是精灵！"

女孩三步并作两步，跑到密室门前，抬首见一道沉重的铁门。由于密室修在地下，为通气之故，铁卷门上人为开了不少气孔，位置很高，几乎近于天花板。女孩双臂平伸，两膝微屈，身体微微抖动了两下，居然宛如插了双翼似的缓缓向上升起，攀住气孔向外偷窥。

眼睛刚刚凑到气孔上面，便被一阵晶光闪耀的东西迷乱了视线。

又是一阵稀里哗啦的脆响，徐夫人在那间铺陈得美轮美奂的卧室里，把那些珍贵的冻石鼎、纱桌屏、花瓶、盆景，一一地提到手中，抛掷于地下，犹不解恨，将一幅金丝藤红漆竹帘扯了下来，狠狠地撕作几截。各种珍品坠落在地，跌成粉碎，无数细碎的光芒，在那间漾出天光的房内变幻万千。

那向来是雍容华贵、仪态端庄的徐夫人，姣好的容颜扭曲得几近狰狞，眼里却是惊人的雪亮！

密室一角，期颐最高长官、节度使大人黄龚亭默然地看着她唱的这出独角戏，一直含笑的嘴角，隐隐约约有那么一丝不易察觉的讥嘲之意。直到徐夫人发作完一通，小件的摆设珍品都被她砸光了,才若无其事地劝了一句:"干娘,何必那么在意,那沈岚也不过是个乳臭未干的小子而已。"

"乳臭未干!"徐夫人铁青着脸向他靠近,骤然把一股发作不得的怒火对着他猛冲而来,"乳臭未干!我抬举你的时候你也就是个乳臭未干的小子!"

黄龚亭笑道:"是,是。干娘息怒。"微微低了头,一向不动声色的眼睛深处,闪过一丝阴郁。

暗门这边,女孩全神贯注听着对话,没有留意到在听见黄龚亭不经意说出"沈岚"这个名字的时候,雪儿缩在墙角,背部靠着阴冷的壁,瑟缩了一下。

徐夫人发作过一通,站住了大口喘气。黄龚亭把榻上沾到瓶饰碎屑的引枕皮褥移开,小心扶她躺下去,笑道:"干娘自己身体多保重。"取过一盏茶,就着她唇边喂了几口。

徐夫人这时倒有点不好意思,歉然笑道:"哎,我的性子,也是越老越像孩童了,我的话,你别往心里去,若是计较起来了,咱娘儿俩可就没趣了。"

黄龚亭笑道:"干娘也真是,对我越发客气了。干娘就是不提,十二年前的情形我也还历历在目哪。"

"十二年前?"徐夫人一双凤目缓缓四下游移,"十二年前,也就是在这里吧?我们在这里……"

她歇斯底里发泄过后略显嘶哑的声音倏然而止,把一个最不愿意提及的名字生生咽下。

黄龚亭微微颔首不语。

十二年前,他还是个江湖小混混的时候,除了机灵狡诈外一无所有,稀里糊涂地被带入这个地方,初次尝到欢爱的滋味,并且也是在那一次,他们联合起来用域外迷烟短暂迷倒九天魔帝,他亲手以钢索勒断了那个同样沉溺于美色的衰老头子的右腕。当时情形,惊险奇绝而又孤注一掷,倘若干不掉那人,那么他和徐夫人奸情告破,两个人都性命难保。而那次成功了,之后十二年的紧密合作,他俩联手开创如今垄断期颐及其辖下七省的波澜壮阔的浩然声势。

只不过,后来他到这个地方的次数很少,不会多过十次,每次被带到密室所走的路径方法都不相同,对于此处的格局方位他一无所知。尤其最近五年来,再也未曾获许过跨入这个房间。——那么,五年之后的第一次,徐夫人把他再次召入,难道仅仅是为发作这一场,并以言语给他羞辱?

他沉思着,忽听徐夫人冷然道:"我不能把铁券丹书给媛媇帮。"

黄龚亭抬了眼睛,微笑道:"这是当然。我的意思也和干娘一样,否则,龙华会上媛媇连胜三场,我就不会故意惹事生端,说要九天魔帝现身,借故拖延给予丹书的时间。"

徐夫人哼了声:"早知是你搞鬼!"

"干娘不觉得很奇怪?九天魔帝为何迟迟不露面?我们严阵以待,却等了个空。"

徐夫人道:"正是了——明知道严阵以待,还会自投罗网?那老鬼简直比鬼还精滑,从前又上过一次当,这一回是绝不可能让他上当的了!"

黄龚亭皱眉道:"如此来无影去无踪,想除去此人就更难了。"

徐夫人深叹了口气,截口道:"不说这个!——你在龙华会上使了个缓兵之计,终不能老是拖下去不给吧。京城里那位钦差大人,不是天天催着?他们是要看到丹书发放,才会回京的。"

黄龚亭不动声色:"干娘没看见么,钦差大人近时印堂发黑,头上乌云笼罩,我只怕他命运乖蹇,活着出不了期颐。"

徐夫人一惊:"这话从何说起?"

黄龚亭忽然又撇下这话不提,笑道:"干娘,儿子突然想到一件要事,皇甫总督,也就是我的岳父,今晚宴请钦差大人,期颐有名望之人都将出席。其中还包括此次取得铁券丹书的三个帮派的领头人物,有磔磼丁、李两位堂主。皇甫总督还给干娘下了帖子,本要派人送来的,因我刚好前去拜见,他说与干娘两家熟不拘礼,就让我带来了,我差点忘了。"

"今天……今天是月中啊?怎么不早些定日子?"

"我也知道干娘每逢月圆之夜必有要事,无奈这是老大人他定的日子,连我事先都不晓得。"

徐夫人看着请帖不语,一双幽深的凤目忽明忽暗地闪烁。

"干娘……"黄龚亭拖长了音调,缓缓地说,"自古宴无好宴,我总觉得今晚之宴,不是什么好兆,干娘不去瞧瞧热闹?"

徐夫人轻轻哼笑了一声,不置可否。

黄龚亭继续道:"今晚不出事也就罢了,如果……如果我确有那么几分看相本事的话,倒是个绝大的机会。丁、李两位堂主赴宴,有个什么风吹草动,磔磼未必脱得了关系。"

徐夫人笑道:"我知道了。有你在我就很放心,这也不是什么大宴,替我知会你岳丈一声,说我领情了,身子不适,向他和钦差大人告个罪。"

黄龚亭道:"是。"沉吟了一会儿,又道:"关于这件事,还有为难之处。若单拿磔磼帮下手,另外两个便如何?做得太明显了武林中风声不好听,干娘纵使不出面,到头来也是要表态的,如此甚是不便。"

徐夫人笑道:"这个无妨,你尽管去办。我有把握压得下去。"

"请干娘指点。"

"你可有想过它的来历?"

黄龚亭皱眉道:"这也是我顾虑的一个方面。迄今为止,我们对它的了解程度也还只限于上回干娘派人打听回来的那些消息。原本指望龙华会上那位神秘的白帮主现身,谁知只出了三个小字辈,什么剑神,什么前帮主后帮主的,一点影子都没有!"

徐夫人道:"龙华会上三场比试,你就没瞧出些许端倪?"

黄龚亭想了想说:"谢秀苓、钱婉若,乃至最后出现的那个沈岚……"留意到徐夫人面上闪过一抹极端复杂的神色,只是提到这个名字,又令其神往一阵,"武功身法虽各有差异,但可以断定是同出一脉。沈岚高深莫测,他所练法门是其他人根本没能触及的。"

徐夫人冷冷道:"我看前两个,还只是猜疑,可是看到那个沈岚,方才能够断定,教他武功的,必定是数十年前的一位奇人。此人销声匿迹多年,我以为早就死了,不想仍然蛰伏于某处。"

黄龚亭不由得糊涂了,问道:"是谁?"

徐夫人道:"他横行江湖之时,你怕是还没生呢,又怎么会听说?但是蹊跷居然全是他那一脉武功,此事不可不防。"

"为何?"

徐夫人冷然道:"只因此人非我同族,其心必异。他处心积虑数十年,竟暗地里培养了一个全新势力出来,眼看气候将成!嘿嘿,若被他得逞,那才是我大离武林中大劫之日!"

黄龚亭斜眼偷窥其神色,似乎并无做作,但知她言尽于此,不会再多说什么,反正她既许诺由她来操持武林中可能会有的不平,心愿已足,也就不必再问。

徐夫人也不知在想着什么,深深叹了口气,怔怔不语。

一时室内跌入沉寂。

光线忽明忽暗,照在徐夫人苦苦思索的面颊之上,映出她刻意修饰的妆容之下难以掩盖的苍白憔悴,美丽而苍老。黄龚亭瞬间有种不真实的恍惚,沉溺于这蛇蝎美色之下的万种情境在目前轰隆隆地过去了,又烈烈奔了回来。他一动不动地注视着她,目光热切起来。

"干娘……"他低声呼唤,口气中有着罕见的动情。

徐夫人声音也于同时响起:"亭儿……经过这一件事,那总督之位,指日可待了吧?"

"我不明白干娘的意思。"黄龚亭满腔热情,忽如一盆冰水浇下,消退得干干净净,只剩余彻底而纯粹的凛冽。他一字字干巴巴地回答。

"好了,你走吧。"徐夫人突兀地说。

望着黄龚亭离去的背影，半晌，冷笑了两声，喃喃道："非我族类，其心必异。"反复念了两遍，面容沉沉如水，瞧不出她半点心事。

直待人出去，一扇扇机关控制的门扉开而复合，她才懒洋洋站了起来。她摘下墙上挂着的一柄虎皮包金长鞭，小心翼翼将其从肩上挽起，直至手肘，使得长鞭宛若衣上某种装饰。

一直通过气孔偷窥不休的长发女孩悄无声息地降落于地，冲雪儿打了个手势，飞快向来路奔了回去。雪儿只怔了一下，省悟过来，跑得也不比她慢。

两个小东西回到原来呆着的地方，女孩干脆利落地把暗锁关上。

只是那么一眨眼的工夫，暗格里再次传来格格连声，徐夫人走了进来。

女孩坐在水晶池中间的白石台上，一双白玉似的脚映在暗红色水中，随意拍打，显得无限惬意，笑容甜甜地扑了过来，叫道："娘，我饿了。"

徐夫人一把抱住，道："真是个皮赖的小混蛋，天天都要吃，晚一刻都不成。我为了你这每天一顿，费尽心机，耗得头发白了不知多少根。月中之期，更是拖累死我啦。唉，你长成之后，可会孝顺于我？"

长发女孩道："我孝顺娘。"

她一双眸子亮如星辰，既纯洁又无辜，这种神情不能不令人由衷信任和感动，徐夫人莫测的面容里终于露出一丝笑颜："不错，宝贝儿，即使整个天下背弃于我，你也会对我始终如一的，不是吗？"

雍容女子和女孩亲昵了好一阵子，这才转过头来，冷冷打量缩在角落里的雪儿，一笑，点了点头。

她的目光纵然冷厉无情，在雪儿却有喜出望外的收获，更把她点头看做是召唤自己的命令，当即一路小跑凑近前去，嘴里发出"呜呜"的讨好之声。

陡然间，她全然未曾意识到怎么一回事，身子一轻，如腾云驾雾般飞出。一口腥甜的血自口腔内冲出，腰间骤然的彻骨剧痛使之眼前一片昏黑，从那天昏地暗里，惊怖地看见一池红水，水晶在暗红色沉烬底下微微反烁着刺眼的亮光。

她已闻得到暗红色水池那股微微带着沸热腥甜的味道，她已听得见在水中央汩汩泛起波纹的流动血色……她绝望地闭上双眼。

然而，却没有掉下去。最后一刻，飞卷而来的长鞭锁住下坠的趋势，往池边一掷，雨点般打下来，鞭鞭见血。

雪儿忍着，她此时远非跟着第一个流浪汉主人时，遇到毒打只会哀号和逃避，忍无可忍奋起抗之。如今她的忍耐力是一般有着二十年功力的人也无法相比。她不叫，不求，但也不反抗——在那样狂风暴雨般袭来的鞭势下反击，是全无可能之事。

她只在鞭雨中辗转翻滚，刚站起，立刻摔倒，滚动了半尺，立刻又被飞鞭驱回。鲜血从被血池水浸过的腐烂伤口里涌出,很快流遍满身。

"我要叫你知道规矩!"雍容女子恶狠狠骂道,"贱畜,挨一顿打,你才能记住,什么是我的规矩!不该你多走的地方,别走。不该你知道的事,可别知道!——再让我发现下一次,你就不用活了!"

雪儿不再挣扎,骨子里既倦又疲,脑子里只有一个残存的意念……巴望那样残酷的折磨早一些停止……只要能停……她去做什么都愿意,哪怕是死。

她哀婉的目光无力地抬了抬,瞥见一旁纯真无辜长发女孩的眼里,狡计得逞的得意与残忍,像一道惊心动魄的亮光,猛然刺得她全身蜷曲起来。忽然之间,她明白了很多……

磬子紧密地敲击起来。

徐夫人一愣,拎着皮鞭,走到某一方向,打开机关,外面清脆女声急切传来:"夫人,沈岚求见!"

蓝衣少年伫立水边，看两岸繁花的倒影摇摇曳曳铺陈一溪清流，如缎如锦，上面衬着天边微云一抹的绝美身影。

　　沈慧薇微有不安。

　　江湖首盟徐夫人，对她发出邀请不止一二次。她在来到期颐的途中就对这位权势人物的特别"爱好"如雷贯耳，所以几次托辞不见，决绝无回。本来她可以用简单的方式令徐夫人死心，但始终不脱促狭的孩子气，偏偏对于这一点讳莫如深地隐藏着，人人以为她是矻矻群花之中一片最耀目的红枫叶，多少成名人物被耍得团团转，她便觉着了淘气的欢喜。

　　而今日不得不上门求见，是为了雪儿。

　　安排雪儿独处成了时刻横亘于心头的大事，怕她一人闯祸，怕她被路人窥见，也怕她未改狼的习性再次回归深山……沈慧薇本打算往期颐报到之后，借故返回总舵，那就可以把雪儿带回故乡。谁知帮主要她留在期颐原是为了两个月之后的龙华会比试，这一来，无法回乡。

　　在期颐将近一月，屈指算来与雪儿相约之期已临。她按捺不住，决心即便冒着风险也要把雪儿带在身边。她悄悄前往那个废弃了的荒村，结果是人去楼空，影踪难觅。

　　牵挂雪儿的心，一天比一天忧急如焚。便在此时，听谢秀苓无意中提及，徐夫人府上有一只奇异的人形家畜，徐夫人喜欢安排它和猛兽相斗，供客人观赏，端的是狠厉非常。谢秀苓一向与她不和，见她有意打听，反而一字也不肯说了。问钱婉若，也说是有这样一个据说是"狼人"的东西，但她不忍见动物残杀，一次也未曾见过。除谢、钱两人以外，旁人再没机缘能够进入首盟府邸。

　　沈慧薇彷徨许久，决定亲自走一遭。

　　而那位徐夫人，听见她求谒以后，不但立即开正门迎接，而且引她到了这静谧如画的花园之中……虽然很隆重，但并不是正常的待客之道。徐夫人，那位被整个武林敬畏着、仰望着的徐夫人，看起来果然是有某种特别的喜好……沈慧薇下意识想着，明亮的眼里含一丝若有若无的苦笑,看起来,自己苦心孤诣维持的"美少年"形象大约是要毁于一旦了吧?

"哎哟哟,贵客盈门,有失远迎。"贵夫人三两步跨上临水轩台阶,满脸笑容向着意外来临的客人伸出手来。

沈慧薇微笑道:"碳碳沈岚有礼,打扰徐夫人,冒失之处还望见谅。"

她还了一礼,在这一礼之间,倏地退出三尺之遥,衣裳角儿轻轻掠过徐夫人鼻端。

眼前的少年,轻衣飘洒,蓝衫萧瑟,远山眉下,含情目中微微而笑。那般耀眼夺目,宛如明光翩跹,繁花缀满枝头的流光溢彩;一襟微凉,却又是清麝洗绝的轻云出岫。徐夫人眉开眼笑,清晰地听到自己加速的心跳之声,头脑里微微发热,真是血脉贲张。

两人归座,徐夫人眼底里燃着一团火,笑道:"沈少侠,你今日又怎么肯来?意外光降,使蓬荜生辉,不胜荣幸哪!"

"嗯……"

这样的眼光,这样的表情,与龙华会上徐夫人第一次看见"他"时无异。沈慧薇蓦然觉得皮肤底下有一阵凉麻的东西滑过,宛如剧毒的蛇在肤下游走。

"蒙夫人见爱,几次见召,都未有暇奉命。所幸夫人不与小子一般见识。"

徐夫人眉开眼笑:"嗳,少侠过虑了,我可不会怪你的。我这儿你爱来便来,我是永远张开大门欢迎的。别的不说,秀苓、婉若是我干女儿,是你同门的姊妹,从这一层上来讲,我们已经是亲戚了,无事走走亲戚,谁还计较不成。"

沈慧薇一笑:"正是,论起这个,我该管夫人叫一声伯母。"

徐夫人喜出望外:"侄儿面前,我亦无须自谦。实不相瞒,自古英雄出于少年,我平生最爱的,也便是少年俊彦男女。可大凡人之成名,除自身能力而外,还需有天时地利人和相辅。放眼当今武林,处处结党营私,拉帮成派,争斗不绝,真乃是一片混乱,暗无天日。我以女子之身忝为江湖首盟,其实论我自身区区一女子,哪里有这个野心?只不过心里还存着一点指望,我是着意还江湖一个清白面貌,营造一个公平环境,给后起少年们一个进阶台步,这才勉为其难地担当重任。一做十二年,不过是鞠躬尽瘁,死而后已。"

沈慧薇万料不到她开口就是一番长篇大论,滔滔不绝。她默然微笑,但觉这番话也非完全虚妄,徐夫人这些年来,确实提携了不少江湖后进,"女伯乐"是她流传颇广的美誉。虽说这些人很大程度上被她利用,还是有无数前赴后继的少年俊彦们,期望得到徐夫人一目垂青,比如自己帮中谢、钱两位师姐,也是一到期颐,便拜在门下。

徐夫人似是说得渴了,端起旁边几上香茗,喝了半盏,并做了个主人让客的手势。

沈慧薇笑着端起茶杯,先看了看,披毫隐绿,雀舌含珠,一股清香扑面而来,于是慢慢啜了两口。眺望远处,悠然神往:"夫人这园子,玉树琼林,无异人间仙境。"

徐夫人大喜道："可是遇到知音了。我别的不敢夸耀，对于这间园子的建造，一向自认得意之笔。来来，我带你各处走走。"她一手伸过来，沈慧薇脸上微红，没有挣脱，由她抓着自己的手。徐夫人心花怒放，一路加以殷勤介绍。

沈慧薇起初听着，渐渐不由自主，只感神魂飘渺，离之远去。业已西沉黯淡的日照射入她目中，竟洒做了万道光芒，晃晃悠悠的耀眼。望出去，山屏凝紫，霞锦烘红，水光花影都是一种虚幻。

徐夫人的声音也渐行渐远："……贤侄呀，你的来意，不说我也明白。可我身在高位，亦有自己的难处……铁券丹书……"

猛然听得"铁券丹书"四个字，犹如冰雪入怀，脑海里顿时冷彻清醒："她在说什么?！"

徐夫人一眼不眨地看着她："铁券丹书，名义上是由我行使发放权力。不过，朝廷对于江湖势力看得越来越重，节度使和我共同主持龙华会不算，更每次派钦差过来，名为祝贺，实为监视。唉，你哪里知道我的苦楚哦！"

沈慧薇这时完全明白。——那个精明至极的女子，满脑子只是权力和欲望，当然不信沈慧薇无事来登三宝殿。因而抢在前面，先把话堵住。

然而，她眼里堆满了笑意，神情之中，更是透着异常的暧昧，浑身上下，每一个地方无不在表示……你求我，你若求我，我还是可以答应你的。

沈慧薇又好气又好笑，由此可知这女子多疑至极，若雪儿真不幸落入她手中，自己问起来，须得万分小心，别引得她起戒惧之心，反而害了雪儿。

当下也不答话，只管游目四顾。

徐夫人见她不答话，略为丧气。一想，也许"他"没有明白自己的暗示，又也许"他"脸嫩羞于出口相求。

白柳横坡，疏林如画，一大片草地绿意盎然，平铺宛如锦缎，中间有一块却是枝叶衰败，余草枯黄，呈现践踏过后留下的狼藉。沈慧薇道："这么好一块草坪，毁坏了真可惜。"

"哦，那个呀——"徐夫人不在意地望了望，"可惜你没早几天来，否则倒有一场奇观呢。"

沈慧薇心头一跳："说到点子上了！"

她忽然觉得不妙。她心头这一跳，再也停不下来，越来越是加剧，脸热心燥，体热如沸。她转头望着徐夫人，后者招手缓缓笑道："宝贝……过来……过来……"不太年轻的声音充满了沙哑的磁性，有一种特异的吸引力。徐娘半老的姿容辉映在霭霞染金的斜阳之下，眼中笑意如酒，浓浓地漾了出来。

沈慧薇不由自主，向前走了两步。但觉天光变幻，飞快灰黯下来，没有长空，没有绿茵，没有那条丰满又窈窕的身影，有的只是暗宇沉沉，四面空墙，也有这样一个飘忽的、不可捉摸的声音在对她说："过来，过来吧！"

这声音的出现好似一个焦雷，徐夫人异样妩媚的笑容瞬时化作青白厉鬼，沈慧薇微咬舌头，保持最后一分清醒，默运玄功，不一会儿，静凉如水，种种异象都从眼前消失了。

她暗自骇异，从第一次眼目晕花开始，她就知道那杯茶有问题，她曾在雪域受过专门锻炼，对于各种药物毒素都有专门的认识。但那杯茶里并没毒药，只是放了一点点分量不足的迷药，无色无香，不易察觉，总以为把这迷药压过以后就无事了，想不到这仅是第一关，更厉害的还在后面的催情剂上头，这徐夫人竟如此不择手段，沈慧薇不由得愤怒地红了脸。

徐夫人看着她唇边泛起迷离的笑意，转眼间站住了不动，又似清醒又似迷茫，也吃了一惊，随即见她脸色绯红，更是可爱，笑盈盈道："好孩子，你乖乖听话，以后我的就有你的。"

沈慧薇嫣然而笑："多谢啦。"却不移动脚步。徐夫人再难按捺得住，伸手揽她肩头。蓝衣少年神情慵懒，由她摆布。徐夫人又惊又喜，她从谢秀苓无意中提及这少年起始，便不曾断绝绮念，龙华会上一见，尤胜于传闻。但是这少年论武功，论性格，比以前她遇见的所有少年都不可捉摸，因而甫一上门，她便决定无论施硬施软，绝不让这少年脱身。想不到只是一杯茶，这可爱的人儿已无抗衡之力，真是出奇得顺利。

不知是暖风吹散了发髻，还是因其他的缘故，绾发的簪子叮的一声脆响，落在地上，沈慧薇懒洋洋地转了个身，长长的秀发在风中划出一道弧线，便如春云出岫，婉兮清扬。

徐夫人陡然退了半步，手心、后背俱是冷汗，喃喃道："你……你究竟是男是女？"

沈慧薇极其安静地看着她，眼神氤氲，仍在不清醒中，并不回答。

徐夫人气极，不由得化作一声冷笑："你、你……好极了！呵呵，好！"

沈慧薇笑嘻嘻地又向前走了一步，伸手似要相唤，徐夫人已是万分戒备，不想还是被她的手搭上了肩膀，大惊，高喝："够了！你快醒醒！"

沈慧薇一怔，徐徐回了神，左右张望，茫然道："呀……我在哪里？这是怎么了？"

徐夫人气得不知如何是好，跺足道："你这……你这……顽皮的丫头，此处不欢迎你，快走快走吧！"

沈慧薇把发绾束完毕，回头看看正门之上所悬的黑底金字书"江湖首盟"大匾，回想刚才那一幕，那么熟悉又那么邪恶，心底的冷笑凝聚成眼角的一滴泪。

她穿行在期颐的大街小巷以内，茫然不知所向，甚至不想回到冰丝馆——碇礴集聚之处。避开尘嚣，抛却世俗，是她此刻惟一的愿望。可精神恍惚、仿若宿醉的蓝衣少年是路过行人注目的对象。沈慧薇感觉到那些眼光，越加感到无从诉说的愤懑难耐。

夕阳西沉，夜色渐临，这是一天当中最为混沌的一刻，大地收下最后一缕光线，星月还没有爬上山坡。她走在暗色里面，轻忽得如空中的一片微云，也仿佛得到些微安全感。

但她只感凄凉，冒昧闯入江湖首盟的府邸，除了险些受到一场侮辱之外，她没有得到丝毫有关雪儿的消息。——只看到大片被践踏的草地。她敢说，那是雪儿重新又变人为狼所留下的证据。心头绞痛，后悔也在吞噬她心灵，和雪儿相伴虽只一个多月，潜意识里已经把她当成自己在世上仅有的几个亲人之一。

因为顾虑到徐夫人和碇礴巨大的实力悬殊，她宁可露出红妆真相，也留给对方一点薄面。然而非常清楚的一点是，她此后切切实实失去了再度打听雪儿的机会。徐夫人之多疑已为她亲身领教，倘若直言询问那奇形兽人，只会为雪儿带来无穷麻烦。

然而——任由雪儿在那个心机深沉的女子手下挣扎求生？

她做不到帮助她再世为人，难道眼睁睁看着她重失人性，复归狼途？山中荆璞谁知玉，海底骊龙不见珠。可真正是在咫尺之遥失去了她。

怎么办？怎么办？！

风渐凉，夜色，转深了。

山色迷离。半山亭里几条人影。

坐着的那人，面目隐在黑夜之中，依稀是个白衫男子，其他一概模糊不清，周身一股霸气隐隐焕发出来，不怒而威，莫可名状，就连夜色对他也低头。男子身后侍立两人，一个是年纪很轻的少年，另一个则是异常魁伟高大的壮汉，抱刀凝立。

飞鸟凌空。魁梧大汉伸手拦截，鸟儿乖乖地落到他掌心，取足上竹筒中的小纸卷看了，脸色凝重道："老爷，卢回死了。中毒。"

少年失声道："哎呀，老爷料得极准！"这少年约莫十七八岁，穿着一袭式样简单之至的青衫，听他称谓，似乎不过是白衣人的家童之流，然而形容俊秀，举止态度说不出的儒雅，"我不明白，为什么不救他？"

白衣男子哼了声："为何要救他？"他的声音沉着冷静，微微透着锐利。

青衣少年听着反感，忍不住道："老爷明知期颐节度使心术叵测，莫非老爷派他来此，就是为了这个目的？"

"什么目的？"

少年几乎就要说出"借刀杀人"四个字,旁边大汉及时笑道:"文世兄,你的聪明才学我是极佩服的,可论到看事之深,眼界之阔,那是和老爷没法比的。"

少年怔了怔,负气道:"是。"

白衣男子手指上卷着那张纸条,不见他怎么动作,纸条在他手里变成了碎屑飞去。他忽然说:"这才刚入夜,酒宴方起,已经迫不及待下手。川照,该是怎么回事?"

那大汉川照道:"卢回为人欺软怕硬。他到期颐既是代天行事,一定不容别人忤逆,那定然是一开席就有口角,给了人下手机会。"

白衣男子点头,笑道:"恺之,你来猜猜看,谁会是被指认的凶手?"

那少年——文恺之——期期艾艾道:"这次宴请,除钦差、总督、节度使这些官面人物以外,龙华会上胜出的三个帮派首脑都参加了,或许江湖首盟也参加。徐夫人和节度使素来连成一气,总督是他丈人,凶手只在这三个帮派之中。瀚海山庄高手只有李葳瀚和欧琼海夫妇两个,伤之无益;云龙门是百年来泱泱大帮,根基深厚,伤之两伤。所以对象只有一个碌碌帮了,这帮派来历神秘,家底不详,年轻高手却不少。据说江湖首盟和这位黄大人,一向喜欢把这种帮派据为己有。"

白衣人道:"只错了一点,皇甫总督虽是他丈人,只有两个可能,一是全不知情,二是此次黄龚亭行动最大目标。我倒觉得后者可能性更大。"

文恺之惊道:"向岳丈下手?"

"这在他不是第一次。黄龚亭小混混出身,娶原节度使侄女为妻。认识皇甫总督的大千金后,第一任妻子暴卒,不到三天重做新郎。与此同时,他取得亡妻家族继承权。这是他目前官位来由。节度使系地方性武职,可以自行建立军队,但数量上的严格限制,那又远远比不上隶属朝廷的总督了。总督名义上由朝廷委派,可是数百年国家沿袭的惯例,也就是世袭制。皇甫总督垂垂老矣,平生只得二女,万一他有什么三长两短,整个期颐及下七省都齐归黄龚亭名下。"

白衣男子满不在乎地说着,别人的事在他仿佛了若指掌。文恺之微微抽了口冷气。白衣男子忽地转了头,凝神瞧着远远走来的一个人,一双锐利的眼睛出奇明亮起来。

此时月亮早已升到中天,照见地上如霜似雪、丰神秀绝的蓝衣少年。

川照浓浓的眉峰亦是一跳,显然对月下人印象很深:"龙华会上碌碌帮末一场出来比试的那个少年,沈岚。"

白衣男子喃喃道:"如夏花绚烂,如秋叶静美。"

文恺之噗嗤一笑:"老爷,人家听见了可不乐意。这不是把人看做女子了?"

白衣人反问:"谁说不是?"

文恺之诧然:"女子?——怎么可能?"

他目力远不如白衣人和川照,半山上看下去已然云隔雾笼,端详了半日,莹洁明净的月光之下,蓝衣形象宝相庄严,令人有无端生起的肃穆感,可是步态、动作,无一处似女子。

白衣男子呵呵笑了笑,徐徐加以解释:"男子这么美,是不正常的,其人必非祥物,便会美得过于妖异,未免带有鬼魅之气。然这人身上一派正阳之气,其美纯出正道,毫无妖惑之感,所以,定是女子。"

原来是这个道理,文恺之啼笑皆非,当然主人说什么,一定没有错的,他也不想争。只听男子叹息道:"这样女子,真乃极品。可惜……"

文恺之笑道:"极品,还有缺点么?"

男子笑道:"此女美则美矣,惜乎过于正大堂皇。远观百好无缺,相处久则兴味乏然,反而不如一干魅惑女子了。"

"相处……"这两个字令身侧人听了大大一震,"老爷!"

如霜如雪的月光底下,那一道孑然身形之后,无声无息地,多了两条仿佛树叶抖动在地面投下的阴影,淡若轻烟。

夏夜空气里花香浮动,纯净而甜美,风声徐徐过耳,仿佛带着一缕什么奇异响动。沈慧薇立刻感觉到了,她脚步未停,只是转眼之间,刚才那个步履蹒跚仿佛宿醉的蓝衣少年,立时焕发出奕奕神采。

风声一点点逼近,蓦然被压成扁扁的一道,锐不可当地破空划出,杀气弥漫。杀气拂动发丝,沈慧薇甚至连一步跨出去的速度和方位都未曾改变,而淡蓝剑芒瞬息一闪,随身佩戴的疏影剑以闪电般的速度横切出去,连续数下丁丁轻响,黑暗之中传来惊噫之声。

"身手不错。"低沉的语音说,"怪不得节度使大人特别重视。"

街角刷刷闪出两道身影,黑衣、蒙面,沈慧薇秀眉轻扬:"风云雷电,来了两位,何幸如之,但不知是哪两位啊?"

风云雷电排在杀手榜前十位,名头极响而识者极罕,她却凭着短兵相接的一招,即辨出对方身份。

黑衣人明显愣了一下,其中一个回答:"好眼力,我们是风和雷。"语音微一顿,立刻又说,"钦差大人中毒暴卒,碌碌帮与宴,有莫大嫌疑。节度使大人有命,请姑娘随我们前往配合调查。"

——如不是出其不意偷袭的一剑受挫,此刻他们的语气必不会如此客气。这分明是变相的擒拿,沈慧薇不置可否:"请我——配合调查?"

风雷颇不耐,作为无往不胜的杀手,他们被黄龚亭郑重其事派出来不为杀人而为抓人，本就认为大材小用，又如何能忍受被捕对象慢吞吞地拉起家常，冷道："在下奉命行事，姑娘有何疑问，到了府里再问不迟！"

暗夜里两道寒芒迎面疾射，一疾一缓，一张一弛，沈慧薇闪电出剑，挡开暗器，只见两人已分别从两个方向形成夹角之势，并同时拉开了距离。她心中暗道不妙，蓦地纵身向前跃出，听得闷雷隆隆，在她原先站立之处一阵火光爆炸开来！她丝毫不停地足尖一点，身如离弦之箭般飞起，疾风乱雨般射来的暗器纷纷抵足而过。

她在半空中旋身，衣袂张扬，剑光映得全身宛若发出了秋水般的柔和光芒，犹如清波荡漾的水中央，冉冉升起绽放的莲花。

她的脸在这淡淡焕发的柔光中有一种奇异的美，眉目庄严，目光悲悯，于神圣中凸显悲壮。即使是杀人不眨眼的魔头，风雷也因她这般肃穆神态而微一愣神，但随即如鬼魅般前后夹攻，大把暗器如雨洒出，丁丁当当响成一片，纷纷落下地来，紧接着柔和却沉重的力道拂上了他俩身体。风雷不得已出掌相对，只觉掌心寒气逼人，凛然急退。沈慧薇轻声巧笑，原来她以长袖卷住一把暗器，以其人之道还击其人之身，果然从风雷两人布下的杀气弥漫的阵中，逼出了一道空隙。她一击得手，更不停留，展起身法奔纵而出。风雷拔足急追，作为杀手，自是轻功极佳，却追不上这看似孱弱的少年。

初出茅庐，即把名动江湖的杀手戏于股掌之间，沈慧薇不禁微感得意，就连方才阴霾不定的心情也大为舒展。得意中又存一丝侥幸，今夜来的只是风雷两人而已，如果四人齐出，恐怕就没这么容易脱身了，陡然心头剧震：对付自己的仅是风雷两人，那么云和电又到了何处？！

这才发现，原来她百般无绪，胡乱行走居然已经到了城外。心下大急，急展身法，电驰风掣般返回。奔了一阵，蓦见东北方向一道火光凌空而起，在高空之中放出绚烂之极的花朵来，那是碳碳发出的求救信号。

她愕然止住脚步，猜测不幸成真。风雷所说，"钦差大人中毒暴卒，碳碳帮与宴，有莫大嫌疑"，但瞧他们对她下手之重，绝非是视为"嫌疑"带回去协助调查，分明是把碳碳当成了杀人真凶！碳碳帮自到期颐，一向自知势单力孤，分别向官府和江湖首盟投诚，可说是事事依顺，百无违拗，为何旦夕之间颜面俱变？！

她刚刚经历了徐夫人一场闹剧，不免心有所疑，生怕是自己的行为终于不免触怒了她，致使碳碳遭殃。可是，从她得罪徐夫人到现在，最多不过两个时辰，赴宴惊变、官府缉拿、风雷杀手抓捕这一系列的事情，绝计不能在两个时辰内布置得如此井井有条。分明是早已准备妥当，不论她今日得不得罪徐夫人，官府都会向碳碳下手！

碳碳放了两道信号以后，再没有第三道发出，更意味着情势紧急。此处离城中还是甚远，但沈慧薇仿佛听见风中掠过丝丝缕缕异响，人声慌乱，杀伐尘嚣，又仿佛见到火光耀天，冰丝馆中帮众一个个被押了出来。各种幻景纷至沓来，不由心乱如麻，救，还是不救，这两种念头瞬息交替在脑中转了两转。

"不管如何，总得试上一试。"一转念间，忍不住再度展开身法，忽然一只大手闪电般伸出，扣住她手腕。

沈慧薇面色微变——她年纪虽轻，剑术内功均已臻一流，如这般无声无息靠近她却毫无所觉的，天底下已然寥寥无几。——侧眼看见一个身形异常高大的男子，在这黑夜之中，依然穿一袭醒目的雪白衣裳，目光一转，傲岸凌厉之势扑面而来。

这男子低下头来，在她耳边迅速说了一句话，沈慧薇一怔，便不再动。

他说的是："你赶去，能救得了他们？你一人能打得过风云雷电，甚至打得过立刻就会举城出动的数万精兵？"

男子微微一笑，又说："放心，我保你帮中之人无事。"

不知为何，沈慧薇对于这信口一诺，却是半分疑惑也无，点了点头。

他轻轻携起她的手向远处掠出，留意到她片尘不惊的身法，不由得赞叹一声。早在她被风雷困住之时，他便有心出手，想不到被她轻巧脱身而出，连自己也追失了方向，还是借助快马之力转了几个大圈子，才把这小兔儿擒住的。

他轻声呼哨，一匹全身雪白的高头骏马奔来，他拉着沈慧薇一跃而上，那马甚是高大，两人坐着并不嫌拥挤。没过多久，他们已在城外官道上驰骋，白马神骏，奔驰之速如腾云驾雾，向横亘于期颐西面的连云岭深处而去。一道道青葱高岭于两道插翼般倒退，不上一个更次，两人进入深山。

沈慧薇如在梦中，轻声问："你是谁？"

白衣男子不答，拿起她手，在手心写道："钟碧泽。"三字横拓竖扫，即使手书也是张狂霸道，一如他人。钟是国姓，眼前这人绝不寻常。白马飞纵如风，情景变幻迷离，多问一句打破和谐之美，沈慧薇索性不再深思。

猛然间一派开阔浩渺，万千杨柳绕湖堤岸，风丝流云，烟渚柔波。连云岭深山，居然有着一个极大的天然湖泊！月光下山色空濛清奇，雄伟峻丽，沈慧薇不由得低声惊呼。

青树翠蔓，参差披拂之间，山庄悄立。白马希律律一声长嘶停下，钟碧泽暂不下马，揉揉马鬃，得意笑道："此马名叫雪狮子，平素脾气最是暴躁，绝不容一骑两人，今日可有些像我。"

"什么？"

"这就叫雪狮子向火，"男子低头而视的眼神里充满挑逗，"——化了。"

沈慧薇两颊火烧，忽然生气，双肘蓦然发力后撞，意乱情迷的男子"啊"的一声痛呼。沈慧薇从马上跃起，但才到一半，手腕剧痛，被钟碧泽一把扯过，怒气横生："你干什么？"

沈慧薇叫道："放开我！"腕间一抖，竟使出十分真力，飞身到了地面。

平地风波,钟碧泽恼怒不已,忽见她神色有异,跟跟跄跄着退过去倚着树干,俏脸通红,随即在月下转为雪白。他的恼怒霎时消失得干干净净,笑道:"我是一句玩笑,别当真嘛。"

沈慧薇眼中泪水滚来滚去,眉宇间似是怆痛万分,咬唇不语。

钟碧泽笑道:"行了行了,别耍孩子脾气了啊,我们也到了,进去吧,不想商量对策救你帮中之人了么?"

他说了两三遍,见沈慧薇不答应,也不移动身子,未免不耐,怒气在眼中一闪,道:"你到底想怎么着?"

沈慧薇转了头,轻声道:"你是谁?我碰礅中事,未必便要你插手。"

钟碧泽见她泪痕未尽,语气已见昂扬,只觉好笑:"对对,沈大小姐你原是无所不能,何用旁人帮忙?只不过这事也关系到我,那是非插手不可,而且还要请你相助呢。"低笑道,"别闹孩子脾气啦,叫人看着笑话。"

山庄内有侍女迎出,沈慧薇脸一红,微微瞪了他一眼,心中暗自惊异,这些年来她对于无心调笑也很能安然,何以今夜发作如此之甚?

"你到底叫我来有何用意?若是只管无聊,对不起,我告辞了。"

钟碧泽摸着下巴不住笑,说:"何必着急?既来之,则安之,来来来,先不妨香汤沐浴,而后美酒佳肴,你我慢慢谈。"

沈慧薇夺门而行,那可恨又可恼之人并不拦阻,在后懒洋洋道:"你这会儿告辞干吗?回期颐自投罗网?还是回乡找你那无能帮主?无论到哪里都给黄龚亭一个下手机会,拔出萝卜带出泥,妙极!妙极!"

沈慧薇蓦回头,视他半响,这人接连语出惊人,先说"沈大小姐",她身为女儿身,除雪儿和徐夫人以外无人知晓,他却从何得知?而说到"无能帮主"四个字,更是心惊,不能确定那"无能"二字究竟是随口道出抑或意有所指?她淡淡说:"这是我们碰礅之事,自有办法解决,不劳挂心。"

"你们的希望——白衣剑神嘛。"那厮满不在乎地说,"无非是匹夫之勇罢了!"

沈慧薇没有说话。

"就算江湖首盟徐夫人和节度使黄龚亭两人加起来也不是剑神对手,可他以一人之力,能保你碰礅与官府作对稳占上风站稳脚头?"

沈慧薇眉尖一耸:"怎么扯上徐夫人?"

钟碧泽笑了笑,说:"我们打个赌如何?"

"打赌?"

"三天之内你们帮中之人平安放回,是我赢了;否则算我输,我便把这座连云岭给了你。"

沈慧薇吓了一跳,嗔道:"玩笑开得太过分了吧?"

钟碧泽笑道:"不敢赌了?"

沈慧薇微笑道:"如果你赢了又如何?"

钟碧泽望着她轻嗔薄怒的模样,几乎忍不住一阵冲动,微笑道:"我赢了,你可得帮我办一件事。"

沈慧薇仿佛没听见他后一句话,抬头默默思索,低声道:"我有些明白了。"

"唔?"

"你是说——这一晚抓人,不是因为钦差大人暴卒,而是存心的,可他们是想把磙礋当成替罪羊,还是……"

"替罪羊早就准备好了,不需要你们。"钟碧泽断然道。

"是谁?"

"九天魔帝。"

龙华会快结束时,准备授予铁券丹书,就有这个闻声不见面的"九天魔帝"给满场带来狂风阴霾。如今又要把这案件凶手也归于他,这"九天魔帝"倒是个无所不在的借口。沈慧薇不由得笑了笑。

"既然不为找替罪羊,那为什么还要为难磙礋?"

她面色渐渐凝重,目中惧极而惊的神色一闪而过。钟碧泽笑道:"想明白了么?——你们这个磙礋帮,出了这么大一场风头,可是一无来历,二无靠山,正如绝世明珠置于闹市,任何有力者都欲取之而后快。"

沈慧薇心下称是,不肯认输,笑道:"这事与你什么相干?莫非你也自恃有力者之一?"

钟碧泽哼道:"小丫头太也顽皮,刚打的赌还算不算数?"

"三天没到呢。"

"赌注可得先谈好。"

沈慧薇眨眼笑道:"你说吧,我听听成不成。"

钟碧泽折扇轻摇,意态悠闲已极,懒洋洋地自嘴里滑出这么一句:"帮我斗倒这两个人。诛黄龚亭,江湖首盟你可取而代之。"

沈慧薇怔怔看了他一会儿,确定他没在开玩笑:"这……不成吧?"

白衣男子若无其事:"怎么不成? 一人难保其位,有力者居之。朝堂之上,和江湖中事无甚区别。"

沈慧薇道:"黄……黄大人是朝廷下旨颁封的节度使,就连江湖首盟也是受过御诏的吧?"

"胆小了?"白衣男子微笑着看她,眼里闪过嘲讽的光,随手取出一件信物,说,"朝廷久闻两者野心,早有诛意,无奈抓不住把柄。你若斗得倒他们,便是奉旨行事,第一个靠山便有了。"

那是一枚螭虎钮蓝田玉印,通体晶莹,四周刻以流云纹,印面阴刻篆体"代天承平"四字。钟碧泽恐她不知,告诉她:"这是朝廷钦赐平乱之印,你持宝在手,官府见而听命,有恃无恐。"

朝中帝后所用之玺共有六枚,其中用于治下平乱的代天承平印章叫做天子行玺,又称平乱印,持之拥有特权,用完后须得立即交还朝廷。

沈慧薇深感震惊,同时疑云大起:"你到底是谁?"

钟碧泽微笑拍她肩头:"你要明白朝廷不想过多插手江湖中事,我除此未必能帮你多少,一切还需见机行事。若是败下阵来,那我也没奈何。"

沈慧薇吐了吐舌头,笑道:"要是我办成这件事,有什么赏赐啊?"

钟碧泽说:"你若是办成了,我便把这座连云岭送给你。"

"呀……"沈慧薇轻笑,"这座山岭是闹鬼啊还是中邪了,你老想塞给我似的。"

钟碧泽说:"你要这么理解也不妨,它若闹鬼,你敢不敢住?"

沈慧薇侧头笑道:"可是我需要那么大的地方干什么呢?再说,即使做成那件事,对碇碳亦是有益,那也犯不着送如此厚礼。功微而礼厚,必非好意。"

"呵……"钟碧泽又好气又好笑,"你这……小丫头,原来也没多大抱负。"

沈慧薇道:"我本来没抱负,与你何干?"

"碇碳千方百计要取得铁券丹书,想来是要到期颐发展了。却不知打算如何发展?成天借住在冰丝馆,还是买个泥砖石砌的小院子将就住哪?"

他见沈慧薇收下印章,大为欢喜,丝竹乐声适时传来,钟碧泽精神一振:"随我来。"一手扶着她手臂,大踏步向水边走去。

明月银塘,绿水清标,有雪衣纤影飘飘于上。钟碧泽低声笑道:"良宵佳夕,备丝弦乐舞,以待贵客。"沈慧薇含笑不语。良辰美景,佳人在侧,钟碧泽但觉人生之乐,莫过于此。

"除了沈岚这个名字,你是不是另外还有名字?"

沈慧薇警惕道:"什么意思?"

钟碧泽笑道:"沈岚的名字固然可用于男,亦可用于女,却嫌不够温软,你是江南一抹烟云,更俏丽一点才好。若你没别的名字,我可要帮你起了。"

沈慧薇板着脸道:"我名字多得压死人,不劳驾了。"

"还有什么名字?"

她一口气说个不停:"沈兰,沈梅,沈竹,沈菊,沈温软,沈俏丽,沈江南,沈烟云……"

钟碧泽哈哈大笑。

蓦地人影从半空中急掠过来，黑压压一片，钟碧泽皱眉道："川照？"

来人身材魁梧，在庭中一站如渊停岳峙，躬身行礼："老爷！恺之失踪了。"

"什么?！"

川照脸色有点变，急道："刚刚老爷离开，我也因为好奇，跟随……"他瞥了一眼沈慧薇，"风雷过去看看。我找了半夜，踪迹全无。"

钟碧泽发作道："他不会武功，现场既已发现十杀手之流，你怎么可以轻易离开！"

丝竹顿止。川照无精打采地单膝跪下。

沈慧薇见川照目中精光四射，两边太阳穴高高突起，显是外家高手，怎会屈于仆从之流？但心头蓦地一酸，想到自己和这个身份原无差别。

钟碧泽发了一顿脾气，道："你的意思？"

川照说："老爷不宜暴露身份，眼下情势难定。恺之失踪，由我交代人来找，请老爷急速回京，以防万一。"

钟碧泽哼了一声："你又能让谁来找？"

"宗家正在附近的玉台，距此不过三百里。"

钟碧泽也有返京之意，只不过要借旁人之口而已，遂向沈慧薇道："不出三月，我必再来。你见机行事，倘强弱悬殊，暂且隐忍无妨。"

又牵过雪狮子道："这匹马脚程甚快，留给你。庄子也暂归你用，望你早日正式接收。"

沈慧薇目送钟碧泽和那大汉川照另外骑了两匹青骢马远去，那虽也是腿长体健的良驹，但较之雪狮子可就差得远了，想来白马乃平常钟碧泽自用。她缓缓走到马旁，想起它的名字，脸又红了，怅然如有所失。

流光
LIU GUANG

瞬息之间,杀手退去,"老爷"去追那个男装少年,川照则追杀手。剩下文恺之独自一人。

月明如水,草虫啾啾,有着一份自出京以来难得的静谧与宁静。

落花淡然的少年,无比惬意地享受着这一刻逍遥。

他的老爷……那个傲然号称"寰宇主人"的老爷,随年龄越长,脾气却也变得越来越自任专横了,也不顾若消息泄漏会怎样的惊天动地,随身只带一文一武两个人,轻舟下江南。

文恺之淡淡想着,浮起一丝苦笑。他是文,虽然手无缚鸡之力,来去都由老爷决定,可是,就这样悄悄地跟出来,没有行到"谏劝而止"的本分(问题是他劝得住吗),回京以后不知要吃什么样的苦头,官方即使不过分追究,开祠堂请家法一顿竹板一月禁闭,是免不了的。

"天下文章",有此二百年前承宗皇帝亲笔题匾,大离朝数百年风流精华,似乎公认浓缩在了一个家族一个姓。文家簪缨世代,最为鼎盛繁荣时期一朝出过数十进士,近年族中凋零,惟长子文恺之五年前文场夺魁,以十三岁神童之名著于天下。

少年得意,跃马春风,万千隆宠在一身。由是,他文恺之的行为言语皆为规范,普天之下都在观望。稍微出格一点,没有人肯原谅。——多少人在眼红"天下文章"这悬了二百年之久的金匾呢!

他当然不知道"寰宇主人"甚至把平乱印也出了手,否则,那是拼死也要赶往深山进行"谏劝"本分,全无此刻流连赏景,步月吟诗的雅兴了。

他信步所至,渐也离开半山亭,心里是想着应该回到南面他们此行在深山里暂栖的山庄,脚下却不知不觉向着从未走到过的北边走去。——柔风拂面,清凉遍体,月明星皎,单身只影,恰是寻幽览胜时。

想到老爷为那蓝衣的少年或少女颠倒不胜的情状,微微好笑。自他成人起,便熟悉了他睥睨众生的傲岸,从没想到过会有这样的颠倒。回想龙华会上那少年剑若惊鸿,飘飞若仙,确是举世绝俗的华美。但或许因为是男装之故,美则美矣,自己却无惊艳之感——甚至有点不服气——想当初跨马游街、御园领宴,他不也是光鲜风流吗?

怀着淡然而漫无边际的冥想,他逐渐深入。江南的山,却有这样的深远和广袤,千重叠翠,风一道,水一痕,化入峰中皆无形,那山色峰峦,却有了润泽容颜与鬓发的烟水气息。

明月当空,悠远清幽,虫鸟清唱宛如天籁之声,风中拂过每一片叶子的婆娑,仿佛拂过七弦的泠泠琴音,清新扑人。

隐约间,有一丝特别的声音随风传来,尖锐、冷厉,忽远忽近。

这声音夹杂在大自然温存诗意的天籁之中是如此的格格不入,文恺之微微皱了眉,一道巨大的阴影划过他上方的天空,遮住明月流云,黑暗压顶而来。文恺之一抬头,巨鹰狰狞凌厉的眼神正对着他。

"呀!"文恺之骇然出声,他从未见过这么体积庞大的巨鸟,神态凶恶无比,仿佛随时伸出钢爪置人于死地。

然而大鸟只是绕着他头顶上方飞旋了一个圈子,在它后面闪出一个黑色身影,全身隐没于臃肿的黑色衣物之中,只有两只精光四射的眼眸露在外面。这双眼睛近乎贪婪地在文恺之清俊从容的面庞上来回扫视,惊喜中含一丝犹豫:"若是男子……倒真是极品啊!"

文恺之怒冲冲地红了脸,岂有此理——若是男子!他文恺之不是男子,难道会变花妖山精不成!

不等他开口,黑衣人鬼魅般消失,只听微含沙哑的声音吩咐道:"把他带上。"

巨鸟在高空盘旋徘徊,仿佛是早就在等着这一个命令,欢呼着从云霄中垂直扑下,把青衣少年凌空抓起。文恺之甚至没能挣扎一下,身子便离地而去。

呼啸着的风带着一股鸟身上特有的腥气向他嘴中倒灌而来,一道道山岭在下方划过,万树摇动,黑影交叠,世家少年何曾遭遇过这般的诡谲离奇,惊恐愤怒之余,脑海里一片空白,渐渐失去意识。

再度恢复意识,仿佛还处于身处高空、头部朝下的状态,眼前山峰、树木、天空疯狂了似的飞舞旋转,稍微动一动,五脏肺腑就翻江倒海似的翻转过来。鼻端闻到一股非常奇特的味道,如同稀薄的兰馥香气娓娓散布于空气之中,却带有挥之不去的血腥、杀戮的感觉,让人心神不宁。

渐渐的所有的旋舞静止下来,沉谧而美丽的星空于他眼睛上方静静地铺展开来,文恺之这才发现自己仰面躺倒在一方巨石之上,那只凶恶大鸟不知去向。他尝试动了动手足,发现身体并未得到禁锢,慢慢地坐起来,一面寻找着奇特香气的来源。

耳边一个沙哑的声音阴恻恻地说:"想要活命,老老实实呆着别动。"

就在咫尺之距,妖鬼似的黑衣人双手互抱,泛着邪气和毫不掩饰兴趣的眸子紧紧盯着他。

文恺之问道:"你是什么人?这般绑架于我没有好处。"

他虽然一生处于富丽堂皇、阳光灿烂的朝堂之间,却也知道所谓朝堂和江湖的区别,对于这种形迹诡秘的人,是没有道理可讲的,因而,镇定的语气中虽然带有一丝威胁,却并不过分——尤其是丝毫没有吐露自己身份的意思在内——只给人一种隐隐约约、难以捉摸的胁迫感。

黑衣人眸子闪了闪,在全身衣饰掩饰下无声地笑了笑:"哦?"很明显感觉到这少年来历非同寻常,——这也正是文恺之要的结果。但在此时此刻,黑衣人却没有为此一言而分心,只是摆了摆头,示意他先安静下来。

大石下方,是一块较为平坦的山谷,水声潺潺,山间清溪喷涌而出。

陡然间,文恺之几乎不敢相信地瞪大了眼睛——水中的大石上,赫然站立着一个约莫七八岁的裸体女孩!

乌黑的长发在她脑后飞舞,月流无声,静静流淌在晶莹的肌肤之上,闪着娇嫩光滑的辉光。

女孩脸上挂着无比酣畅的甜美笑意,低头凝视臂弯中抱着的一个肥大婴儿。

一连串迷人恬静的歌谣自女孩嘴里滑出,双手高举,把出生最多不过百日的婴儿捧于头顶,轻轻摇晃,婴儿感到有趣,咯咯笑出声。

深山,空谷,明月,清流,行踪诡秘的黑影,如欲噬人的怪鸟,纯洁无瑕的年幼女童抱着初生婴儿,还有那股若隐若现萦绕盘旋的腥甜,仙境一般的清幽青翠之中,却有如此深重的鬼气袅袅不去。

"宝贝!宝贝!"女孩复把婴儿纳入怀中,声音清脆地叫,露出了雪白的牙齿。

不知为何,文恺之听见这两声"宝贝",背脊上陡然冒出一股凉气,仿佛那叫声里有一种不可思议的邪恶和欲望在横流。

婴儿正在高兴的时候,突然被放下来抱紧,很不自在地放声大哭,挥舞一双肥嫩的手足。

女孩拍着他:"不要哭!嘻嘻,宝贝!别哭,不疼的!"嘴唇轻轻凑近了婴儿肥嫩的脖项,微微张开,猛然一口咬下去。

尖利的哭声霎时传遍整道山脉。

"呀!"从小被教训处变不惊、温和雍容的世家少年陡然失色,无论如何想像不到会有如此匪夷所思、灭绝人性之事,淡定的双眸陡然燃烧起满腔义愤,脱口大骂:"那妖邪,快住手!伤天害理,上天不容!"

他不顾一切,甚至忘了自己随时可能遇到相同的危险,努力尝试爬下山崖。

他所在之处,是绝壁陡崖突起的一块大石之上,以他手无缚鸡之能,想要爬下去简直是绝无可能之事。

　　因此,黑衣人只是瞧着他,眼中流露出讥讽的笑意,毫无阻拦之意。

　　吮血的女孩也不无惊异地抬头,因而只是看了少年一眼那个手舞足蹈大呼小叫的少年,然而进入口中的美食是如此令她满足,因而只是看了少年一眼,便不再关心。

　　凭着一股冲天的愤怒,文恺之产生的勇气也是空前的,尽管艰难万分、狼狈不堪,还是被他连滚带爬地爬下山崖,然后跌跌撞撞朝溪涧那边冲过去,还有数丈之距,他却陡地站住了,身子僵直。

　　婴儿的哭声早已停止。肥嘟嘟的小身体如秋风枯叶般迅速萎缩衰败下来。女孩意犹未尽地离开了婴儿颈部,伸舌舔了舔鲜红的小嘴。

　　大鸟一直在她身边守着,见状嘎嘎大叫。女孩一笑,把尸体放在石上。大鸟尖喙如雨,一转眼的工夫,石上只余少许碎骨残渣。

　　那一个初生婴儿,在这一人一鸟分食之下,连一块完整的骨头也不曾留下。

　　文恺之眼中蓄满泪水,在婴儿彻底消失于这个世界上以后,泪水终于顺颊滚落。

　　女孩满意地甩了甩头。乌黑的发,雪白的脸,鲜红的嘴唇,那样美丽的颜色下面,隐藏嗜血的凶残。

　　吞噬了人肉的大鸟,也同时心满意足,担任起护卫的职责,这时才把注意力转向地面上那个满含眼泪的少年,转而把充满敌意的眼光对准了他,扑腾着双翅,仿佛随时有冲上去啄食的愿望。

　　"随他去,不用理他。"一直在高处静观好戏的黑衣人开口,"看来这傻小子骨头挺硬……就让他吃点苦头好了。"

　　女孩盘膝坐下,手心足心向上,开始了下一轮的练法。初雪般的肌肤之下,鲜红血脉突突跳动,霎时涌出鲜血,给她整个的身体染上一层血色。血色不断从血脉中滋生出来,一层又一层地笼罩在女孩身上,她全身上下变得赤红可怖,甚至她的眼睛,也红得如要滴出血来,不怀好意地,炫耀般地对着平地里杀出的那个少年。

　　文恺之惊呆了,不知如何是好。——那个女孩,简直不是人,她比妖魔更可怕十万倍,自己应该怎么办?!

　　空气中,那股一直淡淡萦绕的腥甜香气至此浓烈起来,一阵阵扑入文恺之鼻端,令他感到十分不舒服。而随之加重的腥臭更使他嗅之欲呕。

　　是、是什么?!

　　寂静空谷,陡然生出无数细碎的声响。

　　有人……或者东西在过来。

　　是有东西在地面爬行,带动地面葳郁草叶,拂散了草尖露珠,留下长长的透明黏液,源源不绝地汇聚过来。起先只是少量,而后这贴地伏草的黏湿感浓重起来,湿气陡重,灰褐色的云雾在天边聚拢,星月陡然失色。

喊喊喊,沙沙沙……恍如缩小了的千军万马,虽不响亮,但无穷无尽,无止无息,叠合在一起,惊天动地。

文恺之向远处望去,眼神陡然凝固,脱口惊呼:"啊?!"

无数爬行类毒蛇、虫豸,成群结队,密密麻麻,汇成虫的海洋,奔腾起伏。刺鼻的腥臭立时在空气中氤氲涌动!

生长十八年,罗绮丛中,珠香粉媚,别说是见过、连想都没有想到过,普天之下,居然会有这样多的诡异生物!少年脸色苍白,几欲作呕,慌不择物地朝一棵探出树干的老树上面靠去。——未曾接近,又惊恐地退了回来。树上,山岩上,也有东西滚动过来,吐着亮晶晶的稠液,有无数蜘蛛飞快而来。

啪的一声,一个黑糊糊的东西在他脸上留下一记脆响,一只蝙蝠抖动着翅膀向前飞去。紧接着一条蛇吐着蛇信子自他脚面滑过。他背心一凉,颤抖着几乎再度失去知觉。

以他所知,深谙这个时候不应妄动,只要被任何毒虫叮咬一口,便性命难保。无奈理论碰上实践,没一点用处,他还是倒退着、躲闪着,甚至不断拍打着爬行、飞跃至其身的毒虫蛇豸,冷汗与毒气一起濡湿了青色长衫。所幸那些毒虫蛇豸们似乎有着明确目标,齐齐地向前涌动而去,并不理会当中的这个手脚笨拙、张皇失措的活物。

奇怪的是,不论毒虫带来的腥臭有多么刺鼻难闻,先前空气中那缕腥甜,虽然微弱,却始终不受任何气味的干扰,仍然是在袅袅散发着。——事实上,正是由于这一缕淡淡异香,将连云岭内无数毒虫蛇豸吸引集聚。

江南灵秀之地,毒物生长本来要比其他地方少太多,若不是连云岭无与伦比的深邃空濛,恐怕也聚集不了这么多虫蛇豸蚁,此时仿佛已是倾巢而出。

在这个时候,文恺之听见了从头顶传来的讥嘲而幸灾乐祸的笑声:"向我求救,我便救你。"

文恺之忍不住抬头望了望,那个黑衣人所在的地方,在这万千毒虫包围之下,却是干干净净,所有毒虫都有意绕开了那块地方。他恍然大悟,想来是黑衣人事先在周围放置了什么药物,使之可以避开成千上万的毒虫的侵扰。

此时想要活命,最好的方法便是向黑衣人开口求救。然而,文恺之哼了一下,毫不考虑这个可能性,宁可继续张皇失措地拍打驱逐经过身上的毒物,只是越聚越多,他的拍打根本无济于事,相反,也终于激怒了某些脾气暴躁的虫豸,他手臂上猛然一阵剧痛,一只五彩斑斓的大蝎子从那里昂起头来,跃了出去。

他眼前一阵昏黑,在即将失去意识之时,听到黑衣人喃喃地说了句:"倔小子。"一根绳索凭空而来,绕上他腰部,然后就一片昏天黑地了。

黑衣人把青衣少年提上大石,向他嘴里塞了颗丹药,这个时候显然不愿分心,仍然不无紧张地注视着下面的情形。

千万毒虫所奔涌而去的方向,正是那个女孩!似乎受到某种神秘的牵引,争先恐后越过一水间隔,转眼之间,爬满女孩鲜红的身体。女孩保持着一成不变的姿势,手足轻轻颤动,脸上现出一丝痛苦,幽黑而闪着深红火焰的眸子里却充满了渴望,鲜血很快流遍全身。后面的毒虫还在纷涌爬至,逐渐到了她嘴巴、眼睛、耳朵、头发,把鲜红的人影完全覆盖,替之而起的,是一层古怪的说不上是灰、黑、褐、墨绿、灰青的颜色,夹杂一两点金色或者红色。

半晌,被覆盖的身体剧烈一震,宛如冬眠的蛇蜕下一层皮,无数毒虫颓然跌下,落入溪水之中,飘飘浮浮地随流水冲了出去,竟是死了。

聚集到水中的虫豸成千上万,虽然疯狂地涌向那个女孩,但更多的一时之间却是挨挤不到。当第一批毒虫坠下溪流,本来只有一个目标的毒虫霎时分为两支队伍,一部分继续癫狂地涌向裸体女孩,另一部分则涌向死去的毒虫撕咬分食,不一会儿就把第一批毒虫咬噬殆尽。第二批从女孩身上蜕下,剩下的毒虫扑上去继续撕咬。

可是无论那些活着的毒虫咬噬了多少死去同伴,饱食之后,它们并不选择离去,而是更加疯狂、激烈地抢夺着爬到女孩身上去的机会。

竟是生生不息。

天地间微微颤抖,连云岭清奇出尘的山色在千万毒物蹂躏之下辗转哭泣。

那女孩似乎承受着巨大的痛苦,颤动加剧,终于身子一晃,跌入水中。黑衣人关心似的低哼了声,身子向前倾出,更为用心地观望。

女孩在水中沉沉浮浮,任由毒虫蔓延攀爬,依然还保持着原先那种手心脚心翻举向天的姿势。

黑衣人松了口气,继续观察。

直到第六或是第七批附上身体的虫子死亡之后,那女孩在水中的手足渐渐伸展开来,身体却不再有颤动,仿佛已是支持不住。

空气中,那缕淡淡甜味随风消散,这股味道一旦散逸,对于毒虫的吸引也随之失去,除有少数还未从疯狂的巅峰清醒过来,仍在咬噬死去虫豸和女孩身体的虫豸以外,绝大多数虫豸开始漫无边际地爬往各个方向。

女孩被溪水冲出好几尺远,身上残留的虫豸纷纷剥落,露出本体,经过那么多虫子咬噬以后留下无数细小疤痕,她的身体浮肿不堪,而鲜红色的肌肤上多出那么多伤疤,也显得越加可怖。

大鸟飞过去,伸爪提她起来,只是一瞬之间,女孩消失于大鸟胸腹之下。刹那之间,一道鲜红如血的气流从它胸腹之间猛地冲了出来,带着无比灼热的气息海潮一般翻涌着展开,它顿时化作一只火鸟,张开了燃烧着的翅膀。凶恶而凌厉的眼眸,闪着无穷无尽嗜血的渴望。

黑衣人满意地看着这一幕,但注意到远远逃开的那些毒虫,无论数量上、速度上,都与刚刚出现时的声势无法相提并论,黑衣人摇头叹了口气,喃喃道:"可惜,这么大一座山,也快不济了,剩余毒虫支持不了几次啦。以后却寻什么地方修炼好呢?"

在黑衣人喃喃自语的同时,鲜红如血的光辉徐徐焕发消散,一条雪白的身躯从大鸟体内钻出来,光滑晶莹如初:"娘!娘!"

星光淡淡,月色溶溶。

四围山色,一切都笼罩在朦朦胧胧之中,天地间万物深睡,万籁俱寂,山间轻忽的风声也似化作画里笔下一道静静的风景。

不绝如缕的箫声从天而降,顷刻间如月华照彻,遍洒山野。箫声清淡平和,乍闻听不出悲喜起伏,又如袅袅轻烟融入万千静谧之中。

吹箫人白衣如雪,独伫于山头,清泠月色照在他苍白的脸上,显得无限寂寥。其下烟波万里,幽凉的风在他脚边吹起落寞翻卷的绿叶。

他闭目吹箫,似乎全身心投入,于万事万物都不察觉。箫声渐转悲凉、跌宕,几处激越转折之后,眼角边依稀有泪。

愁极轻踏箫声去。天涯况是少归期,浮云碧海寻无路。

箫曲既终,便听得一声悠悠叹息,嗓音清柔,又仿佛沉重之极。

"瑾儿?"吹箫人忽然开口。

一条纤细的影子从山坡上冉冉走过。那少女着一袭雪色罗衫,衣袂随同发间长长的丝带一同迎风而舞,山色中雾霭轻绕,在她足边清冷地燃着,漫天月华就此晶莹明亮起来。

"怎么不去睡?"男子眼神之中,隐有爱怜的责备。

"我睡不着。"少女安静答道,"听师父的箫声,想到明日的别离,更是不能安睡了。"

神色寂寥的男子微微笑了:"我曾教你即使山崩于前亦声色不改,你一向学得很好。"

少女唇边凝起清浅笑意,说:"我学得不好,师父很明白的。不过师父过于疼爱徒儿,什么都不舍得说我不好。"

男子久久无语,最后只是长叹一声,把少女拉到近前,抚着她流溢清婉的发丝,道:"瑾儿,我再问你一遍,我事前与碌碌约定,入帮只为教你成人。现在你已出师,我送你前往期颐后便会离去，前程坎坷难料，你是否真的决定了？"

少女轻声道："师父，四年来你为我呕心沥血，师恩难负。"她顿了顿，"师父说江湖险恶，磁碟更或许来历有些儿……不清不楚，徒儿年幼愚钝，可是师父的嘱咐我一定记在心里。但我于穷途困境投诚磁碟，那也是事实，如今正值用人之际，弟子必须前往报效。师父也说过，为人在世，必须恩怨分明。"

男子点头微笑，遂不再多说。

这名白衣男子，即是黄龚亭和江湖首盟徐夫人一直以来打探关注的白衣剑神。他们所深思穷虑而难以明了的，便是这剑神一向独来独往，即使二十多年前仗剑而行之时，也不和江湖中各种纠缠纷繁的门派发生关系，是什么原因使得这闲云孤鹤、远离是非多年的白衣剑神，居然加盟一个名不见经传的地方帮派？

若是此时有第三人在场，或许便能从这少女身上猜到个中缘由。那少女吴怡瑾，清绝似雪的容颜宛然便有几分肖似白衣剑神当年琴剑同心、却过夭折的薄命红颜。剑神果然是绝世情痴，二十年前生死纠缠的爱恋使之不惜抛却整个世界，而后，又为了容貌相若的小女孩再入红尘。

他初见吴怡瑾，她已身入磁碟。固然可以使用种种方法把她带走，无论明夺暗抢，磁碟都没有力量羁留得住这小女孩，但他却不忍尘世风霜过早降落在这纤尘不染的女孩身上，成为她一生耿耿的阴影，宁可自降身份投效于这一来历不明的地方帮派之中。

此后是长达四年的悉心教导与朝夕相对，更加感受到女孩子一颗纯真温柔的洁白之心，念及出师以后便得目睹她走入污浊不堪的江湖，独自面对风云变幻的莫测命运，不禁深为担忧。何况经过这四年以来，虽然处身事外，亦毫无避免地了解到一些磁碟帮隐秘，远非一个地方势力那么简单，其幕后操纵之手掩藏在层层扑朔迷离之后，真意难测。正在这时磁碟三番四次发信致意，希望吴怡瑾能早日出道。眼见无法借口拖延，他只得亲自带着心爱的小徒儿，向期颐而来。不过按照他加盟帮派时的约法三章，他并不会为磁碟做其他任何事情，吴怡瑾安全抵达之日，也是他们师徒分离之时。

这一晚他思及人生之变幻，命运之悲凉，心有所感，不禁吹出这离别的箫音，岂知吴怡瑾并未入睡，尾随而来，终于忍不住又一次试探其意，对徒儿的回答隐隐有些失望，却在意料之中。

师徒俩谁也没再开口，充满亲情的温暖在两人心间缓缓流动。

似是感觉有某种异常之处，剑神转头把视线投入茫茫无际的夜空，"噫"了一声，眼中有诧异之光。明月繁星交相闪现，丝丝流云在天幕轻盈飘浮，夜幕沉谧似海，他一无所察，脸上神色却越发肃然。

吴怡瑾微微皱了皱眉，低声道："师父……有血腥味。"

剑神颔首，向她做了个手势示意静声，白色身形仿佛划过苍穹的流星，投入沉沉夜色之中。

吴怡瑾对她师父的神通素来信服,那股隐隐约约萦之于鼻端的血腥味道虽是来得诡异突然,师父既是过去调查了,她便也不放在心上。在峰顶缓缓走动,居高临下,眺望这延绵起伏的连云岭山色,目中渐渐流露出流连赞叹。她跟着师父游迹天涯,不知走过了多少名山大川,连云岭与之相比并无多少特别之处,但是江南之地,一山一水俱显精巧,这连云岭的每一座峰峦低谷,都似天然水墨画成,深浅浓淡错落有致,精奇却不造作,秀丽而不张扬,处身其间,身心舒畅,恍与天地融合为一。

惟一美中不足之处,便是这风中送来萦绕不散的血腥味了。剑神去了许久,这股味道非但并未减轻,反而愈加刺鼻起来。

难道师父会遭遇意外情况?山头忽然卷起一阵狂风,一片黑影遮去大半月色,却是一只奇形大鸟横空里飞了过来。吴怡瑾惊见它一双利爪以下,竟然抓着一个人,在它划过高空的瞬间,有鲜血淅沥而下,而那人一动不动,生死不知!

吴怡瑾随着师父阅历甚丰,可如此凶残伤人的鸟类实属少见,轻斥:"下来!"玉般莹润的光华绕指而过,中途横截。怪鸟斜身张开丈许长的双翼,拍出一股强劲之极的劲风。白衣少女三千发丝俱都飞舞旋转起来,风力宛若钢刀般削过面庞,她未曾后退,皓腕抖动,那道光华顿时光芒大炽,灿烂耀眼,如电飞驰般削上鸟翼,隐隐挟风雷之势,锐不可当。怪鸟吓了一跳,似乎知道厉害,不敢以翼直接与之相抵,当下振翅侧飞,白光如影随形地削至其足,怪鸟负伤枭啼,利爪一松,抓着的那人从半空中陨石般落下。

吴怡瑾把那人接住,剑神声音远远送来:"瑾儿,截住那伤人魔物!"吴怡瑾应道:"是!"把那人轻轻放下,白光再次如练而出,星云点点交织闪烁,虽是以下击上,但仍霎时布成一张剑气弥漫的网。这一剑快若电闪,那怪鸟掷人后不及远逃,重又被剑气吸回网中,一个声音惊呼出来:"不要啦!救、救命!"

吴怡瑾这一惊非同小可,那声音稚弱娇嫩,似是个未成年的孩子,而这样稚嫩的声音,却是怪鸟发出来的!

她急忙撤剑,那怪鸟双翼受剑风之伤,在空中挣扎了两下,粗重庞大的身躯缓缓下坠,未到地面,那怪鸟胸腹陡然一切为二,自内钻出一个七八岁的小姑娘,黑发雪肤,红唇鲜艳,浑身上下赤裸裸的不着片缕。

吴怡瑾惊讶之至,羞得连耳根子也红了,心中骇然,却也禁不住一丝好奇。那女孩咯咯娇笑,张开双臂,口中叫唤:"姐姐抱抱!姐姐抱抱!"

她叫的真切,银铃般的嗓音蕴含着无边欢乐,再看那女孩儿眉目如画,笑得两眼弯弯,并不为自己的异相而有一点儿害臊或是难堪,吴怡瑾心想:"莫非这孩子是弱智?"生成这般玉雪可爱,却是个白痴,很是可怜,听那女孩一声声越发急促,心生怜惜,走过去想把那女孩抱起。

手指才接触到那晶莹似玉的小身体，惊觉有异，身子疾往后仰，一枚银针擦着她鼻尖飞了过去，小女孩张口连续吐出十几枚银针，向她激射而去！

咫尺之距，惊电之速，就算绝顶高手也很难躲避，小女孩拍手大笑，白色光华于瞬间点亮，罩住少女周身，银针触之即飞。

吴怡瑾站了起来，手中握着清光流转的银白色剑，原来这是一把软剑，她方才以此剑截鸟伤足后，笼于袖间，危急出剑，也惊出一身冷汗。听着小女孩得意的笑声，她反而有些黯然，宁可相信这小姑娘是不谙世事的受害者，不愿想像她真和这怪鸟有何关联。

两道人影一先一后飞掠至山头，白衣男子顾不上追截前者，先拉住吴怡瑾，关切问道："可有受伤？"看她面色有些苍白，但神情无恙，这才放心，转身冷冷道："尊驾是谁？居然暗中炼此伤天害理之物！"

另外那人全身隐没于显得臃肿的黑色衣物之中，沙哑的声音阴恻恻说："剑神的血，就算年纪大了，喝着也是不错的滋味罢？"

黑衣人目光如炬，炯炯在吴怡瑾身上盯了片刻，露出又惊又喜的神色，剑神察其用意，更是恼怒，挺身把吴怡瑾护住，低声道："你先退下。"旋即传音入密："瑾儿，此物名唤血鸟，是大凶之物，如今还不成大器，倘有机会，立即杀死那一人一鸟。"

吴怡瑾听到嘱咐，转目看那只怪鸟胸腹切开后居然若无其事地站在一方大石之上，小女孩蹦蹦跳跳地跑了回去，蹲在它腹腔以下，笑嘻嘻地双手支肘，见吴怡瑾留意她，又是一连串娇笑，并不以出手偷袭为耻。吴怡瑾心中难过，想："师父说的血鸟，一定是指怪鸟，这女孩儿只怕是受了蛊惑的受害者。"怪鸟在刚才惊电般交手以后，对她有点害怕，躲在那黑衣人后面，离得远远的。

忽见地上伏着从怪鸟爪底抢下的那人，俯身察看，是一个年纪甚轻的少年，触手温热，似乎并没气绝。搭他脉搏，发觉仅是血脉被封，没有别的伤处，看来怪鸟滴下的血并不是此人的。抵住少年后心，缓缓送了一股内力过去，震开他被封的血脉。

剑神和那黑衣人已交上了手。

两人都是出尽全力。剑神怒极，明知对方炼那种凶残之物暗中不知已令多少生灵涂炭，决意除之；那黑衣人在半途被截，功亏一篑，而且此中秘密不容外传，亦是欲除剑神而后快。

他们在半山上打过了一场，剑神未能断定对方是否修炼血鸟，始终不曾亮剑。黑衣人料想此时剑神再无不出剑之理，只不过面前略带寂寥的男子白发如雪，一襟飘零，怎么也看不出他剑藏于何处，一声大喝，两只奇形兵器倏然伸出，造型与那巨鸟一双利爪无异，铁骨森森，乌黑锃亮，挥舞过处，便闻着一股恶臭，兵器之上抹了剧毒。

剑神微微一哂，全身衣袍无风自鼓，右手五指微屈，五道凌厉至极的剑气从指尖喷薄而出，撞击在一对铁爪之上，其声如金石相交，黑衣人失声道："无形剑气！"剑神淡淡道:"不错！可惜你那凶物最多才炼了五年而已。"言下之意,此时的黑衣人尚远不足与之为敌。黑衣人狞笑:"未必！"两只铁爪倏合而分,爆出一阵七彩绚丽烟雾,剑神欲要后退,眼角余光瞥见吴怡瑾在地下为人施救,当即站立不动,广袖翻飞,那烟雾宛如飞入一道巨大无比的旋涡,顿时化为无形。

吴怡瑾手上施救,心下关切战局,看到师父因为怕她受到毒雾侵扰,不惜用内力把毒气消弭于无形,于是把伤者扶至背阴的山坡处。

那少年血脉已然震开,只是不能马上苏醒,移动身子以后血液流通,低哼了一声,悠悠醒来。

陡然间身子一震,犹如雷轰电击,一张芙蓉秀面不期然映入眼帘,水是眼波横,山是眉峰聚。时下月影婆娑,徐风幽凉,不知伊人是仙女抑或花神？不知自己置身何地是梦是真？

那清雅绝俗的花神见他醒了,微微一笑,盈盈起身。他拼命叫道:"神仙姐姐！神仙姐姐！"然而穷尽全身力量,一个字音也发不出来,只觉得喉咙被锁住了似的,又干又痛,心中一急,气血上涌,再度昏晕过去。

吴怡瑾持剑向怪鸟缓缓走去。

怪鸟对她极是戒惧,迎着她的目光,愤怒地嘎嘎叫了两声,意在求助。但此时黑衣人在无形有神的剑气强攻之下手忙脚乱,何能顾得上它？吴怡瑾一剑快绝无伦,斫中那怪鸟巨翼,裸体女孩蓦然一跃到怪鸟颈中,以身相护,号啕大哭起来:"怕！我怕！"

剑神沉道:"那女孩已入魔障,瑾儿,快杀了她！"

吴怡瑾迟疑举剑,但见那孩子全身索索发抖,望向她的目光之中充满了哀怜恳切,这一剑无论如何下不了手。

黑衣人蓦地翻身倒跃,两只铁爪齐齐脱手,剑神剑气一挡,挡开铁爪,与此同时,食指、中指、小指三剑齐出,一一刺入其体内。黑衣人身躯剧晃,鲜血立时浸湿衣衫,但却迅速奔向那只怪鸟,一手夹起女孩,另一只手生生擎起怪鸟,朝吴怡瑾方向大力挥掷过去。

剑神面色一变,叫道:"瑾儿退开！"他自己不退反进,身在半空,与怪鸟迎面相对,十指屈伸遥指,剑气如龙飞舞。那怪鸟惨叫一声,庞大无比的身躯蓦然间炸裂开来。

白影晃动,一声巨响,火光烈焰腾天,如群魔乱舞。只是无论那烟雾弥漫了半边天空,却没一丝一毫弹到吴怡瑾附近,然而剑神的身形却霎时湮没于漫天火焰之中。

这变化太过突然,吴怡瑾颤声叫道:"师父！"

"我没事,别怕。你别过来。"

一如既往安然的声音,带着些许笑意从空中拂过,吴怡瑾本已是方寸大乱,闻言方才生生驻足,不再往烟火中奔去。

白衣剑神身影自烟雾弥漫中突现出来,他此刻模样却远不似应答时那般神定气闲,白衣多处碎裂,有几处甚至烧成焦炙黑色,头上发髻松了开来,乱纷纷垂在脸颊边。眼睛深处,凝结隐隐的青色。

他微微喘着气,不动声色地闪开了徒儿上前相扶的手,见她泪湿双睫,微笑:"傻孩子,你怕我遭暗算么? 没那么容易的。"

吴怡瑾含着泪,唇边勉强凝结笑意,无奈总是笑不出:"师父!"

她白玉一般的面庞有清泪附于其上,将落未落,有如玉承明珠,花凝晓露,剑神只望了一眼,转头不敢再看,轻叹道:"傻孩子,我叫你杀了那女孩儿,你怎地心软不杀?"不等回答,低声道,"不过我早知你下不了手的,你以为那女孩儿年幼无知,清白无辜是不是?"

吴怡瑾轻声道:"她终究还小,就算……就算无意间做下什么错事,罪不当死。"

剑神微笑:"这件事我从未向你提过,难怪你不知。但我决计料不到这世上居然会有人炼此凶残之物。"他思忖有时,一股嫌恶之色掠过眉峰,"这个东西叫做血鸟,鸟就是鸟了,血却是血婴,就是那个女孩儿。鸟很好找,我们看到的这头似乎是藏边兀鹰的一个变种,无论多么凶恶,死了一只还能另找一只,可是倘若杀死了血婴,普天下就未必找得出第二个来,血鸟也就炼不成了。"

说到这里,一串突如而来的咳嗽滑出唇齿,几难成言,吴怡瑾才知道他还不只是外表狼狈,实在是受了伤的,忙道:"师父,我们先找个地方养伤,慢慢再说。"

剑神摇头,走到大鸟边,污浊不堪的浓血不断自兀鹰体内流出,整个胸脯炸得粉身碎骨血肉模糊,只有尖喙突睛,凌厉睁视来人。

吴怡瑾远远地扫了两眼,果见它脑袋与兀鹰相似,可是体格比寻常兀鹰要大上两倍有余,世间少见如此大的飞鸟。她看了一会儿,只觉得恶心欲吐,但剑神却似乎瞧出了兴趣,甚至慢慢低下身子,手指微屈,竟以无上的剑气从血肉模糊的块垒里将那一颗完好的心脏生生迫出,连接盘虬错乱的经脉与血液,仍在有力地跳动,突、突、突,仿佛含着无尽的愤怒与恶毒!

他托在手心,认真地端详了一会儿,这才从行李袋中找出一个皮囊来收了。吴怡瑾皱眉道:"师父,这个有用?"

剑神顾左右而言他:"斩草除根,我得把血婴除了才行。"

"我跟着师父去。"

"不用。你把那个少年送回去吧。然后……"剑神迅速地写了一张字纸,"你替我下山买齐这些药材。"

吴怡瑾接过那张药方,看了一遍,微微变了颜色:"这药方好珍贵……师父伤得很厉害么?"

剑神道："不是，但只怕我得好生调养一阵子。"

吴怡瑾忙道："师父，我看过了，那少年身上没伤，醒后可以自行下山。我跟着师父一同下山配齐药方，然后杀血鸟。"

剑神道："救人救彻，怎么可以半途而废？况且你看看，药方上的药引，一时也够你配的了，陪我浪费时间干什么？我知道你担心我，尽管放心，血婴失去这只鸟，元气大伤，已无足为惧。我手上有了这颗血心，很容易找到它藏匿之处。为师答应你，除去血婴，不出五天，我仍然会到冰丝馆来找你，我们师徒——暂时不分离。"

吴怡瑾对师父一向崇敬如神，虽然担忧他伤势如何，此行是否会遇凶险，但师父既这样说了，那就一定没事。听到最后那句话，忍不住浅浅笑了起来。

白衣少女走过去把那个再次昏迷的少年扶了起来，剑神转过身来，遥遥地看着她。——眼底似有种古怪的情绪在燃烧，说不出是悲痛还是留恋。

脱劫
TUO JIE

地下室。

暗红色的水在池底下缓缓流动,池底巨大的晶石反耀出无数细碎血红的光点,像黑夜里的繁星,包围着水晶池中央的一个白石台子。

身受重伤、元气大伤的血婴,手足蜷曲合抱,呈母体里婴儿胚胎的形状,静静俯卧于石台。她的肤色呈透明状,可以非常清楚地看到里面跳动的青色经脉和流动的血液。

虽然拼着牺牲了那只一直用来寄居血婴之体的大鸟而得以逃出,但血婴也由此受到从修炼以后从未有过的损伤,此时的她,仅存一息,哪怕是最最轻微的外界伤害,都能给她造成致命打击。

或许正是考虑到这一点,又很清楚血婴和雪儿之间有着莫大仇隙的徐夫人,在她把血婴送回来以后,她也同时发动机关,降下琉璃罩。

徐夫人自己似乎也伤得不轻,做完了这几个动作,只能靠在门边大口大口喘气。由于失血,她的嘴唇淡而无色,极端憔悴的脸真实地反映了她的实际年龄。

眼光来来回回,向躲在角落显得十分乖顺的雪儿扫视了几遍,打消了带着她离开暗室的想法。雪儿不谙人性,再聪明再勇武,也不过是只禽兽而已,她应该不会自己打开琉璃罩,更不可能通过那溢满毒素的沼池,到达中央的那个石台。

"就让它留在这里吧,没事的!"

徐夫人暗暗对自己说。事实上,她此时此刻最害怕的事情,莫过于拖着这只硕大有力的畜生离开暗室。把血婴抱回来,几乎已经精疲力竭,何况她自己身中三道严重剑伤,稍微迟缓延治,可能会造成一生都难以根除的病症。

徐夫人离开以后,雪儿慢慢竖起身体,摆动四肢轻轻走了过来,趴在水晶池边,透过琉璃罩,看着那里暗红汹涌的波涛,上下翻滚起伏不息,血红的光影照亮了雪儿的眼睛。

多么好的机会啊……她喜气洋洋地用舌头舔着身上那尚未痊愈的鞭痕,而这些伤痕,正是因为躺在石床上那个失去知觉的人造成的……而现在,报复的机会触手可及……而且,那只做她助手的大鸟也不见了……只除了讨厌的琉璃罩!

她伸出爪子,碰碰琉璃罩,发出清脆而冷漠的响声。

这一缕声息回响在寂静如死的地下室里,是如此清晰。

石台上的女孩抖动了一下,似被这个声音从深沉的睡眠里唤醒过来,张开无力的眼睛,缓缓地扫视了一遍四周情况。当她终于确定已经回到安全的地方时,失神的眼里也流露出一丝喜悦。

她慢慢爬了起来,坐在石台边上,把脚伸入血池。这一刹那,水面受到刺激似的激烈沸腾起来,翻起无数细小的浪花,簇拥着那双白玉一般的脚踝。她猛地全身一哆嗦,紧紧闭上眼,露出既痛苦又惬意的表情。失去血鸟,她仿佛也被断送了大半生命,虚弱疲累之极,只是一会儿工夫,脑袋耷拉下去,严重地打起瞌睡。

她似乎感觉到有一道冰冷的光芒动也不动地对准她,缓缓抬起头来,是雪儿清冷无情的眸子。

看见这个胆敢和她争宠的敌人,血婴纵然虚弱无比,仍遏制不住怒火,傲慢地抬抬下巴。那意思分明是:看什么看!我就算受了伤,也比你高级得多!娘还是会像以往一样喜欢我!你只不过是一只畜生而已!畜生!

她的傲慢像刀子一样刺中雪儿的心脏。雪儿激怒了。

她腾地站起,张牙舞爪地朝前一蹿,砰的一声,重重撞在琉璃罩上斜飞了出去。

血婴哈哈一笑。

雪儿怒火燃炽,来回在地下走了两圈,时不时抬起头望望血婴。虚弱的血婴已经没有余力在她面前表现优越,重新回到石台上面,蜷起手足睡下。

但是她最后那个笑容,和那个讥刺的眼神,雪儿还记得清清楚楚。

吃了她!吃了她!

心里那个盘桓的声音越来越响,焦雷般在心间隆隆碾过——既然每一个看见她的人、动物,都要把她置于死地的话,有这么好的机会,为什么放弃呢?!

雪儿眼神变得阴沉。

她看着那个硕大无朋、坚硬无比的琉璃罩,唇边不禁流出一丝笑。

虽然,徐夫人把她视为十足的兽,但实在不应忽视,她本质上是个人。而且,是个能够灵活适应环境、领悟能力相当高的"人"。这只琉璃罩几次发动机关,她都亲眼看见,这层障碍已经挡不住她。刚才令她再三犹豫的,与其说是这只罩子,毋宁说是她惧怕徐夫人的心理。——如果闯下这个大祸,不敢想像自己将受到何种责罚。

但是在看到重伤之下的血婴仍然对她持有无法掩饰的轻蔑以后,所有的顾虑都烟消云散。

终于决定了!

吃掉这个敌人!

她眼中射出一串狠绝的绿光,快速地走到边上,手爪触向那道暗门的门把,门把以透雕形式绘着一朵繁复的花纹,像是门把的装饰。一个指头伸进镂空处揭起透雕,而后,连按三下,巨大的暗室里发出咯咯的沉闷的回响。

不等机关完全发动,雪儿几个飞步扑到琉璃罩前。那只透明的、其上有美丽花纹的琉璃罩缓缓向上揭起。就在琉璃罩离地而起的刹那,雪儿向前一扑,四爪牢牢扣在琉璃罩的底面。

雪儿附于罩底,攀爬之速竟然不比在平地跳跃来得缓慢,灵活无比地爬到琉璃罩顶心——正是以前大鸟栖息之处,在那儿,用白玉做成精致而舒适的靠架,以供大鸟平时的栖息。此刻雪儿代替了大鸟。

重伤的血婴对此毫无所知,继续沉于酣睡之中……这样要杀死她,应该很容易吧?雪儿兴奋地想,她可没有"胜之不武"这个概念。

顶心正对着石台,雪儿小心地调整了姿势和方位,以保证自己在下坠之时,不会产生一点点的位置偏移,这才猛地放开了白玉架,流星般直坠而下。

"扑通!"沉重物体落在血婴身边的时候,终于令血婴再度惊醒,张目看见她每时每刻的敌人。

她大惊,急向石台边缘滚去。雪儿当然不容她跃入池中,一个扑跃把她压倒在下面。

这种压制是绝对性的,血婴没有一点点反抗的力量,痛楚地尖叫出声:"啊!——"

她的尖叫撕破空气,在室中形成反复回音。雪儿显然没有想到这可能会是一种召唤外援的手段,低下头来,张嘴向血婴颈中咬去。这并不是效法血婴吮血的方法,而是在无数次以性命来搏斗的决战中,雪儿得到的经验,这是使对手最快失去反抗能力的一个最有力途径。

血婴一声尖叫,手足用力推搡,试图推开雪儿,然而一切都是徒劳。她终于顾不上以往的骄傲,大叫:"不要……不要吃我!……求求你,不要吃我!"

迟了。鲜血从她咽喉部位迅速涌出,雪儿埋头,大口吞咽。

"不要! 不要啊!"血婴挣扎着叫,"我们根本就是一样的啊! 不要杀我……我们都是……都是她的……宠物!"

最后一句话产生了不可思议的效用,雪儿停止了吞咽,愕然抬起头来。

"呜呜……"血婴幽黑的眼睛如同浸满泪水的古泉,里面是无法诉说的痛苦,和强烈的求生欲望。

雪儿全身一抖。

求生! 那样明晰的对于生的渴望与欲求! 和她一模一样的欲求!

她不愿意死,然而,眼前这个骄傲的、狡狯的、对她怀以无穷无尽仇恨的女孩,同样也不愿意死。

瞬间,仿佛有什么坚信不疑的东西,在她脑海里轰然崩溃了。一直以来,她求生,时时刻刻所想的就是把与之竞争的对手置于死地,她却从来没有想到过,对方同样也是对生有着无限眷恋的,同样也是不愿意死的!

多少死在她口下的动物和人,他们在被她咬死的时候,一定也有她在面对强有力的敌人威胁之下的那种害怕失去生命的恐惧吧!

血婴从她迷惑的眼神里发现一线生机,努力伸出手来,向她展现一个最纯洁无邪的笑容:"姐姐,啊……姐姐!"

如果说雪儿在这世上对什么名词特别敏感的话,一定就是"姐姐"这个称谓。

雪儿伸出爪子,笨拙地掩住她咽喉部位的伤口。鲜血仍旧涓涓不止流出来,这样流下去的话,血婴仍不免要死去。

她眼里闪过一丝黯然,张了张染血的口,没有声音发出来。如此面面相对的近距离的观望,血婴敏锐地看见她嘴部深处含了一个什么东西,一闪,不见了。

"姐姐……血……"血婴无力地指了指血池,声音因为喉部受伤而模糊不清,"让我下去。"

雪儿无声地闪开。

血婴艰难地爬起来,慢慢浸入血池中泡着,剧烈的创痛使她不顾一切地大叫出声:"啊啊啊啊!"

原来可以全天躲在血池底下的女孩,已经承受不住血水中那种强大的侵蚀力量。她小小的身子在血水中痛苦地翻滚、沉浮。雪儿很紧张地注视着她,紧紧扣住爪底石台。

池水簇拥着她,将她缓缓送至池边。血婴伸手一攀,挣扎着爬上了岸,满身血污,淅淅沥沥小溪似的往下坠落。喉咙处那个深的伤口却暂时停止了向外喷血,仿佛血池之水不但是天下至毒,对她而言,还是生息的源头。

她背过身去,小心翼翼地用眼角余光窥视雪儿,接下来应当如何做?留在这里,怕这头该死的畜生再度狂性大发,但若是直接跑出去呼救……那就一定会激怒雪儿,以自己现在可能会有的力气,说不定支撑不到救兵到来就被咬噬而亡了。

雪儿忽然发现,双方的位置倒了过来,血婴处于无论何时何地都可以顺利离开的岸上,而她自己,却困在这血池中心,琉璃罩顶心距离她足有好几尺的高度,根本不可能一跃而上。此外,因为惧怕血池剧毒,她也不敢贸然下水。

等到徐夫人过来,这里发生过什么事情,那是一览无余的。

雪儿不禁微微地打了个寒战。

血婴盼望救兵速至,雪儿则除了恐惧还没有其他想法。

但尽管如此,离血婴第一声呼救过去了很久很久,徐夫人却始终没有出现。

时间一分一分流失,一水相隔的两个小家伙都明显不安起来。

尤其是雪儿,没有任何掩藏真实心理的能力,她开始焦灼并且暴躁了。嘴里不时低低地发出带有危险性的狼嚎,爪子刨着白石台子,台面很硬,她磨得指间见血,然而,仿佛非如此不能发泄心中的恐惧。

血婴同样焦急。这里的所有动静,外面都会看得清清楚楚,只是除了徐夫人以外,没有任何人被容许进入这间藏有不可告人秘密的地下室。徐夫人迟迟不现身,只有一个理由,她不在府里。一水相隔并非想像中那么安全,自己的性命,仅仅维系在雪儿一念取舍以内。

两者的目光在中途相撞,激烈迸发火花,血婴迅速涌出甜笑,怯懦地叫:"姐姐……"

雪儿垂下了目光,每当听到这个称呼,她就有一种头晕目眩的反应,她摇晃了两下,慢慢趴倒。

从那凶神恶煞的眼里,慢慢涌出一滴晶莹剔透的泪。沈姐姐、沈姐姐。心里的呼唤,仿佛花在风里绽开的声音。

血婴吃惊得几乎失声大叫起来。——雪儿在哭,在悲伤,在牵挂着她的牵挂!

血婴不由自主地,往地下室惟一的出口处退去。

她的本意或者不是想逃,只是突如其来的发现令她害怕,如果这只似狼非狼的小东西,真的有人性的话,她就会有属于人类的思考问题的方式——眼下这种状况,只要外人一进来,不可能不发现这里曾经发生过什么。那样的话,很容易可以猜想到雪儿将得到的待遇,她会被徐夫人以更残忍的方式折磨,乃至杀戮。人类都是自私的,如果她是人,只要想到这可怕的后果,就一定会采取保护自己的方法来补救,当然,这里面包括了重新对血婴的捕食。既然要送命的话,就搭一个赔命的。——血婴以自己所有八年的经验坚信这一点。

然而,雪儿被这一举动激怒了。她以为血婴想逃,很多被遗忘的记忆重新翻上心来。她记得那天,血婴因为嫉恨她敢于争宠,以打开暗格门的方式来诱她被罚。

是的,那是个坏蛋,非常坏非常坏。为什么她刚才会有一时的怜惜,竟容她从自己口中逃出?!

雪儿愤怒的目光好似两道激烈的火焰,但是回到顶心的路已经断绝了,她不可能跳得那么高。她畏惧血池曾经带给它的苦痛,一时不敢轻易有所作为。

她只是咆哮不已,怒气冲天。

血婴的眼睛亮了亮,颤声道:"姐姐啊……我怕、我真的好怕。我痛,我一定是要死了。我的喉咙里一直在流血，没人来救我……呜呜，没人来救我……"

但她没有搞清楚的是，雪儿的思路毕竟单纯，反过来，就不太会被太多的甜言蜜语所打动，甚至她连这些较为复杂的话听懂了没有都难说。她现在脑子里死死锁住的只是前一天晚上，血婴欺骗她的情形。眼见她一面哭，手指已经按上暗格机关，骤然尖声厉叫。

尖厉的叫声回荡在这个并非很宽敞的地下室里，到处和尖锐的硬体，如石台、晶体、房梁相撞，产生巨大的噪音。血婴手猛地一颤，再不犹豫，立刻开启机关，向外逃窜。

"救命！"呼声立刻响彻四方。

雪儿盛怒之下，再也没有任何顾虑，前肢用力，跃入水中。

剧痛排山倒海一样淹没了她，有一刹那的眩晕，但她随即发现，这种疼痛没有她想像中那样可怕，远远不如第一次沾到这血水时的割裂般的痛。她不理解这是怎么回事，也无心去想，只是用力划拉，几下已经到了岸边。她拖泥带水地爬上岸，似虎狼一般顺着甬道追了下去。

血婴失去了她寄体的血鸟，本就元气大伤，喉咙的伤痛和心虚，越发使她脚软，刚刚打开那间卧室的门，雪儿喷着热气和血气的味道已在脑后，她顾不上关门，脚下却生出一股新的力道，以飞快的速度冲了出去。

雪儿追出卧室，恰巧看到血婴凭空消失在一面墙体当中，它闪电般跟上去，身体撞上那面墙，斜飞出去，结结实实地摔在地上。

卧室以外这条路，雪儿只有走过一次，就是徐夫人带它进入地下室那一次，之后它再也没能出去过。所以它对这条路，非但一无所知，甚至是没有任何印象。它飞快从地上翻爬起来的时候，并没有发现地面上那布满了繁复花纹的石板地面上，轻微地起了变化。

它那落地一震，已然触动了机关！

由于是无序触动机关，现在，整个暗室秘道的预警装置全面提升到备战级别。

此刻，每一个拐角，每一只暗孔，每一寸角落，都化作一双双充满敌意的眼睛。冗道天花板上，一盏盏摇曳的水晶灯都随时可能变成杀人武器。

雪儿不甘地再次撞向那堵墙，破风声旋即从背后袭来，她灵活一闪，一道银光擦肩而过，噗的一声射到墙上，像被拔去箭头似的钝然无力，碰落在地。

雪儿睁大了眼睛看着地底下那枚银色小箭，不可思议地打了个寒噤。那枝箭，箭头光亮得不知有多么锋利，就算是一块铁，估计也能被戳进几分，可那堵她亲眼看到血婴消失的墙，丝毫不为所动，那该是何等坚硬的墙体！

陡然，冗道内所有的亮光灭绝，漆黑一片。雪儿大吃一惊，下意识想要退回那间卧室，却发现来自那边的一道微弱亮光早已熄灭。有一股呼呼的寒风在冗道内吹着，她全身紧绷了起来,直觉告诉她那是暗藏的杀机。她灵敏地向旁边一滚,叮的一下,有什么东西落在身边。

暗器像雨点般密集袭来,她只能躲闪,渐渐的眼睛适应了绝对黑暗,她可以分辨黑暗之中暗器的微弱闪光,这时她身上已有了深深浅浅的二十余道伤口,若不是她皮坚肉厚兼身手灵活,早有一两支暗器嵌入肉体以内了。鲜血淋淋而下,她全然顾不上,只是瞪大眼睛注意着四周。蓦然大吼一声,径自朝前一冲,一口巨大雪亮的铡刀从天花板上直切下来,落在她刚才的栖身之处。

脑海里电光一闪,猛然想起它跟随琉璃罩上升的经过,她一下子跃上了铡刀背刃。人有顾虑,有自私,有恐惧,还有取舍之间的犹豫不决。但雪儿通通没有,几乎没有哪一个武林高手,能做到它这样决绝,不计较生死和伤有多重。她永远处于一个精力充沛反应敏捷的状态,随时随地解除危机并发动攻击。这也许就是学会动物生存以后凝聚起来的力量,人类无法比拟!

铡刀果然重新升上去。上升过程有个休息瞬间,雪儿连扑带咬,只三下,便咬断了连在铡刀背上的粗大铁链。

铡刀重重砸下去,本就刻有繁复花纹的大理石地面立时四分五裂,岔开更多道奇形怪状的深痕,无数道光点随着地面裂开而疯狂激射,但这时雪儿却拉着铁链攀升到了天花板顶上那道铡刀闪现的机关缝隙里!在天花板合缝的一刹那,她钻了进去。

但是危机并未减除。她仿佛进了一个充满杀机的冰窟,到处闪耀着细碎冰冷的光亮,星星点点,流光闪烁,有些划出长长一道雪痕。

雪儿攥着铁链,猛地向左边荡开,十几枝羽箭擦着它身边过去。她直觉感到继续拉着铁链不安全,松开手,在半空横翻出去,而后坠落在实地,强大的惯性将她反弹出来,翻了几个筋斗。

四周突然剧烈晃动起来,就像一叶小舟在发狂的大海之上,时而被抛上浪尖,时而沉入谷底。又似乎一个陀螺以肉眼无法区分的转速急速旋转。雪儿伸出四爪胡抓乱打,找不到半点可供平衡的支力点。

在这阵激烈晃动中,她开始打滚。

她晕头转向,完全不知道滚了多远。滚动的方向不一定老是向下,有时会急速拐弯,在她的头部或者四肢重重撞上某物时,突然又改变方向,有时甚至平地上扬,仿佛有一道看不见的力量在暗中策动,随心所欲地驱使着困在机关中的狼孩。

这种山崩地裂似的摇晃和滚动骤然一震,毫无预兆地结束了。

雪儿还闭着眼睛。眩晕的感觉留了无数动荡的残影在脑海之中,一时还无法清晰分辨。

一道鞭子当头抽下来,劈碎了空气。头顶有热流涌现,顺着脑门流至面庞。她微一挣扎,但手足无法动弹,连脑袋也无法转动,这时才醒悟过来,已然全身禁锢在冰凉坚硬的铁具之中。

耳边有娇嫩而尖刻的响声:"它想杀我!如果不是我跑得快,早就被它杀死了!"

她费力地张大眼睛,透过弥漫血雾,模模糊糊地瞧着那两个身影。

经过彻底休整,盛装之下的徐夫人又恢复一贯的雍容华贵。

但此刻,她咬牙切齿,"畜生!我警告过你,畜生!善忘的下贱东西!你敢动我的宝贝!"

她迷迷糊糊咧嘴一笑,仿佛是无声自嘲。眼睛又沉沉合上。

然而,徐夫人望着她的眼神逐渐变得意味深长,在她闯下这样的大祸以后,徐夫人却似乎没有立刻动手杀她的意思。细长的凤眼眯得更为狭长,里面有种奇特而犹豫不决的光在翻涌着。

好聪明的狼孩……甚至远远超出自己一开始的估计。她的应变能力、战斗力以及意志力都是不可思议的强,苦心培养的大批死士和药人,没一个能够相比。

以前是自己疏忽,只想让她成为血鸟助手,随时可以利用和丢弃。但是,如果充分估计她可以起的作用,说不定它能是另外一只血鸟……尤其是,剑神出现,而且已经发现血鸟,此人和血鸟有深仇大恨,必定不会就此罢休。茫茫人海中,我只怕一个人,居然偏偏就会被他发现,而失去艰难练了五年的寄体——冥冥中事,又如何能够定准?

只不过,徐夫人也在犹豫,这个狼孩,很明显她有人性,她的人性究竟重到何种程度?她被发现时,很明显已经有人在养她,虽然表面上她仍未被教化,但是如果的确是有人特意安排的话,自己对她的信任就可能会遭致杀身大祸。

徐夫人皱眉思考,杀气在她身上一阵一阵地出没,却始终无法下最后决断。

血婴拉拉她的衣角。

"宝贝,别打扰,让我想想。"

"娘啊。"血婴不依不饶,她咽喉部位的伤口已用白纱布严严实实包了起来,不过看起来还是非常虚弱和苍白。她发声处的伤使她的声音显得痛楚。

"以后我把你们分开就是了。"徐夫人蓦然微笑,下了决心,"放心,它不敢再侵犯你。"

血婴负气转过头,清澈的眼神危险地跳动了一下。

徐夫人拍拍她光滑的脊背,柔声说:"好了,别耍小孩子气。它只不过是个畜生,不必和它一般见识。宝贝,你现在失去了附身寄体,连生存都会变得很困难。即使相到相同寄体,你也要从头练起。我收服这只畜生,你就会安全得多。"

血婴唇边现出微笑,乖顺地说:"娘说什么,就是什么。"

婴儿自从蜕变成血婴,眼睛张开的一瞬间所见到的第一个人,就会一生追随。徐夫人狡狯多疑,惟独对于血婴坚信不疑,听她一说,不由得眉开眼笑:"好孩子!"

徐夫人向雪儿缓缓走去,她修长的手指里多了一颗绿色丹药。每个将进行训练的死士一开始都必须服用这种"水月镜花",只要服下这颗丹药,雪儿原有的淡薄记忆就会全部冲刷殆尽,不会再有任何属于自己的感情。这样虽然必须重新锻炼它的应变能力和忠心,但是比之可能会有的危险,却好得多了。

出乎意料的是,神志几近半昏迷状态的雪儿死死咬住牙关,怎么都无法掰开它的嘴。

"啊……"血婴轻轻叫起来,"娘,我忘了说,刚才我看见它嘴里有一个东西。"

徐夫人一怔:"是么?"

她面容冷下来,对这头桀骜不驯的小野狼不再有耐心,挥了一记巴掌:"张开嘴!"

雪儿半边脸立刻肿起来,血往下流,整个头部都在痛,它感觉不到这是哪里流出来的血。它愤恨而恐惧地盯着徐夫人和她手里的那颗药,危险的感觉是如此清晰,它心里跳得从来没有过这样有力,这样激慨!

沈姐姐、沈姐姐……我、我就快保不住最后一点牵挂。

徐夫人捏住它下巴,它脸部麻木得失去了知觉,所以几乎毫不费力地迫使其大张开来。

果然有一个东西。

徐夫人手指一探,那件物事伴着唾液和一股难闻的味道扑面而来。养尊处优惯了的徐夫人极端厌恶地朝地下一掷。

血婴蹦蹦跳跳地跑过去,满不在乎在身上擦拭干净,递给徐夫人:"一个透明的小东西哦!好好玩!"她脸上绽开纯真无邪的笑意,声音里却掩不住一丝狂喜。——谁也不能断定,她提醒狼孩口里有物的话,究竟是出于无意或者有意。

徐夫人就着她手中看着,那是只透明的葫芦,端口有一截断掉的黄色丝线,里面有字,似乎用红色干漆所写,不容易脱落,加上端口密封,虽多日含在嘴里,大半仍辨识得出,"……艺……雪。"头上一个字,被口里热气呵得模糊不清,但应该是崔、霍、崖等笔画众多的上下形结构的字。

崔艺雪、霍艺雪,如果是这样,那就是一个名字,会是谁的名字呢?徐夫人瞬间把武林中知名人士想过一个遍,没有与此相近的人名。随即恍然大悟:这只畜生当时应该戴在颈项之中的,分明就是她的名字!

"艺雪、艺雪!"徐夫人怒笑,"我差点儿被你骗了!畜生!我以为你真的是狼!畜生!——我说血鸟修炼那样隐秘大事,我躲在那么荒远的后山山谷之中,怎么也会被人发现!原来都是你!"

盛怒中的徐夫人不顾一贯风度,抢下血婴手中的葫芦,狠狠砸到地上,冲上去又踩又踏,写着名字的葫芦立刻粉身碎骨。

当属于人的最后一点印记被拿走,被砸烂,雪儿陡然间觉着了撕心裂肺般的疼痛,双眸飞快地黯淡下来。

"你、不、用、活、了!"

徐夫人一字字地说,眼睛里瞬间点起惊悚的雪亮!

接下来,黑暗如浪吞没了四周。

"谁?是谁?"只有徐夫人恐慌的声音在黑暗里回荡,伴着血婴微弱而远去的呼唤,"娘!娘!"

徐夫人面前,有一道镜墙平整地展开。

旋即,在她前后左右,都迅速展开和墙体一样大小的镜子。

这是一个宽敞无比的大厅,共有八面墙,现在都镶嵌着明光闪闪的镜面,连天花板和地面都不例外。这是一个用镜子组成的不规则形的大厅,连头顶和脚底总共有八面镜墙,光芒四射,绮丽万分。

奇怪的是,这铺天盖地的镜子里面虽然到处都是影影绰绰的景象,但是当中并没有徐夫人自己的身影在内。

徐夫人沉着脸,正在看她左前方的一面镜子。

一道微弱的白影在里面快速移动,只是一闪,便见不到那袭飘飘白衣。

这种速度实在太快,简直非人所有,超出极速,处于镜厅洞观八方的徐夫人,竟不能准确捕捉到来人的具体方位。

她微微倒抽了口冷气。

剑神!

但是他应该身中剧毒了啊!她亲眼看到他把自己整个身躯挡到那个女孩子面前,血鸟全部的毒素喷射到他身上。

血鸟虽只练了五年,但它体内所凝聚的毒已经是无人可解,没人能够在承受全部的毒素后,闯过戒备森严的明碧楼重重防卫,直接闯入地下迷宫,这才引发了警报!"戒备森严的明碧楼重重防卫",徐夫人清楚地知道这是什么意思——在她受伤后,明碧楼外面,整整提升了一倍的力量,在八条最主要的通道上,每条干道平时一班八人,总共六十四人,现在是一百二十八人!

但这一百二十八人形同虚设,竟然任由他直接出现在明碧楼下面庞大的地宫内,这才由整个地下装置的预警系统发出了警报!

这简直不是人而是只有神才具有的能力!但这又怎么可能?!

徐夫人脑海中急速翻腾设想，难道他是通过别的入口进来的？明碧楼下复杂而大型的阵法，连她所知，也仅是根据残卷说明上得来的一部分，相当部分她不清楚也不能操纵。从卷帙上看，进入地宫的通道远不止一条，可是，除了一开始就机缘巧合发现的入口，从未发现过更多。

剑神似乎也不可能知道地宫奥秘。若他知道，以他身手，绝不会引发警示。从他现在不可捉摸、但又茫无头绪任意闯荡来看，明明是仗着极端高深的武功以及对一般机关阵法的通晓，强自破开重重险阻，强行深入并搜索。

"好吧，你一定要找死，我就成全你，让你死得早些！"徐夫人喃喃地说，手指按下所坐黄金大椅的一个按钮。

包括明碧楼在内，一阵天摇地动，地底下庞大阵法的攻击力量，一下提升至最高阶！

突然闯进来的男子身着雪白衣衫，衣角随着他闪电般的速度无风轻摆。

明碧楼底下有玄秘，早在二十年前同上届江湖首盟九天魔帝战时，便已知晓。九天魔帝不敢，从而隐入地下不见，当时他对于机关阵法知之不深，感觉到地下阵法的巨大威力，只能浅尝辄止。

这些年，他花不少工夫在这个方面，所以才敢直接闯入地宫，要杀血婴，诛徐夫人。

他手上多了一道清光流转的绯红色长剑，削切砍劈，所到之处，如入无人之境，破除一切遇到的机关变化。眼底却有急遽翻滚的复杂情绪，灼痛，愤怒，悲哀，以及——仇恨！

"师妹。"心底里，有个声音微弱而清晰地唤了一声。

他青梅竹马的师妹，他心心相印的爱侣。挟剑联袂，他和她曾经拥有过多少花前月下、多少海誓山盟。然而太完美的人和事，为天地所嫉，所以一个意外，粉碎了他所有的梦想。

他抱着伤于血鸟爪下的她，穿越黄沙瀚海、攀登雪山绝域，浮槎于茫茫大海，竭尽一切人力之所能，然而，却终于只能眼睁睁看着那张清如莲花的面庞，在极端痛楚中辗转呻吟，一天天衰败下去，就像满月的无垠清辉被漫天乌云吞没，丝丝缕缕飘飞消逝。他自责，疯狂长啸于野。

"人力有穷时。"尽管每时每刻都在忍受着难以承受的折磨，她却从始至终都保持着清明的神志，她看着他，缓缓吐出最后一句话，"这一世，我很开心。"

就像是刀刻在心上的伤痕，岁月如流，一分一分流逝，伤痕却一分一分地加深。

伤人的血鸟，也同时被他两人联剑合璧重创致死，但没有想到，她付出生命代价以斩决的凶物，今天居然又有人在炼制饲养！

因而他一见血鸟以后，便暗暗发誓，不惜一切，也要斩杀这绝世凶物，并绝不饶恕和这血鸟有关的人与事。

除此之外，独闯地宫另外还有一个深刻的原因。——血鸟剧毒，只能通过血婴之血才能解救。

有关这一点，他刻意隐瞒了四年来朝夕相处的小徒弟。甚至强借各种因由，支开了她。

如果说现时对于人生的牵挂，就是因为有了这个徒弟吧？

为了那女孩子眼底深深的关切和浓浓的眷恋，他一次又一次地改变人生轨迹，甚至，一天比一天加深了对生命的热诚。

他不能死啊。他从看见那个长相酷似师妹的女孩子起，就暗暗发过了誓，要给她一生快乐，不再让她受到上苍之妒。

现在看来，要让她"快乐"不是那么容易的事。这父母双亡的孩子的性格，和出身娇贵、行侠仗义甚至有几分任性的师妹完全不同。在她人生的最初阶段，已经看过太多的苦痛和生死沦亡，所以她从如花般年龄开始，便是充满了对人生的悲悯。她本性不愿踏入任何红尘是非，她那双至清至美的眼睛，却有志于洗清天下的污浊。

他知道她一定不会很快乐，他也不要改变她，只希望在自己有生之年，尽量多的给她一些快乐。

在这样险恶的关头，黑暗涌动的地下迷宫里，想到那个皎皎如明月的少女，忍不住胸口一热。

"师妹，你在天有灵，请保佑我。"他按了按腰间收在皮囊之中的血心，它不住跳动着，跳动的感觉越来越强烈，由于它是血婴的寄体，所以，离血婴越近，它的反应就会越强，直至找到它认定的主人为止。有它的带引，即使行走在偌大的地下迷宫之中，也还是隐隐有着一个方向。

数百枝箭离弦而出，在空中划出各种各样的轨道，互相交叠，构成一张箭网，从四面八方罩向正在穿行的剑神。

剑神一声清啸，相思剑变幻万千清光，突然以一种无与伦比的气势爆发出来。空中的箭接触到清光的一瞬间，纷纷化作无数光点，四方飞舞炸裂。

他眼神蓦然雪亮！

这是闯入地宫以来，第一次由人为控制所发出的攻击！对方发现他了，正式的激战开始了！

他低头看手中之剑，相思剑温柔沉默，微光萦绕，似女子凝思关怀的眼神。

"师妹、师妹……"他轻唤，"今日用你之剑，痛饮血婴之血！"

他旁若无人地扬声长啸。整个地宫为之惊动,气流激荡,战意沸然,仿佛上古时期的战神。

行行复行行,他不知道破除多少道机关、陷阱、斜坡、暗器、毒雾、水柱,会自动攻击的铁人、剧烈旋转抖动的房间和以强大吸力吸取刀剑武器的地面。

他也受了伤,雪白的长衣上多处血迹。血和汗交融在一处,这时他的脸色发青,甚至显得微微狰狞。过度的使用自身力量,已经压制不住血鸟之毒再次发作。

但这并不是最可怕的。最可怕的是,这座充满了神秘的庞大地宫,其博大深涵,远远超出了想像。他闯关直到现在,仍然所知无几。有几次,他都顺着错综复杂的道路,重新回到似是而非的地方,而原先似乎已经被他破除的机关,又完好如初,再次发动攻击。

他知道,那是由于真正的机关中枢并未被他破坏,所以这些攻击,会永远周而复始毫不停歇地进行下去。但是人力却不能就此一直与之周旋下去。

看来这一次,只能暂时退出了。他不甘地想,紧握手中之剑。

血心陡然突突跳动,哪一刻都不似现在的躁动不安,那是一种共振式的反应,说明它在附近发现了有与之气质吻合的事物,急于融为一体。剑神微微一喜,难道就在绝望之时,终于发现了血婴藏身之处?

打飞急雨般密集的暗器和雪亮铡刀,他在一个形式复杂、结构奇特的铁架子当中,发现一个人。

这是进入这座地宫以来发现的第一个人!

那是个女孩。遍体鳞伤,满头满脸鲜血直淋,同样赤身裸体,但并不是血婴。她卡在机关里动弹不得,状况很不妙。剑神用手摸她,尚有体温,呼吸急促,手足无力地耷拉着,不时抽动一下。眼睛似睁非睁地闭合,鼻翼偶尔翕动。她快死了。剑神犹豫了,血婴未曾发现,却见到这个困在机关里的孩子。她是谁?莫非对方见调动阵形亦多时奈何不了他,而有意安排在这里的计谋?她身上带着明显的血婴的味道,就是明证。

但她分明就快死了,即使是计谋,也是个不惜用生命代价来引他上当的可怜人。纤细的身躯在庞大铁架的死锁中,遍体鞭印,刀痕,棍棒旧疮,累累伤痕更是触目惊心。初雪般的生命,随时随地可能融化无形,剑神眼底浮起怜悯之意,决然挥舞相思剑,劈开枷锁,把这濒临死亡的女孩儿救了下来。

邂逅
XIE HOU

吴怡瑾和师父分手,送脱难的少年找到连云岭深处的一座山庄,但是人去楼空。吴怡瑾就要离去,但那个少年百般纠缠不放,说出的理由一套套的,不是说沿途盗寇出没,就说猛兽窥伺于旁。几次脱身而去,那少年总有办法拼死尾随。有一次她故意越涧飞崖,他想都不想就纵身下跳。又有一次,吴怡瑾展开轻功身法,瞬间将其甩下十万八千里,暗中折回,那个少年面红耳赤地在爬着她所去方向的一座壁立高峰。

吴怡瑾只得答应与之同行。一路相携,发现他除了时不时做出那种痴傻行为之外,其他地方似乎还算正常,谈吐非凡,尤长清谈。

略熟以后,论及姓名,才知他叫文恺之。

世家少年听说她的来历,一张清俊的脸登时亮得似乎发出光来:"原来姑娘是碚碟中人,哈哈,好极,好极,我们原是世交。"

吴怡瑾白了他一眼:"我没听说过。"

文恺之笑道:"碚碟白帮主就是宗家伯母。宗家和文家世代友好,我和宗伯母之子宗华自幼知交。世妹你既为碚碟弟子,我们是世交,一点不假。"

期颐是七省通衢,会居要冲,四城不闭,云集各地富商大贾,自古以来乃大离境内第一等富贵风流之地。与帝都南北对峙,形成双龙抢珠之势,重要性或者略输帝都,其人烟鼎盛,百业繁华,尤有过之而无不及。

他们一到期颐,白衣少女便被一个消息震得几乎反应不过来。

节度使大人黄龚亭称碚碟在夜宴中毒死京都使者有重大嫌疑,下令封锁其在期颐借住的冰丝馆,上百弟子遭擒拿,除在龙华会上一举夺魁、女扮男装化名沈岚的沈慧薇外无一逃脱。

此消息满城风闻,未曾接近冰丝馆即已获知。

打乱了事先计划,吴怡瑾为难地驻足思忖了一会儿。

论理,这件事应该着手查一下,但师父的伤势更为紧要,她在电闪之间抉择了后者。既然有人走脱，那位沈慧薇师姐该当星夜前往总舵报讯，或者另想办法的吧？

那个文弱少年不能再与之同行，她是凝碧弟子，说不上什么时候可能会连累人家。她当真要甩开那个少年，自然是极其容易之事，只几个穿梭来回，无论那少年如何翻天覆地，那也是找不到她的了。

问明城内最大药铺，面容隐于长长幕缡之下的白衣少女，径直向那方向而去。

药方很奇特，伙计愣愣地对她张望，好似在看着什么不可思议的人一样。吴怡瑾一早知道药极难配，道："贵宝号能配齐哪几味，不能买的可否烦劳指点方法？"

她不露真容，看上去很是神秘，但语音轻柔，行动间面纱轻拂，气度自然高华，绝难引发某种猜嫌，那伙计便把药方交给旁边一个皓首老者看了，那老者拈须道：

"姑娘，你的朋友怕是没救了。"

吴怡瑾面纱后面目光一闪，温言道："老前辈，请别胡言乱语。我师父是受了伤，或者也吸进些许毒雾，但无大碍。"

老者道："姑娘，你师父很能开药方，这里有几味药单用是没什么奇效，一经合用，便可解除百毒。但是他除了这些，又要千年何首乌、人参灵芝这样的大补之物做药引，此非吉兆，分明是用来延寿，前面的药都是假借，迷人眼目而已。"

"假的？"吴怡瑾愕然，她在看到这张药方之时也有所疑惑，除木鳖、天葵、半夏、黄芪这些一看即是清热解毒之用的以外，像千年何首乌、成形人参、七叶灵芝等都是可遇不可求之物。但是她从师以来，不论发生何事，师父都在谈笑中解决，只觉得天下之大，无师父不能解决之危机，因此这疑惑也只在心间一转而过。此刻听老者说起，字字当真，不由得呆住了，道："不管如何，贵宝号有没有呢？"

老者摇头："姑娘，你要的这几味药，有银无处使，对不起，本店没有。"

吴怡瑾叹了口气，道："既是如此，麻烦请帮我称上其他几味药。"

她在等的时刻，那店里聚集了不少抓药赎方之人，听到她所列的单子，纷纷交头接耳，有人轻声道："千年何首乌，这种宝贝，寻常人家哪儿有……"

余下窃窃私语，那人更压低了声音："前阵子黄大人倒是搞了一枝的，还闹得好大声势，原说要送给京城来的使者……"

老者将一包药递了出来，及时说："民不言官，小心祸从口出。"

吴怡瑾笑道："这药暂时在柜台上寄着，多谢啦。"

她出现以来语音里初次带笑，白纱轻扬，幕缡后面隐约神光迷离，药坊里一干人顿觉心慌意乱，口干舌焦，一时记不起原来在做些什么，说些什么。

出了药坊，她找人问节度使黄龚亭居所。

路人怀疑地看了看她，问道："你是什么人？为何打听节度使大人家？"

吴怡瑾微一犹豫，道："投亲。"

那路人笑了笑,便信了,指给她道:"向前走,左拐,铜驼街就到了,那府邸占大半条巷呢,过去一准就看到了。"

吴怡瑾悄悄握住袖内软剑,想道:"这人无故抓我同门,本来就不是好人。他那枝何首乌,哼,拍马奉承是用不上,正好给我师父急用。"豪气顿生,为师父之伤,别说是节度使府邸,便是皇宫内院也不惜闯它一闯。

她极是细心,先到黄府后墙外围溜达了一回,整个下午便坐在一个极热闹喧哗的茶楼里,叫一壶茶,神定气闲地喝。期颐多事之秋,众人话题不外龙华会、盛宴突变、碇碟帮、节度使以及江湖首盟徐夫人,随口编派,风生水起。说碇碟帮狼子野心,多人宣称一早看出此帮居心险恶,用意不良。又说黄龚亭正室夫人身体极弱,常年不露面,只怕未必能长久保住夫人之位。而后言语闪烁,指认这黄大人抓碇碟帮只怕是以私心办公事,未必安着好意,提及碇碟帮女子之美,难免污言秽语,不堪入耳。

吴怡瑾心头火起,以手指蘸了几点茶水弹出,一一弹入正说得唾沫横飞的几个张开的大嘴,中者无不痛得直跳起来,捂住嘴巴哇哇大叫,不明白是何缘故,决计料不到这斯斯文文静坐一边的白衣姑娘于声色不动间做下了何种手脚。吴怡瑾一拂袖,吩咐:"结账!"

夜色缓缓地降临了。

初夏时分,夜色实际上是一种欲明欲暗的昏黄,白日的光线尚未退尽,黑暗就按捺不住地挤进来了。如此混沌浮动的光线,有时比纯粹黑暗是更好的遮掩,吴怡瑾跃上高墙时白衣如雪般飞扬,飘逸得如在梦中行走。

一垣花墙以内,不远处有大树繁茂亭亭,高出围墙甚多。借着枝叶掩护,她安心打量这节度使大人的府邸,楼院层递,亭台重叠,一眼望去烟波灯光蜿蜒无穷。

她暗暗着急,未曾料到这府邸如此深广,仿佛走马观花也非盏茶能遍及,暗中搜索的话,怎样能如愿以偿?

她见识并不浅,跟着师父足迹遍及天下,如此显贵达官的家中未必没有去过,单就范围而言,京城某些宗亲王室也多赶不上这位三品大员官邸,期颐的南面为尊、山高皇帝远从中可见一斑。

每一重园门都有护院把守,园中偶尔有人经过,但或许是园子较大,偶尔经过的都是行色匆匆的下人,没有预想中武功较高的侍卫保镖之流。

整座府邸静悄悄的,却惟有一处喧嚣,不是玩闹丝竹之乐,似是人声吵闹,灯光下人影晃动。

她觉得很是有趣,难道这位大官的家宅里,还有闹市口吵架争执的风气不成?

当下纵身掠起,向着那处华灯最亮的园子方向而去。

白衣翩然而落,不沾轻尘。

吵闹之声近在耳畔,却是一女子被架住手脚哭闹:"人还没进门,你倒会偏宠着她了!好啊,黄龚亭,你要了新人忘旧人,我不活了,我死给你看死给你看!"——明明手足都被人紧紧夹缠住了,可怎么死法?再看那女子,靓服丽妆,这般闹法,也还翠钿生生,八宝晶簪稳稳当当地插在头上。一群腰粗力壮的婆娘丫鬟劝的劝,扯的扯,她到底挣不过去,慢慢行远。

吴怡瑾极力忍笑,忍了又忍,苦不堪言,忽然听到咯咯一声轻笑。

她这一惊非同小可,自己在暗中,却绝未想到还有人在旁边窥伺。循声而望,不远处太湖石畔一个少年,似乎也知道笑得不妥,伸手掩住了嘴巴。明亮如秋水的眼波盈盈一转,两人目光相接,彼此吓了一跳。

那少年笑声极轻,按理而言那边极度喧哗的地方是听不见的。但有两个护院模样的人,只是抱肘在一边等婆子们把那妖艳女子拉走,并不插手,这时身形忽动,迅速向这边扑了过来。那少年低叫:"不好!"慌里慌张地向前一冲,露出半个身形,立时将两名护院的眼光吸引过去了。

这变化只在电光火石之间,那少年身形如烟逝于黑暗之中,吴怡瑾才醒悟过来,那少年故意跑得慌张,等于保护了她。

那少年是谁,尚不可知,反应之快,机变之捷,吴怡瑾自愧不如。

远处并没有更多喧闹出现,料想以少年之机变,两名护院能奈其何。吴怡瑾略略放心,见那哭闹不休的艳妆女子已走得甚远,悄悄尾随了上去。

那女子态度甚是凶悍,走不多远,身边人已被她骂的骂,赶的赶,不剩几个了,那些仆妇们似乎也习惯于她这种发作,尽管嘴里高声嚷着去死去死,却没一个人相信她,她一赶,大家如释重负地去了。

周围人少了,她才开始痛哭起来。哭诉自己待嫁之时,明明早就订过婚,被黄龚亭死乞白赖强娶了来,不到半年就变心。吴怡瑾先还好笑,继之倒有些怜悯起来。

那女子边哭边骂,浑然没有发觉身边仅剩的几个丫鬟是如何一个一个失了踪影,直至有一种不寻常的冷流在周围氤氲,猛一抬头,一个全身笼于幕缡之下的白衣少女,月光下无声无息地站着,皓腕一抬,一道白光飞出袖底,绕住了女子颈项,说:"别声张。"

白衣女子顺手一拖,将人提了起来,深入花丛,垂首再看那女子花容失色,手足簌簌发颤,十成性命已去了九成,微微一笑。

"我只问几句话,好好回答,我不伤你。"

女子颤声道:"是、是!女侠……姐姐请问,你……稍稍把剑拿开一些,割伤了不是玩的。"

吴怡瑾道:"千年何首乌藏在何处?"

那女子娇躯一颤,没有立刻回答,万分狐疑地睁眼张望。吴怡瑾手上微紧,剑气冷冽,顿时在那女子修长美好的脖子上勒出一道红痕。"别!我说!"女子急呼,"那何首乌是在……"

说得一半,却又止住,哭道:"何首乌珍贵非凡,大人准备有用的,姐姐取了去,日后查出是我说的,我真不得活了。"

吴怡瑾心道,你不原就想死么?口中答道:"我不会提到你。但你若不说,这会儿我能叫你一样的下场。"

女子泣道:"我说了……你可不能伤害我。"磨磨蹭蹭,觉得无可拖延,这才道出,"它是放在大人房里……的一个暗格子内。"

"你都敢在他纳宠时大闹,想必日常恃宠生娇,这暗格怎么打开,一定瞒不过你了。"

女子一迭声叫屈:"大人的房间,什么人都不准擅进。我也是听他说起,一定要看看何首乌的样子,他才打开来给我看的。只瞧见这么、这么……"两手比画一番,"就开了。"

吴怡瑾凝神以视,微微颔首。又让她画出黄龚亭住处的大致方位,反指一点点在她腋下,低声道:"你这会子飞快地跑出去,不可声张,把那边牡丹花下的几个丫头叫醒了,尽量快速地回到屋子里去,泡热水洗澡,六个时辰以后可保命。"

那女子面色变得很是古怪,汗下如雨,使劲点头答应,待吴怡瑾一放手,便拼命跑了起来。

吴怡瑾暗自好笑,原来她以巧劲点中这女子穴道,浑身又麻又痒像上百只蚂蚁在爬,只有将身子泡在热水里,此种痒感才能消失,那女子不知其中窍门,当然急着泡水保命,而不会想着去行告密之事了。

当下辨认方向,向黄龚亭日常所住的别鸿轩而去。

这个地方和女子大闹的所在相距甚远,想必黄龚亭一般不在自己居室纳宠,吴怡瑾原先还有些担心门口有人看守,哪知出乎意料,这边黑灯瞎火,冷冷清清。

窗户半掩,推窗跃室,一股杀气扑面而来,她抽身急退,一足又踏上了窗台,袖底软剑骤放光华,光影中照见对方,两人同时惊噫了一声,原来抢得先机出招之人正是太湖石下的少年。

两人相对,不觉轻轻笑了起来。吴怡瑾没想到对方引开注意,竟还比她早了一步,想必今夜入府之前早就做过一番仔细盘查。少年问道:"所为何事?"

吴怡瑾坦然以告:"我要千年何首乌。"

"啊。"收剑以后的黑暗中瞧不清少年面庞,声音里笑意清扬,"是珍物。"

吴怡瑾说:"亲人病重。"

少年道:"如此,各自请便。"

当下两人不再说话，各自分头暗寻，从外面慢慢摸索到里间。

吴怡瑾视线逐渐适应黑暗，见那少年对房中各种价值连城的摆设看也不看，自管在墙面、橱门上下工夫。"他也在找暗格。"放下的心又提了上来，只怕他来此目的与她相同，这少年深不可测，如是对头，实为大不幸。

那女子比画时也说了方位，因而吴怡瑾心下略略有数，故意慢慢地过去，在花案下一按一捺，一只暗锁轻轻跳出来。剑光起处，暗锁无声削落，一只红木锦盒现于目前。

那少年也"啊"了一声，凑近过来。吴怡瑾打开盒盖，一团炫目至极的光挟着冰寒之气扑了出来，照得周围丈内雪亮。

吴怡瑾无心细看，顺手盖上又往暗格中寻找。那少年却拿起盒子，细细看了几眼，低声："朱睛冰蟾！"

盒内自打开射出那一团光芒以后不再那么耀眼，白气萦绕、祥瑞腾腾之中，一对雪白的蟾蜍静静躺卧，双目血红。

吴怡瑾望着怔怔不语。

朱睛冰蟾只有耳闻，据说是极北大雪山的绝世之宝，有驱毒疗伤的神效，据说一个人无论受多么严重的内外伤，或者中何种剧毒，只要当场不死，服下这朱睛冰蟾立能起死回生。说起来它的功效，是比千年何首乌更为珍贵难得了。

但她一念之差，却将这盒子轻轻弃下。

那少年看她一眼，忽然笑嘻嘻地把盒子放到她手中："宝剑赠侠客，红粉谢佳人。朱睛冰蟾虽不是红粉，想来至少比何首乌更适合你的亲人。"

吴怡瑾惊道："你给我？……你就这样给我？"

少年笑道："你为亲人病重而取药，我非为此而来，大家各取所需。临时因物起心，可是要遭天谴的。"

窗外一条阴冷的嗓音紧接着说："私闯官邸，破户入室，盗取宝物，该处凌迟之罪。"

房中两人相互一望，纵然素昧平生，这会儿却激起同进同退的同仇敌忾之气，双剑齐出，剑气所到之处，窗户大开！

月光皎皎，照着一条长大身形，颜面幽暗，五官模糊，挡住大半去路。而他的杀气便于不动如山的身形山中喷薄而至。

两人的剑也同时杀到。一剑如霜，水流在薄冰下流动；一剑如水，波光里荡出无限清辉。一为攻，一是守，初次合作，巧若天成。那人陡然退出五尺开外，冷哼："好剑法！"

两人便乘此空隙飘飞出去。

那人用的居然是铁铸长枪，难怪刚才只守在室外而不攻，转眼间风狂潮涌，激浪狂卷。

杀气漫卷中吴怡瑾和那少年倏然分开两边，一纵而起，白衣翻飞，剑光闪在那人眉心。堪堪将及，受不住枪风猛烈，半空中无可借力，剑尖飞一般点向枪杆，轻巧巧于空中一翻，又已刺向那人眉心。不论长枪如何变招，暴如雷霆，她总如影随形不离他左右半尺。

那人狂怒，啸声动天。吴怡瑾心下急了，若是惊起府中所有人，今夜就算持宝也难安然以出，她素不伤人，此刻却陡生了杀机。

忽觉那人枪尖一滞，压力顿减，她剑光一摆，如天河之水飘摇而下，但心头终于一软，剑尖刺歪数分。那人中剑，捂着喉部，血流如注倒下。

吴怡瑾回身，见那少年兀自站立于枪尖之上。

这一战时间极短，惊险处却不啻在生死关头走了一个来回。月华如水，静静照在两个少年人身上。

院子以外各处灯火次第亮起，呼喝追寻也近在咫尺，少年叫了声："快走！"一手拉起吴怡瑾便跑。

他对这府中情形远较她为熟悉，只往奇石嶙峋僻静处奔，左转右拐，渐渐花木森森，流水淙淙，又到了一所园子。

府内到处已是明火执仗，大叫"抓贼"，这里依然是一派静谧，丝毫未受影响。

那少年放慢步伐，手上仍牵着吴怡瑾不放，柳梢月光斜斜照射下来，映得他轻衣飘洒，周身都似发出淡淡柔光，有如夜空中无声飘落的一片轻云。吴怡瑾才是初次有暇看他面貌："他实在是个罕见的美……"美什么，一时惘然起来。

那少年走了几步，忽然伏下。

两人伏于花荫重台之下，点点冷露浸湿衣衫，一缕仿佛缱绻、又仿佛漫不经心的声音飘入耳际："妹子，还在生气么？"

"……唉，我千言万语，你总是闷声不响，婉若，婉若，你当真枉顾我一片心意了。"

吴怡瑾感到那少年身子轻微一抖，脸上现出极不自在的神色，似乎充满了怜悯，又隐隐有些厌恶。她脑海间电光火石般一转，前情后事连起来，一个答案呼之欲出，心头不由得怦怦而跳。那少年回过脸来，握住她手，写道："何事？"

吴怡瑾从幕缡背后望出去，见那远山眉下，含情目中若笑非笑，心想："我真是糊涂，她若不是沈慧薇师姐假扮，怎会深夜至此？又敢和黄龚亭为难？"

砜犍集体被抓，只有一个名唤沈岚的少年逃脱，后查明她是女扮男装，真名沈慧薇。夜闯黄府，剑法轻功又如此高的美"少年"，想来不可能是第二个人。而她在黄龚亭房中搜寻，只怕也是为了寻找能救人的某些证据。想不到误打误撞之间，竟是同门相遇。

少年会错了意，写道："风声太紧，咱们得缓一缓，见机行事。绝不误你出去。"

吴怡瑾微微点头，还是盯着她看。

少年写道："别这么古怪，我又要笑。"

吴怡瑾想到初进园子来她那一笑几乎闯了大祸，从未见过如此爱笑之人，转脸无声地笑了。

园中另一少女声音幽幽响起："事到如今，莫提前缘。大人既然抓了我帮中子弟，婉若也是嫌犯之身，你……"这声音凄恻呜咽，说不尽温柔可怜，犹未说完，前面那人急道："我解释多少遍，只是迫于情势，走一走场面文章。你不信我，我……我……也罢！想不到你也是这种薄情的人！"

事情再清楚也没有，这名男子无疑便是节度使黄龚亭，那少女是祓禊弟子钱婉若，府中宠姬在别处呼天抢地大吃干醋，这两人却是金蝉脱壳，安安静静地躲在这相对隔绝的小园子里谈情说爱，任凭外面闹得天翻地覆。

园门腾地大开，明火涌入，心烦意乱的男子勃然大怒："大胆奴才！谁敢贸进！"

为首是一高一矮的两人，躬身道："大人恕罪！园中有不明身份奸细潜入，闯入别鸿轩大闹，铁塔受重伤，生死不详！属下等追查到此，失去两名小贼的踪迹，怀疑躲到这里来了，属下斗胆，惊扰大人。"

黄龚亭哼道："都是废物！别鸿轩被盗，可曾发现少了什么？"

"这……"那两人似知忌讳，含混道，"不得大人吩咐，属下只派人严加看守，暂时未有人进内。"

忽听钱婉若怯生生地问："铁塔武功很高啊，谁能轻易伤他？"

黄龚亭道："钱姑娘问，怎不回答？"

高者沉声道："是，钱姑娘，铁塔是被人用极轻极快的剑法一剑刺中咽喉，所幸剑口离大动脉略偏了两分，没有致死。如今他不能说话。"

钱婉若低低"啊"了一声，声音里突然着急起来："大、大人！"

黄龚亭叹了口气，顺着她口气说："我和钱姑娘一直在这里，如若有人闯进来，岂有不察觉之理。你们到别处仔细搜查。"

高矮两人面面相觑："大人！"

黄龚亭厉声："快去！"

两人迟疑了一会儿，终于无人敢抗拒，不情不愿地退了出去。

园中两人相对片刻，黄龚亭低声笑道："这样，你还是不放心的。出去吧，我们一起去看看。"

脚步声渐行渐远，园内寂静如初，吴怡瑾这才感到湿漉漉两手冷汗。那少年也是一般，忽然低声道："那女孩是我师姐。"吴怡瑾微笑道："你师姐人聪明，心也好。和你一样。"

那少年脸上却有不郁之色,只叹了口气,说:"我们走吧。"

这一次异常顺利,这园子周围的人看来都被黄龚亭故意撤下了,形成一片防守的真空,等掩起踪迹在暗处走,追寻起来就不易了。半个时辰后,成功逃脱。

冰雪
BING XUE

雪儿在温暖的、带着一丝非兰非麝的淡淡清香的怀抱中醒过来，迎面接触到比天上星辰更亮、比弥漫大地的春风更温柔的眼眸。

她躺在白衣少女的膝上。

她骤然一惊，立即欠身而起，戒备的眼神如临大敌。

那少女温柔却坚定的手按住了她，微笑着："小妹妹，不要怕。"

雪儿怔住，多么熟悉的语言……她是沈姐姐！

容貌不似，装束不似，但是那样充满了慈爱和悲悯的眼神，那样煦暖如春阳的微笑，眼前的冰雪容颜与沈姐姐交替重叠。

少女轻轻握起她抗拒的紧攥的手指，一个一个抚摸，使之松开紧紧握住、备齐了全身力量的手指，动作轻柔，生怕伤害她一丝一毫。

经过了千般磨难，万般屈辱，她终于等回了沈姐姐，不是吗？人生再一次向她洒下金色阳光，不是吗？虽然，她看得出来这位白衣姐姐并不是真的沈姐姐，但是，她们好像，她好喜欢这位白衣姐姐……雪儿眼睛里，浮起雾气茫茫。

——这自然是吴怡瑾。

闯黄府出来，吴怡瑾便与循着她留下的记号而来的剑神会合。

分析下来，剑神也认为官府的真正用意扑朔迷离，不妨先等上几天，以观反应。

师父不知从哪儿带回一个女孩。遍体鳞伤，惨不忍睹，若是常人受到如此众多而且严重的内外伤，恐怕早就难以存活，偏偏这个女孩生存意志极为强韧，还吊着一口微弱的气。

吴怡瑾把抢来的冰蟾交给师父。但剑神只随意一看，说自己的伤势比想像中更不足道，好生调养即可，不需要这么珍贵的药材，最后让那个奄奄一息的女孩服了。

吴怡瑾彻夜照顾，把这孩子抱在怀里，看着她一点一点透出了汗，高烧退却，恢复神志。

"别怕，别怕。"这一天一夜之中，早发现这个奄奄一息的白发女孩非同寻常之处，比如手脚蜷曲向前,昏迷时嘴里发出奇怪的嚎叫。所以对于女孩的奇特反应,吴怡瑾丝毫不感到意外,只是温和微笑。

"小妹妹,你伤得很重。不要怕,你告诉我,你叫什么名字,是哪里人?"

雪儿呆呆地看着她,眼睛里突然一滞。

写着她名字的葫芦被砸碎了,那只葫芦,她有生以来收到的惟一礼物,也是她成为一个"人"的标志,已经失去了。

吴怡瑾从未看到过这样一双眼睛,积聚了太多的悲伤、深沉、孤苦和绝望。

"小妹妹。"她帮她梳理头发,抚摸着她犹自滚烫的身体,指尖所触,是那些触目惊心的鞭印、棒疮、刀枪、噬痕,"别怕,以后再也没有人欺侮你……"

雪儿闭上眼睛,把头埋入白衣姐姐怀中。

剑神敲门进来,说:"准备行装,瑾儿,官府释放碊磋,冰丝馆重新开放。"

吴怡瑾道:"师父你打听到了?"

"街头人人在谈论。"

"师父料事如神。"

剑神微微一笑,这是徒儿在恭维他事先对此的判断,如何听不出来?这个小徒儿虽然极少甜言蜜语,但偶发一语,总是引他欢喜,尤其是在发现血鸟、无端勾起新仇旧恨的阴霾日子里,若无她东风化雨,便只剩得愁云漫漫。

他视线落在把头全部藏起来、瑟瑟发抖的雪儿身上,笑道:"我救了她,她倒怕我,不怕你。"

吴怡瑾也正试图安慰,微有不解,娇嗔道:"师父把人家吓坏了,还不承认呢。"

冰丝馆丝毫没有了那天晚上被官府团团包围、缉拿的颓势,相反,张灯结彩喜气洋洋,就连大门口两只石狮子也结了块红布以示吉利。

一座华丽马车停于冰丝馆前。

门前守值弟子看清来人,不由得大声呼喝,飞奔报讯。来的是难得的贵客——节度使大人黄龚亭。

却见他含着笑容,从车上扶下一个秀媚少女。那少女满面红晕,羞得抬不起头。

众人惊诧。原来碊磋帮释放后,清点人数,人只少了一个,就是钱婉若。大家也都知这女孩儿与节度使大人走得近,但怎么都不可能留在了那里,倒是不声不响在找,却没想到这般成双成对地出现。看钱婉若羞赧之色,俨然是个新回门的小媳妇。

瞠目结舌之余,在期颐主事的丁、李两位堂主亲自出迎。钱婉若一进门就躲入内庭不肯现身。

黄龚亭恭恭敬敬，为那天行缉捕之事告罪："下官受命在身，日前多有得罪，此系官府公事，两位堂主切莫见怪。"

丁堂主笑道："岂敢岂敢，黄大人奉公尽职，责任之系原所应当。现还我礤碰清白，亦堵天下悠悠众口，应当感谢大人才是。"

客套一番，话归正题。黄龚亭道："下官此来，为两件大事。"

他与钱婉若同车而来，其目的一目了然。这黄龚亭早有正妻，钱婉若嫁了过去，无非是个小妾，说不上是礤碰光彩之事，但事已至此，不把钱婉若嫁过去，似乎又不可行。

"先说私事。"黄龚亭笑了笑，"钱姑娘绝代芳华，我实是配不上她的，何况家有正妻。可是人生缘法一言难定，如今、如今……木已成舟，还望前辈成全。"

他起身，长揖一礼，二堂主还礼不迭，心中又急又气，听他说得如此直白，摆明了是瞧不起礤碰，偏生没话可以回他。丁堂主性格火暴，有些难当，李堂主忙拉住，说："婚姻之事，除长辈外，还应看你两人意愿。婉若这孩子的师父两年前就没啦，这事还是看她自己。"

黄龚亭面上带笑，道："如此说来，我这礤碰帮的女婿是做定了。"

礤碰帮的女婿，嫁出去的却为人妾侍，礤碰帮又是什么？丁、李面上一阵红一阵白，道不出一语。

"既蒙允婚，下官还有个不情之请。"

"大人请讲。"

"我虽然无法给她正式名分。但婚礼必定大办，将是期颐一大盛事，以表我爱婉若之真情。下官椿萱双逝，只有义母乃江湖首盟徐夫人，我拟那天请干娘为男方主婚。则女方这边……"

丁、李听到此处，已然变色，听他接下去讲道："请白帮主出面主持，以显双方对于缔姻之重视。"

丁、李面面相觑，李堂主苦笑道："大人爱惜婉若，那也是礤碰之福。只是我们白帮主……"

她沉吟着没说下去。

礤碰多的是年轻好事的少女，节度使大人光临，都在厅内厅外聚首而听，见黄龚亭步步相逼，一个小姑娘接口笑道："要我们帮主出面主婚，那有何难？只是大人也得答应我们一个要求。"

黄龚亭看向这个女孩，白衣红裙，头挽双髻，鹅黄色绒绳从双鬟里盘了出来，他没做声。那女孩继续说："请节度使大人立刻回家休妻，请旨降诰命，三媒六聘，以正式之礼迎娶钱师姐！"

她声音清脆，字字清楚，厅上众人脸上情不自禁浮起微笑，更有几个少女同声应答附和。黄龚亭脸上掠过一抹阴云,道:"这位姑娘,是哪位?"李堂主笑道:"她叫方珂兰,还小呢,大人不必和她计较。请问大人的第二件事。"

"第二件,"黄龚亭唇边迅速勾起笑意,"下官恭喜礆礈取得铁券丹书。先几日因为事未查清,不敢擅发,如今是时候了。"

满厅中人不及欢喜,黄龚亭缓缓道:"只有一件,龙华会一向惯例,铁券丹书兹事体大,须得隆重对待。接受铁券丹书,必须由获得资格的各派帮主,亲自出面,焚香净身,面南朝拜,方才可以。"

说来说去,目的只有一个,丁、李倒抽了一口冷气。

"大人所言,确是理所当然。唉,但是、但是……"丁堂主以袖抹眼,道,"我白帮主近遭不幸,大人也知她是宗家长媳,如今宗家相公病重,生死难以预料,近期实难脱身,这便如何是好?"

"原来如此。可白帮主既为礆礈之首,这件事情她若不出面,恕下官不敢违例,过早颁发铁券丹书。实无良策周旋,那就只有暂且等待了。"

丁、李只是苦笑。

只听得大门口一阵喧哗,随即有极端夸张的丝弦爆竹,门人急冲进来报:"剑神!剑神驾到!"

两个人从门间走了进来,但所有视线立即被走在后面的少女吸引。

白色长衣飘动摆舞,宛如云水空濛。

少女约莫十五六岁,冰雪容颜,清冷到了极处,淡素到了极处,却从岚山明月中焕出晶莹剔透的璀璨。

黄龚亭眼前晃了晃,刺得眼睛生疼,仿佛有一刻连呼吸也静止了。

白衣男子说了些什么,丁、李二堂主又惊又喜,分宾主位入座。黄龚亭一句也没听见,只管盯住那个少女。她似乎感觉到有目光灼人,朝黄龚亭看过来,见他一身官服,气度昂然,倒无恶感,微微笑了笑。黄龚亭脑海中腾的一下,看出去花团锦簇,光芒耀眼,那迫人容光只在锦色斑斓中若隐若现,却使他不辍追寻,他微微沉醉。

"……黄大人,你看怎么样?"

这句话是说到第三遍、第五遍,抑或更多,才猛然醒悟过来。

"大人,婉若的婚事……"

"呃……"黄龚亭怅然看着那少女,如果先于钱婉若认识她,如果她不是剑神的徒儿……他吸了口气,痛苦万分道:"诚乃下官荣幸。"

于是为剑神接风,黄龚亭定不能走,只得也为缔姻之事而贺。冰丝馆上下欢腾如沸。

只有谢秀苓无动于衷看着热闹,所有的热闹都离她很远,嘴角微噙冷笑。

眼锋偶尔扫过黄龚亭,彻骨怨毒。

"江湖、权势、风光……"被抓的那天晚上,在她遭受到作为女儿之身一辈子难以洗净的羞辱之后,徐夫人的声音缓缓响在耳畔,"这三样,我们女人和男人一样,不可或缺。而且,要比他们多,比他们好,我们得到了一切,回过头来,把天底下所有男人,由你意愿踩在脚底,任意对待!"

黄龚亭,总有一天,我会得到一切,拥有一切,回过头来,把你踩在脚底,肆意凌辱,叫你求生不得求死不能!

剑神一向离群索居,绝少和外界接触,饮过接风酒即告退席。吴怡瑾却无法逃席,这也是她初次与数量众多的同门相处。

人人对剑神徒弟有着无比好奇,姊妹们围住了她叽叽喳喳问长问短,从家世、经历,渐渐问到拜师奇遇。吴怡瑾简单答道:"我家贫困,无以为生而进的冰丝馆。"平淡得如饮白水,未免令人稍有失望。

"剑神弟子,身份太过荣耀。鹤立鸡群当远之,木秀于林不耻与为群,人家就算有着奇遇,又何必要和你们这些只知饶舌的小丫头细说?"

觥筹交错、笑语喧沸之中,冒出来的这冷于冰、硬如铁的一句话,着实把大伙儿都堵住了,吃惊不已地纷纷静止下来。

吴怡瑾早就注意到这一绝色张扬之丽姝,窄腰紫衣,两袖上绣满繁花,长挑入鬓的双眉略略挑起,眉心一点银色,与她那惊人艳光一起闪亮。吴怡瑾最初揣测她身份,以为就是钱婉若,但看她目光偶尔扫至黄龚亭,那双凤目内射出难以言喻的怨毒、冰冷之色,这情形决难做作,她和黄龚亭有仇无亲。在心里把她所知的人迅速推想了一遍,试探着问:"莫非是谢秀苓谢师姐?"

"嗳嗳,"众人这才回过神,李长老尴尬笑道,"秀苓真是惯坏了,说话没个分寸,怡瑾你莫见怪。"

谢秀苓面色铁青,拂袖而去:"岂敢!我可高攀不上剑神传人!"

众人哑然。半晌黄龚亭笑道:"谢姑娘好大的脾气,看来是借扇敲机,责备下官那日殊不怜香惜玉的作风了。"

李堂主怕吴怡瑾听不懂,解释道:"在你来之前,冰丝馆无辜卷入一起凶案,黄大人为调查之故,不得已将冰丝馆封锁了数日。我们这里的人全都被抓,这真是一场飞来横祸,是以秀苓心中不快,你请多见谅。"

一少女嗤之以鼻:"全部被抓?好像有一个就没能抓住吧?只怕钱师姐都不算被抓吧?她自己没本事,却……"

丁堂主厉声喝止。

吴怡瑾含笑说:"我和谢师姐是自家人,更是堂主晚辈,岂有见怪之理?请夫人切莫太客气了。"

这小姑娘处处谦让,举止温文,席间众人好感大增,只有黄龚亭微感失望,他故意以话挑之,只想博她一眼,但她竟似丝毫未加注意。

宴罢,吴怡瑾先回自己房里,看了看早已安排到这里睡下的雪儿,沉酣而睡,便走到后面园子里来。

回廊下柔和的嗓音说:"是吴师妹么?"

吴怡瑾愕然转头,见廊下一名少女,柔柔月光包裹着她娇小玲珑的身躯,黑发垂肩:"这位……是钱师姐?"

钱婉若出于害羞,并没出现在接风宴上,但无疑早就听说了剑神师徒大驾光临,微笑颔首。

"这么晚了,师姐还不休息吗?"吴怡瑾慢慢走近,见她剪水双瞳,清丽雅致,回想席间所见的黄龚亭,除了年龄大过不止十岁,其他各个方面都是相称的。只不过那人官高权重、妻妾成群,当真会永远珍惜真情不变么?

钱婉若脸一红,含糊地说:"我睡不着。"

问了这一句,两人都找不到话说。夜沉如水,婉若凝眸的眼光闪若星光,思绪渐渐飘飞开去。

四下里东一晃,西一闪,陆续亮起无数灯火,远远的马嘶人奔,一片杂乱。

钱婉若猛然变了颜色,急站起,一反温柔常态,连声问:"什么事?什么事?"

园门洞开,脚步慌乱,接二连三传来:"宗琅玕过世!""宗家发丧!"

廊下两人各自吃了一惊,反应却不同。吴怡瑾仅知那宗琅玕即本帮白帮主的丈夫,此人长年缠绵病榻。而钱婉若沉默了一会儿,无语落下泪来。

吴怡瑾惊道:"师姐?"

钱婉若缓缓摇头,凝噎道:"我没什么……我只是害怕。那一晚、那一晚也是这样,一片安谧,他白天给我的玉环在手中尚未握暖,突然间亮起无数火光,马嘶人奔,刀枪兵器碰撞,那是他亲自带领无数官兵,前来捉拿叛觇!我刚才真怕又是噩梦重来。"

她虽然害羞腼腆,可是冰雪聪明的心里,填不进一丝尘埃。阴影已经落下了,只怕永远难以磨灭。更何况那个人,那个人真的会在意这一丝刻骨铭心的纯白阴影,会用得一生一世去守住那一份比金子更可贵的真诚吗?

某间屋子里突然爆出大叫,声音尖厉,凄惨无比,即使在这般吵嚷嚷的情况下,也听得分外清楚。

吴怡瑾直觉地分辨出那可能是谁的叫声,急掠回她的房间,门里有道黑影猛地蹿出,几乎和她碰了个对面。

那正是雪儿,神情惊恐,眼睛圆睁,手足并用地爬行,速度快得如离弦之箭。

"妹妹。"吴怡瑾叫,在她快要跃出后园围墙时拦住。

两道闪着幽蓝光芒的剑光,从围墙下的某个角落里闪电般射出,吴怡瑾不躲不闪,甚至仿佛没有看见那如飞而至的剑光,在雪儿失声大叫的同时俯身把她抱了起来,在那一刻,她袖中荡出剑气万千,完全没有发出与对方相交的声音,但那两道剑光迅速转变方向,直飞上天。墙角下有一声低微含混的惊呼,随即惊呼以及代表着惊呼的一道身影都隐没在了黑夜里。

吴怡瑾并没有追,微笑着,拍拍雪儿的背:"别怕,别怕。"

她从来不是这样拿大的人,只是感到怀中女孩儿莫名的恐惧,知道自己必须给她以足够的信心和依靠。

重新安排雪儿睡下,一转身,剑神在房门口。

吴怡瑾简单地解释:"有人潜入冰丝馆,似乎是想杀她。"

"嗯。"剑神点点头,注视着灯光下睡熟的女孩。

"师父,你知道是什么人吗?"吴怡瑾试探着问,雪儿是他不知从何处带回来的。他们一到冰丝馆,当夜就有人赶过来,一定不会是偶然。

剑神眼中有奇怪至极的光,但最终摇摇头:"我还不能确定。"

这也是个很奇怪的回答,不说知道,也不说不知道,总之是了解一些什么情况。吴怡瑾不再追问。

她轻轻地掖好被子。雪儿有奇特的睡相,她喜欢四肢朝下趴着睡,起初,吴怡瑾曾经试着纠正她的姿势,然而雪儿在昏睡中总是有比较大的反应,只得顺其自然。

可怜的女孩半张脸露在灯光下面,从额头到眼角以至下巴,到处青紫肿胀,嘴巴破开了很大的口子,偶尔用劲大了,还会有血流出,这半张脸形容可怕而模糊。即使睡着,她总也是皱着眉,脸上有股深重的苦难痕迹。这样的孩子……最多只有十二三岁,她曾经受到过什么样的折磨?什么样的惊吓?

"她真可怜……也许生来,没有被人爱过、关照过。"

没人回答,吴怡瑾回头看看,剑神不知于何时早就离开了。

雪儿惊动了一下,眼睛睁得大大的。那双淡而凄惨的眼睛里,此刻慢慢积聚起一点点光芒,在眼眶里滚来滚去。

她张了张嘴,自喉咙口发出意义不明的声响,吴怡瑾柔声说:"好妹妹,别哭,你还病着,多休息。"然而女孩大颗大颗的泪顿时涌出眼眶,这些眼泪似乎同时湿润了她的声带,含含混混地发出几个音节:"崔……艺……雪……雪……儿……"

声音干涩而嘶哑,仿佛被撕裂焚烧过后的木柴,却是她有生以来第一句人的语言。

那一瞬间,吴怡瑾的泪也落了下来,把雪儿紧紧地搂抱在怀里,轻声反复:"雪儿、雪儿,不要害怕了。以后姐姐会照顾你一生一世。你以后会快乐的,永远都快乐。"

"姐……姐……"

从白衣少女来到冰丝馆,来这个地方拜访求谒的少年数量剧增。

来的不是自言仗剑的侠少,便是号称世宦的子弟,每天一大群,借着各种因由源源而来。

吴怡瑾对此视而不见,好像觉得所有来访的人都是为了仰慕这个在龙华会上大放华彩的磁碟帮而来,由堂主接待即可。没过几天,李堂主败下阵来,说这些人她接待不了,于是让众人客厅奉茶。

几十个少年枯坐在客厅里,一碗茶冲过一遍又一遍,渐渐从清芬扑鼻到了淡而无味,日光也从东面到了西面的时候,往往客厅里还剩下最后十来个。

但就算是枯燥乏味至极的等待,偶然也能从花园中瞥见那道天外飞仙一般的身影。这从一定程度上,令众少年勇气可嘉。

这里面也包括了被吴怡瑾偷偷甩掉、再次循声而来的文恺之。

吴怡瑾一视同仁,一般对待。有时还故意捉弄,安排他在最偏僻、最冷落的地方。有一次在客厅边上,夏雨忽至,浇了文恺之一头一身,落汤鸡似的。

文章魁首、浪子班头,受到如此"特别"待遇,他却不气不恼。他好像根本忘记了老爷已经上京,只管一天又一天地流连在期颐,每天到这客厅来报到,独自而坐。有时吟一两句诗,换得哄堂大笑。

"你以为你是天下文章的人啊?还想用诗文获取佳人芳心?"

文恺之微笑着想,天下文章的人,她亦只当一般草芥。

目下除了安排钱婉若的婚事,没有别的事情,呆着无聊也是无聊,冰丝馆其他女孩子们,常三三两两结伴出去游逛,终于连剑神也叫吴怡瑾有空不妨出去走走。

"见一两个人也不是坏事。"剑神说,"别躲他们跟躲瘟疫似的,你终不能一辈子让老师父跟着你。"

吴怡瑾不依地叫:"师父啊——"

字尾长长,拖着在外人前从不流露的稚气和未经风霜的娇柔。阳光从叶间缝隙洒下的日色照得冰雪颜色微微透明,柔美双唇流泻一抹清新恬静的笑容,剑神微微沉醉,长此以往即使亘古久远也使得。但他不知道这是最后一次听她这样撒娇的语气,也可能是她一生中最后一次全心全意的慕孺情怀。

吴怡瑾到头来没能拗过剑神。

出发那天,她特地为雪儿换上一身白色戎服,绣金软靠,配上同色长靴。头发精心盘梳,点翠珠花,既干净,又利落。

冰丝馆绝大多数人都很讨厌这个来历不明的女孩，尤其对她的一些习惯引以为怪。比如她只会用手足爬行，只会狼嗥，喜欢光着身子，不爱穿人类的衣物，动不动就跃跃欲扑，等等。

很多人断言吴怡瑾的这个"朋友"根本不是人，而是一只兽。碍于剑神的面子，只是不好明言驱逐而已，厌恶之色溢于言表。

谢秀苓在出狱的第二天就和丁堂主一起被总舵发来的急令召了回去。不然，她若看见这个女孩的话，一定就会从她的奇形异相上面认出，这就是徐夫人前阵子使之与困兽相斗的狼孩。

幸而她不在，吴怡瑾收养这个狼孩，才没有生出额外的轩然大波。

随着脸上淤痕肿块逐渐淡化，不只是吴怡瑾，其他人也发现，雪儿其实是一个极为美丽的女孩，眉眼之间秀气逼人。只是雪儿知道这个地方除了白衣姐姐喜欢她以外，她并不合别人的眼。因此，她时时刻刻地黏着，只要吴怡瑾稍一不在她视线以内，立刻躁动不安，而这种躁动，是一种凶恶与恐惧相混杂的情绪。吴怡瑾也习惯了被她黏着。

与她们同行的另有两个女孩：方珂兰和吕月颖。

吕月颖是前几天刚刚转投谖碻的女弟子，原先是冰心院门下。冰心院以年轻漂亮的女弟子为主，与谖碻帮颇为相似。不久之前这个帮派自院长以下实权人物相继死亡或失踪，即告解散。吕月颖由徐夫人亲自引荐过来，转投门下。

冰丝馆绝大多数人都讨厌雪儿，只有吴月颖鉴于自己出身不够纯粹，竭力讨好剑神师徒，并不嫌弃雪儿。而方珂兰也对雪儿有种出奇的感情，有时会和雪儿说说话（尽管雪儿从不回答）。

雪儿躲在车厢，吴怡瑾亲自驾车，那两个骑马。一行人向远郊而行。郊外人一少，便看到后面有一群人，花花绿绿名目繁多地跟着。

吕月颖哧哧地笑："姐姐啊，你身后，总是跟一大群苍蝇。"

方珂兰夸张地左右四顾："苍蝇，苍蝇在哪？我练就拍苍蝇神剑，正好拿来试试手。"

吴怡瑾微微一笑。

几人把马车停下，白衣少女把雪儿抱出来。接触到刺目阳光，雪儿很是害怕，紧紧扒着吴怡瑾，浑身僵硬。

吕月颖奇怪地瞧着那个女孩，问："她真的不会走路啊？"

吴怡瑾微笑："慢慢会走的。"

她们就在河边柳下坐着，叶垂金线，柳鸣蝉梢。吴怡瑾折了一把纤嫩柔软的柳枝，纤长的手指轻巧穿梭，编出了一个精巧玲珑的花篮，雪儿大喜，轻轻用嘴拱了两三下。

吴怡瑾笑着说："这个东西是不能吃的，就是给你玩的呀，拿着吧。"

雪儿仍不用手来接，愣愣看着那只柳叶篮子，眼里聚起轻愁。吴怡瑾道："没有人给你玩过什么,是吗?"

雪儿摇摇头,身子轻微战栗。

吴怡瑾明白了一点,说:"以前有人待你好,只不过找不到了?是你爹?你娘?……"

雪儿摇头,半晌,嘴里又逼出那一声:"姐……姐……"

吴怡瑾叹了口气,摸着她头道:"我早该想到了。你既有了名字,一定不是一直被人欺负的。以前的……那位姐姐,她一定待你很好吧?"

吕月颖和方珂兰在一个地方待不住,早已蹦蹦跳跳跑得远了,悠扬的歌声随风传来。

一干少年,陆陆续续,渐渐围拢上来。吴怡瑾态度之中,总有种自然而然的凛然味道,叫人不可亲近。少年们虽极力想要搭讪,却找不到话题,最终也只能跟在后面,窃窃私语。

一个少年骤然大喝:"剑神之徒,是否徒有虚表!"手中钩镰枪径直递来,动作简洁,来势如风。来人端枪手势极稳,显然是试探性的一招,吴怡瑾不予理会。

雪儿大叫一声,快捷无比地蹿出。那少年还未看清,一条人影已重重压上身来,连绊带摔地倒在地下,对方凶狠的眼睛正对着他的眼睛,口中横咬他那杆钩镰枪,这一瞬间真是惊骇莫名,少年惊骇大叫:"鬼!鬼啊!"

但见一只素手伸来,取下钩镰枪,白衣少女抱起压在他身上的人,柔声道:"雪儿,别淘气。"那少年恍若行在梦中,痴痴呆呆地爬起身,雪儿露出头来,朝他龇牙咧嘴低低吼着,少年一惊,不由得向后退了一步。

这少年是中州枪传人,武功向来受人称道,但剑神之徒连手指都没动一动,仅仅是她抱着的那个怪物般的女孩子已经弄得他狼狈不堪,出身武林世家的子弟们不由得面面觑,又忍不下这口气。有人跳出来:"剑神之徒,果然连身侧之人都非比寻常。小可不敬,还请多指教。"

这个少年使的是刀,大喝声中刀光如电奔驰而来,人卷在刀光里,已分不清是人是刀。这一招如雷霆霹雳决绝无回,吴怡瑾正在思忖,是躲避是非还是抢下兵器,这般纠缠何时了局,忽觉怀中人儿跃跃欲试,她心念一动,或者可以由此看出雪儿来历,手臂一松,放开了她。

雪儿经过这些天的休养,伤势大好,早就静极思动,如狼似虎地冲了出去。她先是扑向舞刀少年下盘,在他脚踝上咬了一口,自下而上,钻进对方怀里,手爪抓向少年腰间。

世上千万学武之人,都不可能采取雪儿这种攻击方式,非但那少年浑身大汗淋漓,险象环生,旁观诸人连吴怡瑾在内,都是看得脸上变色,心里怦怦而跳。吴怡瑾连声呼唤,但似已控制不住雪儿野性。

众少年之中，但见白影来回穿梭，行动快如鬼魅，简直无法看清攻击的方向，只得胡乱挥舞武器拼命防身，顷刻间已有几人被咬到，鲜血飞溅。这群少年里还夹着一批不会武功的文弱子弟，一边跌跌撞撞地后退，一面大叫："妖怪！妖怪啊！"众人本就心慌意乱，听到这样的大叫，无不产生共鸣，四下逃窜，一会儿工夫，逃得干干净净。

雪儿并不追赶，停了下来，仰起头来得意扬扬，目中露有邀功之色。

吴怡瑾呆了片刻，看着这个手足着地、口染鲜血的"人"，慢慢走上前，把她抱入怀中。雪儿听她不言语，惴惴不安起来，望着白衣姐姐的眼色隐有惊恐。吴怡瑾忽然微笑，双臂一振，把雪儿高高地抛上天，又接住了，然后飞旋起来。

温雅内敛的少女从未有如此的喜悦，雪儿先是一惊，随后也是咧嘴大笑。

忽觉一滴冰凉的水珠落在头顶，又是一滴。她仰面去看，惊愕地发现白衣姐姐竟在落泪！

"雪儿，以后你不能这样轻易发动攻击。雪儿，你是人啊，记着你是人。要在人世间生存，至少也要表现得像人，你可明白么？你速度虽快，可是没武功底子，倘若遇见高手，就会遭殃。若遇见不怀好意的人，更容易因看你的攻击潜能来利用你。"

雪儿若有所思，认真地点了点头。

似乎感到背后总有那么一道清澈温雅、不离不弃的目光，吴怡瑾回过头来，看见了文恺之。

雪儿想不到居然还有一个人没赶走，怒气冲冲地低吼着，吴怡瑾不禁笑起来，说："这个人，你恐怕吓不倒他。"

正在玩耍的两个少女忽然奔回，满脸惊恐之色："那边！那边！"

她们指向远处的一片树林，不住发抖。那片林子在阳光下形成巨大的阴影，仿佛巨兽张开的大口，要把人吞噬。一阵风过去，林木无声摇晃，好像妖怪深邃的冷笑。

"真是可怕。"吕月颖哆嗦着嘴唇，"我……我们刚才在那附近，那里面有一股力量！居然有股力量把人吸进去！"

方珂兰也说："我还看见那里面有无数井，一口一口，就好像、就好像无数瞎掉的眼睛……但是带着无穷恶意。"

吴怡瑾微微皱了皱眉："那会是什么？"

"不要去，那是魔法森林。"

一条修长俊朗的身影拦在她的面前，微笑着说："很多年前，期颐只是一片荒地。此去西两百里有白帝山，据说神灵在此修炼过，如今荒郊虽然演变成为闹市，神迹还是不少。这片千年古木组成的林子就是其中之一。"

这个人居然是黄龚亭。堂堂节度使大人，不带侍从出来郊游？

方珂兰问："这片林子真的会杀人么？"

"会不会杀人,我不知道。"黄龚亭笑了起来,"但正如你所说,它藏有无穷恶意,走近它的人都会被吸进林子。一旦进去的人,就没有再出来的。"

"这么可怕!"少女一声惊呼,"既然是有害的东西,为什么不赶快除掉它呢?就在期颐近郊,来来往往的人也多,只怕很多人被它吸进去了呢!"

黄龚亭微笑:"试过很多办法,火烧、砍伐,但是一概不灵。火一到它附近就自动熄灭。至于砍伐的人,进去了也就不再出来。所以后人不再想办法除掉它,只是加以警戒。进到这个区域,本来有官兵出来阻拦,不过吴姑娘既到此处,是我吩咐,不要拦你雅兴。"

吴怡瑾嗯了一声,压住浮起心头的不快,回头招呼:"既然如此,必在这里玩了。我们走吧。"

黄龚亭愣愣看着那个曼妙万方的影子离开,浑身轻微颤抖,半响,握紧的双拳里渐渐沥沥淋下鲜血,眼里是莫名的疯狂的光,仿佛情热如沸,又仿佛阴沉如山。整个人,一半在滚油里煎熬,丝丝缕缕焕发出狂热之气,一半却如在万古的冰窟里沉沦,那是个没有生气、没有明亮、绝望得使人窒息的世界。

"你是我的,你是我的——你,一定是我的。"

宛若是地狱深处发出的绝望呼号。

钱婉若出嫁。

虽然只是节度使纳妾,显然双方都给予了足够的重视,几乎所有在期颐的江湖人士都出席了女方冰丝馆盛宴。迎亲队伍大张旗鼓,特意绕过四门,浩浩荡荡行进。

婚礼当天,整个冰丝馆欢腾如沸。李堂主、吴怡瑾、方珂兰等无形中成了忙里忙外接待宾客的主要招待人。

这场热闹从白天一直维持到深夜,由于与宴者多数都是江湖豪客,根本不管什么出阁之礼门户之见,难得近距离接触到期颐节度使那样的达官贵人,谁也不肯轻易放他走,灌了一杯又一杯。

黄龚亭身为江湖首盟的干儿子,与江湖人士并不疏离。他的大喜日子,心情也特别朗拓,来者不拒,见者有份,干了一杯又一杯,喝了不计其数下去,却只见他眼睛越来越亮,笑意越来越甚,毫无酒醉之势。群豪对于他的权势尚不如何心服,但这般海量,真是见所未见,那才真正是欢声如潮,佩服得五体投地。

与过度的喧哗截然相反的是后花园的宁静。秋凉新寒,流霜轻阴,别有失意人。

吕月颖心事重重地坐在园中竹亭里发呆。

就像做了一场梦……三个月前,她还沉浸在也是意气飞扬、跃马春风的青涩岁月里,所到之处,人人夸她娇憨可爱。转眼间师门零落,众同门风消云散,惟独剩下自己,被干娘徐夫人荐至此处。

"你是聪明的女孩儿。"徐夫人那双风情万种的眼睛里很分明地闪现着某种别有用心的光,"我相信你,无论在哪儿都会是干娘的好帮手。"

那双眼睛和那句话,时时刻刻未曾淡忘。

一时之间,悲伤和隐隐约约的恐惧感压倒了以往的纵情活泼。少年意气的矜狂,无形中化为愁山恨海。只是这愁,不知如何打发,这恨,也不知何处报还。

门外鞭炮烟花聚集而放,照遍了半个绚烂天空。终于到了新娘出阁的时候了。回廊下房门打开,金碧辉煌的灯光从房里流出,新娘在众人簇拥之下姗姗出现。

今夕的新娘是一道令人目不暇接的华美景致。她身着红罗销金大袖缎裙,衣上所绣牡丹洒以金银粉,闪闪发光,裙裾长长曳于身后,宛如大片流霞。头戴珠翠团冠,垂下珍珠面帘,银光闪耀,在这一层如梦如幻的珠帘之后,隐约可见明光流盼。

两名小丫鬟执着大红灯笼在前引路,红色的光一直渲染到了吕月颖脸上,直至她眼内、心里。

如果在冰心院……她才是众星捧月的惟一一个吧?

可是在这里,她躲到后面园子里已经好几个时辰了,可是谁会发现她呢?

后园重又恢复寂静。但前厅的酒宴并没有完,热闹犹在继续。若群豪兴起,即使喝上个三天三夜,那也不是没有可能。

园角轻响,紧接着人影一晃,剑神从外面走了进来。

吕月颖不是第一次看见他了,好几次她似无主游魂般深夜于园中晃荡的时候,总会见到剑神从外面进。有时步履安详,有时神情匆促,但从未理会过园子角上这独自发愁发呆的小女孩。

今天例外,剑神略微犹豫了一下,向她招了招手。

白衣飘然的剑神对于小女孩而言,是从小对于英雄、对于神人、对于一切完美化身糅合而成的玫瑰色梦想,吕月颖立刻把愁山恨海扔到了九霄云外,兴高采烈跑过去:"剑神——前辈!"

然而在雾霭朦胧中看清楚他,她惊得几乎失声。

"别怕。"剑神眼疾手快,按住她肩头,沉声说,"我受了点伤,无碍。"

在外人眼里永远是白衣飘然、不世出尘的男子有着一张苍白而布满青气的脸,眼睛深处有隐约的红色,衣角上鲜血点点而下,也不知是他的血还是别人的血……神魂不定的吕月颖强迫自己不再大惊小怪,乖巧地问:"前辈,有什么事吩咐我做?"

剑神低声交代一串药方:"替我去抓服药来,不用煎,直接送到我房中。"

吕月颖点头,正要离去,剑神又将她唤住,给她银子,犹豫了一下才说:"小心别让你师姐知道了。"

师姐——就是吴怡瑾了。

"我明白,前辈你放心吧!"

剑神目视她身影蹦蹦跳跳消失于园门以外,面上不禁浮出无奈的一丝苦笑。若不是自己实在已经是衰竭无力,真不该托那样一个脱跳的女孩子去办事……万一传到吴怡瑾耳朵里,自己身受重伤的秘密就再也保不住了。

他抚胸跌跌撞撞走向自己处于院落最偏僻一角的屋子,经过徒儿的房间,脚步不由自主地停下了。

房门紧闭,有一灯如豆……吴怡瑾在外面,那么,在这房间里的,是……她吧?

——那个自己在江湖首盟府地底迷宫中救出来的似兽非人的女孩儿,那个一见到他,就会把头深深藏起,而腰间血心骤然剧烈跳动的女孩儿。

门稍稍打开一条缝。

一个脑袋探出来,左顾右盼,发现一个阻碍她的人也没有,高高兴兴地从里面爬出来。

就像脱缰野马似的,雪儿在院子里东奔西跑,一忽儿跳上假山,一忽儿跃至半空咬下一串树叶来,一个人玩得不亦乐乎。

比之前她跟着沈慧薇时有所进步的是,她好歹能穿着一件衣服,而不去把它撕碎方休了。

然而比那时大有退步的是她的走路。吴怡瑾也锻炼过她一两次,每次看到她痛苦不堪的样子,就不忍心过于逼迫,但是极端认真地告诉她:

"你要学会走路,不会像人那样走路的话,你一旦出去,会时时刻刻有危险。"雪儿也不是听不懂,她也不是没体会到这种危险,但是,每次一练走路,就懒怠。十几年的成规,要更改过来比让她从成年恶狼口下逃生还要艰难。

她蹦跳纵跃,逐渐离开吴怡瑾的房间,渐渐到了水边,歪着脑袋在水边照影,满天星斗倒映在水中,星星点点,随波荡漾。她伸爪触碰,一碰到水,所有的星星都一圈一圈荡开了。

等到星星重新出现在水面,那上面另外多了一条人影。

雪儿猛地一惊,闪电般斜跳开来,往后疾退——被人一把拉住,总算没有跌至水中。

"不要那么怕我。"看到雪儿那种无与伦比的恐惧,剑神反而笑了起来,"我是你姐姐的师父啊。"

这句话比任何理由更为有效,雪儿发青的脸色有所舒缓,狐疑地望着剑神。

"来,坐坐。别害怕,我只是想和你谈一下。"

雪儿不肯坐，她趴着。剑神眼里浮起怜惜的光，但没有阻止她，自己在竹亭上坐了下来。

他并没立刻开口，而是愣愣地仰望深邃的夜空。雪儿在他足下等候，却是难得的耐心和安静。

剑神终于开口："雪儿，你一直怕我，是因为感受到我身上有种使你害怕的味道，而你曾在拥有那股味道的……人，或者鸟手下大大吃过苦头，一生也难以忘怀，对不对？"

这就是他的开篇语。向来听不懂复杂语言的雪儿浑身打了个哆嗦。

剑神沉浸在他自己的思绪里，深沉地叹了口气："血鸟被我杀了，然而我也染上剧毒，解毒的方法这个世上只有一种，便是饮下血婴之血。所以我闯进地宫，是想诛杀血婴，解除剧毒。其实就在我决定救你的时候，就知道你血脉里染过血婴之血，也有了血婴特质。也就是说，如果取你之血，也能解去剧毒。这一点，在我们第一天晚上来到冰丝馆就有刺客袭击，更为确定了。"

雪儿瞪大了眼睛：他是什么意思，是想借着平缓的语气，出其不意来杀她吗？……不过，白衣剑神在月下竹亭里坐着，流霜飞舞，疲倦而从容，他神色里没有哪怕一丝一毫的隐晦阴暗，整个人闪耀着洁白的明光。

雪儿猛然伸出右手——她的前肢——一直伸到剑神眼前，剑神诧然低头看了看她，微微笑着："你是个好孩子，不过这没有用。我要喝你的血，必须切开动脉。这样你无论如何是活不成的。我已经老了，一生爱过、恨过，又有了那么好的一个徒弟，我很满足，就算死去也无所遗憾。接下来的一生是你们这一代的一生，要好好珍惜。不过，你能够那样表示，我很高兴。我没有看错。"

"雪儿，"他抚摸着她的脑袋，慢慢说，"雪儿，我叫你来，不是为了伤害你，而是为了……拜托你。"

雪儿不明白。

"我的徒儿，她很出色，也很聪明，惟一的缺陷，是过于信任我。而且因为她跟了我的缘故，她的朋友太少太少。她的性格和这个虚浮热闹的江湖实在相差太远，我不敢想像，等我一死，她如何去适应现在这种她不喜欢，但是又非得融入进去的全新的生活。而且，我怕在我死前，还是没有机会杀了那个饲养血鸟的人，那么，接下来的一场危难，她便要代我承受。

"雪儿，我知道你受尽了苦，你是个勇敢的孩子。而且，你也是她惟一的朋友。我只拜托你这件事，一旦她困于阴影走不出来的话，你要帮助她，帮助她重新找回信心，走回人世来。有你这么好的朋友和这么好的榜样，"注视着雪儿迷惘的眼神，剑神微微寂寥地一笑，"你听不太懂吧？没有关系，只要你能记住，以后慢慢会懂的。"他脸色凝重起来，"雪儿，你自己也要小心。你血脉里已经有了血婴之血，并逃出那人控制，则你就成了血婴惟一的弱点。她不放心,一定要置你于死地而后快,而这一点若传出江湖,人人将欲得之后快;你要对周围的人加以密切注意,即使你姐姐身边的人,也未必都是对你怀有善意的。"

短短花墙之外,纤细人影一闪而过。剑神浓眉一拧:"谁?"

清朗的声音伴着蹦蹦跳跳的脚步进来:"是我!剑神前辈,药买回来啦!"

吕月颖笑容满面地出现在月洞门里,一手高举,擎着一包药:"药铺关门了,被我猛打猛敲敲起来的噢!"

剑神目不转睛地看着她,一笑:"多谢了。"

吕月颖吐吐舌头:"剑神前辈,不要这么客气啦。咦,你不是说会回房等我的吗?啊?"

她叽叽喳喳的语音倏然而止,惊异地发现了以戒备的眼光盯着她的雪儿:"雪儿也在这里?"

剑神牵着雪儿的手,说:"她陪我聊聊天。"

"噢!"吕月颖应了声,瞄向雪儿的眼光多了几分不服气:剑神啊,她的偶像!居然叫这个非人非兽的小姑娘陪他说话解闷,却派她去干跑腿的差事,哼!好偏心!

剑神接过了药,带雪儿走下亭子,一直送到她房门口,他的语声隐约可闻:"雪儿,伯伯今晚和你说的,就是和你一个人说的,你明白吧?"

吕月颖嘴里嘟嘟囔囔的,也离开了花园。

短墙下,轻烟似冒出一条人影。

只看得见她一双亮晶晶的眼睛,仿佛将要燃烧起来。

"血婴!血婴!……天……终于有她的消息了……"

凌晨时分,一个消息惊动冰丝馆:雪儿和方珂兰同时失踪!

晨曦微拂，轻雾在旷野间盘旋袅然，残星淡月依稀悬于天际，一匹白马由远及近，四蹄攒动，长鬃飘逸，飞一般的姿态有腾空入海之状。

马上少女蒙面的薄纱在晨光中瑟瑟卷舞，明波如水，一双妙目之中传递出怔忡不宁的些微讯息。

沈慧薇夜闯黄府，虽无所获，意外遇到那个少女，却不期然有种隐隐约约的喜悦和温暖，不时萦绕心怀。一出城，被伏于城外的弟子拦住，传达总舵急召的命令。冰丝馆众人被擒事件仅仅两夜一天，消息估计还没能传到总舵，那么这道命令的发出别有缘故。她看到命令中所含的特别记号，当时便如冷水浇头，接连两夜奇遇绮丽若梦，霎时在心头击得粉碎，只得踏上返程之途。

碨碟帮帮名是以地方为名，其总舵设在江南水泽的一个小县城，名字也就叫做"碨碟"。那也是沈慧薇出生成长的家乡。

家乡的风物，一山一水萦绕心间从未或忘，只是那里有温情、有亲情，也有她常常自夜半哭醒的噩梦。

怀着忐忑的心思，她有意恢复了女装，并蒙面悄然而归。她从小女扮男装，在总舵并无一人见过她女儿模样，这么一还装，只要行事小心，除是自己找上门去，多半不会被人看出端倪。

江南小城山水围绕，她走得偏僻，有意翻山越岭而绕过一切大道，雪狮子神骏非常，即使崎岖山路也未使其减慢多少速度，第四日清晨，她已接近自己此行目的地。

那异常熟悉的景致扑入眼帘，一成不变的四围山色，一如既往的阡陌纵横，甚至连半山腰的那株危崖老梅，虬枝探空，飞凌瀑上，其疏密横斜，都还和从前一模一样。

沈慧薇孤身上山。

她对这里情形非常熟悉，山上歧途遍布，她无一丝滞留。流瀑之声碎冰泻玉般的清晰可闻，逼上心来，几转几停，现出一道狭窄山坳，两间破败茅屋。她怔怔地望着那两间茅屋，一推半闭不闭的柴扉，应手而开，她却不走进去，似已痴了。

半晌,才下定决心推门而进。屋内简洁异常,木桌上一盏油灯,屋角一架纺车,靠墙两把锄头,一个破犁。她慢慢走近前去,扶着木桌,屋子里阴暗的光线照不出她神情如何,只是转眼间她蒙面的轻纱簌簌地湿润了。

"爹,娘,是我回来了。"她轻声呜咽,"不孝女儿回来了。"

又走进里面一间屋子。初时心情紊乱,此刻方发觉地面洁净如洗,那些破旧的家具之上也无尘埃,只是灶头冷落无灰,不像有人居住。

在屋内伫立片刻,转身出来,再朝山上走去。她父母之坟,即在流瀑左近,她亲眼见到母亲埋葬了父亲,因为无钱买地买棺材,只能随便用一块油布包裹了尸首;而母亲去世时,她已不在床前。

坟墓显然是有人重新砌过重起的,比先前父亲单独之时要大得许多。坟前白杨悲风,萧萧做声。残香未尽,瓜果尚新,更是证实了常常有人前来拜祭,那会是谁?

她在坟前恭恭敬敬跪下,叩了三个头,长久未起,呆呆地看着。数年来她执意忘却的旧时光景,这时却无法克制地清晰浮现出来。

她昔年名唤沈素兰。幼时家贫,寡母弱妹相依,穷极潦倒无以为生,不得已而入碈碟。

碈碟是一个为维护当地商业纠纷而产生的地方性势力帮会,发展时间不长,声名可不大好听,所谓的"维护",只是与官府合作,行弱肉强食、兼大并小之江湖事而已,此外还有种种女孩子深所忌讳的流言。但加入碈碟的那五十两银子,几乎是她能给家里带来的惟一活路。她悄悄瞒过母亲,化名沈岚,假扮成男孩,成了一名帮中小弟子。

碈碟那时已是第三代帮主白若素,上一代帮主程雪雁也还在世,接连两代女子为帮主,对帮里产生了势不可当的影响,对于男弟子的重视,一年年不如女弟子。尽管如此,容貌出色的沈岚一进碈碟,还是受到了各方重视与培养,专门指定给她武艺高强身在高位的师父。

女扮男装并未引起怀疑,她从小淘气活泼,在山里奔跑玩耍,爬树越沟,与男孩无异。只是碈碟规无比严苛,传说中的阴森可怕尤其令她战战兢兢。当时的碈碟权力不大,即使它对于自己帮中弟子全权控制,仍然是不可以不通过官府而擅行死刑的。但不知为什么,沈岚几乎每一天都能听到帮中小弟子窃窃相传,又有哪一个犯了微小错误的同门突然失踪,就像水泡消失在空气里,此后再也不会出现。不祥的流言老是在耳边以各种各样的名目交织纠缠,每在帮中度过一天,她如行针尖的恐惧和小心便加深一分。

她谨慎从事,还是不能不出错。问题出在学武方面,她学来学去,无论多么用功刻苦,总是没有进展,三个月后的入门考核,考到了史无前例的最低分。卖身的弟子宛如奴仆,一旦她学不出名堂,前途有限,便沦为比奴仆还不如的境地,那些一直暗中嫉妒她受到关注的同门师兄弟们,毫不留情地予以嘲笑、欺负,把所有最重最脏最不堪的活儿派给了她。

直到后来真正学艺后才懂得,师父传给她的是纯阳童子功,她这女儿身当然是怎么都学不出来的。

但那个时候,只恨自己不争气,习艺无成,在帮里一辈子埋没不说,那苦苦盼自己出头从而能够有个好生活的母亲和妹妹,也是断了指望。

几次考核,一败涂地,师父彻底放弃对她的指望,活儿干得越来越多,打骂愈重愈烈,她的身体也越来越差。终于有一天,她提着沉重的木桶去挑水,晕倒在河滩边。

这一场昏迷大祸临头,礟礟帮发现她是女扮男装,十二三岁的小丫头胆敢行此大胆欺骗之事,非奸即敌。她受到了无数拷打刑讯,连母亲和妹妹一起被抓了过来,她急于救自己的亲人,胡乱承认。

母女三人被判土坑活埋。

当土坑掘开的时候,沈岚恍然悟到那些无形无迹失踪了的同门去了何处。她们母女三人遭受到同样的命运。

一点一点侵袭上心头的窒息,每呼出一口气都换来胸肺炸开似的疼痛,等待生机一点点断绝的埋葬的绝望。她不要死,她害怕死……

就在即将窒息而亡之时,有命令传来赦免了她的死罪。

她被带到一个完全陌生的所在,由此陷入那个早已隐身匿名,却从未停止作恶的恶魔魔爪之下。

懦弱也罢,恋生也罢,总而言之,她站在那一生一世苦难深渊的入口,低头妥协。

终身耻辱换来的代价,是处境略有好转。那恶魔指定业已退位的第二代帮主程雪雁,亲自指点武功。恢复女儿身的沈慧薇进步神速,只用了半年功夫,除了内力稍有不足以外,其他各个方面都超过了授业师父。于是那个恶魔把她带到沙漠雪域,在那个静寂、没有生命的庞大地宫里,她独自生活了近两年,学习地宫所载而外界失传已久的绝艺,从而不管她愿意与否,又成为闪族的"守护圣女"。

她几年未曾归家。回家来,物是人非,万般伤心。

不能想像,那几年,她那体质孱弱、又受到了惊吓残害后的母亲是如何缠绵病榻,口口声声叫唤着她那人在天涯的女儿,死不瞑目。

她默默地想着,以脸庞紧紧挨住了墓碑,似乎试图用自己的体温,再度去温暖泉下早丧的父母,喃喃说着:"爹,娘,我回来了……我回来了呀……"

远远听得脚步轻捷,她闪身躲在山石之后,眼见一个梳着双鬟的女孩挎着篮子,慢慢走近。

女孩就地坐在坟前,双手托着下巴,大眼睛笑盈盈地忽闪忽闪,想着一些让她开心的事情。沈慧薇满心悲恸,却被女孩儿惹得不由自主有淡淡的喜悦,听那女孩自言自语:"爹,娘,我又来看你们啦。我一切都很好,你们不用担心。姐姐虽然不在,可是她一直都派人照顾我,寄钱给我,所以尽管我一个人住,还是很好很好。"

沈慧薇心头一热,目中露出笑意。

这女孩是她同胞妹子沈亦媚。此番回乡,念念不忘的除了祭扫父母以外,便是这个妹子,听到她在父母坟前所说的话,知道妹妹少年懂事,她不禁欣慰不已。

沈亦媚又说:"最近一次接到姐姐的信,是半年以前了,她说也许很快就会回到中原。我想姐姐回来的话,一定会先回家来的,我每天都去打扫屋子,等着姐姐。可是已经半年了,姐姐为什么还是没有回来?"

她略侧过头,好看的眉头打起一结,有楚楚可怜之态。沈慧薇丧亲之痛稍逝,童心忽起,便想吓她一跳,此念方起,忽听山下马嘶蹄鸣,接着人声杂乱,直往山上而来。听着脚步的去向,她面色慢慢沉下来,继之是一种愠恼之色,身形疾起,流星般掠过父母坟头的那道山崖,落在小女孩沈亦媚眼里,分不清是人是兽,抑或只是风摇树影,一时眼花?

来人果然是往老屋而去。沈慧薇抢先一步,躲在墙后,数着人数,共是七人,有三个是外家高手。另外四个脚步轻健,落叶无声,是难得的轻功好手。如此七人,绝非闲客游山。

柴门大开,有人走进去瞧了瞧:"没人。"

另一人道:"这里时常有人打扫。"

"是不是那女孩儿已经回来?那也好,省得咱们在此地守株待兔。"

其余几人附和着笑,笑完了才说:"她三天前从期颐出发,要是在我们之前到了,未免过快一些。"

沈慧薇知道他们没见着自己在山下放任自由的雪狮子,略为定心,反复揣想,却琢磨不出这些人的来历。她在龙华会比武之前,从未在江湖上现身,照说不该与任何人有纠葛。就算那场比试,也没得罪过人,除非是江湖首盟和黄龚亭那批人。

又听有人飞步跑来,沈亦媚在那边坟头,离此不远。这七人说话行动都不避人,声音传了过去,她听见了,老宅处地偏僻,从无人到,她一路跑,一路欢喜大叫:"姐姐!姐姐!"

欢呼未止,变成讶然喝问:"你们是谁?在我家做什么?"

来人笑道:"小姑娘你是谁?这家人早就死光了,怎么会是你家?"

沈亦媚怒道:"呸,你家里才死光了!不告而入,非奸即盗,我这里不欢迎你,快走快走!"

来人互视,片刻后微有动容:"你是沈慧薇的亲人?堂妹?表妹?还是远房亲戚?"

沈亦媚连连跺足,秀色飞起一层薄怒的晕红:"我是她同胞妹子!"猛想到一点,那层怒色顿作惊恐,"你们来干吗？难道是我姐姐、我姐姐……"

她越想越真,越想越怕,目内泪光频闪,只待对方证实了一句,便要大哭出来。

对方七人显然也是吃惊不小,然后互视,忍不住笑了起来:"沈慧薇的妹子居然还活着,真是太好了,她还没到,小姑娘,你跟我们走吧。"

一条大汉站在最前面,展开蒲扇般大手,向沈亦媚肩头抓去。沈亦媚见那只手伸来速度不徐不疾,但无论往哪个方向躲,似乎都刚巧落在他手里,吓得尖声大叫。

此时晓光大透,阳光飘洒在碧绿枝叶之上,空气中浮着一层金色浮尘。某处亮了亮,男子疾缩回手,满脸讶异。在他和沈亦媚之间,多出一个蒙面少女,眼神清澈。

谁也没看清这少女从何而来,似是凭空一片飞羽翩然而至。

"尊驾行走之际虎虎生威,随便跨出一步间隔宽阔,别人走四步你只需两步,方才一抓,五指如屈似张,锁定对象各方向退路,是金刚门有数的高手之一。"她语带不屑,"却来对付一个不会武功的小女孩。"

这番言语比之她出现时更使人动容,那大汉后退两步,迷惑不解地上下打量了她一番,后面一个绿袍人笑道:"听说沈慧薇喜着男装,但是在此地出现,又着意回护这小丫头的,除沈姑娘无二了。"此人约四十许,举手投足自有一种气派,这七人之中,想必以此人为首。

沈亦媚惊叫道:"你、你真是姐姐么？"

沈慧薇缓缓回过脸来,温柔注视着自己同胞妹子,情怀如沸,反而说不出话来,点了点头,起手解下蒙面轻纱。

这一对姊妹眉目如画,清雅绝伦,彼此有五六分相像,相逢不用言语,双方血缘关系也能确认下来。

"妹妹……"

摘下面纱即令那七个平素并不怜香惜玉的男子也为之炫目,但那也仅是眨眼的工夫,七人互视的目光中,有了淡淡喜气。金刚门人大喝一声:"留神！"

一拳破空而出,声势凌人。堪堪碰到沈慧薇背上衣衫,见她没动,稍愣一下,就在此时沈慧薇左手拂出,食指轻轻一弹,势劲而出的一拳关节无力,中途软绵绵垂了下去。

事先虽曾获知沈慧薇打败过瀚海山庄主人,但终究以为她小小年纪,就厉害起来也是有限,多半是仗宝剑之锋,万不料她以空手对敌。

一招退敌的沈慧薇神色一凛,笑道:"七个一起上来吧！"挽了妹子,轻轻巧巧地掠出,每个人都看见湖水般幻影一晃而过,凝重杀机扑面而来,不及细思,各种兵刃急舞而出。

"判官笔、三节鞭、钩镰枪、吴钩剑、戚家刀……嗯,还有一把波斯弯刀？"

少女如数家珍,笑道:"玩七段锦么？合家欢？还是全家福？"

七个人自恃身份，若是点名要他们七个一起出手，是万万不可能的，但沈慧薇出招快似行云流水，竟似化影七人，分别向他们挑战。七人意外之余奋起精神，但觉以七敌一，绝没这面子输给了年方及笄的小姑娘。

沈慧薇沉着地在七人身形空隙里趋退自如，兵刃生寒，拂过她面颊，她却怕妹子害怕，温颜笑道：“妹子别害怕。咱们多年不见，这场会面也算别致。”

沈亦媚毫不害怕，咯咯娇笑说："姐，你本事真好，今后可得教我。"

沈慧薇笑道："舞刀动枪有什么好玩？你有姐姐在旁保护你，以后凡事都不必操心。"

绿袍人心念电转："我们七个围攻一个，她还带着一个不会武功的小姑娘。且不说这事传出去颜面丢尽，在主人那里也没法交代。"原本蓄势三分的攻势风雷隐隐，两把三节鞭鞭梢抖动如灵蛇，流利莫测。

沈慧薇稍让，让过攻势正面，纵跃而起，铮的一声轻响，拔剑在手，淡淡清光有如微波映入眸心。

她在半空轻巧巧向后翻出，分心直刺，逼退来人之后，翩然落地，微笑道："梁三爷，代问白帮主安好。"

七人顿时面露迷惘，绿袍人尴尬笑道："沈姑娘已经知道了？"

沈慧薇笑道："只不过胡乱猜测而已。除宗府外，很少门派能收如此数量众多门派各别的一流高手，而且金刚门这位金爷即使假作偷袭也不忘发声示警。梁三爷流星赶月的三节鞭功夫更是天下扬名，谁人不知？"

宗家世代皇商，连同宗家自己在内，高人无数，梁三即其中佼佼者。梁三拱手道："姑娘明慧，心思也动得快。我们七人败在姑娘一人手里，也算心服口服。"

沈慧薇微笑道："哪里，梁三爷已逼我出剑，再过一阵我准输无疑。不然以我的年轻淘气，肯叫破吗？"

众人都知她胜而不骄，言语更是处处衬人，少年绝艺，难得如此平和谦逊，不禁大起好感。

沈慧薇又问："七位大驾光临，有何训示？帮主现在何处，烦请引晚辈前往叩见。"

梁三说："主母就在山下相候，姑娘请。"

山下停一辆马车，围着白纱，白纸窗格，白色流苏，入眼竟是铺天盖地的不祥颜色。

帷帘挑起，两名侍女扶着大离朝首富的当家主母颤巍巍地下来，沈慧薇当即愣住了：碳碳帮第三代帮主白若素重孝在身。

沈慧薇定了定神，跪倒："拜见帮主。"

好似闪电划过湛蓝天空，白若素也不禁为之一惊：十三岁徘徊于生死界限的女孩，如今已出落得风华照人。

"你回来了。"她说。

"是。"沈慧薇对这位帮主很是敬畏，或者是由于自己女扮男装遭识破后，判处她死的正是这位白帮主，虽说临刑那天尊贵万分的帮主不会亲临，但在总舵威武堂挖开十丈深坑，一锹锹泥沙压上身来的窒息、痛苦、绝望，是这一生萦之不忘的噩梦。

白若素无声一叹，略带疲惫地说："有些奇怪吧？我当家人昨日去了。"

"……"沈慧薇不知说什么好。

"起来吧。"

"是。"沈慧薇在一边垂手侍立，风吹得她有些冷。

"我原不在此地，只是昨天接到期颐来的急讯，冰丝馆所有人都为节度使下令缉拿，只有你一个走脱。又听说赶回这边来了，我想你第一个，断然是要到父母坟上来的，所以连夜赶过来。也不及先到总舵了，就在这等你，顺便让手下人试了试你，看来学得不错。"

"是，请帮主恕罪。弟子……"

沈慧薇小心翼翼地筹措用词，白帮主却淡淡笑起来："你怕什么！亲情谁能割下呢？我还不是这几个月日夜在宗家，寸步不离？这边的事，荒疏了太久，致有今日之祸。论我过责，怎么定罪都可以了。"

沈慧薇听她提起"定罪"二字，止不住一颤。

当下沈慧薇让妹子暂且回家，自己随帮主回总舵。雪狮子一召即来，跟在车前车后。白若素赞道："这马真是好，万中挑一。"

沈慧薇踌躇着想到赠马的人，暗暗袖手握着那枚平乱印，心想暂时把这事瞒下为妥。

砭碑帮在去期颐以前多年来只是一个地方帮派，白若素虽然在宗家，但公私极为分明，哪里肯假公济私以落下口实。砭碑总舵还是设在兰苑巷内，但迤逦大半条街，在当地是独一无二的豪宅巨室了。

屏退所有宗家人，白若素方才半含责备地说："你出发那天已经知道冰丝馆事件，如此大事岂能耽搁，论理就该先到总舵，或者到我别居来禀告于我。"

沈慧薇跪下道："帮主恕罪，只因弟子以为这事……帮主必能最快获知。况且冰丝馆各同门有惊无险，不会有事。"

白若素闪过一丝冷笑："你就断定有惊无险，不会有事？"

沈慧薇把那天钟碧泽向她分析的理由禀告上去，白若素沉默了一会儿，缓慢地说："阿慧，你长大了。"

停了一会儿，她冷颜道："他们最终用意是要控制砭碑帮，第一步就是找到他们能利用的人。抓去冰丝馆所有的人，然后放回，我们就不知道在这几天内或更早向他们投靠变节的是哪个人,也许一个,也许不止一个。这几人混杂在几十人中,特别难于发现,要想永绝后患,只有一个法子。"

她的分析思路与钟碧泽分析、引导的如出一辙,沈慧薇也已想到这一层,但白帮主明晰地说一遍,不由得佩服无比,只是听到最后一句,阴气逼人的字音袅袅不落,她微打了个冷战,问:"什么办法?"

白若素不语,缓缓把右手抬到半空,迅速猛烈地斜切了下去。蓝衣少女面色顿时苍白,叫道:"不!"

她自知失态,低头道:"帮主,怎奈都是同门手足……况且,这些人若是一齐丧命,只怕也瞒不过对方,反而给了他们动用官府力量的堂皇借口,只要借口追查,就把矛盾提前激化。"

白帮主沉吟了一会儿,把手伸出来,道:"阿慧,你用内力探我经脉。"

沈慧薇不敢,惶惑地看着这位帮主。十三岁时她不懂武功,见了帮主一面她也不知深浅,方才山下再见,她已有所察觉。白若素看着她的表情,微微笑道:"你有这等眼力,那就不用再试了。"

"帮主?"

白若素嘴角微笑依然,只不过在重孝辉映下,这种微笑显得有些凄厉,她轻轻一叹道:"我多年前误中剧毒,性命虽救了回来,可是武功全废。这些年来我故作神秘,找种种借口隐匿不出,为的就是对外封锁这一事实。倘若叫对头得知我早已是个废人,帮中又没几个真正高手的话,咱们这番到期颐,还不被杀得惨不忍睹?"

沈慧薇轻声试探问道:"可是帮主既然……武功已废,怎么想到今年去争取铁券丹书?"

"我这是一博。"重孝女子坦然道,"我是一介女流,但我当家人见识颇丰,半年前他告诉我前期颐节度使死得可疑,只怕期颐有大乱,说不定改变现在格局也未可知。如果这次错过了机会,只怕再等上多少年都没机缘进去。我盘算一下,你若能赶回算一个,加上秀苓和婉若,另外还有你的一位吴师妹若能及时赶到,那就更有把握了。老爷子衡量过,觉得没多大问题。"

对照钟碧泽所分析的,宗家那位据说是常年缠绵不起的病人倒真不负当朝首富当家人的地位,果然是目光如炬。但听到"老爷子"三字,沈慧薇脸白了白。白若素有意不去注意她表情变化,继续说:"我相隔千里,指挥起来实有无力感,秀苓和婉若武功不错,但一个生性高傲,虚荣心强,那一个又是异常腼腆,都不是成大器的料儿。好在你倒是……不负我望。"

沈慧薇很用心地听,蓦然感到不妥,帮主失了武功,进军期颐都是最重要的机密,为何毫无保留地告诉她?

似是看出她疑惑,失去了武功的一帮之主道:"我即使完好如初,如刚才梁三陈述的,你的武功到了以一制七的地步,我当年都比不上你了。老爷子没看错,你确是难得一见的奇才至宝。以我能力,实不足继续把碜碟帮的重任担当下去,和我平辈的这一代里没人值得考虑。这些年我小心物色,在后起一代中,你们着实有几个不错。可是年龄也未免太小了。但碜碟帮的这副担子,迟早却要你们接过去,而且越早越好。"

她把话说得透了,沈慧薇惟沉默而已,非但不称谢帮主看重,反而隐有忧患倦怠之色。

她心里有个结,白若素很是清楚,这个结一时要打开是无处下手,而且随时都会魔魇重罩心头,亦只能点到为止。

几年来宗琅玕一直在远离京城的玉台养病,为的是此地离碜碟很近,气候也适宜病人,白若素可以两头兼顾。但宗家发丧,是大事,必须回京。白若素嘱令灵柩先行,她在此地处理了两天帮务。

两天内白若素有意带携,先使她认识帮内各位长辈,以及几个出色的师妹,如刘玉虹(她是白帮主亲传弟子)、谢红菁、赵雪萍等,果也是春兰秋菊不一而足,连沈慧薇都看得眼花缭乱,怪不得白帮主笃定这一代大有希望。只是年岁偏小也是事实,这些女孩纵是天纵奇赋,但眼下可以派出独当一面的,仅有谢、钱、沈三人而已。白若素说还有一个,姓吴,已去了期颐,不过这孩子情形独特,连她也没见过。

但在这些人里,沈慧薇惟独不曾见到自己当年的师父,稍稍打听了一下,说是早就死了。

白若素行将出发扶灵,沈慧薇虽对她由衷害怕,但不知怎的,却又显得无限依恋,两天来几乎与之寸步不离,眼见她要走,心里着急,便有垂泪之状。白若素临走之际,提前将一副重担子交给了她,说:"我把云英令交付给你,这里的事也暂且全权由你处理。怕你年幼不能服众,冰丝馆众人一经释放,我立刻写信叫丁堂主回来,你们俩共同主持一段时间。"

云英令是碜碟至高无上的信物,见之如帮主亲临。有权用它来发布帮主之命的,往往只有这个帮派未来的掌门人。沈慧薇攥在手内,见其呈五瓣花形,晶莹通透,纯净的琥珀表面泛起赤红微芒,沉甸甸一如她心。

"什么该讲什么不该讲,你心里有数。今后如何行事,全在你了。至于秀苓……"白若素微微皱起眉头,"到底是我的徒弟,多年心血在她身上。唉,到时也一起召她回来,等过去这番凶险再说。"

沈慧薇凛然,知道白帮主对冰丝馆事件不能释疑,从此隔阂猜嫌将不能免。果然接下来她旧话重提:"冰丝馆之事,我很愿意听凭你的意思,你不觉得那法子干净利落,甚而也许是惟一的解决之道?"

这或许是真意,或许仅是试探?沈慧薇心里想着,冰丝馆与她相处过几天的同门——映现,和她不时拌嘴的谢秀苓,温柔腼腆的钱婉若,相见即投缘的方珂兰,慈和长者丁堂主、李堂主,一一都是手足同门。她断然摇头。白若素遂不再问。

　　沈慧薇留恋泣涕,然而宗家发丧之事何等重要,白帮主再不能拖,终于浩浩荡荡地出发。

　　她站立原处,眺望至无影。

　　深心处忽然感到了彻骨的寂寞与悲凉。仿佛这个世界又一次把她遗弃,把她抛撇到任人摆弄的地步去了。

　　闪族的守护圣女、碶碬的未来掌门人、还有黑暗中那个永远解脱不了的羞辱身份,她不知自己将何去何从。

　　远远的,同胞妹子沈亦媚扬手欢笑着蹦蹦跳跳跑到近前来,她也立即展开笑颜,等待着她。

　　深切的记忆如闪电般划过脑海:雪儿,雪儿,你在哪里?你还好吗?

家破
JIA PO

漫漫长草，茕茕青坟。

斜阳暮秋。一道幽寂的身形孤单而立。

沈慧薇拂开丛生的杂草，望着白石碑上那个既熟悉又陌生的名字，眼色深沉而复杂。

这是她第一个师父。在她从那活埋坑里出来不久，这位师父就神秘失踪，随后传出死讯。

"师父……"

纵然今日风光万种，却有难以言述的不如意。较之从前挨打受骂，任劳任怨，她仍是愿意做那个礟礋帮的小弟子，辛苦，却是幸福。这师父虽未教会她武艺，但那是生理所限，何况收徒之始，他待她万般疼爱。

"对不起。"

她轻轻地说。他死因当然是不明不白，这一点她不敢追查，然而也不必追查，总归是自己连累了他。她所能给的，只有这一番拜祭，一句歉词。

回到总舵，夜色渐深。兰苑巷的院子里，却是灯火耀彻，一团兴高采烈的气氛大老远就能感受得到。

一连遇见几个小师妹，都乐呵呵向她道喜："师姐，你怎么这会儿才回来，恭喜恭喜啊！"

她全然摸不着头脑，随口笑道："我有什么可恭喜的？天上掉下馅饼，还是地里生出灵芝来了？"

但当她走进偏厅之时，满脸笑容化为惊诧，目瞪口呆地瞧着眼前发生的一幕。厅中香烛齐燃，设有祖师画像，礟礋第二第三代帮主空位以待，丁堂主喜气洋洋地坐着，在她面前，少女盈盈跪下，叩下头去。

丁堂主是她在帮内最为感激之人。

在全家遭难的日子里，她虽被赦免，对外却是不传。其后两年，她远赴雪域，剩下寡母弱妹难以维持生计，彼时彼刻，雪中送炭中只有一人。丁堂主悄悄派人安顿周济，两年不辍。母亲去世以后，若无丁堂主这一片热忱，年幼的妹子举目无亲，决计不能够生存下来。

在她的身份未明朗之前，丁堂主这么做，无疑是甘冒奇险，不得不遮遮藏藏，以防被不怀好意的人得知，她居然暗中照料那曾经判过活埋的一家人。

直到这次丁堂主在冰丝馆事件后归来，此事才算正大光明地公布于众。沈慧薇也曾诚心诚意和妹子一起向她叩头致谢。

然而，眼前的景象，绝不是致谢答恩那么简单……那分明、那分明是……妹子沈亦媚在进行入帮、拜师的大礼！

烛光、喜气、画像、空位，还有那正在举行拜师礼的一对人……恍若梦游，沈慧薇几乎窒息了一般，瞪大眼睛瞧着这一切。

骤然，刹那间闪电强光疾刺而过，穿透了她的心脏，她全身剧震，失声大呼："不！不可以！"

等着收徒和等着拜师的两人虽经此一呼，但未从喜气洋洋间回过神，与堂上其他人等都笑嘻嘻地看着她。沈慧薇一出江湖，剑惊龙华会，从风雷杀手天罗地网中安然脱身，加上白若素异乎寻常的注重关切，谁都知她前程似锦，这拜师仪式上，无不前来奉承，很多人甚而暗自后悔，当初为何不伸援手，对她这惟一的妹子关注一二。

蓝衣少女浑身发抖，脸色雪白，蓦地朝丁堂主跪了下去："夫人见爱，弟子受宠若惊。但……但我家人丁单薄，只有妹妹一人独自持家，我……我……"

她没有说完，意思却已明明白白，丁堂主一张笑脸顿时有了些微冷色。沈慧薇咬咬牙，决然说完："我不希望妹子再涉江湖！"

这句话艰难道出，但字字掷地有声，若骤雨疾雷，金石相裂。堂上肃静。沈亦媚吃惊不已地叫道："姐姐？你说什么？"

素来温雅如水的少女目中流出冷于冰雪的光，目不转睛看着妹子，伸手道："妹子，你过来，跟我回去。"

沈亦媚为从未在姐姐那里领略过的冷冽所惊，不知所措，脑海中乱成一团，蓦地哭了起来，道："姐姐，我要拜丁夫人为师！"

沈慧薇眸光中闪过一丝黯然，勉强凝聚笑意，说："娘不会喜欢的。"

沈亦媚说："既知娘不喜欢，当年你为何瞒过她自行入帮？娘也不曾管过你，你是我姐姐，有何权利管我？"

沈慧薇怒气勃发，难以遏止，伸手往沈亦媚脸上甩了一记耳光。这个对她而言是从未有过的突兀行为，令她翻腾如沸的脑海猛然清醒过来。沈亦媚却捧着脸呆住了。

姐姐，那从小相依相偎、贴着心儿肺腑的姐姐……再也找不到了。如此生疏，如此遥远,她无论在哪里皆耀眼焕彩、众所瞩目,却再也不是那个知冷知暖、知心疼爱的十三岁的姐姐……时间流逝覆盖了儿时的青碧苔藓,定格成不变的苍白画面。沈亦媚哭道:"你……你……你打我!你好坏,你不是我姐姐了,我今后再也不要见到你了!"

她掩面疾奔了出去。

江南水泽阡陌纵横,歧途丛生。雪狮子神骏,奔突来回,短短半日内几乎踏遍了地方上每一条阡陌歧途,然而,没有沈亦媚的踪影。

心急如焚,茫然无从,惶恐像夜色一样无可避免地来临。

风起云涌,天空深寥高阔,像海,半轮钩月掩映浮沉。

马儿无知地打着响鼻,悠闲地摇晃马尾。沈慧薇伏在马背上,慢慢咬住下唇,舌尖抵触到随丝丝痛意扩散开来的咸味。

她不能忘却从前的噩梦,一时一刻也无法忘怀。

我不能让你步我后尘,我不要我的亲人重坠噩梦。这一生一世的劫由我来完,孤单永寂,沉沦在属于一个人的地狱。

"姐姐……"

刻骨寒冷里她听见如斯呼唤,似月华穿透云层,豁然晓亮。又惊又喜地抬头,泪水夺眶而出:"妹妹,妹妹!"

小女孩脸上有泪,尚有负气的表情,但终究向姐姐低下头来,说:"我没有跑开过,只是躲起来了。对不起,害你着急。"

沈慧薇欲哭又欲笑,抓住了妹妹的手,似怕她一怒之下又再离去,柔声道:"妹妹,刚才是我不好,你原谅我吧!"

沈亦媚道:"姐姐,这两年若无丁夫人照料,我可挨不过来。母亲的丧事,多亏了她一力照料。名义上虽非师徒,可我心里早就认啦。"

"我明白。都是我不好,我没和你事前好好说明白,不然怎会弄到今天这般的局面。"沈慧薇蹙眉,只觉心头一团火,缓缓地烧上来,又急,又慌,"妹妹,丁夫人于我家有大恩,咱们想方设法总得报答。可是我不希望你进入碍磋。"

"为什么?姐姐?你也在碍磋呀。"

沈慧薇欲言又止,苦笑:"妹妹,你还小,要相信姐姐如此安排,自有用意。"

沈亦媚不满地说:"我还小,可是丁夫人不比你小吧。为什么她的安排你不肯听?"

"这是不搭界的呀。"沈慧薇不由得苦笑,"一入江湖身难主。妹妹,你不懂,不懂……"

"我不懂。"沈亦媚嘲讽地抢白,"反正你是我姐姐,你说了算。你今儿搅了这局,可大大的威风了,丁夫人顾着面子,也不会旧话重提。"

沈慧薇摇头,但不想解释更多,只抱着这妹妹,宛似失而复得的珍宝。眼底的温柔和爱,即使被愤怒和意外冲昏了头脑的女孩也无限悸然,激动的情绪由此平息下来。

"我会好好爱你,照顾你,呵护你一生一世。"她一字一句,认真而缓慢地说着,"我只勉强你这一次,以后,必不忤背你任何心意。妹妹,姐姐这一生已不再有指望,但我将竭尽所能,使你幸福和欢欣。"

"姐姐……"沈亦媚把脸伏在她怀里,梦呓一般地说,"我不知道,我什么都不知道……但我懂得姐姐爱我,这就够了。"

沈慧薇微微笑了起来。

这一生,她没有更多的奢求,上苍如何来安排她,命运指定她去往何方,她都一一去做,毫无怨言。惟一的,只是希望能守住这一份血浓于水的温情。

忽然,头顶一声奇异的呼哨,月色一黯。

沈慧薇抬起头来,只见一只苍鹰掠翅飞过,速度奇快,只是一转眼的工夫,在高空里只剩下一个点。

江南地界,何来这种只有在北地生长翱翔的苍鹰?如果有,那一定是什么江湖门派为了通讯、寻人方便所养的。

碳碳帮并没有养这种凶猛大鸟。而附近似乎也没有什么可数得上来的帮派。

这应该意味着,这只鸟的出现非同寻常。

就在此时,远处乍然闪出一溜火光,在云气稀薄的空中飘舞着缓缓落下。

"呀!真漂亮呢!"毕竟只是未谙人事的小女孩,沈亦媚刚才还有点赌气的情绪,被那朵夜空中绽放的美丽火花引得笑逐颜开,忍不住叫了起来。

一转头,看到姐姐的神色,凝重,隐隐透着几分紧张。她疑惑地叫:"姐姐?"

沈慧薇迅速回过神,翻身下马,拉着妹子的手,轻声说:"那个是求救信号,我们过去看看。"

"求救信号?"受她的影响,小妮子也压低了声音,"是碳碳帮的吗?"

"不是。"沈慧薇摇首,过了一会儿,加上一句,"但那是宗家的信号。"

碳碳帮所用各种信号焰火,本来就是从宗家学来的,大同小异。相较而言,宗家使用的讯号系统更加严密,种类也更为丰富。而刚才这道火光,是最急切的一种,如果不是宗家举足轻重的人物,没有生死攸关的大事,是决计不会放出来的。

按理而言,目前宗家所有举足轻重的人物,都应该在扶灵回京的途中,算算出发的日程,快到帝都了,又怎么可能突然于此出现?

然而,鉴于前次冰丝馆遭遇的不测,使她即使身在总舵,也无时无刻不处于高度戒备的状态之下,没有什么是不可能的。

她搂着妹子的腰，向讯号传来之地飞速掠去。——已经看见了最严峻的一个信号，她不放心把妹子单独留下，再三嘱咐："待会儿无论看见什么，都要跟紧了我。"

沈亦媚莫名其妙，小女孩不无好事的激动，掩着嘴巴笑嘻嘻地猛点头，仿佛在干着一个类似于小孩和大人之间捉迷藏的游戏，惊险而刺激。

江南歧路繁杂，沼泽众多，半人高的蓬蒿蒲苇遍地生长，一阵风卷过，如浪起伏。在一浪卷过以后，月光之下，隐隐约约几条黑影露了出来。

约有七八个黑衣人，围成半圆，一模一样的装束，一黑到底，连头部亦整个儿用黑巾包住，衣袖在风中猎猎作舞。每个人都握紧一柄长约三尺的月形弯刀，惟有中间的一个刀不出鞘，负手而立，仿佛这些人中，以他身份最高。

半圆的中心，是一棵苍老的榕树，这个季节，摇摇晃晃只剩下了几片干枯的叶子。

一个浑身血迹的孝服少年靠在树干上，抱着一把古拙长剑，但看他止不住微微发抖的双手和肩头仍在不停涌出的鲜血，显然已是强自支撑。清秀的脸上神气淡漠，一双眼睛却清明如水。

整整齐齐的一排弓箭，从榕树后面的草丛里探出来，拉开对准了那个少年，看来即使他身受重伤，对方也不敢就此掉以轻心。

然而，黑衣人并不立即动手。

"叫救兵吗？"黑衣人沉闷的声音从黑布里透出，笑着，"呵呵，就怕来不及了！"

"好家伙，宗华，你也真是厉害，单人独剑，放跑一个人，还逃了这么多天，终于逃到硪碪总舵来。"

"可惜啊，这也无济于事。我们既然敢下手，这一步难道还防不到？硪碪帮，估计也快无暇自保了！"

几个黑衣人你一言，我一语，并不急着动手。那情形，仿佛是几只猫困住一只老鼠，准备在享受美餐之前先肆意戏弄一番。

沈慧薇暗自吃惊。宗家已故当家人宗琅玗只有一个儿子，名字就做宗华，想不到就是眼前这个少年。难怪他能发出那样最急最高一级的求救讯号。

可是宗家何等实力，宗华又是那个大家族惟一的少主，怎么会落到这种地方？江湖中又有什么力量，敢把宗家一击溃散至斯？——宗家除了高手如云以外，他数百年的根基，亲友至交遍布天下。几乎是不能想像，会有什么力量，敢于冒着和整个天下作对的勇气，来为难宗家？

宗华神色淡定，对于面前的重重围困和嘲讽笑谑，毫不动容。

居中的黑衣人又说："怎么样？老老实实地说出来吧，还来得及保住小命一条。"

宗华忽然一笑："我身受重伤，已无还手之力，我母亲又在你们手中，我母子已成废人。你们和那边合作，还有什么可惧的，我需要说什么？"

他的笑容里，带有说不出的轻蔑。那群黑衣人很不好受，有几个的兵器已在空气中划过冷风。居中的黑衣人抬手阻止各人举动，试图做最后的努力：

"你别傻。这是你最后一个机会，只要你说出机密，向我们投降，我不会为难你们母子。"

"我不是战士。"宗华淡淡说，"但在战场上，绝不会退缩一步。"

忽然抬起手来，古拙长剑散发幽幽青铜的光，遥遥指住对方。

沈慧薇微微一凛，雪域地宫之中有关于这把千年古剑的记载：倚天剑，以"手中电击倚天剑，直斩长鲸海水开"得名，世为宗家所藏。

那黑衣人终于失去耐心："我已是仁至义尽，你自寻死路，可怪不得我！"

一挥手，其他人得到命令，手中兵刃立即杀气腾腾地攻了出去。

宗华强自支撑逃到这里，已经失去了所有力气。虽然发出求救讯号，但也知道希望极其渺茫，此处距嶶礴总舵还有三十多里，又是在深夜，发出的信号是否被看到也难说。即使看到，在这片刻之间也来不及赶来。敌人纷纷冲过来，面颊上感到冰冷的刀气，他暗自叹了口气，闭上了眼。

然而，没有想像中刀刃割体的剧痛，反而是一连串清脆密集的声响，以及黑衣人接连不断的怒叫大吼。

"谁？谁！"

"什么人？！"

"啊……怎么回事！"

宗华大讶，忍不住张开了眼睛。——月光下，一道美丽得令人侧目的蓝色身影，纤细，柔弱，却又意气风发。长剑交于左手，她伸手抚了抚被风丝吹乱的头发，仿佛身边散落的无数断刃和她一点关系也没有。透出纯净的笑靥，向着宗华点了点头："宗世兄，小妹是嶶礴帮沈……"

沈什么？她突然愣了愣，就此噎住了下半句。宗华却已明白过来，欢然道："啊，你是沈慧薇沈师妹？"

一剑斥退重重围困，这样的能力，只可能是母亲向他提过的沈慧薇才有吧？然而，那个美丽少女只是尴尬地笑了笑。

他当然不知道，她一直在为自己的名字憋着气。始终固执地管自己叫沈岚，可是，"沈慧薇"三字渐已风起云涌。

黑衣人才从震惊里清醒过来，为首之人的声音尤其愤怒："臭丫头，你找死！敢来坏我们大事！"

一声呼叱，所有人再度冲了上来。

刚才是因为明知道宗华已将油尽灯枯，大家没有使出全力，这一次，却是全力搏上。

蓝衣少女原地一转,水色的剑光微微舒展开来。无数黑影之中,有一袭蓝衣袂影飘然,若电惊鸿,若影缠绕,那么多人,无一人看得清她如何出剑,变幻万方的剑势不知攻向何方。与那道水一般柔和的剑相交的兵刃,纷纷断裂、粉碎。

为首黑衣人瞳孔凛凛收缩,这个少女,不但拥有奇绝的剑法与身法,手中那柄光华蕴涵的剑,更是不逊倚天的神兵。

如果不能尽快拿下这个中途杀出来的少女,让磤磭其他救援赶到的话,那后果可就不堪设想了!——黑衣人口内发出奇特的音符,刹那间身形交错,组成三前四后的合围形式。

忽然之间,来自于对方的威胁大大加重。对方这个组合,看似杂乱无章,但自己无论冲向哪里,都随时有三四个人合力阻挡。这七名黑衣人原本除了为首之人外,其他都不算是最一流的好手,但是一旦组成这个阵形,每个人的功力都仿佛陡然强上了三四倍。

宗华在树下观战,见沈慧薇受制,道:"四象阵法,前合后启,天地之间,阴阳生克。"

四象阵法!那四个字入耳,沈慧薇不由得一凛,宗家以"财力之巨、阵法之奇、宝剑之利"的三宝名扬天下,其中,四象阵法向来只授嫡系血亲,绝不外传,纵然跟随宗家出生入死数十载的家臣,也是不会。地宫之中各家各派武林秘学浩如烟海,对这四象阵法也只是提及其名,仅注明根据易经八八六十四卦变化而来。

——这样的不传之秘,却在这七个黑衣人手下使出。那么这些人岂非是……

宗华继续说道:"前方后尖,左三,右四,天圆地方,上五,下六……"

沈慧薇眼睛微微一亮,按照他所说的步法方位出剑,四象阵霎时有所混乱。那个黑衣人大怒,喝道:"你们都是死人了么?还等什么,快杀了他!"

在他们激烈交战之际,后面那排弓箭始终张弦以待,只是,由于打在一起,敌我难分,一直不敢贸然出箭,反而看得呆了。听得黑衣人一声狂吼,弓弦猛张,飞弩利箭犹如疾雨般向着宗华射了出去!

宗华沉着地拔剑,毕竟是身负重伤,长剑和强弩相击的那一刻,腋下伤口顿时裂开,鲜血汩汩流出。他微一皱眉,击飞数枝长箭,却无法抵挡来得最快速最凶猛的一箭,生生刺入肩胛。

"啊!"那个小姑娘一直乖乖地躲在草丛里不动,突然在月下看见这一幕,忍不住脱口而呼。

梦幻般的惊呼虽低,霎时惊扰了在场所有人。沈慧薇脸色一变。

黑衣人大笑:"救人还带个小姑娘出来?……好家伙,原来你是路过。"

他一旦确定沈慧薇后面并没援兵,底气更足,叫嚣:"连那小姑娘,一起射杀!这三个人,一个也不留!"

一张弓对准了沈亦媚,不疾不徐地拉开。张满的弓,射出的箭,宛如乘风。

沈慧薇骇然,一个不留神,弯刀擦着她的衣襟而过。

宗华猛地向前跃出,挡在飞箭之前,抱住了那个惊呆了的女孩,在地下急滚而出,七八枝长箭同时钉到了他肩背之上。

剑光横空而起,疏影剑的光芒陡然间夺目不可逼视,困在阵中的少女身形纵起,上行,下击,剑式如雨般洒开,凌厉万分。沈慧薇眼中有惊人的雪亮,俯击众人,手腕划过,抢下三柄长刀,然后,转手飞出。三把弯刀在空中斜击相刺,分别割断一张弓弦,余意未尽,竟在空中自行转折,向着另外的弓弦激射而去。

退敌,夺刀,挥洒,断弓,只是在一眨眼之间。

宗华说的只是几个方位,然而,即使立即领悟过来,要根据这个方位破阵也需以实力配合才行。可是,四象阵不破而破。甚至,连怎么样破的,居然没有一个人看清楚!

一袭飘然绰约,不时何时已出阵外,从后面伸出长剑,架在为首黑衣人颈中,手腕微微一动。然而,被射得像只刺猬的宗华忽然叫了出来:"不要杀他!"

沈慧薇一怔,停剑回顾。

刚才出力太过,身上无数伤口一齐裂开,连同新中的多处箭伤,浑身已如个血人儿。然而宗华的神色却是毋庸置疑,又说一次:"不要杀他。"

沈慧薇想到这帮黑衣人可能是宗家的人,微微点头:"把他们扣下来?"

"不必了。"宗华放开怀中抱着的小姑娘,艰难地站了起来,目视黑衣人,低声唤道:"三叔……"

黑衣人一震,骂道:"老子敢反你,早就做好最坏打算。要杀便杀,何须废话!"宗华眼中闪过一抹黯然,欲言又止,淡淡地说:"沈师妹,请你把他们放了。"

"那……"沈慧薇本来想问白帮主的下落,但见了宗华的眼神,便收起了长剑,默默退后。

黑衣人死里逃生,几乎不敢相信这是真的:"你真放我走?"

宗华叹了口气,他本来还一手抓着沈亦媚,似乎忽然耗尽了力气,手一松,向后倒了下去。幸亏沈慧薇眼明手快,一把托住了他,使之免于长箭穿心而死。少年脸色惨白,已经昏迷了过去。沈亦媚着急地问:"姐姐,他不会有事吧?"

沈慧薇皱着眉头把宗华上上下下下看了一遍,愁眉苦脸:"好像很严重的样子啊。"伸手想把他背上的箭扯出来,然而那箭刺得很深,更是牢牢留在肩胛骨中,如果莽撞拔了出来,那种痛苦难以想象。她不由得微微犹豫,找了一根射得最浅的箭,轻轻一拔。

"啊!"随着箭头和鲜血一齐溅出,宗华痛呼而醒。而沈亦媚的惊叫也适时响起。

"你这小丫头!"宗华的叫在意料之中,沈慧薇倒是被她妹妹的叫吓了一跳,笑了起来,"又不是你痛,叫什么呀?"

宗华清醒过来,微弱地说:"没什么。请继续。"

一边,黑衣人在悄悄退去。沈慧薇虽然察觉到了,但宗华既说放他们走人,也就不闻不问,只是愁眉苦脸地看着那些箭,想着如何下手,手势缓慢轻微。

宗华看着她,忽然笑笑,低声说:"你剑术那样神奇,心却这么软,见一点血都怕。难道打架,从来没有伤过人?"

沈慧薇脸一红,嗔道:"人家在帮你拔箭,你坐享其成不算,还笑我。"真是被他说中了——这实在是她第二次出剑。第一次在龙华会。在雪域地宫的日子,七百多个日日夜夜,她虽潜心于武学,可却是从来没有一个真实的对手和她打过。刚才把剑架在那个黑衣人眼里,也只是气极了做做样子而已,是不是敢下那一剑,绝无把握。

宗华又是微笑,淡然而带着一丝怅惘的眼光瞟向远处,低声:"他们去了。"

"嗯。"沈慧薇随口应着,"是因为白帮主在他们手上,你才包容他们吧?"

出乎意料,宗华摇头否认:"不全是这个缘故。而且,母亲多半不在他们那里……"

小女孩蹲在一边,捧着腮帮子,好奇地看着沈慧薇渐渐拔箭封伤的手势开始熟练:"宗哥哥,那个黑衣人刚才要你交什么呢?"

沈慧薇白了妹子一眼,说:"她不懂事。你别听她的。"

宗华却回答了:"是索取宗家钱庄的密码。"

"噢……"沈亦媚还要说什么,被她姐姐轻敲一下。

"宗世兄,令堂大人……不在那些人手中的话,她去向何处?"

宗华沉默有顷,清秀得有些女气的眼里转过一抹黯黯怆然。

"说来汗颜,家丑外扬,容身无地。因我父亲长年病榻缠绵,相应的,族中分权的呼声与日俱增。我父在时无人敢当面非议,但他故去,族中若干近支旁系,竟然赶在送灵队伍之前,不许我们前往京都,要求灵柩直接转道故乡,同时交出掌管大权。理由是……我多半也会和父亲生一样的病,不堪重任。——你刚才所见,就是我的一位堂叔。"

原来如此。沈慧薇虽已猜到,直到他亲口证实,方才彻底解了心头那个疑惑。——也因此,虽然宗家知交满天下,但在争权的当口,天下知交都在观望,谁也不会轻易出手,惟一可靠的盟友,只有媛礎帮。

"连日来,扶灵的队伍走得极慢,一直没有走出期颐下辖七省的范围。而三天前,更是被拦住了不得前行。却不知,这是几位堂叔和徐夫人串谋,里应外合,把娘亲及对我母子忠心耿耿的一干亲信都用迷药迷倒了。我那天晚上因为遇到意外的事情临时外出,却不想因此幸免。"

"徐夫人?"

"是。"宗华苦笑,"若无徐夫人暗中相助,以我那些堂叔的胆色和能力,还是不敢这样下手的。"

沈慧薇皱眉问道:"帮主现在徐夫人那里?"

宗华才点了点头,猛然的眉峰双皱,几乎跳了起来。沈慧薇手一颤,一枝长箭不退反进,更刺入了两分。她犹未察觉,急匆匆地说:"宗世兄,我们必须立即回总舵!"

风雨
FENG YU

夜色如墨。浓厚的云层里，偶尔有一丝黯淡星光闪现，月亮则丝毫不见踪影。风呼呼地刮着，在空无一人的街道上肆意穿梭。遥远的地方，更鼓迭次送出，一声声长而悠远，"小——心——火——烛——"苍劲而漫长的字音响于此，消失于彼。

期颐是七省通衢，有着与帝都南北对峙的繁华阜盛，终日四城不闭。如果不是接连发生四五起恐怖莫名的流血命案的话，即使是如此恶劣的天气，街上的气氛也不可能会变得这般凝重和阴森的。

但是，仍然会有一些地方维持彻夜繁华。明亮的灯光，纤丽的人影，放浪的笑声和轻薄的丝竹。

大汉急匆匆从流彩灯光里蹿出来，走入只有风声的街道。他看起来满脸怒容，耳朵里，反复回响着相好女子在他执意回家时的不祥诅咒："走吧走吧！小心半路遇上狼人！"

他没来由觉得一阵怒火蹿上心头，这三个月，除了公干以外，几乎天天没日没夜泡在她那边，如果不是城里出事，妻子很担心执行公务的他，他应该还沉溺于这场醉生梦死之中。想不到欢场女子的爱这样淡薄，那种什么最可怕就说什么的怨词一个不称心，就脱口而出。

他妈的！以后再也不去了！——不不，还得去，另外找个女人，在她面前走过，让这无情的女人尝尝什么才是后悔的滋味！——让她来求他！求他不要甩掉她！

他乱七八糟地想着，试图让自己在这种绮梦的想像里解脱开一些难以解释的古怪心情。

咚、咚、咚……整条街上，只有他一个人加速行走的脚步声音，细碎的秋风擦脸而过，带着种强烈的诡异感觉，仿佛是什么实质性的东西碰到了脸颊……

"是那个？！"他心头一跳，顿时联想到近几天来大街小巷盛传的"那个东西"，几乎就想立刻回头。但是强行忍住，荒唐！真是荒唐！一个大男人深夜赶路，还需要这样胆战心惊地前瞻后顾吗？握紧刀把，使右臂随时处于充满张力、拔刀横挥的状态，可以应付任何不期而至的危险,他仿佛稍微定心了些。

然而,围绕在他身边的诡异气息紧紧跟随不放,心里稍一松弛又紧绷起来,反而使得那一记松弛像心脏漏跳了一拍。

背部仿佛有无数虫子在蠕动,全身起了鸡皮疙瘩,同时一股恶寒自肩头蹿起,顺着脊背往下流窜至脚底。他再也忍不住,猛地回头看。

天上云层忽然受到了命令似的,向两边迅速排开,洒下如霜如雪的白光——

接下来,狂野的呼声刺穿一整个夜空。

冰丝馆闹成一片。

"又死了人!这三天以来的第七桩命案!"

"惨不忍睹呀!喉咙上被人咬开,右边肩头的肉被挖掉了一大块,就像被狼的利爪生生撕开的一样!"

"那个人是江湖首盟徐夫人手下的得力干将,追风刀雷霸海。人如其名,刀也是,一把单手铜刀五十多斤,使出来快捷如风,霸气如海。"

"可是,他的手搭在刀柄上,甚至连刀也没来得及拔出来,就被人攻击猝死了。那个凶手……简直不是人,就跟虎狼一般可怕!"

"可是狼会打得过江湖上的一流好手吗?要知道,这死去的七个人,无一例外是武林高手呀!"

"怎么不会?不过应该不是狼,而是狼人。因为它们具有猛兽的速度和力量,但是又有人性的狡猾机变,攻击力比吃人野兽强上数十倍不止。——钱师姐和谢师姐都在徐夫人府内亲眼看到过,一个未成年的小狼人,吃掉了比它身躯大上足有三倍的成年野狼。"

一群少女叽叽喳喳聚在园子里讨论着,本来是压低了的声音,因为吴怡瑾进来而有意拔高了。最响的莫过于吕月颖:"真可怕呀!真可怜!哎,我有时候想想,觉得我们的方师妹是不是也……"

吴怡瑾脸色白了一白,然后的感觉就是头痛欲裂。

她不能理解,这位穿着火红衣服、天性活泼的师妹,在这以前似乎还和雪儿保持着比较好的关系(相对于其他同门而言),为什么一旦雪儿和方珂兰失踪,就第一个口口声声地说,雪儿是凶性未泯的狼孩,定是把方珂兰吃掉了,所以才逃走……

更可怕的,冰丝馆内曾经养过一个"狼孩",而这"狼孩"又莫名失踪的消息已经不知不觉流传出去。现在,大街小巷都在流传狼人吃人的谣言。

雪儿、雪儿……真的是你吗?

你在哪里?

你把方师妹带去了哪里?

有时,她自己内心深处也听见微弱的声音在发问。她亲眼见过雪儿可怕的爆发力,纵使十几个武技出色的少年,都不能在她的突然攻击下安全躲开。

方师妹虽然武功底子不错,也是礤碟寄予重望的优秀弟子之一,然而她毕竟年幼,并且没有任何实战经验。如果在毫无防备的情况下遇到雪儿闪电袭击,根本没有躲闪过去的可能。

但是雪儿那双流泪的眼眸在她心底流动,如此真切地熠熠生辉,那双眼睛里,堆积满了悲观、绝望、孤独和哀愁,而在她流泪的时候,这一切阴霾离之远去,有的只是未曾被污染过的童真和纯洁。

不,不可能。

她也许会在走投无路的情况下,奋起伤人以自卫,但拥有那样一双眼眸的、拥有非常正常和健全心智的孩子,绝不会无故主动发起攻击。

可是你在哪儿? 你经历了什么?

雪儿,如果你什么都不知道,而稀里糊涂重新出现在世人面前的话,你或许会因现在所盛传的谣言而随时丧命啊!

除了对雪儿的担心以外,还有一种说不清、道不明的愁云重重压上心来。仿佛是一种在幻梦中行走、奔逃、窒息的感觉,有种直觉在拉扯着她,呼唤着她——危险! 危险! 快快醒来吧! 醒来准备对付这场阴谋!

是什么阴谋? 她还想不明白,只是心乱如麻,只觉得阴谋的气息越来越近,但是具体却说不清楚,或者那仅仅还是一种感觉而已。

应该是有什么人在暗中操纵这一切,是针对她? 针对剑神? 或者,针对礤碟? ——可是,她们师徒只是刚刚到了期颐,师父甚至从未在城内露过面,和人绝无仇怨。而针对礤碟的话,那一次冰丝馆被封就应当是下手最好的机会,何必等到今天呢?

"喂——师姐,你说呢?"

她从遐想的状态中惊醒,注视着那个脸上带着惟恐天下不乱的幸灾乐祸笑容的女孩儿,半晌不做声,眸底泛出隐隐约约的笑意,忽然,拍了拍她的肩膀:"只是三个月的时间,一定是梦中也会见到冰心院的师父亲人的吧? 不要让这里,也成为今后又一个梦境。"

全不计较女孩子瞠目结舌的反应,她抽身走了出去。

已经满城戒严的街面上,冷冷清清,行人无几。和三天前的鼎盛如沸,仿佛坠入迥然相异的两个世界。

如果这是一种自然的宁静,她是愿意永远这样……如果没有这清静的后面,影影绰绰的那一重铺天盖地而来的危机的话。

但是那重危机,她看得见……不,她甚至嗅得到……是一双双不怀好意的眼睛,喋喋私语,充满了阴谋的气息。

必须要立刻逃出这片阴影笼罩的范围。——那么,是不是应该把这种感觉去对李堂主说一说呢?虽然,从堂主这两天的反应来看,和其他同门的女孩子差不多,都把注意的重点放在那一系列凶案和雪儿失踪上面。但是无论如何,总应该尝试一下。

她转身向前面院子里去。李堂主白天一向都在前面一个狭长船厅内理事。

所有的女孩子都聚在后园,前面一片安静。转过抄手游廊,她几乎立刻就听见了李堂主的声音:"不成!决计不成!剑神前辈,我向来是极佩服您和敬重您的,您的意见,我不敢不遵,但是冰丝馆所有人撤出期颐这个命令,实在是太匪夷所思,责任也过于重大了,我不敢做这个主。"

——师父也在?

吴怡瑾眼底转过一丝诧异。剑神自打到了冰丝馆,"水土不服"的不良反应比他的徒弟有过之而无不及,住在最偏远的屋子里,行踪也时常飘忽不定,连吴怡瑾也常常找不到他。

剑神没有说话。厅中沉寂了一会儿,李堂主又猝然开口,声音有几分颤抖,看来也是激动不已:"对不住!剑神前辈,请恕我违命。这一走,等于自行放弃期颐行走权,我们用了多大的努力才有今天,这种放弃根本的事我是不敢做的。再讲,退出期颐,等于间接承认和那个吃人狼孩有所关联,岂不是自动坐实了罪名嘛!"

门一开,剑神走了出来。迎面见着徒儿沉静而充满悲伤的眼神,他站了一站,抽身走开。

"帮中子弟,听我吩咐,没有我的命令,不许听任何人蛊惑,一个也不许离开冰丝馆!"

听着远远传来坚决的、负气的、高扬的语音,剑神淡淡地笑了笑,没有回头,却对跟上来的女弟子说道:"我最后问你一遍,事到如今,你走不走?"

吴怡瑾道:"师父,飞蛾扑火是死,但是当它选择自保,在它死的时候,也许心里充满了寂冷与后悔。"

剑神容色寂寥地笑了起来:"好孩子,即使你如今要抽身,也不可得了……师父……也有事要拖累于你。"

吴怡瑾想了想说:"是杀血婴?"

"对。"答出这一个字以后,剑神长久地沉吟,仿佛是在考虑如何措辞,"我发过誓,非诛杀血婴不可,却没成功。对方的力量出乎我意料的强大。"

"师父,血婴真的很残忍吗?"吴怡瑾皱眉说,"我看她只是八九岁的小孩,虽然有心机,不过……"

"不是那样,你听我说。血婴是武林中一个禁忌,它往往带着诅咒而生,会使家破人亡,一概血亲俱因之丧。这个不祥的血咒到底是真是假,无人可知,但只要血婴降生,其所在的地方必然会发生一场浩劫,这一点却向来不曾落空。这是由于血婴体内有一种与生俱来的特质,若得提炼,即可修炼人鸟一体,天然嗜血。邪教得之,用它来炼成血鸟,便成为绝世魔物。所以,它生来就是正教欲歼、邪教欲得的对象。因此武林中每降生一个血婴,一场弥天大祸即由之起。"

吴怡瑾欲争辩,看看剑神的脸色,又忍住。白衣男子眉峰微聚,一向清冷寂寥的表情里,隐隐约约,有一种无可述说的伤痛,混合着凌厉杀气,仿佛有什么撕心揪肺的事情,事隔多年,清晰如昨日。而他的思绪也已经从徒儿面前,回到了昨日之日……

"她是我的师妹……有一次我们发现血鸟横行害人,忍不住出手歼除。一场恶斗,虽是将之除去,师妹也因此夭亡。二十年来我的思念和仇恨,都无尽绝,只因她虽死了,我仍苟活,而且,那只血鸟也是她生前亲手所杀,我竟无仇可报。直到那天晚上,血鸟孽迹重现,竟然又有人在炼制这伤天害理的东西,才觉得生而有望,诛之后快!"

吴怡瑾恍然:"只怪徒儿心软,没能杀了血婴。"

剑神点头:"血婴修炼之时,必须以出生未到百日的婴儿精血作为补充,无论炼成之前或之后,都将会伤人无数,苍生涂炭,罪恶滔天。你杀了它,固然是为我报仇,也是替天行道。"

为我报仇?! ——吴怡瑾脸色忽然一变:"师父?"

"血鸟是由江湖首盟徐夫人所养,而此人,对璦璦也似乎心存不良……雪儿,"剑神语音一顿,全说了出来,"就是从她府中救来。雪儿一到冰丝馆就有人追杀,接下来离奇失踪,被诬凶手,这一切我想均是出于她的谋划,也为控制璦璦,也为除掉我这眼中钉。你早晚需和此人对面相决。我曾先后三次闯过其府中的地下迷宫,虽未全破,也有顿悟,这张地图,希望能对你以后有用。"

吴怡瑾不接,反而退了一步,颤声道:"师父,你这是、这是……"他神色决绝,有交代后事之意。可是吴怡瑾从未想到过、也不愿意想,她的师父,被世人喻为"神"的师父,有朝一日,也会来直面人生最悲痛的一幕。

剑神一怔,随即微微笑了起来:"何必如此?我只是先把事情告诉你,并没有别意呀。倘若我有点事情,比如出去游山玩水什么的,也还是一样要你代我做。"

吴怡瑾咬着牙道:"不,师父……我不要听这些话……我只和师父你一起去闯地宫,杀血婴!"

她转身的瞬间,眼睫上有晶亮的液体一闪而过。

"堂主有命,冰丝馆所有人等,在前厅集合。"入夜时分,吴怡瑾听到这个命令,才把集中于灯光前那幅地图的注意力收了回来,诧然扬了扬眉:"什么事啊?"

"我不知道。堂主命令啊,大概……是关于那个狼人吧!"来叫她的小女孩最多只有十二三岁,一脸稚气童真。吴怡瑾忍不住在心底里叹气,真是想不通,为什么留驻在冰丝馆的人,二十岁以下的从未走动江湖的少女会占到了总数的六七成?——派这样一批人,做留驻期颐、发展帮派的前锋,岂不是玩笑开得大了点吗?

冰丝馆一向以来,对治下弟子的管理都是极为松弛,以至于大家在一处,叽叽喳喳,顾自讨论、说笑,杂乱无章。这一切总算在李堂主开口以后安静下来:"剑神在哪?去请了他没有?"

一个小弟子回答:"我找过了,他不在。"

吴怡瑾一怔,师父又不在。他去哪里?再一次潜入那个地宫吗?但是如果照他所说,冰丝馆情况危殆的话,又怎么可能在此时再度离开?

李堂主极不满意,却只叹口气,说:"我叫大家来,是想共同商量一下,外面风声对我们是越来越不利了,眼下我们该怎么办?"

沉默。

然后,是胆怯的、细微的声音带着疑问冒了出来:

"狼人行凶,那个应该不关我们的事吧?"

"就算是要抓狼人,我们没有养过呀……"

"养是养过的……"

"不过,还是和我们没关系呀!"

李堂主叹了口气,看她的表情,对这种乱七八糟的局面也是头痛非常,简直不知道如何处置才好。

李堂主的目光在吴怡瑾脸上盘桓良久,指望这女孩儿自己出来说些什么,但是她显然毫无这个意愿,终于忍不住道:"怡瑾,你看这事——"

陡然间,人沸、马嘶、号角、鼓喧,以至漫天火光,仿佛凭空冒出,像波浪一样一浪叠起一浪,遥远地惊天动地地轰鸣而来。守在厅外的弟子惊惶叫起:"不好了!不好了!官兵!密密麻麻的官兵!"

吴怡瑾一手扶住长窗,看了出去。火光耀天,扑了进来。屋顶、椅角、花墙之下、黑压压冒出一队又一队弓箭手,快速而有序地将冰丝馆团团围困。

长窗一抖,无风而开,外面的声音清清楚楚送了进来:"奉节度使黄大人之命,谖毽帮涉嫌与号称剑神者包庇串谋豢养伤人野兽,穷凶极恶,多伤人命,为江湖大患!全体捉拿!反抗者当场格杀!"

厅里一下炸开了锅,尖叫一团,半夜惊醒的人们四下逃奔。

"狼人!狼人!果然就是因为狼人!"

"我就猜会有这一天的,天啦,我们怎么这样倒霉!"

锣鼓动地而来,一阵紧似一阵,紧紧压迫到每一个人心上。一个小姑娘受不住压力,当先哭了起来:"我怕!我怕!这比上次他们冲进来抓人还要可怕!"又有一女孩叫:"我也怕!不如我们……我们投降吧……"

李堂主也是一样的彷徨无主,颤声道:"投……降……"

吕月颖笑道:"上次是查无实证,所以才会轻松放了回来。这回不同,我们可真的有人养过狼人,铁证如山,光是口头叫投降不会有用。师父不见了,有徒弟嘛,一人做事一人当,就看人家什么担待了。"

煽风点火的小丫头一说完,笑嘻嘻地躲在李堂主后面。

吴怡瑾叹了口气,向外望去,刀枪出鞘,强弩上弓的声息在空气里反弹出阵阵尖锐之气,如雷吼声一遍遍重复:"……全体捉拿!反抗者当场格杀!"

"怡瑾!"李堂主吞吞吐吐地道,"你说、你说怎么办?"

吴怡瑾静静地说:"夫人刚才就有这个意思了,您照做,我没有意见。"

她终究是年轻,忍不住愤懑,还是刺了她一句。——身为堂主,祸患之际,不想着如何带领大家消灾弭祸,只想着能推出一个替罪羊去,如果没有官兵包围,这次"聚会"的结果,也就是把她送出冰丝馆吧?

李堂主脸上红一阵白一阵,那个叫声还在持续着,反反复复,叫了一遍又一遍,仿佛猛虎存心要戏弄爪下毫无还击之力的无助小兽。她低低和人商量了一阵,派了一个二十四五岁的管事女子出去,做商谈的前锋,也是打探官府之意。

那女子穿过长窗,跑出大厅,扬起两手以示毫无敌意,叫道:"硗硗帮找黄大人,有话要说!"

这大厅以外是一条青石板路,尽头处一道影壁,那女子已然跑到影壁之下,只要转出去,就是大门。

一枝箭无声穿下,将女子钉于地面。

官府用意昭然。反抗者当场格杀,却也不打算接纳束手就擒者。

忽然之间,厅上每一个人都似坠入看不见边际的无尽深渊。满室如冰。

死亡阴影笼罩了当场。

战鼓号角激烈奏起,置于期颐闹市的冰丝馆,仿佛突然置身于荒郊野外,千军万马对垒阵地。

"这……怎么会、怎么会到这种地步?"李堂主脸色顿变,喃喃自语。

一枝强弩叮地射在窗棂之上,把石破天惊的话语迅雷般惊破。

这成为一个进攻的信号,顿时飞箭如雨,密集射来。

李堂主连声道:"怎么回事?怎么回事?怡瑾,你师父又恰于危难之际离开……"

语出一半，忽然迎着吴怡瑾冷于冰雪的眼光。她竟然说不下去了。

吴怡瑾悲哀地望着她。

此事落到这般局势，李堂主有不可推诿的责任。比如她不迟不早就在这时召集同伴，而使所有人陷入重围，光是这一点，便有莫大嫌疑。

但这个时候，来不及追究任何细枝末节。大厅里遭到第一轮弓弩强攻。

一开始，免不了手忙脚乱。冰丝馆大厅是待客之处，只有桌椅摆设，就算全部拿过来当成防御工事，木器家具也不管用。加上这厅中之人，有过实战经验的，多不过十之五六，遇到弓箭，首先尖叫，四下逃窜。

吕月颖姿势难看而夸张地摆动护身长剑，挡开几枝飞进厅来的长箭，装成张皇失措的样子，大呼小叫地抱头躲到最安全之处，暗自冷笑："不中用的东西，一点小事，就怕成这样！"

罹难之祸她受过一次，再经历一次，也没有什么了不起。以她的能耐，夜黑风高，又是处于人群集居的长街之上，只要能闯出这间屋子，随便躲到哪里，就可以逃生。只不过，要逃的话，当然是场面越乱越好，但直到目前为止，官兵只采取了温和式的箭攻，必须耐心等待最佳时机。

白影一晃，一柄剑蓦然横在她颈中，白衣少女冷笑道："重兵之中，你也未必能独善其身，如你不想活命，留你何用！"

吕月颖吓得大叫："喂！喂！住手！"

她跳了起来，一下扑到长窗前，剑光横空之处，竟没有一枝飞箭能穿越这阵防御。她犹自嘀咕："挡箭就挡箭了，偏偏找借口吓我。谁不想活命呀，哼，把我弄到这前头来，我若想活命，哪还难得倒我啦！"

到处为弟子扑救、挡箭，以至于满头大汗的李堂主无意中瞥见这一幕，倒抽了口凉气："天！"

那个女孩、其他帮派转投过来的女孩，一直以来，除了说说笑笑、口齿伶俐以外，从未展现过任何才能，竟然随手挥舞的一剑，可以挡开雨点般飞来的强弩弓箭！

冷汗顷刻间湿透了背心，身为堂主的她，识人之明、用人之术，乃至自身的武功造诣，没有哪一样，可与那两个小辈相比。

冰丝馆一带是徐夫人名下产业，除冰丝馆以外，附近几所都是建造得富丽堂皇的宅院，因期颐是通商之地，往来客流量大，亦不乏有名望身份的人，这些人一般不住在旅馆之中，而会借居单独的庭院，来往理事更为方便。

然而，因三天前黄龚亭和钱婉若的婚事起，这一条街上的宅院都以招待亲友为借口不声不响地被处理干净。这一晚,前后三五条巷子更是被严密封锁了起来。

黄龚亭躲在冰丝馆东面一座高楼。

"真是废物啊,几千个人拿不下一个人!"居高临下注视着火光处敌众我寡的一场围攻,他喃喃自语。

底下嗫嚅道:"大人,那个大厅只有一道入口,又不能放手伤人……"

黄龚亭皱眉道:"我何时吩咐过不能伤人?除了那一个,其他皆可诛!"沉吟有时,"形成僵持,容易生变。派五丁力士过去,另外再派几个得力的,轻微伤她也可,只要能擒住。"

底下一面照做,迅速传下命令,一面不无疑惑地问:"可是大人,刚才她们要商谈,分明是可以接受条件,为什么不听听呢?"

黄龚亭一笑:"那些笨蛋,投降得太早了些。为绝后患,有一个人非死不可。"

"是剑神?"

一语未了,黄龚亭倏然站起,眼睛紧紧盯着远方夜空之中——

一道白影,在浓重的夜色里看来,只是一道淡淡光烟,周围都是刀影霍霍,箭雨纷披。但千军万马挡不住一个人,白影如踏影袭尘,轻鹤一般向东面高楼而来。

黄龚亭脸色微微一变,脱口:"剑神!"

他做事惯常十分小心,躲在此处的同时,至少在三座高楼上故弄玄虚,令人以为战斗指令出于别的地方。而他所在的楼上,表面看楼下只有寻常的官兵,整装待发而已。却在这寻常官兵里,设了不下八道屏障。

然而剑神竟似毫不受蛊惑地直朝目标而来。楼下的八道屏障,对他而言直如无物。所到之处,人影纷纷如草萎地。

"剑神!剑神!"一片惊叫,"他在楼下了!——他上了二楼!"

黄龚亭退至屋角,剑神已然破门而入。

两人之间隔的是十几名死士。

剑神已然出了剑。右剑左箫。

剑尖的血,缓缓往下滴落,沾在他白衫下摆。

白衣轻轻晃动。

剑尖也在轻晃。

黄龚亭忽然发觉,剑神的状态实非很好。照这么说,干娘的预测是准确的。他应该是近两天内毒发。从这个情况来看,很可能已经毒发……他几乎是咬牙切齿地后悔着,若他事前能说服徐夫人把她贴身的那些人手也调过来,再挡他一下,说不定这可怕之人便颓力了。然而那死婆娘怕剑神已经怕到了骨髓里,打死都不肯多派一人。

他笑了起来:"剑神。——幸会!幸会!"

"果然……你和徐夫人是一路。"

剑神森然道。他已经打出了性子,一贯的温文尔雅皆已不见,眼中、口气中,浑然藏着一股凛冽杀气。

黄龚亭微微一笑:"何以见得?"

剑神不属于作答,但也未立刻出手。

他一段时间以来,之所以一直采取暗行夜出的方式,几次潜入江湖首盟府中,暗中袭杀徐夫人,原因就在于徐夫人这"江湖首盟"是受到朝廷封赐的,而他如今已非自由之身,一旦传出去是他杀了徐夫人,势必连累碇磋。但那府中高手更是数不胜数,更兼地下迷宫机关重重,数次出击,都未能顺利刺死对方。

而眼前放着同样一个问题。

事实摆明了碇磋确实势单力孤,黄龚亭或徐夫人可以随心所欲对其进行一次次的缉捕乃至屠戮,但这一方仍是有顾虑的。

公开将朝廷官员杀死,或许影响到碇磋由此一蹶不振,甚至从此消亡。

这是徒弟已然决定将一生交付的所在。

他不能牵连拖累自己的徒儿。

是杀?是放?

是控制?——局面已然如此,控制得下来吗?

在他犹豫的刹那,黄龚亭微微摆了摆头。十几名死士闻风而动,持刀拥上。死士的特点就是武功不高,但特别能缠人。而黄龚亭身边的死士除了豁出性命不要以外,竟无一庸手。

剑神去势不为所阻,举手之间,已然冲过防线,在他一剑刺向黄龚亭咽喉的同时,十几名死士的攻击也纷纷落在身上。

空气中有什么不寻常的东西隐隐抖动,仿佛有什么千钧之重的东西,在地面上踩过。吴怡瑾蓦然有种不祥的预感,只听得半空里响起一连串惊雷,五个巨人出现在大厅的前方,各举一柄开山大斧,所到之处,摧枯拉朽。巨人裸露上身,虬肌百结,黝黑面孔上眼若铜铃,血盆大口,每一步踩在青石板道上,脚下石板踏得粉碎,直似黑夜中走出的恶魔一般。

吴怡瑾微微倒抽口冷气,吕月颖已失声大呼:"他们要毁厅!"

到目前为止,冰丝馆众人尚未受到致命打击,主要倚仗这一座大厅,官兵无法攻入,而如果毁去大厅,一干人就像失去保护的乳燕,任由蹂躏欺侮。

吴怡瑾搭上一枝射落的长箭,向一个巨人射出,正中胸口,如中败革般地坠落在地。

满厅寂然无声,瞧着那五个恶魔越来越近。吕月颖颤声道:"这太可怕了!姐姐……我们打不过的、我们逃吧!"

"怎样能逃?"李堂主急道,"这五个人挡在厅外头,还有一阵阵的飞箭,哪能走得出去?"

吴怡瑾心念飞转,道:"等他们过来再逃。——我牵住他们五个,大家往后面逃。或许趁乱能够冲出去。"

没能商议几句,喀喀连声,一个巨人已经走到厅前廊下,手起斧落,那根合抱粗的回廊柱子便从中截断。

另四个巨人旁若无人冲进厅来,开山大斧所到之处,直如劈纸削腐,其中两人跳起身来,向大厅顶上劈去,屋顶上豁然破出大洞,泥沙倒筛般地灌入厅中,几乎所有的人都吓得尖声大叫起来,四下逃开,躲到大厅的角落之中。

吴怡瑾凌空飘飞,翻到屋顶之上,晃起火折燃烧平时厅上做装饰用的垂幔,幔重火小,一时不易点燃,却有一阵浓烟涌出,俯身向那两名巨人刺去。那两个巨人刚刚落到地面,只感头顶有白影飘过,来不及看,便被这阵浓烟呛住了眼目,起手揉去,头顶凉丝丝地微一痛楚,惊天动地地怒吼一声,粗重身躯倒地。

吴怡瑾平生未伤人,虽是情势迫人,不得不为,但已是脸色煞白,强忍不适感觉,半空中如飞燕回翔,向厅内另两个巨人刺去,剑势若裙带当风,盘旋环绕,几近铁塔似的身躯,竟被她带动着往厅门旋转,毁去柱子的那个巨人本来站在厅上守候,吴怡瑾剑光一起一撩,把他也纳入了剑圈。三名巨人眼见两个同伴被她一剑生生刺入头颅而死,暴跳如雷,恨不得将之立扑于斧下。

"退出去!"纯以巧力缠住三名巨人,吴怡瑾也不由得感到了勉强,低声喝了一句。

众子弟已是看得呆了,听到一声命令,如闻佛旨,一窝蜂似的拼命往外冲了出去。由于五丁力士在厅内,围攻的官兵似乎也怕伤到自己人,所以箭势有一阵没一阵,远不如刚才密集,才让她们得以轻易地冲出大厅,三三两两,向后园逃去,一路上却自行作鸟兽散,不断有人掉队,惨呼声在不远处此起彼伏地响起。

吴怡瑾寻思如何摆脱这三座庞大的山。甩开他们不难,急切间若要制伏这三人,却不易办到,她瞬间想了种种方法,却没有哪一种方法是稳妥的。巨人天生神力,她的剑只要被大斧稍稍带上,便是迎着千钧之力,只能仗着绝妙轻功和他们游斗,狠心想道:"留得这三人性命,终不得解此危局。"剑光乍然一变,轻忽飘荡,瞬息万变,竟是谁也看不清她出剑指向何方,便一一刺中三人眼目。

折过游廊,瞧见出逃的队伍,已和官兵短兵相接,走得甚是艰难。吴怡瑾急速掠过,后来居上,在前引路。

李堂主虽然神情怔忡,但是吴怡瑾当前,她断后,终究未曾离开一步。

而很奇怪的是,一直转着逃走念头的吕月颖,居然也一直随在左右。

一行人冲至后院一个平时放置杂物模具的石屋之前,吴怡瑾指挥一部分人躲进去,转移几块假山石作为防御工事。

这也只是一转眼的空隙,未等安排妥当,四周官兵已排开阵列,围成半圆之势,从内而外,把这所靠着院墙的石屋困住。

吴怡瑾顺手撂倒数名兵士,喝道:"拖进屋里,换上!"

众人无不一怔,这才明白过来,夜黑风高,人慌马乱,若是换了士兵衣服混迹于中,逃脱的把握无疑要大上一些。

李堂主低声道:"这……成吗?"

吴怡瑾苦笑,也低声道:"除此无策。"

一旦换上官兵衣裳,分散出逃,那就完全要看各人的真功夫。而冰丝馆现存的真实力量,她实是不敢想像。

只不过,强守苦撑,尚有最后一线希望未泯:师父是决计不会在这危难关头离她而去的,他……想必快来了吧?

忽有人笑说:"姑娘奋不顾身,机智绝伦,在下佩服极了。"

吴怡瑾头也不回,接过一剑,向后退了一步。来者是劲敌。

一个三十来岁的青袍书生,笑吟吟轻摇折扇,说:"姑娘你别误会,其实黄大人对你绝无恶意,只要你能弃剑归顺,在下可作保,大人必不会同你碳礅弟子为难。"

吴怡瑾脸色苍白,眼中是冷冷的光:"翻雨覆云,诚不可信。"

来人笑道:"你不试试,怎么知道?你好不容易带人逃到此地,仅是权宜之计。纵然想得妙策,但我众你寡,要闯出去,还是得凭各人真功夫,在下看来,你这些人里,最多不过逃得出一成。"

剑殇
JIAN SHANG

东楼上面,黄龚亭的手从咽喉部位取下,看了看满手的血,骇极而笑。——剑神原先看起来就有些摇摇欲坠,连中十几杀手的绝招,他出手的威力反而更大,难道刚才竟是故意做做样子?

眼见剑光变幻,全然辨不清方位,欲挡亦无从挡起,他大叫:"就算杀了我,一样救不得你徒儿!"

剑神立即住手,冷冷道:"下令停止攻击。"他很清楚徒儿性情,即令山穷水尽也不会弃众独自逃生。

"你亲自带路,让我们出去。"

"是、是,这是自然。"黄龚亭一迭声道,"剑神前辈就此移动大驾,我们一起过去,下官送令师徒一程。"

他们并肩而行,行若无事得仿佛朋友一般。剑神不以任何有形有质的东西来威胁黄龚亭,而节度使大人身后即使有着成千上万军官士兵,也只敢眼巴巴地目送两人离开。——任何愚笨的人都毫不怀疑地知道,无论什么样的突然袭击,受害的最终只能是他们的最高长官。

从各个角落拥出、围上来的官兵形成自动分散的人流,向着两边缓缓退开,那青袍书生也顿时神情肃然,垂手退开。吴怡瑾正准备弃剑,见到那条曾经箭雨纷飞、狼藉纷呈的青石板路上,师父和那个始作俑者微笑着走来。

她心神一松,甚至抓着软剑的手都有些微的不稳。

"师父!"

剑神微笑着抚过她的脸颊和柔软的长发。

本已做好最坏打算,却赢得了最好结果,师徒两个都没有注意到一旁,黄龚亭嫉恨幽独的眼神。

所有弟子集结起来,数了数,还剩下六十人,至少有二十人在这场不长的逃亡之途里下落不明。然而,吴怡瑾很清楚在她守护之下的损失最多是三五人,这个数字还包括重伤者。那些失踪的,就是中途开小差掉队的人。虽然她方才自问无计带着他们逃出生天,可人心涣散如斯,总是一种悲哀。

她让黄龚亭下令,军中不得拦阻任何砭碟弟子,同时,也放行让他们主动归队。

直到为受伤弟子包扎完毕伤口,并无一人归队,倒是有稀稀落落的哭声传了出来,是众人在不远的花木丛中、假山石畔、荷花池里,发现了同门尸身。

顾不上收拾残局了……吴怡瑾强忍着心头反复涌起的不适,期颐已非可居之地,她索要马匹,指挥众人离开冰丝馆,驰出城外。官兵如潮退去。

"吴姑娘,剑神前辈,何时才能放我走?"节度使在马上问。受到极严重的剑气之伤,他几乎不能乘马,只能伏在马匹之上,一路不停地大声咳喘,鲜血从他掩住喉部的指尖不绝流出。几名砭碟弟子相随不离左右,简直要奇怪这个人吐了那么多血,怎么还能支持下来,居然还若无其事地嬉皮笑脸,讨价还价。

但是那两个人都没有理他。白衣少女看了他一眼,忽然从自己衣袖上扯下一块,扔了过去,冷冷地道:"止一止血。"

"咳!咳!"黄龚亭笑逐颜开,大声吟诵,"所谓美人者,以花为貌,以鸟为声,以月为神,以柳为态,以玉为骨,以冰雪为肤,以秋水为姿,以诗词为心。吴姑娘,你真是下官平生所见——"

吴怡瑾什么也不说,屈指弹出,点向他正在缠住脖子上伤的手,刹那间,黄龚亭如同碰到了什么滚烫沸腾的东西,腾地一下电缩回来,几乎连包伤口的那幅衣襟也抓不住——手背上,已然多出一道深深的血痕。他甩手不迭,苦笑道:"唐突佳人,是我的不对,可是爱美之心出于天然,我也并无十分得罪之处吧?"

剑神抬头看了看天色,后半夜迅速阴霾下来,狂风推着阵阵排云,几乎逼近到大地上来。野外尘沙遍野,这是一个无比恶劣的天气。他看上去心事重重,忧虑也重重。

劫持朝廷命官,砭碟与大离官兵已成正面冲突之势,所有官兵看似退去,实则岂肯放松,阴魂不散地尾随在后面。更有无数若隐若现的武功好手,逼得更近,分明是在等待着机会,群拥而上。

黄龚亭此人,决计不是一个墨守成规或者讲信用之人,即使逼他做出不予追究的口头甚至是书面保证,未必管用。

若在以往,完全没必要有这种担心,对方若敢背言,无论天南海北,他随时可以叫他付出背言的代价,他也有把握对方绝不敢以自己的性命开玩笑。

但是眼下却容不得有半分托大……怎样释放黄龚亭?如何摆脱追兵……骑在马上,他感受到女弟子的目光,在等待着、询示着,他几乎不敢与之目光相接。

剑神突然策马回头,在人质肩头一拍,手上赫然多了件什么东西,才淡淡地说:"借阁下的节度使调兵符,我们做一个交易。"

黄龚亭苦笑起来，表情痛苦："前辈，这个……好像不大妥当吧？"

剑神道："兵符在我手中，只要我们一行安全返回总舵，即将兵符交还。"

在他冰冷于雪的目光逼视之下，黄龚亭莫名打了个寒战，不敢再有任何饶舌，叹道："下官身家性命都在前辈手里了，我只有一个要求，别损坏了它。"

剑神允诺，却并不把兵符自己收藏，转而交给了吴怡瑾。

然而，在他回头的刹那，眼底蒙蒙青气无可遏制地浮了起来，灰白衰败之色迅速升起。那是……死气！灰白色的死气，从无到有，从浅到深，在一瞬之间，氤氲缠绕着遮住了整个脸庞！

吴怡瑾猛然惊呆："师父……"

就像闪电划过沉沉夜空，她忽然什么都明白了：师父近一个月来神出鬼没的行踪，奇怪的谈吐，甚至包括这个用兵符来控制人质许诺的要求……

泪水不可抑制地坠落下来，她颤声叫道："师父、师父……"

剑神看不见自己的变化，只是心里猛然一震，仿佛刹那间被掏空了一块，禁不住身子微微向前倾了一下。

他定了定神，望出去的世界忽然改变。心爱的弟子那晶莹如玉的面庞，突然之间蒙上了一层薄薄青气，而入眼的一事一物，也同样卷绕在青色的雾里。

体内所中血毒，在这最关键的时刻，却终于压制不住。

身后大道马蹄脆响，嘚嘚连声，有惊惶至极的呼声传来："大哥！大哥！李夫人！"

混沌模糊的夜色里，有一袭绯色衣裙灵动飘逸，飞马赶来。

钱婉若还处于新婚期间。然而从昨晚起，她就没有见到自己的丈夫，很晚的时候，当她开始失望，以为他去了别处——毕竟期颐节度使、堂堂的朝廷三品大员，总共娶了八房妻妾——随嫁而来的丫头为她打听到切实消息，得知黄龚亭向冰丝馆再度发兵。

无异于晴天霹雳，不顾新嫁娘应持的礼节和羞臊，她冲出了黄府。幸运的是，黄龚亭不在府内，也没人特别难为她，让她一路得以追踪下来。

中途遇见黄龚亭一干得力属下，从他们无奈的表情里得知，目前情况已经转变，她的丈夫在他人掌握中，情况极其险恶，随时有生命危险。

"其实事情本来不会这样严重。"一名属下吞吞吐吐地说，"只因那个号称剑神的人，怀疑他豢养狼人，残害人命，结果在那人和其徒弟煽动之下，就成了水火不容的局面。"

钱婉若心急如焚，根本不及细听因果由来，问得撤退方向，鞭马急赶。所乘的马匹，也是手下临时拨给的良驹。

黄龚亭和吴怡瑾同时回头看，两人的神色居然是差不多的惊愕。——只不过黄龚亭在惊愕之余，沉沉的眼色里闪过一缕狡计得逞的窃喜。

"你来干什么？"他大声道，"回去！回去！"

吴怡瑾一转身，遥遥以剑相引："师姐，你如今站在哪一方？你不要过来！否则我必不容情！"

钱婉若下马，惊慌失措地立于指定之处，一步不敢向前："不要！师妹……我们是同门，怎可行此手足相残之事？求求你放了我大哥，他对你们绝无恶意的呀。"

好不容易盼来的救兵……居然站得那么远。昔日恩爱霎时忘却，黄龚亭在心中咒骂千遍，这胆小懦弱的、寸寸雷池的小女子，早知她无用，先前连娶她都不该。

相持阶段，座下马匹仰头长嘶，前蹄一软摔倒，黄龚亭大声惊呼中滚下马来。剑神眼神一冷，相思剑不假思索地挥了出去，泛出一片清光。

他只用了五分力道，因为只想制住那人，但那个慌乱无主的小女子却以为他要杀他，尖叫："不要——"疯了一般地狂奔过来。

然而在那一刹那，剑神手里的那片清光，比射出之际更快地倒退出来。——而后，在所有人未曾回过神来之时，黄龚亭扣住了他新婚妻子的颈项，得意之中放声大笑，伴随着声声咳嗽："退开！全体退开！"

众弟子慌乱不已，震惊莫名地向后退去。

情况变异突然，谁也想不明白，他是怎么解开被封的经脉，及时架开剑神一剑的？那匹马自倒下去后，希律律哀叫爬不起来，分明是中毒之状，又是谁在神不知鬼不觉的情况下用的毒？

吴怡瑾的眼光，忍不住便向李堂主和吕月颖两人滑了过去。前者尚未反应过来，吕月颖脸色已然变了，愤愤地说道："你在怀疑我？有证据的话，不妨亮出来好了！"

"对不住，剑神前辈，吴姑娘，若非你们逼得太紧，我也不至于……"黄龚亭发力荡开长剑，反执人质，这一系列的行动使得颈部伤口又一次迸裂开来，鲜红的颜色霎时浸透包扎伤口的雪白布片，"我也不至于铤而走险！"

他微微喘了口气，声音肃冷："现在，你们杀官放火，非法劫持兵符，与朝廷作对之实无可抵赖，你们在此的每一个人，都别想逃过全数歼灭的命运！"

剑神拉着徒儿，挥手示意众弟子急速撤退，冷然道："纵然毁却兵符也在所不惜？"

"兵符……哈哈哈哈……"

黄龚亭猖狂大笑："剑神——我以为一个被神话的人会是怎样的超凡脱俗，现在看来，也不过是愚民而已！兵符只不过是一个标记而已，除了我自己，谁知道它长的是什么模样！"

远处，不断有黑影涌现，那是退在一里之外的下属，一俟他脱险，便纷纷出现。

嗳嗟众子弟惊慌失措，纷纷向剑神靠近。

剑神脸上，露出一丝不易察觉的苦笑。

眼底的青气，已然轻悄悄蔓延出来。如果说他刚才极目力观看，还能看清对方一举一动的话，现在通过他眼睛看出去的，只是一个个雾化的人影。

而心里，那块空掉的地方，麻痹感不断增强，攀爬似的迅速扩张，到他的胸、肺、颈……身体的每一部位。

他听见自己心里一声清晰无比的苦笑：就是这样了，他的一生。

黄龚亭退到下属保护圈中，那个最可怕的敌人始终没有发动攻击，这一刹那他完全断定了自己的猜想，刚刚解开被封经脉、血液尚未完全流通的手臂居然可以挡开剑神一剑，那理由只能是——对方毒发！

一把推开妻子，他手一挥，遥遥指住白衣少女，断然下令："剑神已是强弩之末，大家不用怕他，杀掉！全部杀掉！"

当然，除他众弟子，没有人会知道他那一指的意思是，惟独留下那一个。

"不要！"

挡在他面前的人，居然是他刚刚放开的钱婉若，张开双臂，杏子红衫在风里飞扬，就像不顾一切扑入火中的凤鸟。

"你要做什么！"对于这半途杀出的意外，黄龚亭又惊又恼。

钱婉若泪流满面，猛地跪了下来："大哥，不要这样，我求求你，手下容情！"

黄龚亭盯着她，眼中如欲喷出火来，说："你回去！"

杏子红衫的少女秀丽而温雅，然而一向懦弱的眼色里却闪着执意的孤绝，缓缓地站了起来："我不回去，我守着她们。——你要杀，就连我一起也杀了！"

黄龚亭冷笑，一双手握紧了松开，松开又握紧："你别逼我！不要逼我下此决心！"

钱婉若的答复，是流着泪，一剑刺开已经扑到了面前的士兵。

这是想不到的，从来想不到，那样连说一句话，也会羞涩脸红的她，对他一往情深，恨不得把性命赋予的小女子，会那样坚决，那样执著！

吴怡瑾颤声叫道："师姐！"

黄龚亭脸色阴郁地往后退。

虽然，可能要对不住你，但我已没有办法住手。婉若，婉若，我半年前对你的钟情，三月前对你的迷恋，直到如今对你的喜欢，都是真的，依然保留着一份留恋。但是，但是，谁让我看到了她？

那个足边燃着清辉，淡定从容的少女，身上披着神女一样的清辉光芒，缓缓映入他视线的瞬间，他便已决定——

"吴怡瑾，你是我的，你是我的，必是我的！"他一字一句对自己说，指天发誓。

为了她，他不惜放弃一切，哪怕所有，来得到她。

血战开始。

对于这次突袭,所有人都猜错了方向。

李堂主不知道砹碟又在哪儿得罪了官方,要受到再一次全体缉拿;剑神以为徐夫人和黄龚亭沆瀣一气;吴怡瑾只是隐隐察觉出阴谋的味道。

谁都不曾想到,仅仅是黄龚亭一个凭空而起的贪念。

固然剑神是非欲斩除不可之人,然而,他的重点却是她。

他非要得到她不可。

要得到她,首先必须要除去她所有的保护人。

剑神。

剑神,也是徐夫人欲早日除之而后快的对象,两家一拍即合,双方的杀手几乎倾巢而出。

无数兵士重重叠叠地冲了上来,喊杀之声大作。

他刚才是有一重顾虑。冰丝馆一带房屋众多,街道纵横,一旦逃入民舍,他念念不忘的那人便无从寻起,所以自始至终的围捕方式都尽可能留有余地。现在处于远郊平地,一望坦荡无垠,而且,他明确知道那女孩子绝不可能丢下重伤的师父以及遭难同门独自远离,逼得紧,杀得狠,就一定能够抓到她。

砹碟帮本来都是一些未曾见过世面的小女子,对于这种场面怕得不得了。然而,无处可逃的绝望增长了她们的勇气,加强了她们在死神手下挣扎的信念。

无数刀兵金戈之声,就在瞬间响起,半空中溅起鲜红的血!

疯狂厮杀。

网在缩小,他们疯狂地杀人,谨慎地收网。

任何一人皆可杀,只留一个人的生路!

只有在胜负之势已成绝对,那个看上去很长时间一直维持着那种如狼似虎一般的神勇的剑神,出剑速度和力度都明显减弱以后,指令才悄悄有所变化。——对场面上的人,擒而非杀。

这是因为钱婉若终究是砹碟的人,他还有着眷恋,不愿意叫她今后大半生彻底绝望。此外,这也是他事先和某人的约定,不会在这场战斗内斩尽杀绝。

还因为那个奋不顾身的小女子,至今毫无退缩、胆怯的表现,而她剑术之高,也出乎他意料之外,整个混战的场上,就数她和她那个"强弩之末"的师父伤人最多,几乎他麾下武功最高之人全部为他们所牵制,属下伤亡太重,他也难以交代。

但是更重要的,他得留一些底牌,来使那倔犟的人儿最终屈服。

但这张底牌——他咬牙切齿地想——在剑神彻底断气以前,不能拿出来。

刀剑无眼,吴怡瑾白衣之上血迹斑斑。这是她学成以来,第一次经历的险恶战役。

以往,无论多少惊涛骇浪,总是师父一力承担的,像这样的厮杀,几近疯狂,不要说没有经历过,连想都没想到过,会遭遇这样非生即死、血肉模糊的激战!

混战良久,她已经失去了任何出剑的直觉,而是机械地挥剑、横掠、疾刺,完全体会不到,那是自己的血,是敌人的血,是同门的血,甚或——那是师父的血!

一开始还能保护同门,渐渐的,不知何时与所有帮中同门分散,只剩下自己和师父,背靠着背,苦苦支撑。

她完全不知道别人怎么样了,是被杀、还是被擒?

剑神又吐了一口血。"强弩之末"的剑神,在这场混战起始,最少已有三十余人伤亡在他剑底。

但,的确是"强弩之末"了,所有的攻势,只凭着敏锐的本能予以化解,每挥出一剑,体内的力量便流失一分。

"瑾儿、瑾儿。"剑神低声唤道,又一次催促,"不要管我,快走吧。这是一场敌强我弱的战斗,你保不住我,保不住任何人了。"

吴怡瑾不答,木然挥剑刺出。

透过青气蒙蒙,恍见光芒一闪,吴怡瑾为他挡过一次杀手的攻击,剑神自己却没来由地身子一晃,扣住相思剑的手指,突然失去了任何触觉!他陡然大怒说道:"你要我死也不瞑目?!"

剑神从未有过如此重言,吴怡瑾打得几乎挥不出力的手禁不住一颤:"师父?!"

剑神只是催促:"快走,你快走!"

吴怡瑾回头看看他,哇的一声,吐出大口鲜血。

"怎么?……吐血了吗?受伤了吗?"他眼前蓦然一黑,连最后一丝光线也消失,耳边风声擦过,女弟子的剑准确无误地刺开一名敌人。

他微微笑了笑,低低地道:"瑾儿,记得我最后的话,要幸福,你要幸福。"

不等她回答,他失去了知觉的手勉强抬起,不是对着敌人,而是自己胸口,斜斜切了进去,鲜血喷了出来。

吴怡瑾惊叫,不顾一切地反手横挡,相思剑脱手飞去。——吴怡瑾视线一片空白:剑在人在,剑亡人亡,如果剑脱手的话,那意味着什么?

惊电剑光猛然间迟钝下来,一柄细刃轻薄的刀几乎无声的,切向她腰间。

但那一刀,几乎她已感受到刀锋的冰凉,却在她腰侧一分,滑了过去,不曾伤她分毫。

她莫名一惊,仿佛惊雷炸响,闪电般回忆到交战以来的每一个场景,这样的擦身而过,绝不是第一次。

"……其实黄大人对你绝无恶意,只要你能弃剑归顺,大人必不会同你碰瑾弟子为

难。"这是在冰丝馆她所听见的话,只是,当时没有往心里去,接踵而来的是危局减缓。

这意味着什么？这意味着什么！

她愣愣地站住,手心里是涔涔的冷汗,脑海里一阵阵恍惚,连置身何地,也似乎记不起来。

黄龚亭的声音适时响起:"吴姑娘,感你为我包扎伤口的盛情,剩下这十几个人我可不杀。条件是你跟我走,你觉得公平吗？"

生死相搏的场面陡然平静下来。

地面上到处是断刀断剑,到处是尸首、鲜血,屠宰过后深红色的修罗场,白衫少女的衣襟在风中瑟瑟摆动。

弓箭指住稀稀疏疏的十来个人,激战过后,只保下那一些。李堂主在内,吕月颖也在内,甚至钱婉若也在内。黄龚亭微笑地看着她。

吴怡瑾竭力遏制战栗的感觉,点头:"好！——你立即放人。"

黄龚亭笑道:"她们我可以马上放行。不过,你师父不行了,不和他诀别一下吗？"

听见那一句话,吴怡瑾的泪夺眶而出。——她不是不懂,那人的意思其实是,纵然剑神看来是不行的了,但他不放心,必须要亲眼看到那可怕的敌人断气,才彻底解除后顾之忧。

她抱紧师父,缓缓跪下地来,任他胸口的鲜血顷刻间染红她半边身子。剑神神志昏沉,对于眼下的情况突变,他一句话也不说,也许没有听见,也许是有心无力。

吴怡瑾拾起相思剑,徒劳地试图塞入他手中,低语:"师父,你的剑。"

"相思剑吗？"剑神说,"我感觉不到了,不必再给我。这是我的师妹……你师娘的剑。你替我保留,以后……把我们合葬。"

吴怡瑾死死咬住嘴唇,血珠纷纷地沁了出来,她终于哭道:"不要,师父,我不要！是生是死,天涯海角,我都要跟师父在一起的！"

剑神笑道:"孩子气。人世沧桑,在人在天。死生有命,何须多伤？"

他微微抬手,似想触碰到弟子的面颊,然而找不到方向。吴怡瑾把他的手放在脸颊边。"我最后悔的,当初应该把你带走,不该叫你卷入这无边无际的江湖中来。一入江湖……你再要脱身,就难了。你的心地,又是这样洁白与仁慈,你一切都和江湖格格不入,越是如此,却越难摆脱它。唉,瑾儿,师父是做错了的,你记着,记着呀,能抽身之时,千万及早抽身。"

所中血毒毁坏他身体内一切的感觉器官,他嗓音也模糊起来,开合的唇形很小,几乎不能控制自己在说什么。

"二十年了,她在地下孤单岑寂,等了我二十年之久。我不去会她,近几年是因为你,最早,则是为了……"濒临死亡的眼睛里,蓦然闪过一道光彩,微微笑起来,说,"孩子,你还有一位……嗯,算是你的师哥吧,住在苍梧山。我已经……已经请人找他下山。他叫……"

那个名字似乎是说了,但是字音模糊,吴怡瑾完全听不清楚,猛地想起,她从来不知师父的姓名。提起来,她总也像世人那样,很骄傲地说我的师父,剑神。

剑神不再说话,良久,良久,久得所有人以为他已经停止了呼吸。他的声音却又缓慢而遥远地响了起来:"瑾儿,要幸福。你要幸福。"

他抬了抬手,仿佛又有了知觉,手指划过徒儿泪湿的面庞,柔软的长发,微微睁了睁眼睛,脸上是一贯的微笑和平静。他的手停止在半途中,不再落下,眼睛却沉沉闭上了……

火光席卷而起,吞噬一切,恍如人间地狱。

那一袭白衣在熊熊烈火中,慢慢地消失。碧绿的火丛里偶然划过闪亮的光芒,照亮剑神的脸,平和而宁静,眉梢唇际尚挂着千丝万缕的牵挂和温情,还有仿佛一点点喜悦的笑。二十年前爱侣身亡,他或许便已死了,但是等到真正死亡来临的一刹,世事寂灭如空的时候,他却还有着一个最温暖的牵挂。

"瑾儿,要幸福。你要幸福。"

他最后一个关爱而温暖的眼神永远留在世间,成为吴怡瑾记忆世界里永不磨灭的刻痕。

风,拂动她的衣襟秀发,火光中,她的身体微微颤抖。

"吴姑娘,剑神前辈骨灰在此,请你跟我们走吧。"

托着一个小小骨灰坛子的吴怡瑾,看不出她任何的悲恸表情。

她站了起来。

"瑾儿,保重!"

李堂主大声叫着,泪水不能抑制地冲出眼眶。

这新遭丧痛的女孩儿,从此后将独自面对未来一生。

哀毁
AI HUI

"怎么,她还是不进食？"

看着接连三天原封不动送还过来的饭和菜,黄龚亭遏制不住怒气:"一群废物！连让她进食都做不到！"

面对喜怒无常的主人,所有下人噤若寒蝉,害怕因为一句不够周到的言辞而性命不保。

开始几天,黄龚亭还担心她会趁机逃走,现在却不能不为她生命而担忧。黄龚亭如同困兽般在房内走了一阵,猛地冲出房去。

拐角处,钱婉若扶着山石,目光哀愁地远远注视着他。

他脚步顿了顿,没有滞留地过去了。

白石砌成的独立石屋内。

白衣少女木然坐着,几天以来她都是这样,不眠不休,不说,不动,水米不沾唇。甚至连她的眼睛,都没有闪动的痕迹。抱着那只小小的青花白瓷的骨灰坛子,仿佛那就是她的一切,她的所有。

好像在她师父离开的同时,她的心也随之死去,留在这个世界的,只是一个无知的躯壳。

没有牵挂,没有同门,没有帮主,更没有诛杀血婴、报仇雪恨的决心,她只要她的师父。

十几年的生命里,她受过苦,挨过穷,尝尽一生的辛酸与坎坷。父亲去世的时候,欠下重债的母亲不得已将之卖入碳礴,如果不是容颜出色,那么她在帮里的身份不是普通弟子,而会是低微的奴仆。

她在短短的时间里经受了人生另一种折磨。那就是钩心斗角,互相倾轧。只因她过于出色,谁带上了她无疑会成为莫大荣耀,她被几名堂主当货物一样争来抢去,久久定不下名分,可其他的师姊妹们就为此莫名妒她、恨她、欺她——若不是师父及时出现,她不知她宿命的河流将载她去往何方？

在他温暖宽大的羽翼之下,她长大,学艺,成熟。师父,师父……徒儿的一切都是你给的,武功、才智,甚至不畏艰险的勇气和信心,可是你把一切都给了我,却就这样去了?

在我眼前,慢慢抽离眷恋的生命,慢慢合上微笑的眼睛,你在我眼前,告诉我,生命之不可长久。师父!师父!

师父,师父啊……我愿意用一生的艰难险阻换你的笑靥。

外面的铜锁一响,黄龚亭满面春风地走了进来,仿佛已是熟极而流地唤她:"怡瑾。"

白衣少女没有被惊动,甚至连眼波也不曾稍有游移。只是抱着那个青花坛子,凝视着它,眼神温柔,如同那个人依然存在着生命。

黄龚亭看着她清丽出尘的脸,即使在那样大的打击以后,形容间有着难掩失神的憔悴,她仍然美得不可方物,仿佛在真实和虚幻之间。他确然感受到她冷漠的气息,却无法触摸她焕发夺目光华的脸庞。

"怡瑾,怡瑾啊。"他沉醉似的低低叫了两声,起手搭在她肩头,"我自从见到你……"

她冷冷说:"拿开,你的脏手。"

"呵……"他笑起来,看到手背上那道仍然鲜红明晰的伤痕,是被她当日指风所划,"还是那样凶。可是今非昔比了呀。"

他蓦地止住了口。她眼中是深不见底的讥嘲,却觑得他困兽也似,窘迫怒恼,他难以掩盖那巨大的难堪,蓦然起立,冷笑道:"早知这样,我就该扣押着她们,等到你足够乖为止。"

"我知道你在转龌龊的脑筋,但是不必。"绝美的少女忽然静静地说,"纵然你杀尽天下人,那是你一生难以洗净的罪孽。这和我无关。自由虽然不是我的,但生命取舍在于我。"

"取舍在于你?"黄龚亭窘极咆哮,"可笑!你可在我手里!我随时可令你求生不得,求死不能!"

无论他如何咆哮,暴跳如雷,仿佛是该说的话都已说完,经脉被封住的少女一句话也不说。

但是那样凶悍、狂暴的男子,处于疯狂边缘地发着脾气,把石屋以内的陈设猛踢猛打,却是不敢加诸她一指。

他眼睛红得如要滴出血来,心内疯狂叫着:"不要怕她!不要怕她!她一点能力也没有了,能做什么!不过是吓吓你!"

最终,他却还是只能垂头丧气地走出来。

钱婉若依在花侧,把一盆千叶石榴的叶子揉得粉碎,见了他,便笑了一笑。黄龚亭怒道:"你在这里做什么?"

钱婉若淡淡道:"你的声音,足以震动上天,还怕人看吗?"

黄龚亭哼了声,盯着她道:"你该不会是在吃醋吧?小丫头,我警告你,那天晚上的错,你只能犯一次,若还敢不知好歹,休怪我不念恩情。"

"恩情?"昔日腼腆温柔的少女淡漠而悲伤地微微笑起,"还有吗?春日已逝,我只觉得寒冷,冬天快到了。"

"嗯?"黄龚亭冷静了一下,注视她哀愁的眼神,"你还清醒吗?"

钱婉若的泪水顺颊流了下来,道:"比十八年来的哪一刻都清醒。"

黄龚亭心里动了一下,就这样软下来,走过去握着她手道:"别这样。我对天起誓,得到了她,我拥有你们姊妹,余愿足矣。我会遣散所有人,再也不看别人一眼。只要你和她。你说好不好?"

钱婉若含泪笑道:"只要我和她么?那自然是好的。"

她眼睑上犹挂着泪珠,在阳光下闪闪发光,她的脸色未涂脂粉的苍白,颊上却平添一抹嫣然。黄龚亭重又记起春日氤氲下,那个眼神迷蒙而幸福的小女子,原来记忆仍是这般清晰。他不由得笑了。

"只不过,她肯么?"

"我去劝劝她。"她低下头,反复揉搓抓在手里的裙子,"如果她肯……我做她丫鬟也无妨。"

"这个嘛……"黄龚亭生出一点异样的感觉,"太严重了,没有必要。你也无需去见她,等她慢慢回过来就是。"

"她这个人,我虽然认识不见得深,却知道是宁可受死,而不受辱的。你的慢慢等,未必管用。"

黄龚亭笑道:"这么说,你言迟语钝的,倒会有法子了?"

钱婉若微笑道:"世上的事,谁又敢十分肯定?"

黄龚亭总觉这话里有音,定睛看看她,摸了摸她额头,笑道:"小东西,就醋成这样吗?"

钱婉若不理会,只道:"大哥,你答应我吧。"

黄龚亭在花径上走了两个来回,想起那少女清冷的容颜,那态度中拒人千里之外,不可抗拒。他叹了口气,道:"你去试试。"

钱婉若接了钥匙,往那边走,黄龚亭又叫住她,声色俱厉:"我警告你,不许玩花样,不要坏我的事。"

钱婉若只低颜一笑。

白石屋子。吴怡瑾坐着,连姿势都未曾改变一下,直到钱婉若把手放在她肩膀上——

"师妹。"

她眼神才微微飘忽了一下,但没出声。

钱婉若道:"多承你舍己救人,李堂主她们都逃脱了。期颐待不得了,已回总舵。"

吴怡瑾愣了一会儿,仿佛才领悟了她的话,轻轻叹了口气:"那就好。"

"你以后打算如何?"

吴怡瑾看着骨灰坛子,不做声。

以后打算如何?那样的日子,没有生,没有死,没有希望和失望,还有以后吗?钱婉若微微咬了咬牙,忽然间出指如风,点过她心、口、手、足周身各处大脉。

"师姐?"吴怡瑾惨淡的神色终于也有所改变,"你?"

钱婉若轻声而迅疾地说:"每隔三天,他必要去徐夫人那边。这个时候府里防备最为松懈,今天晚上我把府中最关键要道上的人引开,凭你本事,不难离开。"

吴怡瑾怔怔:"这是为什么?"

"你当我是把你当情敌嫉妒也好,当我念着师门旧谊也好,或者出了这个门忘了我也罢,随你。你走吧。"

走吗?……吴怡瑾声音迟钝而飘忽:"走?走到哪里去?走了又能怎样?"

她顿了一顿,缓缓道:"师父不会复活了。"

钱婉若伸出手,她动作不快,吴怡瑾虽然看见,却没反应过来,脸上清脆地挨了一下。新婚的少妇厉声道:"下一招,我要打碎你抱着的那个坛子。"

吴怡瑾一惊,下意识抱着骨灰坛闪开,那一招扫在她肩头,剧痛之下,她几乎没把坛子脱手。

"师姐?!"

钱婉若冷笑道:"我为你失望——你师父最后愿望,是与他师妹合葬。你是不记得还是故意忘记?他九泉之下,必不瞑目!"

吴怡瑾身子忽然一震,脱口道:"不、不是那样——"

然而,出口一半的言语又突然顿住,她慢慢地、慢慢地说道:"师、父、死、了!"

眼泪在那个时刻汹涌而出,她放声痛哭。

"逃脱?你助她逃脱了?!"

看着眼前那脱簪待罪的女子诚惶诚恐跪于他膝下,黄龚亭眼中有狂怒不已的光。

"你助她逃脱!"

他猛地大吼出来，狂怒之下出手，把面前女子打得倒在地上："我警告过你！你还敢这么做！"

　　"你去死！你去死！你给我死！"

　　钱婉若滚至角落，哭道："大哥，对不起，只是这一次，我以后再也不敢了。"

　　"只是这一次？"黄龚亭冷笑道，"这一次你犯不起！你做事不照量照量自己，一百个你也换不得一个她！"

　　钱婉若本是十分惨淡的神色忽然震了震，不顾一切地冲过去，抱着他的脚，夺泪道："我不值什么，我知道我不值什么。大哥，你要我以性命相抵，那也不要紧。我只求你可怜可怜……腹中的孩儿！"

　　"什么？！"黄龚亭震惊，一刹那呆住了似的，"你说什么？！"

　　"孩子，我们有了孩子！"钱婉若抱着他，泪水纵横，"大哥，我嫁你之前，已经有了的！是我们的孩子呀！大哥，你要恨我，打我，骂我，都可以，求求你现在不要打了，你让我生下这个孩子。"

　　"孩子？"黄龚亭似是傻了一般，反复诘问，"你有了孩子？"

　　"是。"钱婉若不由得燃起了一线希望。

　　但他的表情异常奇怪，眼神明明落在她身上，却似乎又洞穿了过去，什么也没看见。

　　在未出事前，钱婉若曾经设想过有朝一日把这件事说给他，他可能会有的表情，但是没有哪一种设想，会是现在这样的，他几乎是没有反应，既不欢喜，也不痛恨，更加没有惊悔。她心里一点点沉了下去，因害怕而失去温度的手指，僵硬起来。

　　"大哥……"

　　黄龚亭忽然笑起来，截住话头："婉若，你来。我给你讲个故事。"

　　"我爹是个醉鬼，我娘是个泼妇。我爹他生了五六个儿子，却从小——用来替他打杂，有时候家里穷得没有买米的钱了，他就逼着儿子脱光身上的衣服，出去乞讨，回来把儿子乞讨的食物吃个干干净净。讨得少了，非打即骂。我七岁的时候，家里穷得揭不开锅，父亲把我们哥儿几个轮流吊起来打，因为我们讨来的钱物太少了。我们非常害怕，抱成一团哭。后来，我不记得是谁，也许是二哥吧，突然大叫一声，爹爹好坏，我要杀了爹爹！这么一叫，我们兄弟几个也不知哪来的力气，就一齐拥上前去，把我父亲打死了。那时母亲刚刚从里屋出来，我们一不做二不休，又杀了母亲。"

　　"所以，"他阴郁的眼光落在新婚娇妻身上，低低冷笑，"儿子！儿子！——儿子是个什么东西，你知道吗？"

　　钱婉若不住地颤抖，不成一语。忽然感觉到了什么，她失声道："不要！你放开我！放开我！"

黄龚亭牢牢抓定她手腕，缓缓绽出笑意："就是这样，儿子杀害了父亲。人一生能保全自己就不错了，婉若，你以为我还会要儿子吗？"

一股阴寒的力道从手腕的经脉里透了过来，陡然间钱婉若腹痛成绞，她拼命大叫，挣扎，以至咒骂，然而挣不脱那恶魔的手。

"不要怕。婉若，儿子没了就好。"他低冷的声音在耳畔，"这次的事我就原谅你一次。反正，她也逃不出我掌心。"

天色昏冥。大雨仿佛随时将至，风声先于雨势而起，呼啸排喧，无穷无尽地涌进这个喜气维持了尚不到七天的新房。满室烛光微弱地摇摇曳曳，不甘心熄灭，像是无数猖狂的小妖在跳舞。对面屏风深红的底子上，大枝富贵牡丹衬着五彩凤凰，凤鸟眼神空洞地望着她笑。销金帐幔漫卷飘舞，卷住跳跃的烛光，打在那空洞的眼神上面。

红色的海洋横空而起。昨日喜气，化为今朝之血。

绯衣女子脸上仍有泪水不断滑落，眼睛里却是雪亮得令人惊骇的光。

……儿子……已成形的婴儿，就这样……失去了，永远地失去了。甚至没能张开小眼睛看一眼他的母亲，看一眼这个世界，他就去了。

"孩子，孩子……"

她喃喃叫着，泪水滚烫地滑落。

伸出手腕，看着自己宛如桃花一般光洁细腻的凝脂玉肤，容颜犹在，光华犹存，只是失去了感情，失去了生命，她除了这副躯壳而外，失去了一切。

她凄然而笑，匕首的寒光闪过之处，手腕上便多出一道鲜血如泉喷涌的伤口。她木然瞧着泉水似的鲜血，甚至不觉得痛。

痛怕什么？江湖中行走，草莽间起伏，受人欺凌、侮辱，都是家常便饭，心都不会痛了，还能觉出身体上的痛楚？

她微微自嘲地想笑，冷静地看着那鲜血蜿蜒流下她的手腕，流过厚积的红色地毯，默默无声地钻入那一样的深红之中。

慢慢的，眼前模糊了，什么都是虚的。

仿佛有张人的脸出现在面前，仿佛有人猛摇她肩，仿佛有人在她耳边大叫。

只是，她什么也看不清楚，什么也听不见了。

世上一切的烦嚣，永远不再困扰于她。

风雨如啸，天地间白茫茫一片。白茫茫的暴雨之中，淡淡的身影深一脚、浅一脚地踉跄走着。

从节度使府邸之中逃出来以后，她一直这样走着，没有方向，也无目的，只是这样朝着不是方向的方向走去,也不管脚下有路还是没路。

黄龚亭派出了数千兵马,来搜捕一个人,她并未刻意躲藏,只是凭着直觉,顺利地躲开每一道不怀好意的阴影。

然而,即使中间有一两支搜查的分队看见了她,也是认不出来。她已全然不成形,墨玉般的头发被大雨淋湿,散乱着一绺绺贴在青白的脸上,形容枯槁,憔悴得可怕,眼光直直的,空洞无一物,唇比纸白。身上的衣服残破不堪,由于在烂湿的泥地里接连摔了几跤,衣裙上沾上无数青黑淤泥,雨一浇,把淤泥和激斗留下的血污混杂起来,根本看不出本来颜色。——传言中美丽如仙子的少女,清雅出尘,点尘不染,和这叫花子一样的落魄女孩相去隔若天渊,黄龚亭无论如何料想不到,他的仙子会是这样。

她向天地茫茫的纵深处走去,怀中抱了那只青花白瓷的骨灰坛子,用双臂环绕,小心翼翼地护着她惟一珍惜的宝贝。

她已经走了很久,她不是很清楚到底走了多久。仿佛是从深夜走到白天,又从白天走到了深夜,几度更替?她也不知道雨下了多久,仿佛是从她走出那个囚牢开始就下了的,又仿佛从她记事以来就是这样哗哗的瓢泼大雨,未曾停过。

好累、好累。几近脱力的疲惫从深心底里涌了出来,寒冷却使她一边走,一边轻微战栗着,抖得那样厉害,她不得不使尽了全身的力量来抱定手中的青花坛子。

脚上碰到一个坚硬的东西,本来已经没有什么力气,脚一软,立刻摔倒在地。跌下去的时候,前额剧痛,似乎是碰到什么东西,手下意识地一撑,骨灰坛骨碌碌地从她怀里滚了出去。

"师父!"她脱口惊叫了一声,伸出双手胡乱地在地下抓摸着,不一时捡到了那个坛子,滚在泥地里,并没有跌破。她这才放心似的微微一笑,重新抱紧了它。

心神仿佛随之一松,她再也没有力气站起来。抱住了坛子,恍恍惚惚地想:"我这是要去哪儿?师父不在了,我这是要去哪儿?"

她脑海中空白一片,什么也想不起来。靠在她摔倒时碰痛了前额的那块硬硬的东西上面,沉沉睡去。

"瑾儿。瑾儿。你放开,放开吧。"

冥冥中仿佛有人这样低沉地对她说,并试图抢夺那只骨灰坛:"你不要这样下去。放开。你要幸福,要幸福。"

她睡梦中不住哆嗦的身子抖得越发厉害,然而把那坛子越抱越紧。

她骤然醒了过来,果真是有人在夺着她的坛子,她在顷刻间清醒过来,下一刻,袖内冰凰软剑的剑光横空而起。——纵然她已不具备思考能力,不具备感情,却还有着出剑的本能,那是师父留给她的东西!

正在专心致志夺着她那宝贝的黑影感受到凌厉无比的杀气,惊叫着滚开。而后,稍稍一顿，又呜呜地叫着，再度近前来。

雨势如雾，在那样仿佛从天上倾倒下来的狂风暴雨之中，即使面面相对，也是瞧不清楚对方的面容。然而，那个叫声，是如此惊心的熟稔。她怔了怔："雪儿？"

黑影蹿过来，欣喜万分地拱着她的手，拱向她怀中。

"雪儿？"吴怡瑾抬起一只手，勉强挡开漫漫雨水，看着她，"是你么？你还活着。"

雪儿钻入她怀中，吴怡瑾叹了口气，拍拍她的头："一切都变了……可是，你还是那样。"

她不是没有疑惑，比如这些天来雪儿到底去了哪里，方珂兰又在何方？在这样恶劣的天气之下，数千兵马也找不到她的所在，雪儿又是怎样找过来的？

只是，刻骨的疲惫使她打消了一切问话的愿望。

况且，雪儿还不会说话。

雪儿那一阵欢喜雀跃过后，才隐隐发觉有异……白衣姐姐、白衣姐姐好像和以往很不一样啊？她担忧地抬头望着白衣姐姐，才注意到她脸色似雪，淡漠而憔悴，眼眸之中却是沉沉黯黯，一如击不起半丝变化的千年古潭。

姐姐、姐姐……

吴怡瑾摸着她的手，缓缓迟滞下来，头一歪，仿佛又睡着了。

茫茫大雨，阴冷如铁，她身子仍在发抖，冰雪似的面庞上，却飞起两团醒目的红云。

当她再度醒来之时，风呼呼地吹，彻骨的冰冷使得她的手足都似乎麻痹了。她检查手中之物，幸好那只坛子还是抱得很好。她弯下了腰，把脸颊贴在那上面，似乎获得一些温暖。

雨势渐渐收小，天色沉沉如墨。天空中已有一两点微星在闪，这场不知道维持了多久的雨终于停了。她把身子从一直靠着的那东西上面移开，远处似乎也有一点点星光在跳，但是在地上……

她骤然吃了一惊，看清了眼前是个什么地方，空空荡荡的眼神也微微收缩了一下。

这是一片坟场。或者应该这样讲，是一片乱葬岗。期颐城西有这么一个地方，那些无钱收葬或者生前风月死后无人管的尸骸，通常拿到这儿胡乱收葬了事。一眼望出去，乱坟堆垒，凄风四面，乱跳乱闪的是点点磷火。

而她大半夜来靠着的那块东西，赫然是半截墓碑。

就算再没感觉，也不禁急欲离开那个地方。

她忽然想起了什么，四下望出去，毫无人影。

雪儿呢？

到这时，连雪儿也抛弃她了吗？

乱葬场荒凉凄迷，一片空旷，只有望不穿的黑暗和叫不应的岑寂。

一阵寒风吹来,赋予周围的景物一种阴森可怕的活力。几棵矮树摇动短小枯瘦的树枝,显示一种不可思议的愤怒和咆哮,就好像在威胁并追赶什么人。

　　这个坟场给予她某种刺激,似乎生和死的距离一下子在此触手可及,她跪倒在地,心裂成碎片,不可收拾。她痛哭了起来:"师父!师父!"

　　苍穹点亮星光,一如她破裂的心和脸上的点点泪痕。

梦觉

MENG JUE

雪儿焦急地奔跑，因为那阵没来由的恐慌，使得她从来不知寒暖的四肢也同时在微微发抖。

大雨浇去她满身淤泥。她裸露的身子在微露光芒的天空之下隐见青气，倘若吴怡瑾刚才稍微注意一点点，就会发现她身上又多了无数道血痕，人生赋予她新一次的伤害。

方珂兰半夜带走了她，并死活逼她前往徐夫人府中，见她不肯，便把她捆起来，用木棒狠狠地揍，一直打断了十几根木棍，终于逼得雪儿带路悄悄潜入了那个府里。然而，雪儿到处乱扑腾弄出的声响一下就引发了府中警报。

两人不要性命地逃出徐府，这个过程中，雪儿和方珂兰失散。

此后几天，她一直在城西一带流窜，找不到回冰丝馆的路。幸好乱葬岗附近极少人经过，她的异状才未引得别人注意。

她眼里饱含伤心委屈的泪水，注视着这个人间的眼神也多了几分复杂的感情，是留恋，是痛恨，是陌生，还是隔离？她不知道，仅知她的心和身上的创痕一样灼灼痛楚。

茫茫雨夜，要让一般的人认人，平添几分难度。但雪儿只是用嗅和直觉便认出了白衣姐姐。

然而，白衣姐姐的情况很不好，即使是不懂事的雪儿，也一眼看了出来。

白衣姐姐一动不动地在大雨里睡着，脸色苍白得可怕，眉头紧锁的凄苦从心底里逼了出来，仿佛也传入了雪儿的心。

要赶快找到姐姐的亲人……那个伯伯。

雪儿单纯的思维里，只有这一个念头。

于是她跑开了。

不知出于怎样一种惊人的直觉，这次她一点儿也没有走错路，渐渐地上了大道。

天已微明。

凭着灵敏的知觉，在两条街外，她就听见了步靴踏在雨地石板道上的清脆响声，她躲在街垒的缝隙里。

过不多时,有一队步兵走近。

黄龚亭在遍寻无果的情况下,把城外的军队全部开动进来,并打破了期颐四城不闭的惯例,切断内外城消息,全城戒严,找不到那人誓不罢休。

雪儿现在看到的只是一小支分队而已。

在接下来不长的时间里,雪儿接连遇见五六拨人。

即使是不太善于思考的她,也觉悚然而惊。

人太多了……这样下去的话,照以往的经验,她这副模样很快就会引起别人注意,从而被人抓走。

"你要学会走路,不会像人那样走路的话,你一旦出去,会时时刻刻有危险。"

白衣姐姐说过的话,此刻清晰无比地回响在耳边。

是的……学人走路。

她以前只是不习惯,不想学,但并不是说一点儿都不会走。她骨骼的适应性极强,被徐夫人抓住,四肢反捆亦未骨折。其实,是有一种天然的人性,始终不曾泯灭,她的骨骼天然是灵活的,能朝三百六十度任意一个方向转。

不过学人走路还不够。

身上的衣服,已在方珂兰打她前被剥光。方珂兰一边打,一边还肆意嘲笑:"不是人不是鬼的小东西,你也有资格穿人的衣服?"

也正因此,她知道,"人"是应该穿衣服的。

她一刻也未曾迟疑。

犀利的眼神在沿街房子的窗口一家家轮回穿梭,不一会儿,身如弹丸般跃起,闯进了一个阁楼。

阁楼用作一间成衣店的小仓库,一捆捆地摆放着制完的成衣,专门有几套,是刚刚做好或者是作为样板的衣服,现成挂在衣架上。

雪儿只看这几件,然后从中缓缓地挑了一件。拿下这一件的同时,她看到这件衣服背后的一双眼睛。

一双睁得老大的眼睛,充满了惊诧、愤怒和恐惧。

雪儿一惊,也直愣愣地盯着他。

在黑暗的到处飘浮着衣服尘粒的小阁楼中,看见一个赤身裸体的女孩,用手脚走路、雪白的头发、雪亮的眼神……那个人一声不哼地倒地晕去。

成衣店在天亮后发现了一名小贼,不知因何故昏倒在地,翻检衣裳,虽有翻动的痕迹,但是统共只少了一套。老板认为那是天神显灵,使这小贼人赃并获,将这名吓得神志不清的小贼送交官府。

雪儿穿着一身黑衣,在街上直直地行走。那套衣服很显然出于名家手工,剪裁极佳,秋风渐深,领口、袖口以及裙摆分别缀着一圈细软的绒毛,在此附近细细地绣满隐性花纹,穿在雪儿瘦骨伶仃的身上,显得有些宽大,却衬托出雪儿一种异样的美。

雪儿历尽沧桑的脸苍白消瘦,眼睛如同两颗闪亮的黑曜石,眉毛未加修剪,和满头白发相配起来的粗犷却恰恰适合这袭黑衫,华贵里糅和俊丽,肃穆中带着粗野,剑一般锋锐的气质。

雪儿此后一生之间,都穿类似全黑的衣裳。

她走得很慢,步态趔趄,姿势奇怪,因为不习惯如此行走带来的痛楚,她眉头深锁,表情严肃,使之越发凛然不可欺。

天色渐渐大亮,她从城西要走到城东,只能在繁华地带穿梭,不可能避开人。但遇见的行人也就那样看她一眼,有些走过去了,有些甚至还回头赞赏地看两眼。雪儿起先害怕,遇到人一多,没有生出异样,便放下心来。她的心事是很容易放下的。路上甚至碰到几队士兵,她也不躲了,幸好没惹出祸来。

她没有看到的是,大街小巷被暴雨浇过的墙头,还残留抓缉狼人,见之可当场打死这"人间祸害"的图示。

告示中白发的、野性的、凶恶的、以手足支地的小狼人,谁也想不到,便是眼前这美丽瘦削的女孩。

路旁风物入目渐觉熟稔,雪儿大喜,加快速度向前急奔,猛地一拐角,和人撞了个满怀。她本能地往下一蹲,而对面那人却被撞飞起来,结结实实地撞到牌门楼前的石狮子上面,弯下了腰,痛苦地抱住肚子。

雪儿飞快地起身站直,朝那人翻翻白眼,继续向前奔去。经过那人身边,被一把抓住衣角,那人喘息着问道:"你、你是雪儿?"

雪儿一惊回头,被撞的少年一只手仍然抱着肚子,另外一只手紧紧拉住她不放,本来清俊至极的眉目五官都拧到了一处。雪儿认了出来,这是老爱尾随白衣姐姐的一群少年中,惟一的吓不怕赶不跑撵不走的"苍蝇"。

陌地遇故知,就算是"苍蝇"也分外亲近。一种欢喜自然而然生起,跃近前去抓住他,呜呜呜乱叫一通。文恺之莫名其妙,但他踟蹰多日,好容易见到一个认识的人,也有满腹的话要说,急急道:"雪儿,你从哪儿来?你可知道,她被你害苦啦!官兵说你吃人,封了冰丝馆你知不知道?整个城里风声鹤唳在抓她,你知不知道?"

雪儿呜呜叫了两声。文恺之黯然道:"如今她师父去世,不知她流落何方?风雨磨砺,只怕是受苦非常。我天天在此傻等,但她又怎能重回此处?况且伤心之地不堪回首,就是能回也必不回来的。唉,负她恩情千万般,卷帷望月空长叹,我真是读书万卷,百无一用!——美人赠此盘龙之宝镜,烛我金缕之罗衣。时将红袖拂明月,为惜普照之馀晖。影中金鹊飞不灭,台下青鸾思独绝。稿砧一别若箭弦,去有日,来无年。狂风吹却妾心断,玉箸并堕菱花前!"

雪儿目不转睛地瞧着疯癫一般喃喃自言的少年。文恺之猛然醒悟,笑了起来,挥手道:"我真糊涂了,你怎么听得懂我说话呢?雪儿,总之这里危险,你不能多呆,快走吧。快走,懂吗?"

雪儿表情急促,对着他指手画脚,指指天,指指地,指指心口,又画了一个大圆圈,闭上眼睛,把脑袋搁在胳膊上。

这些动作全然不知所谓,但文恺之一惊,心头怦怦直跳:"雪儿?!"

雪儿一顿足,拉着他就跑。文恺之道:"别拉别拉,我跟你去就是。哎呀,你别跑得那么快!……雪儿,你到底怎么了,你有她的消息,是么?"

文恺之大呼小叫,被雪儿拖着足不点地地跑了。

等他们走得不见了踪影,才从后街转出一人,懒洋洋的玩世不恭的笑容,一副天塌下来自有高个子去挡的神气,眼睛里却闪动着奇怪的光,喃喃道:"笨蛋,两个笨蛋……不过,总算是找到她了。"来人朝着那个方向追了下去。

文恺之跟着雪儿一路狂奔,从东城穿到西城,虽然也觉得过于暴露形迹,隐隐感到不妥,只是跑得上气不接下气,两眼看出去都是一片茫然,他实在无法想得太多。

所到之处越来越是荒凉冷僻,阴风飕飕地吹得身上一阵阵冰凉,文恺之不由得害怕,叫道:"雪、雪儿,你到底要去哪儿?"

雪儿停也不停,甩开了他,直向前方冲刺过去,嘴里呜呜叫着。四周景物映入眼帘,文恺之毛骨悚然:"坟地?!"

雪儿已跑到一座坟前,扶起一个人来。文恺之呆了一阵,慢慢地走上前去。

从乱坟堆里冒出来的少女半身染着青坟尘泥,双手互抱,紧紧地护住那只青花瓷坛,昏睡中的眉头微微打结,面容里仿佛含着十万分的凄怆与悲痛。文恺之自与她相识以来,从未见过她大起大落的悲喜忧愁,笑容也只像是湛湛青空下一抹流动的微云,无声而清浅,那份幽凉清冷宛如素月寒霜,纤尘不染,何曾见到如此切切惊痛?他惊痛不胜,忽地脚下一软,跪下地来:"世妹,世妹!"

吴怡瑾微微睁开眼睛,道:"是你。"

文恺之一喜,两行眼泪夺眶而出:"是我!你还认得我!认得我就好!跟我走吧,跟我走。"

吴怡瑾道:"去哪儿?"

文恺之道:"我们去一个清净的地方,没有那些萍踪浪迹,没有那些轻愁别恨。"

"清净的地方?"吴怡瑾重复了一声,眼泪潸潸而落,"我做梦,到处是大火,到处是尘沙飞扬,到处是鲜血和刀光。"

文恺之搂着她道:"不会了,瑾,会好起来的。我不会再让你受到半些儿苦。"

"胡吹大气,刀枪就快架在头颈里了,还好得起来?"

这个声音来得突然,事前绝无声息,文恺之和一边的雪儿都大吃一惊。

乱坟堆里,衣冠如雪,鬓若刀裁,眉如墨画,竟是个飘洒俊逸到极致的少年,吊儿郎当地拿着一把雪白的象牙骨扇子,有一下没一下地敲着手心,唇边噙着和他的语音一模一样的讥诮。

一种极端不舒服的味道从文恺之心里冒出来:"阁下是谁?跟着我们一路下来的么?"

少年懒洋洋地回答:"这句话还有那么点脑子。"一边说,目不转睛地盯着吴怡瑾胸前,文恺之气怒交集,叫道:"无耻的登徒浪子,快给我滚!"

那少年怔了一怔,见文恺之手脚迅速地脱下长衣,拼命掩遮怀中少女衣不蔽体的身段,不由得哈哈大笑:"抱歉得很,登徒浪子由女人来说比较合适,你嘛,好像要下辈子修行了。"

文恺之眼前一花,一个人影从他面前扬长而去,他还未回过神,吴怡瑾已闪电般掠起,喝道:"还给我!"

绝美少年手里拿了一个东西,漫不经心地化解开对方来势,笑嘻嘻道:"别这么着急,我看看而已。——喂,你的身法和剑术都不错呀,怎么混得这般不堪?"

嘴里说笑,空手应付起来颇为艰难,哗啦一声轻响,象牙骨扇寸寸而碎,那还是吴怡瑾心有顾忌,不敢当真下了重手。那少年大叫道:"别打别打!再打我摔了它!"

这句话比什么都有效,吴怡瑾立即住手,冷冷道:"你敢动他半毫,百死莫赎。"

那少年笑得灿烂:"女孩子家,温柔可爱二者皆可,不兴这样又凶又狠的,当心没人娶你。"

低下头来,看着那只白瓷青花的骨灰坛子,摩挲了一阵,那带着些许无赖表情的笑容里,有一瞬间,仿佛多出几分茫然。

吴怡瑾冷冷道:"你是那个人?"

少年一怔:"我是谁?"

"师父说,我有一个师哥。"

少年目光未曾离开那只坛子,心不在焉地笑了笑——文恺之不确定是眼花还是有异样的心理在作祟,居然觉得这个笑容很是苦涩。

"师哥么?大概是吧。"吴怡瑾目中见泪,"你来得太迟。他之前已经找过你。"

"嗯……"少年又笑了笑,"我又不会算八卦做预知神仙,哪里就知道这么严重呢?"

吴怡瑾道:"很好,你来了,这就很好。师父的遗愿,要同师娘合葬。你……这由你去办是最合适的。"

那俊美无俦的少年突然张口结舌,露出不可思议的古怪神情,忍不住伸手抓抓头,道:"呃,这个……合葬?……他的遗愿是……合葬?!……喂喂,你怎么啦?"

他眼见着吴怡瑾的身子慢慢软了下去,不由得大惊小怪地叫了起来。文恺之已然着急万分地冲上前去,抱紧了昏迷的人儿,抬目怒视:"她已如此,你可还令她伤心!"

那少年啼笑皆非,道:"我说了什么?你讲不讲理——"

才说了一半,空气中已有了些许风雷隐隐,远处尘烟飞扬,大地微微震动,看起来竟不是一两支跟踪的小分队,而是大队人马直接开了过来,那少年和文恺之同时变了面色,文恺之踩足道:"糟了!我真是糊涂,黄龚亭满城风雨地捉拿世妹,冰丝馆附近如何会不设防?"

少年冷笑道:"白痴,刚刚想到!"他抱紧青花坛,又看了看昏迷过去的少女,仿佛瞬间下了决心,喃喃地道:"来不及逃了,好,咱们这就干上啦。"

文恺之也是着急,想了一想,忽道:"敌众我寡,明打强攻,无异于自寻死路,不值得。"

少年大怒道:"你这个时候才来说不值得!刚才是哪个超级白痴加笨蛋把敌人引过来的!你瞧远处沙尘,对方可是四面包抄而来,怎么逃法?"

文恺之淡淡说:"我又不是瞎子,尘沙四面,对方从各个方向包抄而来,我当然也看见了。"

"照那么多人把这片坟场团团围住的话,要想不战而退,除非是躲到下面坟堆里去!"

文恺之淡然道:"那又何必?我有办法可以安全脱身。只不过我们四个人当中,有一个必须冒一点儿险,只瞧他有没有这份胆量,肯不肯为朋友两肋插刀?"

少年笑道:"这是激将之策。你只管说,有胆没胆却还得我自己决定。"

"对方须臾而动,为了抢功劳,眼下赶来的必定只有冰丝馆附近守候的一些人马,就近召集了附近的几支队伍。这些匆匆凑齐的人马看似声势浩大,其实是乌合之众,其间未必有当晚参与围攻冰丝馆的高阶军官在内。也就是说,未必有人认得怡瑾。"

少年迷惑道:"这又如何?"

文恺之微微露出一点笑容:"阁下仪容俊美,世所少有,若扮成女子,便是比之她也不遑多让。"

少年这才真正明白文恺之用意所在,张大了嘴道:"你、你……"

但见文恺之迅速地替吴怡瑾系好了那袭淡青的长衫,头发微微向后梳拢,露出一张苍白消瘦的面庞,不需多加改装,宛然便是个俊美绝伦的少年男儿。少年心中也是动了一动,可随即想到那个混蛋文恺之出的馊主意居然是要他男扮女装,又不觉满肚子恼火。

文恺之微笑道："阁下既不出声，想是默肯了？"

少年翻翻眼睛："我……"欲反唇相讥，但文恺之手无缚鸡之力，那是一眼就看得出来，却如何与他计较？并且这确实不失为最佳的办法，最终只得把青花坛往文恺之手里一塞，恨恨道："若里面有认识她的人，我回头找你算账！"

一面哼哼唧唧，动作却是不慢，头发放到一半，脸上突然一红，先发制人地向着大队来人冲了出去，遥遥传音道："去东湖区太平庄，那边有人认得你们。"

文恺之唇边的笑意几乎已是掩饰不住，低下头来，凝视着怀中那个无知无觉、苍白若死的少女，满脸笑意凝结为一声叹息。与她相识数月以来，从未有哪一时哪一刻，有过如此的亲近，也从未有哪一时哪一刻，她是这般的可怜可悯。他以为他一介书生，弱不禁风，永远不会有机会照顾、呵护这天外飞仙一般的女子，可是人在怀中，也没有哪一时哪一刻，心中会有如此这般的痛楚割裂。

他抱起吴怡瑾，矮身躲在坟堆后面，远远观望那绝美的少年白衣飘飘地迎了上去。只是一会儿工夫，那少年便被围得水泄不通。他向雪儿打了个手势，悄悄往无人处退去。虽然有人发现了这鬼鬼祟祟的一行，不过所有人接到的命令，是要抓"白衣少女"一名，而那"白衣少女"正在诸人面前动刀动枪的凶神恶煞一般。

文恺之逃出坟场，匆忙叫了顶轿子，令雪儿抱着昏迷少女躲在轿中，回头遥望远处，大片沙尘朝着相反方向远去，方才略为心定，只催着轿子快走，说："我加倍付钱。"

轿子飞般抬到东湖区太平庄。那是一座极小的庄子，地处幽僻。敲了两三遍门，从里面打开一小道缝隙，探出半张脸来，和文恺之同声惊呼："咦，是你？"

轿中陡然爆出一阵尖叫。——因为好奇而打开了轿帘悄悄张望的雪儿，露出一张惊恐而暴怒的面孔，对着前来开门的女孩，张牙舞爪地大叫起来。

这阵尖叫此起彼伏，始终也不完，原来是门里的女孩也正张大了嘴发出同样的声音。叫完了，脑袋猛地一缩，闪电般地把门关上。文恺之目瞪口呆地瞧着这他无法理解的一幕。

一道白影夹在了即将闭合的门中："阿兰，是我。"

里面惊慌失措的女孩重新探头出来瞧了瞧，再度惊讶地张大了嘴。——眼前的"白衣少女"长发飘飘，眉眼乌黑，红唇鲜艳，绝世容色有说不出的熟悉，又有说不出的陌生。

"你、你……是谁？"她颤抖着声音问。

"少女"跺足，皱眉斥道："笨蛋，连我都认不出来了？"端的是金声玉质，然而，有那么一丝丝怪异……不像是女子应有的声音。女孩张了张嘴，可是一点声音也发不出来，惊奇地瞧着"她"旁若无人地推开大门，招呼轿子入内，转头斥责道："少杵在那发傻，快把你师姐抱进去，她晕倒了，好像还有伤。"

阿兰怔怔道："你……是成湘哥哥？"

"少女"呸了一声，无可掩饰地一脸飞红，还没说什么，雪儿噌的一下从轿子里跳了出来，怒目圆睁，做出攻击的姿态。

阿兰一声尖叫，躲到那男扮女装的少年成湘身后，揪着他衣服，再也不肯探头。

成湘皱眉道："你们在搞什么鬼？……糟糕，老天待我真薄，怎么遇上了这么一大批莫名其妙的小鬼？"

那一连串的惊呼、尖叫、大嚷小闹忽然都停止了，众人愣愣地瞧着从内间走出的一个身披麻衣的重孝女孩。

她年龄和阿兰相仿，粗粗硬硬的麻布衣服罩在纤弱单薄的身体上，越加显得不堪承受，如同一树随风飘摇的梨花。和阿兰随时流露的诧异、惊恐、瞬息万变的神气不同，她神情沉静，眼睛里流露出着朦朦胧胧的忧伤。

那样年幼的孩子……身戴重孝……在场的每一个少年男女都似乎感受到了同样悲怆的气息，不自觉停止了各种纷争。

那女孩向已经把吴怡瑾抱出轿子的文恺之点点头："左边第二间厢房空着，请跟我来吧。"

阿兰似乎有点尴尬，笑着介绍："绫儿……呃，我的吴师姐，她受伤了……那个，我和你说过的，就是雪儿。"

绫儿微微一笑，仿佛阴霾里洒下一线阳光："雪儿姐姐，阿兰和我提过你好多好多回了，她说对不起你，一直很担心你呢。"

她伸手拉住了雪儿，她的手冰凉而柔软，声音也稚弱可怜，雪儿怔怔地，不知不觉就跟着她往里面走。

阿兰这才放心，迎面看见成湘冷冷地逼视她，捂着嘴笑道："成湘哥哥，你这样打扮，嘻嘻，可真是美丽动人。……嗯，还真的是很像怡瑾师姐呢！"

文恺之内心不由得一怔，朝着成湘望过去。果然，他扮成女孩子的模样，那仿若天成的清丽面庞，竟然与那个白衣少女依稀相似。

成湘怒道："不许胡说！"手忙脚乱地束起头发，一时又做不好。阿兰跳到院中一个石礅上面，招手笑道："过来吧，我帮你。"

成湘直觉不肯，又想及早收起这份尴尬，只得不情不愿地走了过去，问道："你对那个小哑巴做过些什么？"

阿兰笑道："什么小哑巴，雪儿很聪明的。"

成湘冷冷地道："在我面前耍花样！必是你欺侮过人家，现在见了面不好意思，又赶着说人家好话了。"

阿兰笑得前仰后合："你这不是明知故问？好哥哥，雪儿很凶的，我怕她。你得帮我做和事老啊。"

那两名轿夫傻眼看到现在,终于想起讨钱。文恺之如数照付。正在忙乱的当口,那麻衣女孩重又走了出来,在一边淡淡看着,忽然问:"吴师姐过来,肯定没人看见吗?"

这话问得很是奇特,成湘不由得抬头看着她。那女孩依旧淡淡怅惘着,纤若春葱的手指慢慢聚拢,仿佛心不在焉地挥了挥。

多么奇怪的孩子,新遭丧痛、满目哀愁,然而又是那样不可识透。成湘虽然认识了阿兰的同时也认识了她,却像才第一次看清楚了这个心事沉沉的女孩,盯了她半晌,微微吐出一口气:"我过来很小心的,没事。"

绫儿明明知道他顾左右而言他,却也不言语了。

眼前升起无穷无尽的火光、燃烧、奔涌、狂怒不息。她在火光中寻觅着,尖叫着,拔出剑来,斩开一重重火光,试图抓住火中那一角衣衫……然而,风卷过……

只余下满目苍凉。

她抓不住,什么也没有抓住。

"师父……师父……"

她从梦中哽咽难言地叫出了声,却有人在答应她:"瑾妹,瑾妹!"

吴怡瑾头痛欲裂地睁开眼睛,入眼是一张焦急万状的脸:"……是你。"

她总能认得他,却永远只是淡淡的一句"是你"。她甚至从未唤过他的名字。这个他会用一生全身心去爱慕、仰望、守护的女子,难道永远离他这样的遥不可及?文恺之满不是滋味地想着,却展起温暖的笑脸:"是我。瑾,噩梦过去了,别害怕。"

然而吴怡瑾像是没有听见他说,只是神情焦灼地四下里望着,神情悚然:"师父……师父呢?"

"在这儿。"

门口的白衣少年,恢复了正常装束,也就恢复了一脸绝不正经的无赖样,举起手里的青花瓷坛子。

"给我。"吴怡瑾挣扎着起床,成湘箭一般退后,冷笑:"凭什么给你?你是他什么人?我是他什么人?我既然来了,你就没有资格再碰他。"

吴怡瑾一滞,默然低了头。过了一会儿,两个少年同时听见她压抑的低泣之声,道:"你来得太迟……师父去了。"

成湘不耐烦地说道:"那又怎么样?你年纪不老,人却啰嗦极了,他死都死了,你想干吗?唠叨个几十年不成?"

吴怡瑾倏地抬头:"你!"

成湘更是一脸睥睨："我什么我！告诉你，我是故意不来的！我恨死他了！生而不养，养而不认，只是到了死前，才想起我吗？哼，那也未免太迟了！"

吴怡瑾愣愣地看着他："既然这样，你又何必来？"

"看看他的下场而已。"成湘冷笑着拍拍那只坛子，"同时也想看看他那个一见了就失魂落魄舍弃了性命也不要的心爱徒儿，到底有什么了不起？谁知闻名远不如见面。嘿嘿！"

吴怡瑾全不理他，痴痴地道："师父……"

成湘为之气结，不由得笑道："可我知道他现在一定失望非常！风光了一辈子，只收了一个徒弟，却是这样不争气，不中用！师父不明不白地死了，做徒弟的不为他报仇，不替他照料后事，却只会像受伤的小猫一样躲起来流无用的眼泪，舔自己的伤口！他若有知，何等失望！"

他滔滔不绝地说着，吴怡瑾仍旧是恍恍惚惚，目光哀怜地注视着那只坛子，似乎连他的人也没有看见。成湘忽然狠狠地叫："人死如灯灭，留着这一点灰做什么！"

手腕一翻，青花白瓷的坛子在半空划出一道长长弧线，只听清脆一声响，瓷坛瞬时四分五裂，飞飞扬扬的灰洒了满天。

文恺之顿然一惊，在成湘百般讥刺之时，他虽然不顺耳但也知他必是在借故刺激吴怡瑾的生志，万万没想到他把那个坛子砸了！漫天尘灰纷扬而起，遮得双目迷离，乍然间电光四起，惊驰穿插。

白衣少女红着双眼，那里面似乎将要流出血来，死死咬住嘴唇，剑光如电，不离成湘咽喉左右。成湘接连退出十几步，一直从房中退到了院子里，反手拔出长箫，喝道："你听着！他今天落得这般下场，挫骨扬灰，死无葬身之地，都是你害的！他死了你不为他报仇，却守着一点余灰，假惺惺做给谁看！"

吴怡瑾猛然呆住，怔怔地看着缓缓从房中阵阵扑出来的蒙蒙灰气。眼光渐渐变了，凄凉绝望得仿佛自己已是死了一般。半晌，口中缓缓吐出一句："都是我害的……"

忽然间，她口里喷出一大口鲜血，软软向后倒去。

成湘迅速而及时地抱住了她，苦笑着："又昏过去了，剑神的徒弟，还真像是纸糊的人哪。"

但那个人儿并没有昏倒，只是睁了一双流泪的眼睛，定定地望住他。

"嗯？"成湘被她看得悚然而惊，"你该不会伤心过度，寻死觅活吧？"

"师哥。"她忽然低低地唤，"你是骗我的，对不对？——那不是师父的骨灰，对不对？"

"师哥……"她那样叫他，叫得柔软而可怜。成湘心里柔柔地动了一动，微笑地看着她。

"我错了。"她说,"我会好好活下去,我会替师父报仇,替他完成遗愿,诛杀血鸟,与师娘合葬。师父到底在哪里?"

成湘眼里闪过一缕奇怪的光,欲言又止,抓了抓头,笑道:"你真的醒了,还是只是要骗骗我,拿回骨灰再说?"

少女立定了身子,冷然道:"两样都是。快还给我。"

她公然承认"骗"他,却没有被拆穿后的些许笑意。成湘泄气:"这人是一块木头疙瘩,没有半点幽默感。"

他一会儿纸糊,一会儿木头,肆意贬弄嘲讽,回过头来,却迎着文恺之冒着火星的眼光。

吴怡瑾淡淡地说:"把师父还给我。"

成湘脸上如受了重击一般地严重扭曲:"还要!你还要!我真的——砸了啊!"迎着吴怡瑾可以杀人的眼神,他哀叫着抱头逃开:"我拿,我去拿给你还不行吗?……可是你以后不要光说师父,拜托你说师父的骨灰,光是那样子叫听起来我很寒毛凛凛的……啊!救命啊!"

几个少年男女聚集一堂,分别叙述别后情形。

冰丝馆发生的情况是谁都知晓的经过,此刻吴怡瑾抚摸着趴在她膝上的雪儿的白发,静静听人叙述。脸色苍白,映得一双眼眸更加幽深乌黑。

"徐夫人于我有灭门之仇,我知道雪儿曾在徐夫人府里待过,就想请——"方珂兰笑嘻嘻地瞥了一眼雪儿,"请雪儿姐姐带路,闯入徐府报仇,反而被徐夫人手下爪牙追杀,我逃回总舵,哪知那边也遭遇大变,总舵的人躲得一个不见,更听说帮主扶灵回去的中途,被徐夫人抓去。"

"剑神前辈临死之前,曾经到过这里。"身披麻衣的重孝女孩——许绫颜语音轻柔,"父亲在世曾受前辈大恩,曾嘱咐我娘,若有机会,定要报此大恩。剑神那天晚上过来,委托我娘前往苍梧山请成湘大哥,途中遇见阿兰。"

"许阿姨看到我是疑碟弟子,仗义出手相救,却……不幸身亡……"

"我和阿兰拼命逃脱,终于上了苍梧山。我累得受不住啦,睡在树下。阿兰找到成湘大哥,我们就一起下来。"

"谁知来到期颐,情形大变。冰丝馆全军覆没,只有捉拿姐姐的风声满城四起。我们躲在太平庄,成湘哥哥天天出外打听,总算是功夫不负苦心人。"

两个女孩你一言我一语,片刻间把事情经过交代了一遍。

吴怡瑾默然站起身来,点香向堂上灵位拜了两拜。许绫颜在一边还礼,盈盈欲泪。

成湘吊儿郎当地坐在一边,也不知他在不在听,此刻迅速下了总结:"黄龚亭虽是围攻冰丝馆的罪魁,但真正主使是江湖首盟徐夫人,而且此人是朝廷命官,除他有那么点麻烦,还得等待机会。我们的第一步,是杀徐夫人,诛血鸟。"

方珂兰听着如此说,没来由地打了个寒噤:"可是……那个……剑神不是已经杀掉血鸟了吗?还有一只?"

吴怡瑾微微叹气,道:"师父遗命诛杀的,准确地说是血婴。只要血婴在一日,终将再造血鸟,贻祸无穷。"

方珂兰眼里闪过惊悚的光,苦笑说:"成湘哥哥,吴师姐,不是我灭自家威风……但徐夫人那府里,我去过一次,高手如云,机关密布,实在是可怕得紧,以我们目前的实力,想要报仇救人,难于登天。"

房里冷了下来。似乎每个人都在为难,吴怡瑾默然出神,目光一闪,仿佛想起了什么,却说:"帮主遭擒,亦是徐夫人主使,这是真的吗?"

"是真无疑。"方珂兰道,"因为我们遇见宗家的人了。他们的少主逃了出来,不知下落,正在狂找。"

吴怡瑾道:"若果真如此,首先对付徐夫人,势在必行。"

成湘侧耳听了一下,向许绫颜笑笑:"你的顾虑不幸成真。"

许绫颜疑惑:"我的什么顾虑?"

"那两个轿夫果真泄漏了消息。有人来了。人数不少。"成湘听着,慢慢地说,"比白天更要命的,这次似乎有不少高手在里面。"

吴怡瑾微微皱眉,转头瞧着一人。他也转过头来瞧她。四道目光在半途相遇,文恺之明白她在关心他,一欢喜,几乎要手舞足蹈起来。

"你们冲出去,不必为我担忧。"他道,"我是朝堂上的人,没人敢对我怎么样。世妹你也只管放心,这件事我不会不闻不问,只待我回到帝都……"

他本来"瑾妹"、"瑾",各种称呼乱叫一气,但迎着吴怡瑾清如水、明如镜的眼光,这些称呼硬是出不了口,改了回去。

话未说完,许绫颜已然站起,在灵案上一摸,一扇暗门悄然打开。

"那也不用当面和人强碰。"她轻声细语,"太平庄为求太平,本就做好种种准备。这里断龙石放下,我们从另一个出口出去,断然无人发现的。"

众人相顾失笑。方珂兰拍手大叫:"绫儿,你好厉害哦!"

魔帝
MO DI

几千个人,在碇碟那样城乡各占其半的市镇里,已经显得人多势众,浩浩荡荡。然而,躲入附近延绵千里的深山,却仿佛一滴水归入大海,无影无踪。

虽然是暂时躲避了覆帮之祸,碇碟帮几千名弟子仍然不时胆战心惊,杯弓蛇影。冒险下山的两名弟子正在复述他们所见的可怕情形:"兰苑巷的总舵被烧成一片平地,还有很多军队,一条街一条街地搜寻,一个可疑的人也不放过。"

"找了几个我们的联络点,每一个点都清空了。没来得及通知到的同门,不是被杀,就是被抓……"

"期颐直接派来的官兵,听说是准备联合当地官府,大举搜山!"

听见这个最惊人的消息,许多人忍不住纷纷惊呼起来。

沈慧薇默然地听着,站在峰头,遥遥望定山下斜阳暮色,平原处雾霭沉沉,半晌她才慢慢地问:"官兵是期颐派出来的吗?是总督军还是节度使军?"

在此节骨眼上,她只管盯住细节问,下山探访的弟子诧异地回答:"是节度使派来的。"

沈慧薇眼内转过一抹笑意:"这就没问题了。"

总督掌管期颐及辖下七省一切生杀大权,碇碟所处的这个地方正属于他统治的范围以内,如果以他的名义派出重兵镇压一个据说是有"逆乱"罪名的帮派,那简直是无从辩说。节度使可就大不一样,重要的区别在于节度使的军队是自治军,朝廷对于自治军有着严格规定,不准超出权力许可的范围。而现在,节度使已经明显犯规,地方上之所以无人反对,只是因为要保持彼此之间的和气,而这块地区的最高武勋皇甫总督,又是那个发兵之人的岳父。

——既然如此,只要自己亮出平乱印,一切就能迎刃而解吧?

她捏紧了藏在袖中的玉印,忽然之间,心里被一种奇特的情绪所萦绕。人生很多事情,那样难以解释……守护圣女、云英令、平乱印,这种看似带有无限风光和权威的身份抑或标记不期而至,与她十多年悲惨压抑的人生是如何的格格不入。然而,这一切,终将是镜花水月一场空幻吧？她一生已那样开了头，多一分奢望也是不能。最明亮总是最迷惘，最繁华也是最悲凉。——那个算卦的道人，预言竟然是出奇的准确啊！

她返身向凝碛在山里的临时休憩地点走去。

在她亮出云英令前，总舵有两个人身份最为尊贵，一是丁堂主，一是萧堂主。丁堂主从期颐返归。而作为神话人物剑神的妻子，萧金铃是随同丈夫一起加入凝碛的，虽然本身才能并不出众，却理所当然地受到重视。

萧金铃即使在毫无成见的人看来，也会因她的过度平凡而觉得这个女子和白衣剑神配对的事实是多么不可思议。无论容貌、武功、才能，乃至家世出身，无一可与那衣冠似雪的男子相比衡。

和那个萧疏世外的男人不同，她却是极端热衷于红尘、脂粉、浮华和虚荣，平凡得微不足道。对于四年来她被丈夫几近遗弃地抛在地方上，虽时有怨言，然而从她对生活物质的享受程度上来看，众人却觉得她已经无所不满足，不惬意。——双方的隔阂差别是如此地不可跨越，不由得令人猜测，剑神安排她加入凝碛，可能也是因为预知她将会在帮内受到普遍尊重，从生活上弥补她一点吧？

没人知道剑神为何娶她，只从她故作神秘、吞吞吐吐的话意里猜出几分，她可能无意中救过剑神的命，又或者因为一时的荒唐他们是奉子成亲……对于这种种流言，促狭而又尖刻的谢秀苓一语归纳："总之，她找到了捷径让剑神以身相许。"

无论如何，萧金铃也是贵为堂主，沈慧薇对她一向尊重有加。

每逢有事，沈慧薇总是先向她们两位请示、禀报，经过她们首肯之后，决定行动的命令才会正式发出。

但这时，她走向那里的脚步沉重而犹豫。

怕见丁堂主。

强行中止拜师大礼，这几乎是沈慧薇一生以来所做的最为强硬无礼之事，偏偏对象又是于她有大恩的丁堂主。双方不可避免地产生了强烈冲突。

而这个冲突，即使是最宽容的人，也暗自归咎于沈慧薇，责备她忘恩负义，过河拆桥。

山野里的晚风，吹在身上刻骨寒冷。沈慧薇陡然打了个寒噤，拉紧了衣裳，慢慢向前走着，脚步越来越沉重。

原本打算找到妹子以后，就回去向丁堂主赔礼。岂知后来发生了一系列事件，被那人召唤，传讯帮主于送灵途中离奇失踪，她赶回总舵，亮出云英令，安排数千弟子化整为零遁入深山。这期间，再也没有机会和丁堂主单独相处。

然而她明白，代表帮主威严的云英令一亮，丁堂主对她更是难以谅解。

暮色之中，有道身影自眼前晃过，恰是丁堂主。见到沈慧薇，丁堂主冷哼了一声，昂着头走了过去。

沈慧薇追上两步，赔起笑脸："夫人……"

"哎哟，这可不敢当。"丁堂主阴阳怪气地回答，"我不该在这儿，挡了您的道了。"

沈慧薇恳切地道："夫人大恩，晚辈不敢忘记。自今而后，夫人便是我的长辈，我敬夫人如同娘亲一般。"

"得了得了。"丁堂主厌恶地转身，"说得跟唱戏似的，没得叫人羞耻。——你是立了大功成了大名，这就找我卖乖来了，哼！做好做歹都由着你，面子也要，里子也要，我都留给你了还不成么？"

沈慧薇笑道："那日原是想着向你老人家负荆请罪来的，只是……"

丁堂主并不等她说完，狠狠一拂袖，昂着头扬长而去。沈慧薇进亦不是，退也不是，莫名的难堪。

风中隐约传来细碎如流水的声音，迎风独立的蓝衣少女眉尖微微一挑，缓缓地转过身来，循声望去。

一个全身黑纱的少女从山脚处转过来，大灯笼裤脚飘飘荡荡，两足赤裸，手足各自挂着三五个金碧辉煌的镯子，行动间相互撞击发出细碎的声响。脸上涂得极白，双唇殷红而丰润，双眉夸张地斜挑入鬓，乌黑眼圈，桃红眼影，这一黑一红映衬得目中水色似乎随时要滴了出来。

碳礒帮暂时避难的山谷里，突然出现这么一个奇怪打扮的少女，如画中浓墨重彩的人物一般，一下子吸引了所有人的视线，皆不无好奇地窃窃私语。

沈慧薇静静地注视着她，脸色迅速苍白下去，仿佛顷刻间抽离了所有的生气。

对面，脂粉重重掩盖下的那张脸忽地一舒，红唇绽放出一朵笑容："沈姑娘，可找到你了。老爷子叫你去。"

她伸出雪白的手，上面长长的五枚指甲，涂着鲜红的蔻丹，一下抓住沈慧薇的手腕。

沈慧薇皱了皱眉，夺手说："这位穿黑衣的姐姐，陌生得很。"

黑衣少女抚抚面颊，咯咯笑道："我一直在老爷子身边服侍，是你才回来，不认识我吧。"

沈慧薇释然，微笑："也对。可是，他……你怎会找到这里？"

少女又一次抓住她："你躲在哪儿，还能瞒得住老爷子？我们走吧。或者，你要交代一下再走？"

她语音又尖又利，回响在到处人影晃动和视线交织的山谷以内，沈慧薇脸上红了红，立刻又变得雪白，慢慢地回答："不必。"

天色全黑下来，两人越过几道山梁，穿过数个山谷，离开碳礒帮安身的那个山谷已经远了。沈慧薇走得跌跌撞撞,那少女皱着眉,在拉了她几把后,忍无可忍地叫了起来:"碇碇年轻一代最强的人,就是你这样的?"

"还说呢!"沈慧薇憋了半天的气,立刻反唇相讥,"姐姐啊,你是习惯了不穿鞋子走路,我可是为了安顿同门子弟熬了两三个通宵啦。我真的走不动了。"

"我习惯……"那少女气呼呼地说了半句,忍住不说。

沈慧薇捂着嘴嘻嘻地笑:"难道不是吗?在那边的人,光脚走路这是第一步呢。"

"唔……"少女眼中闪过些许奇怪的神色,没有承认,也没有否认,"行了行了,快走吧,别磨蹭了。"

"我不行了。"沈慧薇干脆坐了下来,"姐姐,你也休息一下。反正,那位和气得很,不会怪我们怠慢的。"

"啊?"那个少女意外地叫了一声,忽然闭上了嘴。一言不发地也找了一块石头坐着。

"姐姐,你叫什么名字?"沈慧薇慢悠悠拉起家常。

黑衣少女不自然地一笑,没答话,那神色里,可就透出了十二分郑重。

沈慧薇却好奇心重到无以复加,喋喋不休地追问:"姐姐这件衣裳,是和从前脆梅姐姐的一模一样。我这次回来,还没见过脆梅姐姐,想来,你顶了她的差了?"

黑衣少女微笑道:"你有两年没回来了,这变得可多了。"

沈慧薇悠悠地叹口气:"是呀。人不识,事已非,连规矩也变了。"

"嗯?"

"那位老爷子,一向都是自私、阴狠、毒辣、苛刻、轻诺寡信、无耻寡恩。"沈慧薇冷冷数落着,她口中的那个"老爷子",仿佛是她仇人似的,形容到万分刻薄,"比方说,他有什么差遣,从来都是一对一偷偷摸摸地进行,不会让他手下的人在任何有人的地方公开露面。"

黑暗中只见沈慧薇一双眼睛闪闪生辉,语气也是冷若寒霜:"而他手下的人,也是个个得他真传。心里歹毒,口里尖快,两面三刀,各保各的前程罢了。你看见了我,应该恨不得咬牙切齿无时无刻想要吃了我,哪里会和颜悦色地叫'沈姑娘'?"

黑衣少女闻之色变,勉强笑说:"我和别人都不一样。难道你也是那样?"

沈慧薇一丝笑意也无:"差不多。一处出来的人,我当然不例外,我就是那心狠手辣的,尤其是对明目张胆来骗我的,更不会容情。"

黑衣少女大惊,不及站起,白光一绕,一痕秋水似的剑已架在她颈项之上。

"你们打探到够多,只可惜,不够详细。"沈慧薇冷冷地问,"原是想叫我去哪儿呢?请啊,请啊!"

那少女毕竟年轻,冷飕飕的一把剑架在颈中,全身簌簌发抖,道:"我……我……"

只说了这一个字,空气里陡然划出一丝冷锐,沈慧薇想也不想,反手急削,叮叮几声,数枚暗器斜刺里飞出。沈慧薇忽然伸手拽住那少女,凌空而起,从嶙峋危崖上一掠而过。

在她们刚才停留的地方,一溜蓝火嗖地腾空而起。

而掠至的地方,正是放出暗器之处。然而,长草微拂,躲藏在暗中的那个人见一击不中便抽身而退,那边已经没有丝毫敌踪。

沈慧薇愣了一下。——是因为发现了隐藏在此的杀气,才正式向那个少女挑穿,先发制人。而出乎意料的是,居然对方只是有心杀人灭口,却没有相当的埋伏在这里。

那么,派这个黑衣少女前来,只是为了引开她吗?

她微微冷笑,低头道:"你到底是谁?从实说来。——我虽然可以挡住他们杀人灭口,可是一样也会杀人的!"

那少女眼泪涌出,颤声道:"姐姐饶命……我、我……我是服侍白帮主的。"

沈慧薇从断定这丫头绝非那个地方派来,便已隐隐猜到事实,亲耳听见,仍是忍不住剑尖微颤:"帮主现在哪里?你是何人派来?"

"她……她被徐夫人抓了起来,我不知道她在哪儿。"

沈慧薇剑上紧了紧,冷笑:"你和帮主一起被抓,于是贪生怕死,背叛了她?"

"我不想的!"那少女顿然哭了出来,紧张地抓住沈慧薇衣襟,"姐姐,我不想的,因为……"

"因为什么?"

那少女微微摇首:"因为人心都涣散了啊!不是我一个人背叛了白帮主而已,她身边已经没有人了!在她被抓的时候,宗华少爷逃了出去,至今不知下落。而第一个站出来反对帮主的,就是谢秀苓师姐。"

沈慧薇默然。

谢秀苓,果然听见了这个名字。

白若素老谋深算,对冰丝馆被擒事件一开始就保持高度敏感。在此后所做种种,召回丁堂主,把谢秀苓留在她自己身边,都是为弥补这次事件可能带来的不利影响而做的努力。

然而,师徒情深,她纵使是想到了、防到了,却仍然不愿意相信,她的徒弟谢秀苓,恰恰就是其中最危险的一个因子。她的被擒,除了宗族的几个长老出力以外,谢秀苓也不会没有瓜葛。

而在看到与帮主那样亲近的人都离弃背叛以后,其他人更加没有了忠心的理由。

这几日,她也曾以言语向宗华试探地问过。宗华比较激烈的反应让她看出那个少年对他这位曾经同行的"师妹"的强烈好感,遂放弃了进一步刺激他。

"徐夫人向帮主索取云英令,谁知帮主早就交给了别人。所以,才设下这条计策,由我假扮老爷子那边的人,引开姐姐。本来是想把你引到那边——"少女远远向下一指,"才开始发难的。不想姐姐好聪明,一下子就看穿了。"

"啪,啪,啪。"

荒山空谷之中,拍手的声音无比清晰。一个人慢慢地走了出来。

这个人身长玉立,入鬓的飞眉之下有一双深得看不见底的眼睛。他嘴角噙着暖洋洋的笑容,任凭心里涌动着冷于三九严冬的寒流,这看似温暖的笑容也不会稍稍减色。

黑衣少女脸上涂着雪白的粉,看不出任何面色的变化,但看见这个人,那张脸扭曲得似乎遇见了九幽地府的恶鬼。

"啊!啊啊!啊啊啊!"

她似乎已经不会说话,只是拼命地叫,全身拼命战栗,害怕到极点,恐惧到极点。

沈慧薇眼神陡然凝聚,一字字说:"黄——龚——亭。"

黄龚亭外表与以往没有任何两样,在钱婉若死后,他就马不停蹄地赶到碾碾总舵,仿佛那个女子的死,与他没有任何关系。

他潇洒万分地微笑着:"沈姑娘是我所见女子中,最聪明也是最调皮的一个。能把我干娘耍到团团转的,这个世上只怕也惟有你了。"

人影还在不断冒出来。连续不断十几条黑影以后,紫衫女郎乘月而来,依然是那么闪亮、那么夺目,眉心一点银色,张扬绝丽,只是她的神情,比从前更是傲慢了百倍,仿佛一把出鞘的利剑,浑身上下无处不闪烁着能把人割伤的寒芒。

她伸出了手:"拿来。"

重围之中,蓝衣少女若不经意,只说:"谢师姐,帮主待你恩重如山,你这么做,扪心自问,不觉心头有愧吗?"

谢秀苓盯着她瞧了一会儿,哈哈大笑:"怪不得丁堂主总说你得了便宜还卖乖,果然如此!"——听到丁堂主三个字,沈慧薇眉尖微微一跳——"白若素明明宠你、信你,连云英令这样重要的信物都交给了你,还口口声声对我来说什么师徒,什么恩情!哼,她对你有恩是真,你可要好好地报答,我可不会妨碍你黄泉路上与之相伴。"

沈慧薇一惊:"你把白帮主怎么样了?"

谢秀苓笑道:"反正你不久可以见到她!"

十几条人影乍分却合,杀气迎面扑来。

在那个刹那,沈慧薇反手拔剑迎上,同时把黑衣少女往草丛里一推。少女在草丛里滚了两滚,再也不见动静。谢秀苓微感意外:"你杀了她?好狠毒!"

沈慧薇眼神陡然雪亮,一字字道:"叛帮之人,便是这个下场。"

她当然没有杀她,只是点住了那个少女的穴道,防止她乱说乱动,而使对方杀人灭口。——那些人,是不可能留这样一个为求活命左右摇摆的小女子的生路的。

同时,用内力一个字一个字说出来的这句话,在山谷间回荡,充满了冷于冰雪的杀机,令做下亏心事的谢秀苓首先胆怯心虚。

此番黄龚亭带出来的人,除风、雷、云、电四大杀手以外,无一不是武林册上列名的高手。

收服碊碫的筹谋时日匪浅,早在龙华会初见这个女扮男装的蓝衣少女之始,心下就隐隐有种直觉,这个人,是收服碊碫最大的威胁。因而对于沈慧薇,他把定的宗旨是,能擒而用之,固为上策,不能,杀无赦。无论怎样,不能让她逃脱。

困在重围中的少女,脸上虽是难得一见的慎重,却无半分惧意。蓝色身形来回穿梭,快如惊电,瞬息万变。——龙华会上那个技惊四座、独占鳌头的女孩子,如今看来,当时根本就没有亮出真正的实力。

不断有人在她剑底倒下。

她的剑法清灵绝异,却又幻化莫名,重如开山,而又轻若御风,介于轻和重、稳和飘之间,无法以简单的一个语汇形容出来。

她和白衣少女的剑法是完全不同的。

碊碫所有弟子与她这路剑法大致是一路,在中原武林极少见到,徐夫人那样的眼光,也是认之不出。

惟独吴怡瑾与众不同,她走的是剑神一脉,讲究正气、清淡、从容,却又令人无法抗拒。即使那一晚生死相搏,依然是正正堂堂,纯白得如同她的人一般。

想到那个白衣少女,那个混混出身,直至今日三品大员的男子胸口如受重击,一股不知是酸是痛的感觉涌向心头。

那张惨淡苍白的面庞,那双漠然空洞的眼睛,如此清晰地出现在眼前,不可抑制的心痛与懊悔。——是的,懊悔。早知她那个师父对她会有如此的影响力,他宁可下更大的工夫、费更多的时日、用更多的精神,另外找办法得到她,也不忍让她突然之间饱尝这灭顶一般的人间离乱。

更糟的是,剑神本来中了剧毒,随时随地都可能毒发身亡,早知如此,怎么都是应该等他自行死去,而不是现在这样,他成了她不共戴天的仇人。

"我不想的。瑾,我不想的。"

空山荒谷,激战正盛,这个人却仿佛游离于战场之外,眼神恍惚,喃喃自语。重围中那道曼妙万方的身姿,拂着冷月清辉,似乎变成了那个绝世风华的人儿。

他颤抖起来:"瑾,你别躲起来。我一定会找到你的。你给我个机会,你要给我这个机会!"

"啊!"仿佛猛然间一醒,幻象尽去。他扬声大吼,手里蓦然多出一把两尺来长的刀,挥了出去。

黄龚亭从不轻易动手。他手下人数众多，根本无需出手；而若是等到手下敌不过的时候，他再出手，亦是于事无补。所以，他向来不出手，无人知他武功深浅。

但他这次动手，却是竭尽全力。刀锋颤动，雷霆万钧而来。不知是一腔私愤无处可泄，还是将眼前之人当成了心里眼中的那个人儿，得之而快。

这样的出手，沈慧薇压力顿重。

谢秀苓躲在一边看。

她一直不服气，尤其是对于她被两大杀手擒住而沈慧薇逃脱一事，始终耿耿于怀，认定是她狡猾逃脱，或风、雷事实上不及云、电。只有到了这时，她才知道，自己真的不如她。

那一招一式，自己是熟悉的，她从白帮主处学来的剑式，和沈慧薇原是一路，但是，剑底所藏机锋，那无穷的变化瞬间使两人剑法有云泥之别。

师父，果然是偏心呵！——她咬牙切齿地想，眼中欲喷出火来。最后一丝师徒情，猝然割舍。

沈慧薇脚下一缓，背心上热辣辣的一掌印上，唇齿间顿觉咸味。

"她不行了！"谢秀苓看得清楚，尖声叫出来，"杀了她！她不行了！"

沈慧薇苦笑着，暗自伸手入怀，摸住了那枚平乱印。

生死本来无可留恋。她从来也没有那样的野心，去承当太多自己承担不起的事。只不过，陌路相逢而把这个送给自己的那人，应该会是失望了吧？

那个凌厉而又温和的男子，那双犀利冷锐得似乎能看穿天下所有人和事的眼睛，蓦然从心底跳了上来。

"不可以。不可以死……平乱印若是流落到黄龚亭之流手中，其祸不堪设想。"

陡然间，神志如寒水浸骨一般清楚起来。

右臂中了一剑，她咬牙，剑交左手，出剑的速度忽然变得缓慢无比。

她刚才的剑法是收放自如，举重若轻，但现在，却几乎虚幻到了无剑、无形、无质的地步。

只有微微闪烁的光芒，仿佛柔月俯视的大海，又仿佛无数点倒映在海中细碎闪亮的星辰。

而她的人，也仿佛在无形无质之间变得空蒙、清幽、虚幻，只是剑光漾出的无垠碧浪里更是分不出彼此的波光。

杀手的剑，明明逮住了那袭蓝衣，向那体内一剑刺去。然后，他眼睁睁看着剑从虚空穿过，一直到他身躯沉沉倒下，都始终没有明白是怎么一回事。——明明、明明是刺中了她的啊！

确实是刺中了。沈慧薇也在流血,而且,那一剑似乎带着毒,一起进入了她身体内部。她伸手扶着肋下,暗自叹了口气。虽然是破除天、地、人三关闯出雪域,但毕竟是年轻,事实上她虽然勘破了天关,却无法对于那一层境界的武学运用自如。

否则的话,那就不应该只是她在虚实之间,而应是所有的人,这片山谷,这个峰头,都会陷入这样一种境地:恍若沉睡,恍若清醒。每一个人都想起自己心底最深处,从来不愿意触及,但是却无可遏制的回忆。

就比如现在,莫名而起的悲伤,忍不住洒一腔泪。帷幔深垂,宛如风舞乱花,她缓行缓步,穿堂入室,穿过那重重帘幕。那个模糊而混沌的声音,惊雷一般响彻。

她看了看黄龚亭。——一样的神色惘然,痴痴迷迷,却是在想着什么?——是想起和同胞手足杀死父母、逃难流浪的颠沛流离?还是混迹于地痞流氓,从一个处处挨打受欺的小混混,渐渐出落得机灵可人?抑或是那座深邃阴森的地底迷宫里,他以铁索生生勒断前任江湖首盟的手腕?

他微微眯起了眼,无法看清楚那张苍白的脸,宛如枝头的鲜花,猝然枯萎、飘零。那是谁的脸?谁的悲伤?那张脸蓦地焕出夺目的白光,同时伴随着一缕极低极细的声息。凭着以往的经验,他知道那是什么样的危险,硬生生向右挪开半尺,剑气从腰间的要害处擦过。

沈慧薇一刹那有种茫然,不知道下一步该怎么做。这一层修为施展开来,应该是使对方为梦魇所迷,可是,为什么自己也有了类似的恍惚?

她心头一跳,仿佛光阴、岁月,头顶的月色、吹过满山枯叶的凉风,全都凝固。

山坳尽头处,一团黑气腾腾的雾涌动不息,袅袅升向天边,扩散开来,好像天边被一层淡淡的墨色所掩盖。然而,又是透明的,山依然是山,天依然是天,只不过朦胧了一些,遥远了一些。

雾的中心,却接近于浓厚、纯粹的黑,仿佛是一团漆黑的棉花。——间或,有一点两点的白光,混合着某种含混的声音。

沈慧薇怔怔看着,面色苍白如死。

铮的一声轻响,疏影剑松手落地。

黄龚亭躺在地下,脑子里残留一点意识,模模糊糊地看看那片墨染过后的天空。一个含混不清的声音有如盛暑时节浮动的闷雷,隐隐约约,却又低声轰鸣,带着某种威慑的力量,使人的心无端感到恐慌。

跪下地来的少女一语不发,曳地的流裳轻轻摆动,跪在地下的身子却是不时颤抖。然而,她的神情,仿佛并非怎样的害怕,而是全身心地在抗拒,在压制着某种特别情绪。抬头看向黑雾中心的眼神,带着嫌恶……深深的嫌恶!

那个模糊不清的声音持续了很久,但是黄龚亭一个字也听不清楚。整个人宛如梦游,任凭如何挣扎,就是使不出半分力道,无法动弹分毫。

黑雾中抛出来一件物事,沈慧薇伸手去接,然而,一接之下,又倏然松手,满脸嫌恶之色。

那一刻,月色忽然微微明晰,真切地流动在那个东西上面。那是一只手!断手!

黄龚亭眼睛倏然大张,一个念头冒了出来:"莫非就是九天魔帝?!"

这个推测几乎十成有九成准确!砇磙两任继位帮主都是女子,帮中又女风大盛,虽重用她们却又看轻她们,宛然是九天魔帝手笔。他虽是上代江湖首盟,一代枭雄,行事安排出人意料,说不定早就暗中筹谋创办了这个帮派,有难之时,可以作为躲避风雨的巢窠,一旦势力大成,便卷土重来。他既是暗中备办,当然没多久就把帮主之位传给他人,以使自己的身份变得鬼神莫测。

所以,他才会在砇磙帮初进期颐之时,神不知鬼不觉地派人送去根据真手仿制的铁手,正是风雨欲来的象征。

这个念头是如此惊人,忽然之间,黄龚亭仿佛被人用手扼住喉咙,透不过气来,就此人事不知。

"阿慧,你过来一些。"那个声音一变,居然透着苍凉,"我老了,都看不清你了。"

沈慧薇没有动,说:"这些人如何发落,请——师祖——示下。"

她沉重地几乎是窒息一般地说出"师祖"那两个字,伪装出来的镇定于瞬间击溃,她浑身战栗起来,声音里面,忍不住一腔泪。

这是那个人。这是那个人!救她命,传她艺,却一脚把她踩在地下,害她一生!两年来,无数次从噩梦中惊醒,耳边萦绕的就是这个恶魔的笑声,他令人不寒而栗地叫着:"阿慧……阿慧……"

她不要听见,一生一世都不要听见!

然而,这个声音,这个人,终于又一次在她眼前。她纵然做了整整两年的准备,仍然无法保持即使是外表的平静。

那个声音顿了顿,居然认可了她挑开话题:"好吧,你不愿意过来,先谈完正事也好。这些人,并非重要,你不必理,他们爱怎样便怎样。"

沈慧薇不语。

"不说话?是反对?"那个声音缓缓地说,低沉而模糊地笑,"你瞻前顾后,难成大事。现在最要紧的,是把对手彻底击倒。带上那只复仇之手,神不知鬼不觉地进入地宫,出现在那个女人的枕边,那不是很有趣的事吗?"

沈慧薇极其嫌恶地看着落在地上的断手:"我就是去,何必要这只手。"

"呵呵,讨厌吗?"那个声音忽然变得幽冷,"讨厌这只手,还是讨厌我这个人?……阿慧,你是长大了。"

沈慧薇浑身轻微颤抖，咬唇不答。

"这手的所有者，是我的老朋友了。"黑雾中的声音顿了顿，再度响起，更加模糊不清了，仿佛念及无穷往事。

"是我的老朋友了啊……呵呵，……上一代的江湖首盟。"

沈慧薇脱口而出："九天魔帝！"

"唔。十二年前，他逃过来，本想东山再起，却死在我这里，剩下这只手。送出去有一举两得的好处。其一，那个女人日夜害怕的就是这只手。我前次已送去一只铁手，意在隔山敲虎，那个笨女人，却没想到碇碇和铁手之间的关联。你再拿去真手，管保她魂不附体。同时，地上那个小混混，他也看见了这只手。他会自作聪明猜我的身份。呵呵，这样，你又多一力助。"

沈慧薇低头，说："黄龚亭武功很高。现在纵容他，后患无穷。"

那边笑道："你怕他？你不是有平乱印吗？"

当黑雾里面的声音陡然说出这句话的时候，沈慧薇感到如雷轰顶，觉得自己几乎就要崩溃了。——平乱印！他说的居然是平乱印！这个老人，这个恶魔，蜗居在某个巢穴的深处，除了侍者和自己，白帮主都见不到他。可是，这个从不露面的人，他却无所不知！碇碇的劣势，期颐的格局，每一个人的缺点，甚至，她贴身藏着的平乱印！

沈慧薇不敢抬头，冷汗宛如毒蛇，蔓延着爬满了她的脊背。

那个黑雾中的老人模糊不清地笑了起来：

"呵呵，呵呵……阿慧，从小到大，你有什么瞒过了我的啊？"

地宫

DI GONG

天空晦涩阴暗，今冬第一场雪银絮乱舞，无声无息飘落下来。

吴怡瑾身着白衣，长长的幕缡笼罩全身。背后斜斜地插着相思剑，剑绦与拂动的轻纱交织在一处。遥遥站定，远望古木。

奇怪的树林，密密层层的参天之树，不知受了何种羁绊，每一棵都是往高里长，又高又直，树干却不粗壮，直到树顶枝叶伞似的打开，才严严实实地遮住了林子里任何光芒。大雪只在树顶积压，乱飞不入。

树与树之间，是一口又一口深邃幽暗的井，仿佛无数只失明的眼睛，一眨不眨，对天望着。

剑神留下一幅有关江湖首盟府邸下面庞大迷宫的示意图。当时师父的话又一次流过心间："我第一次进去，救出了雪儿，此后又单独去过两次。那是一个庞大的地下迷宫，它绝非徐夫人或上几届江湖首盟所建，它的年代，估计应在千年以上，也就是说，当期颐城还只是荒郊野外的时候，就已经有了。

"不过，这个巨大的阵式，虽然也许比我们现在知道的还要完善可怕得多，但并不是完全无计可施。虽然我没有能够破解它，可是也窥得一些门径。

"我那几次失踪，除了夜探徐府以外，还去找了两个人。这两人分别是土木工程和机关阵法的执牛耳者，和他们商量下来，加上我之所见，就成了这幅地图，画出所有我亲眼见到以及推断出来的大概方位和阵形。

"不过，正因它是个古老阵式，居住在里面的人，虽然可以使用它，但未必能够发出最强的威力。所以，若能够随机应变，跟着机关变化而变化，我想，破之不难。进去三次，我已有所把握，可惜，再无这个机会。"

突变那晚她在灯下研究地图，研究这个地宫的出口。由于地宫是古已有之，预想不到千年之后期颐城的惊人变化，虽然理论是应该有好几道不同的出口，可此时绝大多数出口所在的位置，早已是平地高楼，不堪敷用。但当她推算出东南方向的那个出口之时，立刻就想到了这片有魔法森林之称的千年古林。

走近那个林子,有一种异常的、被监视的感觉。她知道,那是地宫出口设置的强大反切系统,监视着每一个来来去去的人。

虽然这里有那么强的反切装置,但无论如何,机关就是机关,人为可破,从这里潜入地宫,总比强行进入三步一守、五步一岗的徐府明智得多。

忽然,有人压低声音说道:"你就这样一个人不顾死活地跑了来?"

虽在深夜,天空里却是一片蒙蒙雪白,映得迎面而来的少年一张俊脸如冰如雪。他神色间一派嬉笑睥睨,绝无正经。吴怡瑾目不转睛地看着他,心头一阵温暖。

"怎么说那个人也是我父亲,不比你生疏吧?"少年匆匆掠过她身边时说,"不过你到这个林子来做什么?挖地道?拜木神?呃——"

刚一走近那个树林,他也看出其中古怪。蹙着眉想了一会儿,转头道:"是他们会出来呢,还是……"

"我们进去,要小心。"吴怡瑾低声,"这里有很强的气。——说不上来是什么,似乎那些古井下面真的藏着眼睛,看着各人的一举一动,需要避开才好。"

"我理会得。"成湘遇上正经事,难得头一回收起不正经的笑容。却见白衣少女身形纵起,上了一棵高树。

"上来。"她招手,同时背上相思剑斜斜飞出。

成湘不带兵刃,随身只有玉箫,接过那剑笑笑:"你就不用了?"

吴怡瑾冷笑:"有这样你一言我一语的客套,天都亮了。"

雪色无边,她在树影里,却沉寂于一片黑暗,只有长衣轻拂,风动袂上环佩,她薄怒含嗔的冰颜在这黑暗诡异的空间里有种出尘的不真实的美。那一刹那,成湘心里,蓦然深深地一动。

这两个身形消失以后,不多久,传出两道极力压制的声息:

"哇!你也来了!"

"你不是答应成湘哥哥留在密室的吗?"

"你不也是?"

"……"

"徐夫人害我全家满门,我日思夜想,就是亲报大仇。怎能不来?"

"她手下杀害我娘,你也是亲见,这仇非报不可。"

两个声音此起彼伏,往往是一起开口,一起结束,不禁面面相觑,随后一同笑出了声:"当面答应了乖乖躲着,原来都是骗人。"

方珂兰也是用剑,戎装箭袖,纤巧合体,双目烈烈,隐忍多年的血海深仇,成与不成,都在今夜。许绫颜却大不相同,她也是一身劲服,背后一张弓,宝光熠熠,只不过她背着并不合体,那弓过于庞大和沉重,何况还插了一袋箭翎。

方珂兰看着她的样子,掩口而笑:"这么大的弓,你张得开吗?"

"只是携带不便,上次和娘亲同行,也没有带。"许绫颜微笑,"以后我要把它改小,能藏在衣袋里才好呢。"

方珂兰转头望着那林子,昔日游玩时所感的巨大惊恐涌上心来:"师姐怎么到了这里?这个地方很可怕,我有点不敢进去呢。"

"嗯。"许绫颜从小生长在此,对于魔法森林的了解自是远远超过她,"的确是很奇怪呀。不过师姐她一个人偷偷地跑到这里,眼下不会做别的事情,肯定和徐夫人有关。看来这林子有玄机,你我无需害怕,她怎么做,我们也怎么做就是了。"

方珂兰点头同意。

窃窃私语由此戛然而止,两条娇小的人影一前一后,跃上树梢。

大雪纷纷落下,疏疏飞溅落入密林,不等到地已化为一片湿润,凛凛寒意浸透大地。

也幸好雪不停地下,即使千年古木树枝松脆,被人足踩踏而过发出的断响,也被天地间宛如亘古般久远深沉的风雪之声掩盖了。

那林木外面看已很幽密,入内更觉天昏地暗,不知它究竟有多深多广,只觉天涯以内,俱是这一片幽异鬼怪的林木。吴怡瑾慢慢前进,每在一棵树顶,都耽搁上很久,仔细推敲下一步的方位。

惟是如此,后面的那两个小人儿才没有被甩脱。循着前方踏过的痕迹尾随而至,虽感阵阵阴邪浓郁扑人,一路过来,倒是有惊无险,也没有进入林子以前那种诡异绝伦的感受,仿佛随时随地会伸出一只手来拉她们下地。虽然这样,她们一双手还是紧紧拉着,各自逼出冷汗,谁也不敢低头直视遍布的枯井,那些密林之眼。

不知深入多久,突然间,眼前豁然开朗。——是一片空地,方圆十余丈,一棵古木也无,当中,只有一口比一路来所见任何枯井都要大上数倍的方形的井。

青石井壁,井上架以横梁,一团绳索垂入井中。一切都静止而隐含生气,仿佛经常有人在这里汲水、生活。半空飞舞的大雪至此没有羁绊,如乱絮银浪般投下空地,已积了半寸来厚。

成湘愕然地望了望身边的少女。面纱后面,也是充满疑惑的眸子,正欲纵身跳下,那口井忽然动了!

就像死物突然有了生命,那口静静仰面向天的巨大水井当中,袅袅升起一团轻雾,细润无声,虚无飘渺,夹在急雪里几乎看不清楚。井下传来空、空、空的奇异声响。

成湘惊奇而又莫名其妙地瞧着。玩世不恭的少年,也因为林子里到处弥漫的异常诡异的气氛而弄得恐惧多过戒备。倒是他身边的白衣少女,一动也不动,连声息都不曾发出,仿佛无论何种变故,都不会使她失色吃惊。

架上绳索微微一动。

接着,从井下冒出几个人来。

黑衣,蒙脸,动作轻得如同暗夜死灵。尽管如此,成湘却一下放宽了心怀,那明明是一些人,他怕的只是这林子里无声无息的诡异,现在出现了真实人影,纵然诡异,反而什么都不怕了。

想是他跃跃欲试的神情为吴怡瑾所见,那少女忽拉过他手来,写道:"死士。"

死士?成湘一怔,恍然大悟。徐夫人号称白道之人,但很多事是见不得人的勾当。在干这些事的时候,她只让死士随行左右进行保护,却不带任何有思想的"心腹"。死士行动言语如常,但其心智大多受药物控制,心目中惟有"主人"而已,一旦对上,即使并非对手,也会百般纠缠惟死而已,所以,是绝大麻烦。如今既是死士相随,则徐夫人所做,一定是秘而不传之事。

黑影还在不断拥出,十道、二十道……竟然有四五十人。吴怡瑾至此也不由得紧张,想道:难道天网恢恢,竟与徐夫人狭路相逢?

念头没有转完,便看见徐夫人从井底冉冉出现,怀中抱了一个冰天雪地里不着片缕的小姑娘。

成湘忽觉身边的少女手臂一抖,整个人僵硬起来,连忙伸手扶住。

吴怡瑾死死咬住嘴唇,以使自己不因悲恸而失声痛哭,一瞬不瞬地望住了那个小姑娘。血婴脸色苍白,晶莹得如同薄冰,靠在徐夫人怀里生气全无,远远不是第一次相见时那般的活泼脱跳。徐夫人低头看她,幽幽细细道:"小冤家,为了你,我真是什么都豁出去了。你再不汲天地外气,随时不得活命。唉,可是那剑神虽死,我总觉心里不安,仍是危险重重。这些天来啊……仿佛天变了。"她凝望着珠圆玉润的女孩儿,"本来已经炼了一半,现在又要从头再来。连只像样合适的大鸟都没找到。小冤家,我还能不能等到十年?突然之间,我觉得什么都像空了似的。"

吴怡瑾明白了大半。血婴失去凭依,如同渐渐抽去了生命,必须汲取天地精气方可维生。但徐夫人为了剑神之故,数月来深居简出,眼看血婴一日不济一日,只得冒险出来。

女孩儿也明明听见,只勉力一笑,声音细若蚊鸣:"娘,再生之恩,来日涌泉相报。"

另一棵树上,许绫颜惊异地看到她的朋友神色惨白。只见方珂兰眼睛睁得大大的,泪水一颗一颗地滚出眼眶,滴在衣上、树上、积雪之上。起初以为她是触景伤情,看到仇人忍不住想到父母血亲,可是留神看去,方珂兰的目光,只停留在那个裸体的女孩身上。

徐夫人就坐在井边青壁上,抱着血婴,叹道:"那我也得等得到你涌泉相报的一天才行。"

她语气这般悲凉,容色憔悴,倒使吴怡瑾暗自称奇。算来目下并无一桩不趁她意之事。——剑神身故,白帮主被擒,宗家七零八落,砹碄掌握在即。

徐夫人叹了口气,道:"近来多事之秋,偏我没有一个人可以商量。吴怡瑾逃脱,沈慧薇失踪,宗华被救,黄龚亭从那个地方回来以后,也变得整日恍惚,还有那只铁手、那只铁手……日日夜夜横亘我心,我总觉得哪里不对劲,可是又说不上来。我做江湖首盟多年,身边居然没有一个可信之人,所有的话,只能对着你说……唉,我的宝贝……你又是这样小。"

死士解开一只麻袋,道:"夫人,开始么?"

徐夫人点头:"这就开始。"

树顶两人顿时大惊,从那袋里拖出来的,居然是雪儿!僵卧不动,生死不知!吴怡瑾回头怒视成湘,成湘吓了一跳,赶紧在她手心写道:"冤枉!我就怕这妮子闯祸,临出去还点了她睡穴。"吴怡瑾写:"别人呢?"成湘呆了一呆,答不上来。

文恺之一介书生,当然不会有什么动作。可另外那两个还没成人的小姑娘,实在很可能不识天高地厚。她们已经同徐夫人手下打过一架,很难说会不会趁机跟来。她们俩一走,那密室中确实没有任何保障。——雪儿在此,文恺之又在哪里?!

血婴一见她数度生死相搏的老对头,喜得从徐夫人怀中探身而出。

徐夫人一笑放手:"快快吃了她,汲取天地之气。早完早归,不要误事。"

"是!"血婴响亮应答,朝地下昏死过去的狼孩蹦蹦跳跳而去。——吴怡瑾不再犹豫,折枝洒雪,倏然射出。

"哎呀!"

血婴一声惊叫,席地滚出,积雪重重打在她身上,白玉般的肌肤上多出上百血点。

徐夫人猛地站起,双目阴沉:"吴怡瑾!"

吴怡瑾飘落下地,冰凰软剑柔和而又锐利的光芒照着她轻纱飞扬,映出素颜冷白,闪电惊鸿般当胸疾刺。

徐夫人怒哼一声,不躲不闪,自有两名死士挡在前面。她伸手一拉血婴,按住井壁,就想纵身跳下。——只要掀动机关,这小女子休想从密林之中脱身而去。

然而血婴拉之不动,连她自己的身形也不由得凝固了一下。一张绝色的脸庞对她微笑:"徐夫人,久仰啊。"正是成湘。

雪光剑气中看来,他的容貌和吴怡瑾竟有七分相似,徐夫人大骇:"两个吴怡瑾?!"

"呸呸!"成湘连声说,"你什么眼光,我是大好男儿。"

徐夫人傻了眼,痴痴道:"男子汉哪有这样好看的?"

成湘大怒,对达到徐夫人这样级别的敌手,他本来存着几分敬重,万万没想到这个女人一口咬定他似女子,忍不住大骂:"你这个白痴!"

徐夫人争取这一点时间,左手探入井壁,死命一按。

毫无动静。仍只有白衣少女和死士激斗不休。她猛地出了一身冷汗,气急交加。——地宫机关、地宫机关,突然没有了任何反应!

成湘目光犀利,冷笑道:"你在搞什么花样?给我下来吧!"

相思剑铮然出鞘,直取徐夫人要害处。他和吴怡瑾学的都是剑神剑法,却是两种风格,吴怡瑾清淡从容,浑然天成,即使奔雷霹雳也声色不动;成湘却是大启大合,走的阳刚路子。清风拂体,转瞬卷起骇浪惊涛,春日扑人,便燃起熊熊烈焰。徐夫人和这样的至刚剑法相对,极不习惯。并且她此刻惶惑震惊,犹如阵阵惊雷滚过,哪有心情与之对战。拔下发际铜簪,对准剑尖,两两相交,成湘但觉一股寒气自簪内一直涌入到腕节关节,剑尖荡开。

徐夫人再度抓起一人,却是雪儿,把她向成湘迎面抛来。

成湘无可选择,只得张臂接住,一探雪儿鼻息,顿时喜从天降,叫道:"喂,她还活着,不用担心啦。"

一枝翠羽凌空而来,箭尾钉在井壁下不住晃动,阻住徐夫人下井。徐夫人惊道:"天箭许易?!"——想当年,铁弓飞翎,射无不中,天箭许易由此得名,盛于一时。但此人早在十年前已经死了,飞天箭由此绝迹,如何凭空冒出来?心中一动,记起手下追杀一个胆敢闯进徐府的小女孩,中途遇见一对母女,也用的是弓箭。

果然,林中脆生生地回答:"我是他的女儿。"

说这七个字时,羽箭连珠发出,也不知到底有多少枝,竟是发个没完没了。

从林子中现身的女孩,远未成年,却秀色夺人。徐夫人震惊地看着这先后出现的一帮少年男女,如此年轻,让她心里猛地一阵长叹。——如今这个世道,果然是年轻一代的天下了!她悲哀地想着,挥簪挡过数枝翎羽,一面又下死劲掀动机关。然而,林中仍是寂静一片。她不由得慌了。

剑光耀眼,把雪儿安置上树顶的成湘再次回身出剑,这一次他加倍小心,不再让徐夫人有机会荡开他的剑,步步紧逼,不容她有逃下去的空隙。

徐夫人被逼得不耐烦,一声冷笑:"凭你这几个小鬼,当真就怕了你们不成?"铜簪首先飞出,随后跃起身来,成湘顿时感到凛列的杀气当头罩下,徐夫人居然赤手空拳,把他逼得一步步后退!

"好厉害!"成湘倒吸一口冷气,喃喃自言,"难怪这个女人能坐稳江湖首盟这么多年……"

劲弩不再射来,远处,一声低呼,许绫颜脸色苍白地朝后退去。铜簪割伤了她的手,鲜血淋淋。

"小心!"眼见她将要退入树林边缘,记挂着魔法森林那可怕的引力,方珂兰不由得一声尖叫,倒跃下来,企图抓住她。

然而,受铜簪一击之力的许绫颜立不住脚,反而把方珂兰一起趔趄着拉入树林,一直跌到一口枯井边上才勉强站住。

两个人都大惊失色,相互抓着手,紧张地望着四周动静。

千年古林安静如常,什么也没发生。透过密密亭亭的树伞,头顶天光斜斜照入,两个女孩面对面地愣了一会儿,忽然欢呼起来:"魔法森林失效了!徐夫人的法宝不灵了,不灵了!"

徐夫人铁青着脸,下手愈重。她看见对方居然把雪儿抛上一时谁也无法碰到的树顶,就知道自己错了,放弃了最好的脱身机会。——明知那个狼孩是这帮少年男女的同伴,但在她看来,世间仅有可利用的人,没有可信任的人。生死相搏,他们当然不会顾念小东西的生命。然而,她错了。

成湘接连倒退,看着对方脸上不尽懊恼之意,忍不住放声大笑:"哈哈哈!"

"笑什么!"徐夫人怒道。

"我笑你那个样子,就像一个赌徒赌输了,气急败坏的样子。脸都像猪肝了……"

底下的话,因为手上蓦然吃紧,再也无法说出。

徐夫人冷笑道:"油腔滑调的小子,以为自己了不起么?今天这里一二三四五,五个人,一个也别想活命!"

剑光闪过,吴怡瑾抢身过来,替成湘接走一招。

全身笼在白纱里的少女,此刻血气隐隐。和那些打起架来毫不计较生死与流血的死士们交手,对这个少女是一种残酷的折磨。偏生她还是那种不论何时何地,只要自己能控制得住,便不肯轻忽他人生命的人。地下已经横七竖八躺满了人,多数是力灌剑尖被点倒的,因为顾及到不下重手伤命,她这时身上已然挂彩。

成湘急道:"这是什么时候,你还讲慈悲!"吴怡瑾不无疲倦地笑了笑,没有这份力气来同他争吵。

数名死士舍生忘死地冲上来,样子很是可怖,徐夫人看准时机,隐在死士身后,极其刻毒地往白衣少女肋下扫去,指尖闪着幽蓝光芒,显然是浸有剧毒,被她拂中的后果可想而知。吴怡瑾急向后仰,几乎贴着地面闪过,与此同时,成湘近乎舍命地挥出猛烈的剑势,一上一下,猛然交织起耀眼万分的剑芒!两人的招数本来精妙无极,出于一家,配合起来使用,威力竟比单独使用大了数倍不止,徐夫人和死士连连后退,眼中闪过恐惧的光。

成吴相互望了一眼,他们对对方的剑势都是了然于心,不过走的是一刚一柔,心下想道:"啊,原来如此!"一左一右,剑气纵横而上。徐夫人再退。

双剑合璧,威力大增。徐夫人于瞬间确认了这一点,更不想多战缠身,随手抓起死士,连珠式抛出,向井口翻身下跳的同时,一眼瞥见趴在地下动也不动的血婴。——这丫头若是被他们抓住,炼制嗜血魔物的真相便将大白于天下,她想也不想,指风激射而出,正中女孩咽喉,血流如注。

"啊?"成湘、怡瑾和血婴同时愣住。徐夫人跃下古井,消失不见。

血婴痛得在地下打滚。吴怡瑾刷的一剑指住了她,剑尖不时颤抖,却怎么也刺不下去。成湘笑道:"算了,你心软,我帮你杀就是。"

白光一掠而起,忽然一个小小的人影蹿来,抱住血婴在地下滚开,哭叫:"不要杀!不要杀!"

成湘愣了愣:"傻瓜,快闪开,血婴是天下魔物,你捣什么乱!"

"不——别杀她!求求你们不要杀她!——她、她是我的妹妹啊!"

成湘和吴怡瑾同时一呆:"什么?!……"

血婴尖声叫起来:"我不认识你!自作聪明,谁是你的妹妹!"

方珂兰痛哭着道:"不,妹妹,妹妹,你别这样说!"

"到底怎么回事?"成湘皱着眉头,不耐烦地问。

"她是我的小妹妹。"方珂兰说,"一切都是我错,我不该带走雪儿,才让他们有了攻击冰丝馆之机,才害得剑神师傅……姐姐,珂兰一家全都死了,爸爸、妈妈、哥哥、弟弟、所有的人,都死了,只有这一个妹妹。我求求你,不要杀她。"

吴怡瑾心头微微一震,转过脸来看着血婴,见她闭口不言,圆圆的黑眼睛里闪动着复杂而阴沉的光,她蓦地狠下心来,道:"这是血婴!血婴天生嗜血,留于人间祸患无穷!珂兰,她不是你妹妹了!"

"不不,不是这样的!"方珂兰把自己的身子挡在血婴之前,"姐姐,成湘哥哥,她虽然是血婴,可是……可是有办法除掉她的嗜血天性!只要她能跟着我,我不会再让她害一个人。我一定可以治好她的!"

成湘道:"血婴改性?我从来没有听说过。"

"你怎么会听说?"方珂兰泪流满面地反驳,"你没有一个姐姐或妹妹是血婴,你没有一家人因为有了一个血婴而被全家屠戮,你如何会去关心血婴!"

她轻轻地抱着裸体的女孩儿:"可是我关心她。我想她。她是我惟一的妹妹,我们是骨血相连的手足同胞。她刚刚出生,就被判定为血婴,就被整个天下所遗弃!血光之灾因她而起,至亲骨肉因她而丧,甚至武林中,为她掀起骇浪惊涛……你们说她坏,说她该死,可是她做过了什么?她的眼睛刚刚睁开,便被无数人所厌,所恨,所利用!她却什么都没有做!……这五年来,一千多个日日夜夜,我无时无刻不在想我的妹妹,无时无刻不在寻找如何能去除她血婴魔性的办法。是有办法的……血婴……本来就是世人强加给她的死罪罪名,然而她无辜。血婴嗜血,只是一种病,只是一种病啊!"

"……真的可以治？"

"是的。能治！肯定能治！"方珂兰眼中放出光彩，急切地道，"只要放出她的血，同时有一个与她骨血相连的人，以自身血液从旁输给她，并强迫她喝下一碗特制的药汤。如此反复，总共九次，她就会彻彻底底地新生！"

成、吴二人都沉默下去。半晌，成湘无奈一笑："你说如何？"

吴怡瑾沉默着，怔怔地看着方珂兰用整个身体保护起来的女孩子。——就是这个小东西，所有惊恐、愁怨、仇杀、生离、死别，皆由她而生。第一次在山头相见，本可以杀了她，可那时她是多么的幼稚，无知的慈悲却害死了自己一生最挚爱敬重之人。今后永远不会再有快乐，永远不会再有欢笑，悠长一生凄苦漫漫，都是从那噩梦般的一夜开始。

但，她是珂兰的妹妹！——现在，要眼睁睁地放过这个罪魁祸首，放弃深仇血恨么？

她微微眩晕着，手中抓着剑，不住地颤抖。

蓦然，她转身向井边奔去，一跃而下。

成湘跺脚道："丫头，带了你妹子赶快回去，可不许再跟来捣乱了！——喂，喂，你等等我！"大呼小叫地也跳下井去。

方珂兰几近虚脱地倒在地下，把手捂着脸，不知是哭是笑："啊……妹妹……"迎着血婴冷厉的眸子，她心内忽然一颤，喃喃道："妹妹。"

血婴冷笑道："你这个人真滑稽！什么姐姐妹妹的，人家不承认，还非认不可。哼，死就死了，我怕什么！谁要你救我！"

"妹妹！"方珂兰重又抱住血婴，"为什么这样说？你怎么不肯认我？我是你姐姐啊！我一直找你，整整找了五年，总算皇天不负有心人！"

然而无论她说什么，血婴始终沉着脸，不置一辞，眼里有凶狠恶毒的光。

"你还是不要逼她认你吧。"一直静观其变的许绫颜说。

方珂兰愕然抬头："为什么？你也认为她……"

许绫颜安静地说："方家二小姐是天生血婴，因此招来灭门之祸，当时是多大一场风波，如今能记得的也还不在少数。你强要认她，无异于逼她死，说不定连你也难逃。"

徐夫人避入地宫。古林和江湖首盟府，着实有段距离，她一面飞奔，心中尚存侥幸之念。地宫建造时间岁久年深，这一条地道，也是她在发现古林怪异之处后无意中找出来的，其中某些路段早已塌方，经过了重修方能使用，因为即使这里的机关毁坏，整个地宫是不会坏的。

但她一路奔过，遇上任何玄关、消息，都是不论她如何摆布都绝无反应，她越来越害怕，心里怦怦跳个不停。

自己入住明碧楼十二年以来，除了那些死士，没人窥得地宫秘密。十二年来，硬生生仗绝世武功闯入地宫的外人只有剑神而已，即使是他，也是几次三番知难而退。

但眼下这个样子，十之八九是有人掌握了总控机关，使地宫消息完全崩溃！

她心里明白，是有一个人，非常了解这个地宫，甚至，所掌握的程度远远超过了她！

镜厅里。

沈慧薇又着男装。她无比适意地坐在那张黄金大椅上面，笑嘻嘻地看着徐夫人试各处机关不灵而张皇失措，大觉有趣。

江湖首盟府邸底下，居然藏着如此庞大的一个地宫。然而，说是庞大，实际上，只不过是雪域地宫的一个缩小镜像版而已。对于在雪域地底下住了整两年，任何一条错综复杂的道路，任何一条极致细微的机关都了然于胸的沈慧薇而言，神不知鬼不觉地潜入地宫，掌握总控机关，那简直是轻而易举之事。

此刻，她停止了所有机关发动，并彻底关闭地下与外界的联系，利用镜室内万道蜿蜒折射的光路，搜寻着关押白帮主的所在。

镜面上模模糊糊，又多出两道身影。

这两道身形都掠得极快，只不过有时会停下来，分辨一下方向，看上去似乎是外面的闯入者。能入地宫，且仿佛行走于无人之境，光是这一点，就很不容易了。沈慧薇饶有兴味地看，那两道身影渐渐清晰。当先那条白色婉约的影子映入眼帘，令她心头莫名地跳了跳。

是那个白衣少女！

夜闯黄府那次，对这个少女印象极深，更是有着莫名好感。只是后来发生无数事情，她偶尔记起，总是后悔不曾问清姓名。

但一眼之间便认了她出来。是那个少女，她甚至不曾看到她面纱里的真容，却仿佛觉得彼此之间认识了百年。

她也来了？她是谁？

沈慧薇站了起来。故旧重逢的喜悦突如其来占据了她整个心房，顽心大起，这种快乐非得发泄一下不可，于是决意要戏弄一番徐夫人。

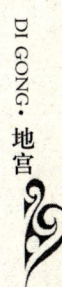

镜面潋滟地展开，徐夫人猛地冲了进来。

大厅里，上下左右一面面镜墙连续闪烁着幽暗而神秘的光辉，不知哪里传来的细细香风拂动着镜厅内纱一般的光影，静沉无声，如幻如梦。

徐夫人怔立良久，忽然松了口气，整个人软下来。——"没事……没事……我自己吓自己哪……什么事都没有。"

她哆嗦着自言自语，软绵绵的两条腿缓慢地移向那张黄金大椅，她十二年来的专座。

她躺倒在椅子里，极度紧张后松懈的精神，一时之间无所适从。她捧住了脸，只愿什么都不去想，可是镜厅里万道光线摇曳不定，仿佛无数个幻象不停地凝结。

幻象越来越是接近，接近得触到了面颊。她猛一抬头，蓦然睁大了惊恐的双眼：那是一只手！一只断手！

……断掌关节突出，五指粗大而微曲，仿佛在做何种努力，手腕处歪歪斜斜，血肉模糊，仿佛是用一种细而韧的东西，生生勒断。

和前次收到的铁手一模一样，区别只是在于，这次是一只真正的断裂手掌！皮肤处干枯收缩，显然是多年来用药物小心保存。断掌凌空微微晃动，掌心，一条深刻而明显的断纹仿佛正在耀武扬威。

徐夫人盯住它看，苍白的脸色渐渐变得铁青，眼神涣散之后又凝聚起来，她尖声笑了起来。

"呵呵呵呵……你回来了！你终于回来了！你这个天杀的，你终于回来了！你来啊，我等你，等了你十二年了！你这死鬼，畜生，混账王八蛋！你什么时候变得这样偷偷摸摸，像乌龟一样不敢出头？王八蛋，我杀过你一次，我不怕你！你来一百次，我杀你一百次！"

椅下一探，蓦然多了一把精光四射的匕首在手，疯狂般地朝那只断手冲了过去，砍一刀，骂一句："死鬼！"

匕首砍上断掌，断掌倏地消失。徐夫人一愣，后脑勺被人摸了一下，响起一个模模糊糊的笑声。

"死鬼！"徐夫人怒发如狂，又转过身来，"老畜生！"

断掌在她面前轻飘飘地悠悠晃了过去，隐没于变幻万方的光影之中。

徐夫人一怔，几近癫狂的神志恢复几分清醒。看着那只手再次出现在前方不远处，悬空而挂，五指微微一动。

"啊！"

徐夫人尖叫声中，如水一般的镜墙无声无息地破裂了。光芒大炽，从四面八方汹涌而来，徐夫人不得不伸手遮住眼睛。

所有静止安定了的机关都在那一瞬间发动，然而，却不是对外，却是朝着徐夫人压顶而来！

"怎么样？"

成湘不无紧张地问着。——虽然一路行来并无想像中的各种机关和埋伏，但是地宫底下出乎想像的庞大，岔道千万，误走一步就可能形成无以弥补的大错。

吴怡瑾在一道坚壁上反复摸索着，慢慢地说："这儿的机关受到一种很奇怪的控制，并没失灵，只是，有比这里的机关更高一层的命令控制它们的动作。也就是说如果需要的话，随时可以动起来。"

成湘笑道："没听说他对什么阵法机关的也很在行嘛，你倒是好像煞有介事的样子。"

吴怡瑾白了他一眼："师父所知，你学会几分，就妄下论断。"

成湘强自压制着心里的狂笑，但唇边还是有一丝掩不住的笑意流了出来。她自放过血婴不下手以来，一直都是悒郁不乐，走在她身边，宛若走在一个深潭边上，仿佛感到一种从深心里发出来的绝望，那样的幽深沉寂，足以把人吞没。明知她对师父敬若神明，果然只是一句话，便使她动了容。

吴怡瑾淡淡看他一眼："你笑什么？"

成湘笑道："你生气也好哭也好笑也好，拜托你把心里的事情表露出来，憋在心里要憋死人的你知不知道？"

他凑近她，轻轻地说："他在的话，愿意看到你这样子吗？小小年纪，已经不会笑了。"

黑暗中，他看着她雪白的脸庞，清丽出尘，美得极不真实。他低低叹了口气，伸手去握住她在墙上摸索的手。

吴怡瑾转过了头，手指攀在前面高墙的某处，凝定不动。成湘如醉如痴，轻声唤道："师妹……怡瑾……"

吴怡瑾不做声，手指忽然用力地按下去，面前厚实无缝的坚壁立刻喀喀连声作响，缓缓向后退去，前方露出延绵不绝的白石阶梯，通向黑暗的深处。

成湘愕然倒退一步："这——是什么，我们去哪里？"

吴怡瑾板着脸道："你饶舌够了吗？我去找白帮主，没你的事，可以走了。"

她抢先一步，朝下走去，成湘傻站了一会儿，啼笑皆非地跟了下去。

水声隐隐，那些阶梯的尽头处，是一座水牢。

吴怡瑾足尖踏上最后一层台阶，身处的整个空间，忽然一震。

"啊？"

那阵来自于地底的震动传过来的时候，沈慧薇正在把所有的镜射反置过来，兴味盎然地观赏着徐夫人奔走自救的那阵忙乱，掩嘴笑个不住。

"为什么会有震动？——难道……是地震？！"她陡然脸色一变，"糟了！帮主、帮主还没救出来！这样巧，会地震？！"

再也顾不上戏弄徐夫人，飞步朝地下掠去。

地宫的震荡已经非常明显，闷雷一般的轰鸣之声从头顶的不知何处若断若续地传下来。沈慧薇几次停住脚步，侧耳听着那些莫名的声音，时而密集，时而沉重，时而又轻若无物，像一阵灰从头顶吹过……是什么样的声音会如此奇怪？

周围变得沉寂而闷热。盘旋曲折的空道里，偶然刮过的黏湿的风，沈慧薇伸手出去迎着这些风，居然觉得滚热烫手。她一怔，抢身到一个出气口前，一股热气夹着滚滚浓烟扑上人面，她猝不及防地大声呛咳了起来："哎呀！"

她骇然叫了出来，与此同时，听见一个轻微，却又无比清晰的声音在说："是火！上面在放火！"

——正与她的猜测不谋而合。她勉强睁开眼睛去看，黑暗涌动的地方，两袭白衣一先一后地飘了出来，身形飘忽而不可捉摸。

她愣愣地望着来人。

那个少女从漆黑的地宫深处钻了出来，沸热的气息黏滞了地下流转的空气，使得四周宛如窒息了一般的沉闷。但是，从沉闷里出现的女孩，一袭白衣飘飘转转，依然是说不出的绰约轻盈。

然后看到她后面的人，一个少年，雪白的衣裳浸湿了大半，紧紧贴在身上，背上伏着一个人，又热，又闷，就像没头苍蝇那样跟着前面的少女埋头奔跑，使得一张本来清逸绝伦的脸郁闷得几近扭曲了，嘴里还在不停地说："什么？着火了？哇，那你找得到路出去吗？我们不会被闷死在这里吧？"

沈慧薇噗嗤一笑，忍不住插口："闷死不会，不排除活埋的可能。"

吴怡瑾脚步停了下来，看见面前突兀冒出来的人，并不吃惊，只微微笑了笑："是你？"

沈慧薇笑着说："是啊，是我。"

很简单地问，很简单地答。两两相视，莫逆一笑。

成湘莫名其妙地望着这两个人，心里满不是滋味："这小子是谁？"

沈慧薇踮起脚尖到他背后看了看，惊喜地呼出："帮主！"

"是啊。"吴怡瑾主动伸手握住她，"上面好像不大对头，是烧起来了吧？得快些找路出去。"

"呃……"沈慧薇苦笑着道,"我进来的时候,切断了地宫对外联系,现在要出去,似乎真有些麻烦了。"

成湘呆呆地瞧着那对谁都是冷若冰霜的少女突然表现出来的亲热,和那个中途杀出来的油头小子携手而行,交头接耳。成湘简直气炸了肚子,沈慧薇的声音只在他耳朵旁边嗡嗡作响,愣是进不了大脑,他半天方才猛醒:"什么,切断了地宫对外联系……就是说,真的有可能被活埋喽?"

话音未落,只听轰隆隆一阵阵巨响,烈焰腾空,熊熊的火势映彻了半边天空!

那些本来遥远模糊的声音一下子近在咫尺。——是火烧、梁塌、房倒以及人声喧哗!

已经烧了足有半夜,明碧楼倾斜欲倒,无数人影在其中逃窜。然而望出去,尤为诡异的是,这熊熊燃烧的大火里,只有一些仿佛是完全没有武功的男童女侍,平常明碧楼八条通道上的一百二十八个严密守卫的武林高手,居然一个也没发现!

只有那些惨绿轻红的少年男女惊惶奔逃,夺门而出。然而刚扑到门边,便被一阵阵箭雨和刀光逼退回来,呼救、哭号,哀声四起。

"救命啊……救命啊!"

"徐夫人!夫人!"

"我要出去,让我出去!"

一根房梁倒下,重重砸在几个来不及奔逃的少女身上,哀呼声顿时停止。

吴怡瑾的手忽然变得冰凉,方才涌出的那一丝喜悦之情,被这突如其来的人间惨剧击得粉碎。沈慧薇无言地握紧她的手,忽然发力,向外冲了出去。

"谁在放火!谁敢造反!"

火堆深处,传出来凄厉的尖叫,如夜枭绝望的呼号。

"我是江湖首盟,我是受到朝廷诰封的江湖首盟!谁敢冲进来造反!是有死罪的!"

那人是徐夫人,好不容易从镜厅里光影涌动的机关反噬逃出来,却已是身负重伤。如不是沈慧薇此时劈开了地宫与外界的屏障,她根本无力逃出。然而,逃了出来,却是见到这样一幕悲惨不已的景况。她一生的心血,都化作了一场扬天大火。

她陡然见到默默地注视着她的两个人:"是你!是你们!"她咬牙切齿地笑了起来。猛然间,赤手伸入火丛,举起一根什么东西,朝两个人身上砸过来。

"是你们!是你们毁我半生基业!"她尖叫道,"好,很好,我要你们陪我殉葬!"

她神志几近疯狂,重伤之下,力气反而平添几倍。沈吴连连倒退,不得已分了开来,沈慧薇气极骂道："你这个疯婆子！大火里你打什么！要打出去打啊，火不是我们放的！"

徐夫人笑道："出去？出去！出去给外面做靶子！哼哼，你们都想我死，想了不是一天两天了，足足有十二年了！以为我不知道吗？黄龚亭！干儿子！哼哼，你好！你好啊！我就知道是你！你毁了我——"

一语未了，大口的鲜血喷涌而出，身子便是一倒。

她死了！

沈、吴惊愕不已。虽然都没有想过取这个恶贯满盈的女子的性命，却没想到她在这样众叛亲离的情况下死去，一种说不出的情绪油然而起。

"走吧！"沈慧薇看了看追上前来的成湘，背上伏着的人也在咳嗽，似乎与性命无碍，她握紧疏影剑，"外面弓箭不停，看来仍有一场硬仗要打。"

成湘出来得稍迟，没有见到动手的情形，只约莫听见几句大叫大嚷，毫不在意地从徐夫人倒下的地方跨了过去，蓦然脚踝一痛。

"别走！"徐夫人狞笑，"别走！要死的话，陪我一起死！"

成湘应声倒下，沈吴大惊来救，但见白帮主跌到了另外一边，那两人滚在一起，徐夫人两手掐住了成湘的颈项，在浓烟烈焰之中翻翻滚滚。

吴怡瑾一指点向徐夫人后背，但两人翻滚不息，她点不下去。成湘厉声喝道："不要过来！她疯了！"

徐夫人红着双眼，瞥见她，咯咯笑道："你也一起死吧！"

徐夫人竟然舍弃成湘，又伸手向她抓来。成湘趁这一时空隙，一把抓住徐夫人手腕，用力地把她推了出去，但他自己也身不由己地被她脚尖勾着带动了两步，吴怡瑾拉住他。

"呀！"忽然间，头顶一根大梁，经不住烈火燃烧，终于轰然脱落下来，朝着缠斗的三人正面砸下来。吴怡瑾轻声惊呼，再也顾不得其他，一剑挥向徐夫人，从后面抱住成湘，闪电般掠退出去。

"轰隆！"

"啊——"

在那惊天动地连续响起的响动里，房上正梁落了下来，压在徐夫人身躯之上。她凄厉地叫了半声，再没了声息。

这才是真正死了。

横梁之下，徐夫人眼睛睁得大大的。她不明白，至死不明白。积聚了十二年的力量，翻覆之间风云变色，为什么，为什么偏偏会虎落平阳，彻底输给了那样一个微不足道的初生帮派？

吴怡瑾低首去看成湘的伤："你怎么样？"

成湘忍痛，皱着眉一手拦住："别看，很可怕。"小腿部分，是生生地被徐夫人咬下一块肉来，血肉翻卷，"你不要看，太肮脏了。"

"发什么呆，快逃呀！"

死里逃生，一阵惊惶过后，在旁边救起了白帮主的沈慧薇忽然这样惊呼。

屋脊失去正梁，这一层楼再也没有办法支撑得住摇摇欲坠的屋顶和墙体，如泥沙泄顶般倒了下来。

冲出了火场，无数剑戟混合在冬夜的风声里呼啸而来，视力还无法适应刚刚从火里冲出来的强烈光线对照，吴怡瑾护住了成湘，沈慧薇护住了白帮主，一时之间，两人除了自卫之外，都失去了攻击能力。

"停！"督战的黄龚亭猝然地下了命令，目瞪口呆地望着从火场里走出来的人儿。他再也想不到，将倒未倒的火场里，居然会是那个魂牵梦萦的女子走了出来。

"你们、你们……"他几近口吃。

仇人意外相见，吴怡瑾一颗心顿时绷紧，本来扶着成湘的手，猛然用力地抓住他在撕斗过程中弄出来的伤口。成湘咧开了嘴，感到她此时情绪不同以往，忍着没有做声。

"他是……黄龚亭！"吴怡瑾低声，"师父、师父是被他害死的！"

"冷静些。"

成湘把"他是中了血婴之毒才死"这句话生生咽下，只说："现在不是报仇的最好机会。"

的确，现在不是报仇的最好机会，吴怡瑾也知自己这一方，她和成湘都受了伤，白帮主更是在水牢里受尽折磨，虚弱不堪。何况，对于那个正式的朝廷命官，而不是仅凭自身实力就可以当上的江湖首盟，毕竟动手的羁绊和顾虑要多上许多。

成湘搂住她，低声道："不要看，你不要看他就可以，什么都不要想。这是棵墙头草，现在仿佛对我们没有恶意。仇早晚要报，但不是现在，我们犯不着硬拼。"

沈慧薇迎上前，早已猜到了是黄龚亭临时反戈，对于这样的会面毫不意外，从从容容地微笑说："黄大人，真是有缘，在哪里都见到您。"

黄龚亭严厉地说："你们在做什么？"

沈慧薇笑道："黄大人所来为何？"

然而，黄龚亭却忘记了回答。

他的眼睛，只停留在一个人身上。

——白衣少女在一开始的震惊以后，甚至连看也不再看他一眼，放下肩上搭着的少年，弯腰俯视，那少年嘀咕着什么，用手去挡住小腿，她一手拍开，撕下一幅衣襟草草地先帮他把伤口包扎起来。——黄龚亭失神地看着，忘记了回答。

风吹开罩住面容的轻纱。她那长长迎风荡漾的秀发，和那一双宛如深山里神秘湖潭般的眸子，仍是那般的绝世光华，那一种幽静出尘冷若冰霜的华美自然而然流露出来。

只不过，过往的痕迹，还是在她身上留下了不可磨灭的痕迹。她原本便那样的波澜不惊，原本便那样的落落疏离，而如今，她那与尘世的渊源，那般血浓于水，予生予死的牵缠瓜葛，似乎也因这场劫难而变得更加闪烁而不分明了。

曾经有过的眉间清纯，偶尔会显现的稚气，在一场劫难中已被消除得干干净净，一层沧桑暗上眉头——这是自己带给她不可磨灭的伤害！

黄龚亭阵阵心痛，吃力地答道："江湖首盟徐夫人，豢养血鸟，为害苍生，我奉总督大人之命，围剿徐府。"

沈慧薇道："不止。她还涉嫌谋害前任江湖首盟，更对宗家意图不轨，私扣人质，谋财害命！"

"哦？……前任江湖首盟？私扣人质？"受两句重炮一击，黄龚亭收回些许恍惚神思，总算是想起了眼前的对手，以及那夜山谷中的神秘老人。从那边回来，他便决意与嫒嫆交和，暂时不惹这个看不透的帮派。

他勉强挤出一点难看的笑容，阴森森地说："不错，她罪恶滔天，百死莫赎。——沈姑娘，魔帝前辈打算何时重驻首盟府？"

沈慧薇脸上笑意未泯，道："黄大人很盼他老人家回期颐吗？"

黄龚亭呵呵笑道："当然——看他老人家的意思，在下这里虚位以待。"

他一挥手，围住首盟府邸的武装卫士如潮退去。

师徒
SHI TU

一行四人在离开期颐的官道上匆匆而行。星月昏朦，这一晚探古林、入地宫，及至脱身出来，已将黎明。

　　自从见到了黄龚亭，白衣少女一直郁郁不乐。

　　沈慧薇微笑看着她说："若我猜得不错，冒险闯入地宫救帮主的，一定是剑神的那位高足了吧？"

　　吴怡瑾苦笑，眼里流露出一阵黯然："是我，师父的不肖徒儿。"

　　"嗯。"沈慧薇道，"我姓沈，沈……"

　　她一如既往在说名字的时候噎住，咬了咬唇，尴尬地笑了起来。白衣少女道："我知道你啊。沈师姐。"

　　沈慧薇心中一颤。迎面是一双清如水、亮如星的眼眸，充满了关切和友爱，蓦然间，什么也顾不得了，恨不得把心底里所有的话儿，都掏摸出来。

　　"我曾是钦犯罪囚，差一点儿被活埋。"

　　"后来被发配到雪域的地底下，独处了两年，亦类似于被活埋。"

　　"这两年里，我母亲亡故，只剩下一个妹妹。"

　　"我……我只恨不得忘记了我的名字，我的由来，我的一生……"

　　久埋在心底里的话语宛如涌泉般喷了出来，语声急促而忧伤，眼底里有隐隐闪动的光芒。——她自己也不明白，何来这样一种强烈的倾诉的愿望，来诉说她绝不愿意向外人诉说的那些隐情。——看见这个外表疏冷而淡漠的少女，就好像看见了百年前的故人，彼此是可以掏心掏肺的好朋友、好姐妹。

　　"我知道、我知道……以后再也不会有痛苦和伤悲。"

　　吴怡瑾执着她的手，脸上露出温柔的笑颜，慢慢地唤出她的小名："慧卿。"

　　沈慧薇又惊讶又感动地望着她，眼底泪光生生璀璨起来。

　　自从两个女孩见面以后，无形中沦为牛马苦力并且被晾在一边的成湘满不是滋味，忽觉背上之人一动，忙把她放下地来，叫道："喂，你们帮主醒了！"

关在水牢的女子一直深度昏迷着，一方面是受伤颇重，一方面却是由于在地底下缺氧所致。现在出了地宫，又奔行了一大段路，体内血液流通起来，呼吸恢复正常，白若素逐渐苏醒，双目微睁一线，目光无神地向面前三个少年男女一一看了一遍，停留在沈慧薇身上："我隐约记得有人闯入水牢来。阿慧……是你……救了我？"

"不，吴师妹找到了帮主。"沈慧薇含笑把身边的女孩推前一步。

成湘郁闷地摸了摸鼻子，不吭气儿。——在那个蜘蛛网一样复杂的地下迷宫里找到水牢的是吴怡瑾没错，不过，这后面的脏活累活，什么劈断水牢的铁锁啦，什么跳进臭气扑鼻的水塘啦，什么拖泥带水地把人背上岸啦，所有这些，可都是他做的呀！到现在，他还是染了大半身的潮湿泥泞，一小半却被明碧楼大火烘烤得半焦不焦的，加上小腿上的咬伤，时不时地抽痛着。

——不过，那两个女孩子在的地方，显然没有他插口的余地。

白若素神志还未恢复到十分清楚的地步，疑惑着："吴……"

"就是剑神前辈的徒儿啊。"

"噢！原来是你，怡瑾啊，哎呀呀……剑神把你带走的时候，还是个小孩子呀！转眼我都不敢认了。"白若素一双黯然的眼睛于瞬间点亮，急切问道，"你师父现在哪里？"

吴怡瑾回答："师父日前亡故了。"

"啊……"白帮主的失望远远多于震惊或是惋惜，"这、这……连剑神也亡故了，这可如何是好？"

她失望之情溢于言表，明显对这三个举手投足尚显稚气的少年男女信心不足，然而，随即知道失言，调整情绪道："也多亏你们，能将我救出来，想必吃了不少苦头。"

沈慧薇摇头，笑了笑。

"那么我们现在意欲何往？"白帮主终究忍不住追问。不论如何，这几个年轻的孩子，却是她目下惟一的指望，她重又看着沈慧薇，吞吞吐吐商量似的说："眼下实在糟糕，我宗家也受牵连，我儿子不知如何了？——事情到了这般地步，阿慧，你看……是不是知会一声老爷子，请他老人家出来平定天下？"

"不要！"沈慧薇几近尖厉的回答令怡瑾和成湘都不觉一惊，她低下头，脸上温婉的笑意迅速消失不见，道："帮主请放心，宗世兄平安无恙。"

白若素惊喜交集，几乎不能置信："是么？怎么回事？我真弄糊涂了。"

远处尘烟乍起，在夜无余人的寂静下，蹄声踩碎黎明的微曦席卷而至，仿佛透着股异样凶险的味道，火光照眼，隐隐回荡刀兵交戈的声响。白若素如惊弓之鸟，首先失惊："那是什么！莫不是来抓我们的兵马?！"

沈、吴二人对视一眼，同时轻轻向前踏出了一步，有意无意地挡在白帮主身前。

然而，在看清楚来人以后，两人都不约而同地放松了戒备，却微微感到诧异。——

飞马过来的有两人：文恺之和宗华。但这两个人却怎么碰到了一处去？沈慧薇首先向旁边闪避开去。

火光中一身重孝尤其醒目，连躲在后面的白若素亦是一眼看见，大喜忘形地叫了出来："华儿！华儿！"

宗华一愣，立刻翻身下马，跪了下去，哽咽道："娘！"

吴怡瑾静静看着母子相会的悲喜，研究着那支兵马，人数不多，个个盔明甲亮，精神抖擞，旗帜翻卷，赫然是"皇甫"的字样。

文恺之慢条斯理地下了马。吴怡瑾道："是你请来的兵马？"

文恺之道："你单身一人行动，我不能放心。况且民不与官斗，你纵然一时战胜了徐夫人，终究无法立足，所以去找皇甫总督谈了谈，带人马过来的途中，又遇上了宗世兄。"

他表面若无其事，缓缓道来，其实满心欢喜，以为这番奇兵定能博她青眼。谁知吴怡瑾只淡淡点了点头。他满腔热望不觉冷了下来，讷讷地问："世妹，莫非我做错了？"

"不，多谢你。"文恺之才松了口气，却又听她道："可是你私自出了太平庄的秘道，引来敌人，雪儿几乎遭到危险。"

文恺之一窒，笑容立刻尴尬起来。一个朗朗的笑声自人丛中传出，道："姐姐不要错怪文大哥了，秘道也很可能是我和绫儿偷偷跑出去，才泄密的！所以，文大哥及时离开，那是好事呢！"

吴怡瑾转目注视，见方珂兰和许绫颜合乘一骑。方珂兰早非古林中哭得涕泗滂沱的那个女孩儿了，笑生双靥，似乎从来没有发生过任何不快。而她身边，也不见了她那个"妹妹"的踪影。

方珂兰在她清澈如水的目光注视下有点心慌，掩饰似的赶紧解释道："我们带着雪儿出了那个林子，没多久就碰到文大哥他们，就一起跟过来了。"

便在这时，人丛中忽然爆出一声极其压抑，宛如生铁相击般生涩的呼声："啊！"

这声音对吴怡瑾而言熟悉非常，随即见到了雪儿那张糅杂了震惊、狂喜、悲恸与疑惑的脸。她身体笔直地从人群中一步步走了出来，不住地发着抖，双手握着拳，不时松开，又紧紧握成拳。

"雪儿？"

然而雪儿少见地不理她，目光烈烈如火，只是死死盯住前方。

沈慧薇在这瞬息之间也是神情失常，怔怔看着这个熟悉而又陌生的女孩，一袭黑衣，飞扬的白发，衬着那样熟悉的眉眼，但是她脸上那种复杂莫测的表情，却又是如此陌生！

——是雪儿吗？是她为之牵念、担忧、懊悔了无数遍的雪儿吗？！……不，雪儿只是个有人性的狼孩,她不会说话,不会很确切地传递心意,而眼前这个美丽的黑衣女孩,分明有着自己完整的思想感情。

雪儿不再往前走了,她定定地站在那里,仿佛窒息一般地张大了嘴,大口呼吸着,黑白分明的眼睛里涌出大颗大颗的泪。她望着沈慧薇,脑海里别无意识,只是疯狂地想:那是沈姐姐!那是沈姐姐!为什么沈姐姐看着她,却不理她?为什么她不像从前那样笑嘻嘻地过来抱着雪儿、哄着雪儿?难道——沈姐姐不要雪儿了?

那样傻气,而充满了纯粹的表情流露在脸上,沈慧薇疑惑顿消:"雪儿!"

她快步地奔向那个孩子,张开双臂。然而,在她的手即将碰到雪儿身体的时候,女孩子有了异常的反应,几乎是恶狠狠地推开了沈慧薇,向后跳开,眼睛里渴盼的光也迅速冷凝、愤恨起来!

不,不要沈姐姐!——想想看,她把她无缘无故地丢在那个野外的地方,害得自己吃了多少不为人知的苦,重新受了多少侮辱,那噩梦般的一切,都是因沈姐姐中途弃她而去的结果!

沈慧薇在她的眼里读懂了一切,心头猛地一颤,忽然不顾一切地把她抱住:"对不起,雪儿,对不起……"

她反反复复地说着,任凭雪儿激烈地反抗、尖叫、拳打脚踢,只是紧紧地抱着。雪儿的动作逐渐缓和下来,挣扎的幅度也减小了,最终脑袋一低,趴在沈慧薇怀里呜呜地哭了起来。呜咽之声不似她这般大年龄的孩子,却如同受伤的小兽,她"再生为人"以后多少次都不敢再发出这样野兽一般的哭号,但是有沈姐姐,她知道无论自己是什么,兽也罢,人也罢,沈姐姐都会一模一样地爱护她。

沈慧薇的眼泪也终于落了下来,恍惚间她和雪儿从大漠荒山相遇,一路相伴的情形翻上心来,恍若隔世。"谢天谢地。"她道,"雪儿,我以为再也找不到你,我以为这一生都没有办法弥补自己犯下的这个弥天大错!"

一抬头,接触到吴怡瑾洞察恍然的眼神。

"原来,雪儿口口声声叫的姐姐就是你。"

沈慧薇奇道:"雪儿会说话?"

吴怡瑾道:"她说她叫崔艺雪,有一个姐姐,管她叫雪儿。"

"崔艺雪……"集市上摸葫芦挑的名,雪儿竟然一直记到现在吗?

"可是,你又怎样见到雪儿?"

吴怡瑾伸手轻拍雪儿的背,道:"师父把她从地宫里救上来的。刚救出来时,雪儿吃了很多苦,已经不行了。若不是你让给我的朱睛冰蟾,未必能活得下来。"

沈慧薇一怔:"你盗朱睛冰蟾,是为了雪儿?"

吴怡瑾黯然摇头:"是为了师父……但师父让给雪儿了。"

她简短地说起经过，通过雪儿，这两个原本一见如故的女孩儿，仿佛更加有了默契相通的心意。吴怡瑾说到雪儿在坟地里发现她，居然会冲出去为自己找救兵，沈慧薇不觉震动："雪儿，你真的成人了啊！"

雪儿不再哭了，却撒娇似的扭动身子，一个劲儿往沈慧薇怀里钻，只剩下毛茸茸的一头白头发在外面微微耸动。吴怡瑾惊奇地瞧着，倒有些好笑，道："雪儿和我从来没有这样亲热过。"

这时候包括那对难后重逢的母子，都已经不再忙于倾诉离情，大伙儿都好奇地围上来瞧着这奇特的情形。

成湘笑嘻嘻地搭腔："就你这样子，不言不语，不说不笑，还指望别人对你亲热？"

吴怡瑾瞪他一眼，冷不防雪儿从沈慧薇怀里跳出来，突然蹦入她的怀中。她吓了一跳，本能地想推，生生忍住了。旁观众人都哈哈大笑起来，沈慧薇忍不住也笑，惟有吴怡瑾努力地板着脸，可浓浓的笑意终究自目中流了出来。

剑神亡后，这是她头一次真心的快乐。成湘大乐，拍了拍雪儿的背："小丫头，还是你有本事！"

宗华也过来了，笑着问道："这小姑娘是谁？"

沈慧薇重又把雪儿抱回来，道："雪儿是一个孤儿，也是我的妹妹。"

宗华会意地点点头，微笑道："天底下所有那些受难的、困苦的人，都能成为你的兄弟姊妹，手足至亲。"

沈慧薇笑出了声："这说得过了，太不敢当了。"

宗华道："一点没有夸张。"

沈慧薇不理这个茬，问："你怎么会来？"

宗华道："我不放心你，带了一批人过来，想着万一能帮你一点忙。"

原来当日沈慧薇依照那个黑雾中老人的吩咐，有意放走黄龚亭，却把谢秀苓带了回去，交由帮中公决。料定黄龚亭经此一吓，短时间内不会再向碛磋下手，沈慧薇便决定独自赶来期颐，但宗华不放心，抽取了碛磋部分精英，分作两批赶来进行支援，他是第一批。途中刚好遇到文恺之带领的官兵，他们本是世交，一谈起来，得知彼此目标相同，便一起过来了。

白帮主看着两人，说得这般亲密，而宗华甚至似乎忘了旁边还有一个刚从牢里出来、身负重伤的母亲了，心里就有点不舒服。但仅仅是这一点也就罢了，宗华此刻所亲近的人，又是她万万不愿意让他亲近的，当下沉着脸喝道："华儿！"

宗华这才回过神，赶紧扶住了母亲，两人一起跨上马背，仍向沈慧薇问道："我们往哪儿去？"

沈慧薇道："期颐城外连云岭，是属于私人性质的。即使官兵亦不得随便进去，我们可暂时在那里安身。"

宗华道:"这使得吗?"

沈慧薇微笑颔首。

白帮主皱眉,忍不住又喝叫一声:"华儿!"

这一次叫得过于明显,分明是有意阻止二人说话——不止宗华和沈慧薇,就连吴怡瑾、成湘、文恺之等人也觉察到了这一点。沈慧薇脸色猛地苍白下去,咬住了唇,道:"请帮主与各位随我来。"

负气之下,她连坐骑也不要了,抱着雪儿展开身法带领先行。转身的刹那,吴怡瑾看到她的手飞快地擦过眼睛。

沈慧薇把磴磋弟子带到连云岭中钟碧泽的山庄,此处地处幽僻,外界不容易找到,一旦进入,便发现别有洞天。山谷宽阔辽远,碧波荡漾,仿佛在这片世外桃源,从来不经秋冬,春色常驻。磴磋子弟们陡然来到了这个纯净的乐园,无不心神开阔,连日来的劳顿和被官府缉拿的疲惫亦一扫而空。白帮主几次问起这片世外仙境的由来,沈慧薇只说是朋友借住。

吴怡瑾暂时没有跟去山庄。文恺之遣返官兵,央她与之同行。白帮主对此也表同意,因为她觉得磴磋日后要名正言顺地留在期颐,对于总督这样的人物是不能不多加亲近的。宗家虽然与绝大多数的达官贵族交往颇深,但一来宗华重孝在身,二来宗家争权的事端未曾了局,在这种敏感时期,是不宜出面的。

皇甫总督年迈苍苍,已有七十九岁的高龄,再过一个月,就是他八十岁的寿辰。然而,作为武人出身的皇甫总督,依旧是神采奕奕,笑声洪亮。他对跟随今科状元同来的少女异常感兴趣,文恺之更有意无意处处表现出殷勤体贴,以行动来表明他对这个少女的情谊,也通过这种方法,来表明他对磴磋所持的态度。

但与总督的热情待客相比,吴怡瑾却是极其冷淡。看到这个白发苍苍的老人,就想起他有个女儿,是黄龚亭的正室夫人。而黄龚亭,是害死她师父的元凶啊!明知这般联想是完全没有意义的,可是她无法不让自己任性行事。直至文恺之提起有关磴磋事宜,方才引起了注意。

"节度使大人几次三番无故为难磴磋,更是大开杀戒,如狼似虎,下官认为,着实不妥。"

文恺之和皇甫总督打的是官腔。他在朝堂上的官职并不高,但是作为"天下文章"和深受皇帝宠爱的天之骄子,即使是一方霸主,也须卖几分面子,总督不无尴尬地笑道:"这个么……文世侄,有关江湖方面的事情,老夫一向是不插手的。"

文恺之板着脸道："可现在不是那么纯粹的江湖之事。碇碟并非那种目无法纪的帮派，它也是通过朝廷认可的龙华会才进入期颐的，下官认为节度使大人并无随意处置的理由。无辜遭难，良民受屈，大人岂能不问？"

"我听说是因为碇碟收养了为患世间的狼人，龚亭为怕给本城百姓带来更大祸患，这才下令截杀。"

文恺之冷笑道："休说这纯系捕风捉影，并无实据，即使真有其事，为一狼人所犯七条性命，截杀冰丝馆数十名碇碟弟子，大人不觉得这事有甚于杀鸡取卵，舍本逐末？"

总督道："老夫未曾亲历此案……"

文恺之语气忽然放缓下来，微笑道："大人不曾亲历此案，那就好了。节度使日前还带兵围剿碇碟总舵，下官正自惶然，以大人的英明刚正，怎会下此不法之令？"

总督皱起了眉头，喃喃道："这个小子……真是做得忒过分……"

谈话点到即止，两人略坐片刻，即告辞出门，根据沈慧薇事前画的草图及一路留下的记号前往山庄。吴怡瑾叮嘱道："你暂住连云岭，这些日子可别四处乱走。"

文恺之不解何意，吴怡瑾道："多谢你为碇碟费心。皇甫总督和黄龚亭这翁婿两人是不是一路尚且不知，但你今天这番谈话，却是一定会传到黄龚亭耳朵里去的。"

文恺之立刻喜气洋洋，如春风拂面，道："你在担心我的安危吗？"

吴怡瑾不答。

其实她早在发现雪儿遭擒之后，这份担心一刻也未消除。即使在地宫寻找帮主的过程之中，她也未曾放弃过一切机会，到各个暗室寻找他的下落。如果不是中途相遇，也许她早就冒险重返徐府了。

对文恺之，这句话的意义却远不是那样简单，一直以来，他已经习惯她的简约淡漠，尽量避免主动招呼他，如果非要叫他名字不可了，也总是连名带姓地称呼。——却原来，自己为她做的一切，她不是感觉不到。

"世妹，你曾经救过我的性命，别说是些许言语，就算要我再把性命还给你，也是情愿的。"

他热辣辣的目光注视得吴怡瑾两颊发烧，只好侧转了头，微微惊异，这样大胆而明确的表示，不像是那个书呆子温存的性格。

临近那个山谷，文恺之脸上便浮起了说不出的古怪的复杂表情，他当然认得出这是他那"老爷"所住的山庄，也很清楚"老爷"对于那个蓝衣少女的青眼有加，可万万没想到沈慧薇带大家来的竟是这里。如此重要而机密之地，到底是他允许她过来的，还是那不知天高地厚的女孩子为找一个栖身之地草率行事？

山色清奇，长空如洗，微风中挟着碇碟年轻女弟子们银铃般笑语，裹着花木清香时时拂过身体。吴怡瑾精神为之一振，数月以来埋头于人事、离乱的苦恼仿佛随之飘散。

文恺之时刻留意着她的神情,见她这一刻忘形的喜欢,霎时把这个山庄到底是不是允许外人住下的顾虑抛到了九霄云外。

沈慧薇是所有人当中最为忙碌的一个。白帮主身受重伤,水牢里长期浸泡,伤处受到感染,成湘小腿上生生撕下一块肉来,而且伤口里也带着毒素,宗华日前所受的内伤没有好透,经一路风尘,又有趋重的迹象。而全帮现有的人当中,惟一精通医术的只有她一个。再加上众子弟吃穿住行,所有的繁杂事务,都要一一安排,恨不得有三头六臂方好。

吴怡瑾一到,义不容辞地开始帮助做事。两个人明明才认识不到一天,却仿佛熟悉已极。那个少女那样疏淡的性格,任何人都会感到有些距离,惟有沈慧薇不然,笑嘻嘻地把她差来遣去,毫不客气。吴怡瑾别的倒也罢了,只是懊悔不该经不住磨,把自己的小名告诉了她,不过一炷香时分,她叫着"瑾郎"、"瑾郎"的已经传遍山庄内外。

吴怡瑾羞红了脸,悄悄地抗议:"我很久不用这个名字啦。"——"瑾郎"的叫法是从前还没有正式名字时,父母随口叫的乳名,只是个模糊的读音而已。自从父母过世,就没有人如此称呼了。师父总是叫"瑾儿"。但是沈慧薇顷刻之间就把这个乳名及其随之所带来的回忆都挑上心间。

文恺之插不上手,去找宗华聊了会儿,忍不住说起了心上的女子,满目欣然。宗华却是长吁短叹的不痛快,经再三盘问,才吞吞吐吐地说了一点实情,他在扶灵期间,与师妹谢秀苓共处,情投意合。没想到一场风波,虽说是化险为夷,可是阴影却在其间落下了——这片阴影,由于沈慧薇把谢秀苓生擒回总舵,指她为奸细,而显得尤其巨大阴森。

他语气中不无矛盾。对谢秀苓旧情犹在,但是受到沈慧薇的救命之恩,他直觉上似乎更加信任后者。然而对于贵族少年来说,舍弃或取决于任何一方,都是极端痛苦之事,特别是,又看出了母亲的态度,分明对沈慧薇极有保留。

同样沉迷于一种不能自拔的感情,文恺之相当敏锐地猜出了他真正的取舍,和真正使他不安的原因。在内心盘算了片刻,告诫道:"那位沈姑娘,我也见过,无疑是可信的。只不过留一点距离,未始没有好处!"

宗华愣住了:"这却为何?"

文恺之冷笑道:"宗家生意遍布天下,情报无所不在。这连云岭一向是皇家私地,你不会不知道吧?"

"对,但这和沈姑娘又有什么关系?"

文恺之好笑起来:"你还真是身在迷局,不识庐山真貌了。连云岭既是皇家私地,你那位沈姑娘看起来也不像是那样莽撞行事的人,她为何带着碶碟弟子在此堂而皇之地住下,你连这其间的缘故,也想不到了么?"

宗华为之一凛，久久不语，半晌，颇为垂头丧气地长长叹息。

文恺之微笑道："你是少年才俊，更兼富贵风流，何患无妻？"

"好小子！竟取笑我。"宗华笑捶了对方一记，虽然是受伤在身并加以制制，这一记也够文恺之跳脚了，"你又怎么会突然到这里？我没听见你文大人光降期颐的官报呀？难道是看见了那个姑娘，不顾一切地跟下来的吗？"

文恺之是不顾一切地留下来，而起初来到这里，则另有原因。但这一点也无需予以纠正了，他微笑着算是默认下来。

宗华服药后小歇，文恺之独自徜徉在湖边。忽然之间，嘴被掩住，一个人把他拖进了其后的林子。

"啊……"来人稍微撩起一点蒙面巾，文恺之忍不住一声惊呼。

来人压低声音道："好小子，你好大胆。主上为你急得立即动身返京，几乎惊动了所有暗线，你倒在此享受美人恩。哼，国事家事朝堂事，这就都不管不顾了吗？"

文恺之苦笑："我……会返京谢罪的。"

"你没把主上的身份泄露出去吧？"来人目光炯炯，逼视着他。

"当然没有。只不过……"文恺之嗫嚅道，"我的身份可是没能瞒住。"

"我已经知道了，你为了救那个白衣小姑娘，把身份和皇甫总督挑明了，这倒无妨，只不过关系到主上之事，你可一字别乱说。"

文恺之道："主上……又下来了？"

来人在蒙面巾背后发出一点低而沉闷的笑声："所以他才喜欢你嘛，都是一路的……"

来人生生把"货色"两个字咽下去。文恺之偷偷一笑："你该寸步不离跟着他才是，我不会闯祸的，主上可说不定。"

"我跟着他有屁用！"蒙面人几乎要发作，又忍住了，"再说，我也有别的事。此处不宜久留，我先走了。"

目送那蒙面人出奇高大的背影消失于视野，文恺之才觉得冷汗流满后背，山风吹来，冻得瑟瑟发抖，他微苦笑："好一句国事家事朝堂事！……这家伙，要把这么一句话对娘亲一说，我还有活路走么？"

傍晚时分，一切的忙忙碌碌才算有了头绪。但刚一安定，又有小弟子一头冲进来："外面有很多人过来了！"

这么不清不楚的一句话，自然极易惹起恐慌，只有沈慧薇微微笑道："别慌，应该是第二批援助人手到了。"

果然一语中的。原来她听宗华说他是第一批，就知道还有后来者，便嘱咐方珂兰和许绫颜出山相迎，这两人年龄虽不大，但机变无双，武功亦自不弱，就算遇到什么意外，也能有应对之法。

第二批碰碰弟子,为首者居然是萧金铃。

所有熟知萧金铃性情的人无不惊诧万分,只因萧金铃绝非那种碰上困难会冲在前面的人。

只吴怡瑾心中明白,而且隐隐感到紧张。

剑神之死这个消息,即使不是由李堂主等人带了回去,也已经日渐在江湖上流传开来。在情在理,作为剑神的妻子,在这种时刻,都应首先站出来的。

但是她来了,只怕麻烦也接踵而至。

吴怡瑾是见过这位师娘的,师娘的样子颇不和善,听说剑神要带着徒儿游荡天下以长见识,更同丈夫歇斯底里地大吵大闹,以至于师徒俩一萧一剑半夜悄悄逃走。吴怡瑾隐隐有些怕她。

剑神的未亡人,理所当然受到重视,连白帮主亦忍着伤痛亲自出来迎接。

吴怡瑾踟蹰了一会儿,上前拜见:"师娘。"

"你?"萧金铃眉头微微一跳,眼光凌厉无比地扫过来,冷哼,"他的小徒儿?"

吴怡瑾垂首道:"是。"

萧金铃冷然沉默片刻,突道:"你倒是穿得一身白,不过怕不是孝服吧?这时节,还计较着好看与否?"

吴怡瑾决计料不到她会挑这个茬,一时张口结舌回答不出。白帮主瞧得分明,笑道:"你可是误会了这孩子,从她师父过世以来,还不是忙着为我这把老骨头忙活了?唉,金铃,想不到你我如今一起成了未亡人,真说得上同病相怜了呢!"

一语惹起萧金铃无限哀怨,两人倒果真面对面同病相怜起来了。吴怡瑾趁此机会,才悄悄地起来,退到后面。

两个女孩子走了进来,都是一袭紫衫,前面那个分明是谢秀苓,后面的女孩才十三四岁。这个女孩和谢秀苓长得颇有几分相似,所不同的,谢秀苓以往傲慢的神气里带着几分躲躲闪闪的惊慌,而这女孩,却如千年冰岩上的严冰,浑身散发出冰冷的光芒。——是的,冰冷,以至于吴怡瑾一看见她,就微微打了寒战。

"你不是说谢师姐陷害白帮主?怎么……我师娘不知道吗?"

沈慧薇摇了摇头,眼神里充满了迷惑。谢秀苓居然似乎是毫无拘束地走进来,她也感到不解。

但她在临走之前,因担心谢秀苓武功较高,丁堂主等人万一遇见意外便难以应付,曾以重手法封住了她的经脉,使其暂时失去了武功。仔细看去,谢秀苓被封的经脉仍然未曾解开,走进来的步姿,有些摇摇晃晃。

吴怡瑾又问:"后面的是?"

沈慧薇道:"是谢师姐的同族堂妹,谢红菁。"

"哦!"吴怡瑾心头猛地一颤,连面色也有些变了,迟迟不能言语。

"怎么了?"

"……"直觉上,谢红菁的那个身份带给她异常的不安,可是,怎能把这种心思轻易宣诸于口?

白帮主也注意到了,笑容里有了些微冷意:"秀苓,你还敢来见我?"

谢秀苓双膝一跪,泣道:"请师父容我辩解!"

"你还有何话可说?"

谢秀苓嘤嘤哭道:"师父,如今一切都不利于我,弟子蒙受的不白之冤,想来也是无法辩白的了!只求师父容许我一个清白的死就是了。"

吴怡瑾眉头微蹙,对于这样的装腔作势极不耐烦,却不无忧虑。毕竟谢秀苓还是白帮主的徒儿啊!她扭头看了看沈慧薇,一下子呆住了,那个原本爱笑的人正拼命地咬着唇,很努力地忍着。

"喂,你还笑什么啊?"

"我……"沈慧薇憋得满脸通红,几乎就要放声大笑,断断续续地说,"我觉得这个装腔作势的样子很好玩啊!"

吴怡瑾为之气结,立刻想到了第一次与她相见时,因为忍不住发出笑声,以至于险些被人家发现。

"这有什么好笑。"她气恼地道,"你等等再笑行不行?人家明明是针对你的。"

"我知道,可是我忍不住呢……"

她也知这时不宜笑出声音来,索性不看也不听,伏在吴怡瑾肩头,弄得吴怡瑾又麻又痒,她本来乍见师娘愁绪满怀,这时也不禁好笑起来了。

谢秀苓果然借着这个话头慢慢地说,把自己说成无辜,把沈慧薇逃出第一次追捕说成是阴谋安排,而自己无意中看到真相惨遭酷刑。更把宗府遭难,里应外合的罪名推得一干二净,连沈慧薇把碳碟带入深山藏匿,也说成是别有用心。说得呜咽抽泣,楚楚可怜。

沈慧薇忍笑,一面却听得清清楚楚,暗暗心惊。谢秀苓是内奸这一事实,碳碟上下包括白帮主和宗华也确实都是听了她"一面之词"而认定,而她并无与此相应的证据,应当说,谢秀苓是抓住了要点。

只不过谢秀苓有一件事情并不知道,那就是在她昏迷以后,碳碟的最高掌控者,曾经出现过。

所以,只要她说不清楚这一点,白帮主就确实无疑地知晓她是全盘在撒谎。尽管如此,沈慧薇仍然为"谎言怎么可能编得这么真"而心惊不已,更不用提吴怡瑾,她是在为好朋友忧心如焚了。

　　白帮主静静听着,仿佛是渐渐相信了她的辩白,叹了口气道:"阿慧你怎么说?"

　　沈慧薇这时的神态基本恢复正常,坦然道:"弟子听凭帮主明决。"

　　白帮主道:"你说秀苓是内奸,需有证据才行。其实,我宗家突然遇难,秀苓也一样遇到追杀的,是她及时通知华儿,华儿也才能及时逃走。"

　　宗家遭难,走脱的惟有宗华以及白帮主的一名小徒儿刘玉虹。这其间的原因并不难猜,谢秀苓不忍心向宗华下手,而那名小徒儿则是间接的受益者。然而这个原因,如果宗华不开口的话,沈慧薇却不想申辩,因而她只是沉默。

　　宗华也在座,面色惨白,只是张了张嘴,又缩了回去,心乱如麻:"秀苓,你倘为活命,求我也好,求娘也好,看在往日情分,未始不能容你痛改前非,重新为人。可为何要把这一盆污水,生生泼向别人?"

　　谢秀苓低头抽泣,眼神像满含着水汽的轻雾,飘飘荡荡地落在他身上,落到他心里。他颓然无语。

　　白帮主道:"你无话可辩?"

　　沈慧薇沉默着。

　　"怎么?"白帮主不觉恼火,"你什么都不肯讲,还是什么都讲不出呢?"

　　"帮主……"

　　"如果你拿不出怀疑秀苓的证据,那么你就必须承担诬蔑同门的责任!"

　　宗华忽然大声道:"母亲!我以性命作证,慧薇所言无虚!"

　　白帮主气得面色都变了:"慧……薇?你……你……你凭什么以性命作证?"

　　"我在逃亡途中危殆,抱一线希望发出求救信号,若不是她及时赶来,孩儿说什么也无今日。"

　　谢秀苓微微抬了抬头,却不敢贸然插话。白帮主道:"你但说无妨。"她这才低低地道:"宗公子,我听说你族堂叔伯索取宗家机密,一直没有得逞吧?"

　　宗华竟不与她说话,只解释道:"不是这样的吧,母亲。慧薇从未向我提过有关宗家的任何一字。她一听说母亲的下落,一刻也未耽搁,就立刻赶到期颐来了。若非如此,也不容有些人出尔反尔。"

　　白帮主抬头向天,思索了片刻,轻声道:"苓儿,你过来。"

　　她抚摸着谢秀苓的头发,柔声道:"好孩子,咱们师徒俩有缘,从你十二岁入帮时,我一眼就看中了你,由衷地喜爱你。我向不收徒,是为了你才破例的,这六年来,我们朝夕相伴,几乎寸步不离。我没有女儿,心里早把你当成了亲生的女儿。女儿有错,做娘的无论如何都不会当真怪罪的,总能原谅几分。你也是从小没了父母的苦孩子,想必你对我,也是真心实意的吧?"

谢秀苓哭出了声,道:"师父!"

"但我爱你宠你,却似乎宠坏了你,激发了你的骄傲气焰。作为帮主的徒儿,你一向就以未来帮主自居,与姊妹们相处不和,颐指气使,唉,我一向都是知道的,只怪我怜爱过甚,没在这一点上好好地教你。你之有今天,我也要负起一半责任,教我怎么忍心处置你呀!"

谢秀苓越听越是绝望,道:"师父!你、你就真的信不过徒儿,却信她?"

"我怎么信你呢?"白帮主凄然道,"我儿子的话,或许是感情用事,我能够不听。但是,有一个人的话我非听不可。"

"谁?"

"我们的祖师爷!"白帮主终于缓缓地说了出来。

沈慧薇微微一震。抬出那个人来,的确是最强有力的事实,甚至他的指证,连证据也可以不需要。这一点沈慧薇并不比白帮主更无知,但是,若要她抬出那个人的名头才能帮助自己的话,她宁可是粉身碎骨,也不会愿意的。

白帮主显得更加激动了,半跪下来抱着徒儿,泪眼迷蒙:"傻孩子,到了现在这个地步,你还不认罪吗?你还要错到什么时候啊?"

"师父……"

谢秀苓脑子里昏昏沉沉,刹那间乱了方寸。然而师父温柔慈爱的声音让她有了一线生机,也许在这个时候,还是识时务者为俊杰,忍得一时之气,以图将来。

她要说了,她要说了!

只有那个气质冰冷的女孩眼里,闪过了一抹焦急之色。可表面上,依然不动声色。

"苓儿,苓儿。"白帮主不住呜咽,抱紧了钟爱的徒儿的身体。

陡然间,谢秀苓纤细的身躯一阵剧颤,她挣扎着,似乎是想用手推开师父,然而推不开。白帮主缓缓地说道:"好孩子,你好好儿地去吧。下辈子如若有缘,我愿与你再为师徒,必将好生教你成人,以弥补这一世我养而不教之过!"

"呜——"谢秀苓嘴里发出一阵模糊的悲鸣,但已经没有力量再行挣扎。白帮主停下来,凝视着自己的徒儿。鲜血从两个紧紧相拥的身子中间涌了出来,浸透了白帮主的衣服。紫衫女子慢慢地垂下了头。

厅堂上一片死寂。谁都没有想到,白帮主袖内藏了一把短剑,她在抱住徒儿不住痛哭回忆亲情的时候,下狠手刺死了那个犯了罪责的少女,大家都震惊得说不出话来。

谢秀苓身后的紫衣女孩自始至终站着,把这一幕看得清清楚楚,然而,无论是师徒俩抱头痛哭之时,还是眼看着鲜血流失殆尽的整个过程,她都一动不动地站在那里,连手指都不曾动一动。

"堂姐……"

忽然,吴怡瑾仿佛听见了那样低微若蚊鸣的一声呼唤,猛抬首,惊疑不定地望着她。那个女孩仍然面无表情,沉静得仿佛没有发生过任何变故。

谢秀苓尸身倒下。白帮主抬袖拭泪:"秀苓是我徒儿,一向爱之。但是既犯叛帮之罪,生无可恕,为免除她痛苦,只得我亲自下手了。还望诸位莫要嫌我不动用帮法公开处决。"

萧金铃忙道:"帮主大义灭亲,属下无不感到敬佩。"

一时谀词如潮。沈慧薇呆呆立了片刻,悄然退了出去。倚树而坐,她怔怔地以手指在地下画着什么紊乱的图案,泪水一点一点地滴落下来。

"谢师姐是你亲手所抓,不也正是为了交由帮中公决?"

"瑾郎?"沈慧薇道,"你在怪我?"

吴怡瑾在她对面坐下:"只是事实如此,你也只能接受啊。"

"我不知道她会死的。"沈慧薇说了一句,却自己否认了,"不……我知道的……帮主执法极严,我应该知道的。"

"事已至此,你不要自责。因为当初的情况,你也无论如何不能放任谢师姐在外面呀,既带了回来,权力就不在你手上了。"

"可那是一条性命,那是一条性命!"沈慧薇掩面叫了起来,不住颤抖着,"瑾郎你知道吗?一个人的力量是那么弱小那么无奈,有些事情,根本是容不得自身来做主的。你没有经历过这种事情,我经历过!我差点死在不由自主的选择之下!我不想再见到类似的事情,我不想啊!"

其实两个人当中,更受惊吓、更没有心理准备的应该是吴怡瑾,她从入帮就跟随剑神,从未经历如此残酷的一幕,但反而是她在开解她。

"不要伤心了。"她说,"这样想吧,让碱碰强起来,让我们的帮派强起来吧。我们不会受人欺侮,那就不会有人因为权势不够而立场不坚定了。这样的悲剧,也就不会重演。"

"师娘,您找我?"

一见到白衣少女,萧金铃就情不自禁两眼冒火,说出的每一个字都似一把尖利的钢锥:"我不叫你,你肯来吗?"

"师娘……"

"我找你不为别的,你师父死了,听说也当场火化了,那么骨灰呢?你这不孝女,总不至于连骨灰也没留下吧!"

吴怡瑾犹豫片刻,只得返身回房。——师父的骨灰坛,她即使夜探地宫也贴身藏着,只是到了山庄,才放进房中。她很不情愿地捧着那个青花瓷坛,一步步挪出来。师娘索取,本是理所当然之事,但……

萧金铃劈手夺过,托着那只瓷坛,表情又像哭又像笑,很是奇特:"冤家!你这冤家!到底是挫骨扬灰了才肯见我!我就那么让你讨厌吗?你把我扔在那个鬼不理的乡下地方,一扔就是四年,我都渐渐忘记了你的相貌和声音。你就这样回来见我!你就这样什么也不是地回来见我!"

她哭一程,骂一程,也是真情流露,吴怡瑾不禁恻然。忽见师娘抱着坛子向住所走去,大急追上前去:"师娘!"

"干吗?"萧金铃一声怒喝,看样子,她是把一腔怒气都发在了吴怡瑾身上,"你这小狐媚子,你害死了他,还想干吗?"

吴怡瑾惊呆了,立刻满脸通红,这种言语是她闻所未闻,硬着头皮道:"师娘,请您赐还师父的骨灰。"

"什么意思?!"

吴怡瑾道:"师父的遗命……他、他……"

当着一个女人说,她丈夫身后要和另一个女人合葬,这实在是说不出口的事。萧金铃也显然没有想到,冷笑道:"怎么,你还不肯放手,你是要抱着骨灰坛子嫁给他呢?还是一片纯孝,打算给你师父殉葬呀?"

吴怡瑾忍耐不住,终于哭了出来:"不是的……不过师娘,请把骨灰坛还给我。"

萧金铃冷道:"行!你眼里没有师娘,我也不要你这徒弟,你得他四年真传,想必武功高明得很了,那就从我手里来抢吧!"

——和这个孩子虽然连今天在内也不过两面,但是萧金铃已经深知她不可能会做出任何离经叛道的事情来,因此一面说着,脚步一点儿也未曾因此而停留,但她没想到的是,那个看起来冷漠而怯生生的女孩子仍然低着头挡在她面前。

"你!你想干什么!"萧金铃不免吃了一惊,呵斥的语气掩饰着意料之外的惊骇。

吴怡瑾跪了下来,却不说话。她不能亲口说出伤师娘的话,更加不能辜负师父的遗愿。

萧金铃几次欲脱身,总是被吴怡瑾抢断了挡在前面,她真是恼羞成怒了,恨不得举起手来,就把那个坛子往那女孩儿身上砸过去。

"因为师父临终前交代过,他的后事,全权交由我来处理。师娘,拜托您就放手吧!"

毫无预料地,萧金铃紧攥着的那个青花瓷坛脱手而去,转移到了满脸微笑的成湘手里。

萧金铃气得浑身发抖,骂道:"是你这个没有家教的臭小子!你还是我喂了几个月的奶水才养大的呢,翅膀一硬,就忘恩负义啦!"

成湘恭恭敬敬地鞠了一躬,唇边仍然挂着与这个场景全不相符、漫不经心的笑意:"萧姨娘,您的哺育之恩在下从未忘过,正如吴怡瑾她永远认您是正式的师娘一般,这一点您完全毋庸置疑的!"

萧金铃冷哼了声,一时发作不出。——她是曾经在成湘幼时行过哺育之责没错,但她所做的也不过是喂活他而已,对待这个"儿子"的态度可说奇坏无比。剑神正是由于发现了这一点,才宁可把儿子远远地送入深山。——基于此,她对长大了的成湘难免有些怯意。

成湘一手把吴怡瑾拉了起来,正要扬长而去,萧金铃厉声喝道:"慢着!——怎么说我也是他妻子,有权知道他身后的去向!"

成湘驻足,脸上突然现出一种迟疑的神色,望望吴怡瑾:"我想,也许把骨灰撒入大海就可以。"

"什么?!"萧金铃气急败坏地惊叫起来,"把他的骨灰撒进大海?他、他是要——"

成湘目不转睛地注视着身子微微颤抖的少女,语声柔和:"他遗言同我母亲合葬,其实没有这回事。我母亲垂危之时,不愿意让他看见自己死亡的痛苦,她是自行跳入大海的。所以,没有尸身,没有骨灰,更没有坟墓。我想,他那个时候之所以会那样跟你讲,是因为他想你有勇气面对未来,他给你一件事做,你就还有信念和希望。如今不得不告诉你,但我希望你足够勇敢,对我父亲来说,在蓝天之上,在碧波之中,在黄土之下,意义都是一样的!"

吴怡瑾怔了半晌,眼泪缓缓落下:"在蓝天之上,在碧波之中,在黄土之下……我明白了,是因为我太糊涂……他才不得不出此下策,让我有件事情做。我让师父操心,几乎连他丧后,也还是让他操心。"

成湘道:"你想通了就好,他一定会满意的。"

"在蓝天之上,在碧波之中,在黄土之下!"萧金铃难堪地呆立了一会儿,发狂似的冲上来,"好啊,他要自由是不是?他要跟那个狐媚子在一起是不是?他宁可死了也不需要见到我是不是!我也不稀罕!我才不稀罕那死鬼的一把灰!他要自由,自由,我给他自由!"

成湘完全不曾防备,眼见萧金铃猛扑上来,抽剑狂劈乱斩,他退之不及。蓦然,一声脆响,成湘怀里抱着的那个坛子,霎时粉碎开裂。飞灰从坛子里滚滚扑了出来,弥漫了整个灰色的天空。萧金铃瞬间脸如土色。

"啊!"

成湘听她说到"狐媚子"的时候,已经掩饰不住怒火,骨灰坛碎裂,脸色更是变得难看至极。

但他这时顾不上和这个女人计较。

吴怡瑾不顾一切地挣脱开来,伸手到空中,拼命地试图挽留,哭着说:"不要!不要这样!"扑着那些飞扬的灰,然而禁不住那些粉尘在风中,在林间,在她的指缝中悄悄滑走。她哭着,万般情急,丝毫没有了以往的冷静淡漠。

成湘看着她的表情,忽然由衷地难受。父亲因为他长得酷似母亲的缘故,从他有记忆起,就是有意地避开这个亲生儿子。因此对他而言,父亲只是一个记号,除了天生的那份血缘关系以外,其实并没有深刻的感念。然而世事是如此奇妙,父亲撇下了长相酷似母亲的亲生儿子不闻不问,却领养了另一个长相酷似母亲的女孩子,与之相依为命,互为依存。而现在,这个女孩子代替了他对于父亲的所有浓烈的真挚的情感。

"别这样……"他试图安慰,"我觉得这样也好。反正他是希望自己自由自在,我想在这里,和在大海,真的是一样的。"

吴怡瑾站住,道:"我知道。请你离开一会儿。"

萧金铃早已逃去。成湘看看她的脸色,伤心里面透出一股子决绝和执拗,知道这个时候决计没法相劝,只得叹了口气,尽管不放心,还是慢慢地走开了。

骨灰纷纷扬扬地洒下,无休无止,难解难分。她流着眼泪跪在地上,捧起一把,随风而逝,又捧起一把,不知是尘还是灰。

虽然已经分辨不出哪些是灰哪些是尘,哪些随风飘逝,她仍然固执地把外衣脱了下来,平摊在地上,一捧捧地掬起所有掺杂在泥土中的粉尘。

专注地做着这件事情,她的眼睛不再哭泣。衣上堆满尘土,在那灰黑的泥土里,是一种微微发亮的明灰色。即使是沉黯的颜色,也仍然能带给她明亮和温暖的感觉,仿佛是师父的微笑,他的关爱和他的抚摸。

用衣裳裹起师父的骨灰,慢慢走到那个大湖边,抖落衣裳,尘土随波而去。流出山外是流泉,流泉汇入小溪,小溪汇入大河,大河汇入大海。师父总归会回到万顷碧波之中,总归会在那里同他生死系之的人重逢。

"我是不孝的徒儿,连亲手送您回归自由也做不到。"她低声说,"但我明白师父的愿望了,我不再做一个不懂事的徒儿。"

她缓缓起身,收束衣冠,看看天时,几颗孤星在深蓝色的苍穹中发出微弱的光,夜已深。

回去的路上,经过成湘的房间。她犹豫了一会儿,轻轻扣了扣窗弦,但没有回音。

她微微叹了口气,转身向着山坡下面走去,经过一个小树林。

树林里摇曳着月光的碎影,凄凉而冷清,严冬冷酷,厚厚的落叶到处结起严霜。吴怡瑾悄悄地踏足过去,悄轻无声,片尘不起。

"成湘哥哥……"

"好了,别叫了,我的心都快给你叫烂了,已经到这里了,没有别人,有什么事快说吧。"

"成湘哥哥……"

"你到底要说什么?"

"是……是我妹妹……"

"你妹妹?她不是送到太平庄那个秘道去了吗?"

"她的情形很不好呢。"

"你不是说过只要替她放血,由血亲过渡给她就可以?"

"是,我学来的方法是这样,可是……"

"嗯?"

"她放过一次血以后,就一直昏迷,我下午又急着赶回来,不敢多留。"

"你和我讲也没有办法吧。"

"不,成湘哥哥,有办法的,我想请你和我一道过去,你去看看她,你不是也会医术吗?去帮我看看她吧?"

"我的医术……只是三脚猫而已,治治外伤还无妨。"

"成湘哥哥,我不敢对任何人说,只能求你了。成湘哥哥,你和我一起去,就算是晚点回来,你是客人,帮主她们就不会很仔细地追问。成湘哥哥,你答应我吧。"

"原来说到底你想利用我!"

成湘又好气又好笑,望着方珂兰梨花带雨的脸,却不好意思回绝,忽然一本正经地叫她:"阿兰!"

"成湘哥哥,你答应了吗?"方珂兰惊喜地抬头。

"呃……我的意思是,你确定她治得好吗?万一治不好,你纵容她在世,或许会带来无法预计的灾难呢!"

"成湘哥哥,我可以对天发誓!"

吴怡瑾静静地站着,忽觉双足冰冷,夜露泅湿了罗袜。她缓缓俯身,把手中握着的相思剑缓缓放在地上。——她在地宫之战前把相思剑给了他,而后因他受伤,她又替他拿着。——悄无声息地直起腰来,她转身走了。

密室
MI SHI

她无悲无喜地走,一如初失师父的那几天,脑海里一片空白。黑夜里阴云翻涌,氤氲着不为人知的悲伤与艰险,她在沉沉黑夜里走,孤单得有如秋叶凋零。

　　有轻捷的马蹄声传来,经过她身旁时,低低惊噫了一声:"瑾郎?"

　　这种叫法绝无仅有,是沈慧薇。

　　"你去哪儿?"

　　两人同时问出,沈慧薇不由得笑了起来,伸出手:"上来吧。"

　　"嗯?你又要去那里?"沈慧薇听见她的想法,蓦然回过了头,睁大眼睛问道,似乎非常吃惊。

　　"钱师姐救了我,还不知道会怎么样,我心里放不下。当时,是不应该匆匆忙忙就走的,我太糊涂。"

　　沈慧薇道:"但那个地方,这些天的戒备会愈加严格吧?"

　　吴怡瑾闷闷不乐地回答:"是,但我非去不可。"

　　雪狮子奔驰许久,来到连云岭山外的官道上,一到平地,奔得更快了,耳边呼呼的风声过去,周围景物插翅疾退。吴怡瑾忍不住问:"你去哪里?"

　　沈慧薇噗嗤一笑:"我在等你什么时候问呢。"

　　吴怡瑾悻悻然白她一眼:"这也好笑吗?"

　　"不好笑。但我看着你这般愁眉苦脸就憋不住呢。"沈慧薇笑道,"瑾郎啊,你就不能多笑笑吗?一个人老是一个表情,于健康不利呢。何况你笑起来远比现在更美。还有,你也不要老是戴着一幅面纱,整天套在那个里面,不见阳光,脸色像你衣服一样白了……喂,你倒是说句话呀。"

　　吴怡瑾板着脸道:"你在说就行了。"

　　"啊!"沈慧薇颓唐而夸张地叹了口气,"你师父和你相处在一起的时候,不会嫌闷吗?"

　　吴怡瑾忍无可忍,道:"我听说有人独自住在地底下两年之久。"

沈慧薇笑了："是啊,是我太寂寞了,所以拼命和你说话呢。"

吴怡瑾说出了那句话,就感到后悔,慢慢地伸出手去,握紧她:"慧卿。"

沈慧薇又叹了口气,看样子是不可能使她说更多的话了,只好自动招供:"我也去那个地方。"

"为何？还是去找东西？"

"是啊。"沈慧薇头微微一侧,眼睛里闪烁着一丝奇异光芒,"碌碌虽然暂时平安,但是和节度使大人已经有了那番过节,目前状况绝非长久之计。如果不能尽快解决这个问题,总是后患无穷。"

"你究竟在找什么？"

沈慧薇忽然沉默下来,探手入怀,捏住了那枚平乱印,想起那个自称钟碧泽之人。钟是皇姓,那人举止言行里透着横行无肆的霸气,又有平乱印,一定是握有兵权的亲王之辈。

但是平乱印却不能乱用。如果黄龚亭没有明显的逆反之意,即便是上次的乱命派兵,也不能用平乱印来压之。但是那个人为何赠以平乱印？没有那个方面的用意,应该不会胡乱给印才是。想是知道某些内情,但又无法立刻逼出反迹。这样来说,黄龚亭如果实有反意,万一风声紧动或证据泄露,那就一定会逼他现出原形。

问题是这件事能对那一见面就投缘的白衣少女直说吗？并非不信任吴怡瑾,只不过兹事体大,万一被其他人得知她拥有平乱印,如此重要的物事只会带来灾难。

她不开口,吴怡瑾也不问,两人之间沉默下来。

"你怕他,不会吧？你不是有平乱印吗？……呵呵,呵呵……阿慧,从小到大,你有什么瞒过了我的啊？"

那个声音陡然在心底响起,沈慧薇悚然一惊,想:"这又是什么秘密了,他都已经知道了,为什么连姊妹都不敢告诉？"

"我想找到他逆谋的证据。"

于是把平乱印的由来说了一遍,吴怡瑾静静听完,道:"但如此茫无头绪的找法,是很难发现的。"

"你就算见到了钱师姐,能顺利把她带出来吗？"

吴怡瑾想了想,微微笑了。

两人在城外绕了一段远路,然后弃马,潜入城中。依照上次的老办法进入黄府,出乎意料的顺利,反而有些不安。照上次所见,府内的护院就不少,而在发生过那么多事情以后,整座府邸却是安安静静,除了外面的几支队伍以外,越是接近内园,越是一个巡逻的人都没有,点烛不燃。

重重暗夜里,传来一串杂乱无章的脚步声。人数不少,但似乎是一般没有武功的童仆之流,赶得匆忙而惊惶。

人影渐近,一群人抱着个长形的东西慌乱地经过,背后隐隐有哭泣之声。

吴怡瑾打了个手势,示意仍照上次一样分头行事,随即跟上了这一支奇特队伍。

那几个家人的确是没有武功,丝毫不能发现背后多了一人,并且不断低低相互催促:"快,动作要快。"

"真倒霉,为什么偏偏派我们去做这个事?"

"别啰嗦,你不要命啦!"

语音也是急促而微带惊惶。吴怡瑾看那个长形包裹,越觉可疑,那样子像是软软的,有一点分量,不知里面装了什么。

一行人渐渐来到幽僻处,到处是高大的松榕,伞盖顶得就像黑茫茫的天,人的脚步声在落叶上重重踏过,远处有一两声夜枭凄厉的鸣叫,空气里渐渐多了一丝不易察觉的熏香味道。吴怡瑾小心分辨着那种味道,不由得微微改变容色。——那仿佛是一种武林中极其罕见的毒瘴,无形无质,只有些微难以区分的味道,拥有它的人屈指可数,林子中藏着什么样的秘密?又是谁在掌握着这种瘴气呢?

一幢低矮建筑出现在林子尽头。是一所圆形建筑,其上封顶,若说它是一个房子的话,却无梁无窗,甚至没有门,正东方向的墙上,醒目地刻着"唵、嘛、呢、叭、咪、吽"六字大明咒,肃穆森冷。抬着包裹的家人齐齐停步,有种噤若寒蝉的敬畏。

"把它放下。"

声音陡然从圆形建筑内传出,却似是九幽地府的鬼火。来到这个地方,见那参天浓荫、奇特建筑以及六字明咒,本就有种喘不过气来的压迫感,这声音更令人不由自主冒出寒气。

几个家人把那个包裹放于六字真言前面的一块光滑的石板之上,抬身起来,毕恭毕敬垂手侍立。

"去吧。"森然的语音再度响起,家人们忙行一个礼,如获大赦般逃开。

吴怡瑾从树林中看那座建筑,无门无窗的奇特结构叫人心中生疑。这个地方显然不是平常之地,沈师姐所要找的东西,会藏在这种地方也不奇怪,她决心探个究竟再走。

然而她一时不敢妄动,几个家人刚到这建筑前面就被发现,说明里面一定是有着某种观察外间的方法,而这个建筑,很明显的惟一可以用来作为信息通道的就是那六字真言。

陡然间,那个放在石板上的长形物事微微一动,紧接着,激烈地蠕动翻滚起来!吴怡瑾惊异万分地看着,看那被紧扎的包裹里,微微地露出了一只绣花鞋尖!

包裹里藏着一个人!一个女人!

然而，无论那个女子如何挣扎，却发不出一点点呼救的声音来，而且，也无论如何都翻滚不出那块石板的方圆。这样说来，这个包裹已经在圆形建筑里那人的掌握之中！

石板轻轻发出喀喀的声响，一点一点翻翘起来。起先很慢，蓦然间加快了速度，底下露出一个极大的空洞来，那包裹噗的一声掉了进去。

石板缓缓合上，即将闭拢的时候，吴怡瑾从林中飞快穿了出去，跃下空洞。眼前顿然一片漆黑，石板合上了。

"谁？是谁？！"

洞底深处发出惊恐而愤怒的叫声，隐隐听得有些回音。吴怡瑾迅速地抬身向上，伏在地洞顶端。

"谁？到底是谁？！给我出来！"

吴怡瑾不做声，朝着那个声音方向缓缓前行。这个洞方圆不大，很快摸到了边，往上似乎是平地以上了，有较大的空间。她微微犹豫了一下，耳边风声倏起，一条长练从洞口飘飞进来，蛇似的舞动，吴怡瑾冷静地看着长练攻击的方向，没有动，那条长练挥舞了一会儿，毫无所获，陡然下沉，卷住了那个包裹，把它带了出去。

而后，洞口处相继闪起一点一点幽幽的红光，忽隐忽现，恍如鬼火。

"你是谁？还不出来的话，可别怪我不客气了！"

她再三威胁，吴怡瑾始终沉住了气，一言不发。那人不再说话，过了一会儿，听见些微声息，仿佛有人贴地爬行过来。

这个奇怪的地方，仿佛只有这怪人独自一个，而且，除了屋外的那块石板以外，也没有更多的机关了。

就在那爬行的声响渐渐靠近洞口时，吴怡瑾一跃而上，冰凰软剑从袖中飞出，抵在那个爬行东西的背上："不想死就别动。"

那个事物果然一动不动地伏着。借助幽红的光，见那人深绿色衣裳，漆黑的裙，头上一个巨大的发髻，是个女子，背部不住颤抖，仿佛倒不是害怕，而是愤怒已极。

吴怡瑾缓缓收回了剑，道："你是谁？"

那人慢慢坐直，一双愤恨发亮的眼睛紧紧盯住吴怡瑾，像是微微吃了一惊："小丫头？哼，这个话，应该我问你才对。你闯入我的处所，恶意对待主人，居心何在？"

那女子约莫四十来岁，一头头发一大半掺杂了白色，眉头额间皱纹重重，显然忧患甚多，脸色污秽，肮脏不堪的底下藏着如纸一般的苍白。她虽席地坐在地上，气派却大得宛如她拥有一个王国与无数财富。吴怡瑾微微笑了笑："听说节度使大人的正室皇甫龄夫人，一直以来都是玉体欠安，深居于佛堂不见外人，想必我有幸见到夫人了。"

女子冷笑道："原来你是有备而来。"

吴怡瑾不置可否，却道："这里空气不好，地势狭窄，如果我能替黄大人做主的话，是决计不会委屈夫人住在这个地方的。"

皇甫龄嘿嘿一笑："丫头，你倒会挑拨离间。你究竟是怎么进来的？别和我说是黄龚亭教你的，这个地方，只要到过的人都会躺下，若是他能进来，哪里会等到今天。"

吴怡瑾道："是啊，以屋子为中心，林子里弥漫着千里香，所有嗅到这种味道的人，都会暂时失去武功和意识。这种奇香根据人的武功强弱，自动产生反应的效果。越是武功高强的人，一闻此香就使不出半点功夫。但本事低微、最好是没有武功的人，受到伤害却小，至多只是浓睡一觉醒来忘记了十二个时辰之内所发生的事情。夫人拥有此种绝品，想必定是用毒的高手了。"

皇甫龄面上色变："你很了解。是他教你的？他……他终于能解开此毒了？为什么他不亲自来？"

"千里香的用药时间似乎已经很久了，十年有么？它的威力越来越弱了，再来，相信黄大人也很快会进来了。"

"你……"确定她不是黄龚亭派来的人，皇甫龄有些释然，随即又切齿低声，"哪来的小魔女，你究竟是敌是友？"

吴怡瑾微微一愣，她固然是在故意激怒对方，使之透露身份立场，但是被称之为"小魔女"，有生以来第一遭，忍不住微笑，心中闪过那个身着蓝衣、爱笑爱闹的女孩。——她如果在这里，由她来逗皇甫夫人的话，一定会有趣得多。

"我是黄大人的敌。"她坦言说，"不知道算不算夫人的友？"

皇甫龄怔怔地坐着，抬头默想良久。吴怡瑾越发肯定了。

"不算！"

这两个字咬牙切齿地吐出，坐在地上的女子陡然发难！

她从地上直蹿起来，速度之快，宛如几个月前只知横冲直撞的雪儿。吴怡瑾镇定地看着，不认为有必要躲开。女子凶神恶煞的脸越来越近，在一刹那暗室的红光猛然齐齐闪亮了一下，深绿色人影的面前倏然开出了漆黑的花！

"啊？"这一切发生得太过突然，闪避或者退让未必管用，吴怡瑾已经感受到身后那些红焰同时氤氲而出的诡异之气，只有一剑斩落、消灭那朵漆黑的花才行！

然而剑光乍起，她又突然犹豫了一下。皇甫龄，那个躲藏在暗无天日的地方的节度使夫人，她的脸几乎紧贴那朵花！如果一剑砍下去的话，也会要了那个女子的性命。

"简直是在自杀呢！"这个念头惊电般在脑海里闪过，这一剑就无论如何递不出去。仓促间抬起左手，五指拂过，把那朵黑花生生地攥在手中！指尖的麻木顷刻间蔓延至左臂，身后红光齐齐暗弱下去。

"去死吧！"深绿色的人影扑至，凄厉的神色无比疯狂。吴怡瑾避开一步，眼见皇甫龄于空中折身转来，如影随形地扑过来。——麻痹感在这片刻之间已经流走全身，她是再也没法避开这一记扑势了。

然而,皇甫龄只扑到一半,身子陡然一顿,仿佛地下有个什么东西绊住她,重重地跌回地面!

吴怡瑾这才看见,那个女子的脖子里,系着一根纤细的绳索,随时限制着行动。

"你觉得很惊讶是吗?"跌到地面的女子大口大口地喘着粗气,粗暴且不耐烦地扯那根绳索,"看见这个东西吗?软金索,嘿嘿……软金索!就是这根看起来纤细柔软的讨厌的绳子,困了我整整十年!"

吴怡瑾不做声。冰凰软剑莹白色的光华在她周身流转,照出她隐隐已被黑气侵袭的面庞。

皇甫龄注意到了那枝剑,眼前一亮:"你那把剑,真不赖啊!……说不定可以斩断这根要命的绳子呢!给我,快给我!"

她伸出手来,然而白衣少女一动也不动。皇甫龄笑了起来:"我忘了,你中了我的独门剧毒,不出一刻就会死,现在应该已经动不了啦!好,我自己来拿!"

她以手作脚,缓缓爬近前来,伸手一扯,把剑握到了手里。翻来覆去地看了一会儿,女子脸上有如获至宝的神气:"冰凰软剑!哈,想不到这么个小丫头,居然会有传说中的绝世名器!哈哈,我有救了!有救了!哈哈哈!"

夜枭一般凄厉的笑声,一声声都转为哭声:"就算能斩断软金索,可是有什么用!……有什么用!"

"不要用手去擦眼泪。"吴怡瑾安静的语音适时响起。

"什么?你说不要用手去擦眼泪?……臭丫头,你是什么意思?"

皇甫龄神色顿然改变:"啊,你、你!——"她抬手指住了白衣少女,那只手却再也放不下去。冰凰软剑咣啷坠地。

"冰凰软剑有转接纳毒之效,我把所中的毒转到它上面去了,本来是想把它插入地下走毒,可是你已经抢了过去。"

吴怡瑾俯下身,快捷无比地点过她几处要穴,问:"解药在哪?"

皇甫龄瞪大了眼睛看她,恶狠狠道:"臭丫头,不要假惺惺的,你以为我不知道!冰凰软剑即使可以转接剧毒,但是你身上的毒素也不会就此消除干净,没有我独门解药,终究后患无穷!哼,你想趁此要解药,没门!"

这个女子不可理喻,吴怡瑾懒得与她争辩,拾起冰凰软剑,开启剑柄上的镂空之处,在皇甫龄手臂上来回转了几圈,以暂缓毒发,顺便又点了她的穴道使其不能动弹,以防再生出什么事来。

转身看见那个长形的包裹在地下,已经不动了。吴怡瑾走过去,开始解捆扎在外的绳索。

皇甫龄冷眼看着："原来你是为她而来。"

"不是。"

"那就没必要看了,她死了。"

一张青红紫涨的脸露了出来,眼睛睁得又圆又大,充满恐怖之情,脸上肌肉分明已经僵硬。这张浮肿青紫的脸似曾相识,吴怡瑾久久凝望,终于想起是第一次夜探黄府时,那个大吵大闹恃宠吃醋的美妇。

"这有什么好惊奇的,他玩腻的女人,都是这个下场。"

"刚才还没死。"

"那也只是垂死挣扎。看样子,这个女子来之前是受的杖刑,活活乱棍打死,可能一时没断气,经过一摔一吊,断无活理。"

吴怡瑾问："凡是被他……被他抛弃的女子,都会到你这儿来？你把她们如何呢？"

"我把她们如何？"皇甫龄仿佛听见太好笑的事,哈哈大笑起来,"她们是我的饭食啊,你说我把她们如何？"

"饭食？！"吴怡瑾把持不住,惊骇道,"你是说、你是说……"

皇甫龄阴恻恻道："我吃了她们。"

吴怡瑾说不出话来。

"不但要吃,还得慢慢地吃,细细地吃,时刻计算着数量和日子来吃。"

"你这个疯子！"

"没错,我是疯子。"皇甫龄竟然异常平静地接受了这个称呼,"如果你在这种地方,一间密不透风的屋子,整年整月不见天日,说的每一句话都听见自己的回音,成天和死人及尸臭为伴。如果不是疯子,还能活到现在？"

吴怡瑾默然,许久说道："我向你打听一个人。"

"我记性太差,吃过的人太多,况且从来不会和死人攀谈。"

吴怡瑾脸上闪过一阵恐惧之色,光是想像便使她不寒而栗。钱师姐貌美且温柔,那个人该不至于丧心病狂到此地步,于是不再问,走过来,拉住那根软金索,细细察看。

"你要干什么？"

"斩断它,你就可以出去了。"

"不要！不要斩断！"

吴怡瑾一愣。

"即使斩断软金索,我也一样出不去。刚才只是一时冲动,我说过我是疯了。"皇甫龄不客气地讽刺自己,露出一抹难看的笑,"你拉开我的裙子看看。"

吴怡瑾向她看了一会儿,确定她无法玩花样,轻轻撩起那条又宽又长的黑色长裙,不由倒吸一口冷气:裙子以下空荡一片,没有见到双腿！

"这、这是……"

"我本是个寡妇,却经不住他万般撩拨。不顾父亲反对和他成亲,换来就是这么个下场。"皇甫龄惨然道,"婚前对他十二万分痴心,虽然我比他大,却像个小女孩一样,对他无限依恋和崇拜,婚后慢慢看出这人的野心来,夫妻关系很快如履薄冰。我从满怀憧憬的幸福新娘,跌落至绝望深渊,只有短短三个月的时间。"

吴怡瑾默然想着:你还有三个月的时间,可是钱师姐那样全身心的付出和给予,得到的仅仅是短短几天的幸福。从此以后,她纵然活着,也将不会再有欢笑不会再有快乐。

"我渐渐看出他的用心,醉翁之意不在酒,他之所以娶我,为的就是我父亲年事已高,但膝下无儿后继无人。他娶我,完完全全是为了兵权,婚后就开始想尽办法寻找由我所掌握的家族戒指。可当时我虽发现这一点,还是存着一线指望,以为他至少会对我忠诚,就算不喜欢我,也不至于欺我。于是决定慢慢观察、细水长流,待到他诚心归顺于我,就劝说父亲给予兵权。

"但他索要之心迫切,如何容得我如此拿捏考验,终于有一天我一觉醒来,就躺在了这个地方,两腿以下的部分齐齐截去,并且用软金索困住,以此逼我交出家族戒指。

"可是之前我也对他起疑,多少有了些防备,所以,我及时通过这房子惟一的出气口,放出了千里香。他只要一走近,就会全身无力,失去武功。如此我们之间,就这样胶着互相仇恨了十年,谁都拿谁没法子。"

说到这里,截去双腿的女子停了一下,唇边那个笑意更深,眼睛在黑暗里流着无限刻毒的光:"他不想我死,至少在找到那件信物之前,他是绝不肯让我死的,但是,他又想我屈服于他。

"这十年来,他没有办法进来,也从不给我送食,只送来一具具的尸体。每一具尸体生前都曾是他艳丽而多情的宠姬,但要不了多久,这些失宠的女子就被各种方法折磨至死。

"每一具女尸,都会附有一张字条,介绍这个女子的出身、姓名、他得到的办法,以及他宠爱的光景。因我之前不许他纳妾,这时便借这些女子来刺激我,更拿她们日夜压迫我的神经。他希望消磨我的意志,希望我彻底疯掉,从而透露他所需要的讯息!

"但是我没有让他得逞。我没有食物,没有水,可我一点儿都不想死,更不会被逼疯。我心里是永远清楚的,我不能死,必须活下去。于是,我吃掉这些尸体的腐肉,喝掉她们的污血,一直苟活到今日。"

她语音渐渐沉默下去,终至无声。

简直无法想像,这一对夫妇之间钩心斗角之下所藏的万般惨烈。——天底下,竟有这样的"夫妇"?

皇甫龄苦笑了一下，重新开口："你刚才说外面千里香毒气渐散，我以为你是黄龚亭派来的人，故意试探。但是情况既是如此，想必离他亲自进来的日子也不会远，这一次，也许我真的逃不出魔掌。"

"不会的。"吴怡瑾说，"我会帮你，我会尽一切力量来帮你。我带你逃出去。"

"他现在实力如何？"

"很强。他是期颐节度使。"

"呵……真的很厉害啊！"皇甫龄感慨地低声，"短短十年，居然已经升格为三品大员了。"

"想必也有夫人的功劳。对外，黄大人宣称夫人体弱多病，深居佛堂不见外人，旁人都以为此人对夫人多情重义，是个诚信君子。令尊大人也相信他。那自然是如鱼得水、左右逢源。"

皇甫龄震惊地脱口而出："我父亲相信他?！"

"不错。"吴怡瑾一字字说道，"外界盛传下月令尊八十寿辰，会正式指定他做家族继承人。即使没有你，他也一样达到目的。"

"这是不可以的，这是绝对不可以的！"皇甫龄发了疯一般地狂叫，"不行！我要去找父亲！我要立刻见到我父亲！我绝不能让他奸计得逞！"

她脸上的肌肉完全扭曲起来，极力挣扎无法动弹的身体，痛苦非常。吴怡瑾看不过去，伸指替她解开穴道。皇甫龄身体一获自由，立刻在地面上疯狂地爬了起来，一面叫着："我要出去，让我出去！让我出去！"陡然间被软金索扯住，几乎勒得喘不过气来。

"夫人，不要这样。请你冷静些。"吴怡瑾扶住她。

疯狂的眼睛突然清醒起来，冷厉有如冰雪，久久在白衣少女脸上停留："我问过你无数次了，现在肯回答我吗？——你到底是什么人？"

吴怡瑾沉默着，眼睛里浮起的不是愤怒却是苍茫辽远的悲伤："他害死我师父，又逼迫……欺骗我同门。"

"逼迫？欺骗？就是说，你同门中有人做他的妾侍？"皇甫龄突然间兴趣盎然，连声追问，"现在呢？给他杀了吗？那个女子叫什么名字？长什么样？"

吴怡瑾艰难回答，却不得不详加描绘："她叫钱婉若。很美，喜欢穿浅绯的衫子，站在那儿，绯然如春日繁盛花事，很腼腆，温柔，瓜子脸，双眉秀长，笑起来有浅浅酒窝。"

皇甫龄认真考虑了很久，断然摇头："虽然我……不能全部记得，但应该是没有你所说的姑娘。"

"哦！"吴怡瑾如释重负地长吁了口气。

"如此说来，你果真和他有仇？"

吴怡瑾点头的同时，下意识地握紧了剑柄，仿佛在给自己坚定报仇雪恨的决心，指关节因为用力而变白。皇甫龄注意到这一点。

"那么你愿不愿意和我联手起来，打倒此人？——不是简单地用武力打败他，而是，彻底粉碎他的野心，使其身败名裂，永世不得翻身！"

吴怡瑾不喜欢听到如此决绝而残酷的话，可是，令黄龚亭"身败名裂"，才是阻碍东山再起的惟一正途，她问："怎么做？"

"即使他哄得我父亲信任他，即使是身为女儿的十年不出现，父亲也丝毫不疑。但是，在他正式继承家族继承权的时候，还是必须要拿出我们家族世代相传的戒指。也因此，他最近可能会在短时间内连续逼我，而我可以假装回心转意，愿意替他出面。在此之前，若你拿着戒指作为信物，向我父亲解释清楚情况，预先严密准备起来，就有可能里应外合，一举将之歼灭。"

"但，夫人和他斗了十年，以此人为人，未必信得过夫人，会贸然带你出去？"

"一定会的，你不懂，有野心的人，一定会被利欲熏心而不顾一切的。当然，他决计不会容许我轻松地离开，想必要用什么法子来辖制我。但我不怕，只要我能亲手报仇，死而甘愿。"

前所未有膨胀起来的可以复仇的希望，点亮她眼眸。那个曾经使黑白两道无不畏惧的毒媚娘皇甫龄，那个曾经美貌而任性的年轻寡妇皇甫龄，仿佛在此片刻之间找回风发意气，语声犹如断冰切雪，决绝无回。

若有她的戒指……加上慧卿持有的平乱印，一举打倒黄龚亭，应该是没有问题了吧？

"戒指在哪儿？"

"不在我这里。"

"啊？"

"他把我双腿截断之后，在那段昏迷的时间里不要说搜身，把我住的地方掘地三尺都有了，若我随身带着，到今天哪儿还有活命？"皇甫龄骄傲地笑起来，"可我也不是那样好对付的人！我藏起来的戒指，如果那么容易被一个人找到的话，何堪成为一个家族指定的继承人呢？"

吴怡瑾低低道："是的。"

"过来吧，我告诉你。"

在地上详细画过藏匿戒指的地点以后，皇甫龄仰头看着白衣少女，说："我不知你的名字，不知你的来历，但……我连那个也告诉了你，我和父亲的性命都在你一念之间了。"

"是的。"吴怡瑾道，"你信得过我吗？"

"你看起来可以相信。况且我也只有这一场豪赌机会了。"

密集而起的钟声,陡然间,响彻了这个小小的空间。

"报警钟声!外敌入侵!"

黄龚亭陪着一名异常高大魁伟的蒙面男子大步走进书房,面上那种诚惶诚恐的神气,使沈慧薇豁然明白,这一晚府中的种种特别,比如安静几近窒息、几乎不设巡逻防备,都是为着此人。

大汉露在外面的一双眼睛精光四射,匆匆打量一番房间:"你肯定不会有人进来或是埋伏?"

黄龚亭微微一笑,信手按下一个暗钮:"请看。"

宝光纷呈的珠帘缓缓上扬,亮出七面玲珑精致的镜子,成七星北斗罗列之状,墙面上潋滟微澜,宛若星空。

"这是什么?"蒙面大汉奇怪地发问,然而立刻就明白了,镜子里分别呈现出远近不一的动静态各种人形。

"这是远处,这一面反射的情况近在书苑之外,十里以内都在我严密控制之中。这一面镜子则显现房中情形,哪怕躲在书柜底下、房梁以上,都逃遁无形。镜子里出现的不仅仅是当下这一刻的情况,它也会如实反映上一刻预留的残影。"

黄龚亭一面说,一面操作机关示范。蒙面大汉不做声地听着,最终颔首。

沈慧薇就躲在一面书架以后,抿着嘴儿笑。

这七面镜机关确实做得玲珑机巧,但黄龚亭运气实在糟糕,这个机关原理是根据地宫镜厅衍生出来的,而规模大小以及机关控制能力远不及,他碰到的却是对地宫熟悉得如同回到自己家里一样的沈慧薇。

早在两人进来之前,经她的简易改造,书架后面成了惟一死角,她在其间无论做何事也会被视为隐形。

黄龚亭还在得意扬扬地说:"得知先生要来,自是极端机密之事,因而下官撤去所有防备,也是为先生着想。"

下官?沈慧薇微凛,神秘来客的身份颇值可疑。

"先生素负重任,如何有暇出得京来?"

蒙面大汉冷冷道:"你怀疑我?"

"在下怎么敢?"黄龚亭满面春风,"只不过先生与在下合作,彼此之间不但应当互通消息,更应坦诚互见。"

"哼!"大汉说,"互通消息,坦诚互见?我问你,你到底在干什么?为什么会在这种关键的时刻向徐夫人下手?"

"我有我的理由。"

"你把事情搞得一团糟！皇帝本来对江湖首盟非常重视，这样一来，等于是硬生生逼他把目光完全落到你身上！"

"是。我知道是冲动了点！"

"何止冲动了点！"蒙面大汉压低嗓子，但是愤怒从喉咙里无法克制地泄出来，"你以为我在京中，就耳目闭塞了么？你娶了一个江湖女子，却紧接着又想娶她师妹，挖空心思灭其满门，不知怎么一来又助那个小小帮派去杀徐夫人。如此一连串草率冲动的行为，你简直昏了头了！"

黄龚亭不做声，眼中闪过一丝稍纵即逝的冷峻，旋即又是笑容满面。

"在下的缺点瞒不了先生，也没打算瞒住。不过，在下最后收手，确实有着充足理由。"

"理由？还充足？"

"那个叫做碳碓的地方帮派，初看是无足为奇任人摆弄，我起先不曾过多重视，所以，轻率地发兵剿灭，是我的不对。"

"你发兵只为了那个女子？还是为了——"那大汉冷道，"宗家？"

"是，宗家目前七零八落，先生自然一早知闻。不过这件事情主要是我干娘在做，我觉得既然连宗家都要对付，就更该把碳碓帮一网打尽比较好。"

"然后呢？"

"就在那次剿灭途中，我发现了自己的错误。我不可以剿灭那个帮派，是没有能力。"

"什么？没有能力？"大汉开始感兴趣了，声音略略透着紧张，"你是说没有能力？有什么权要人物在它幕后吗？"

"倒不是权要，而是非常厉害的一个人，如果我执意对付碳碓帮的话，可能首先保不住的是自己性命。"

"剑神都为你所杀，天底下哪里还有这么厉害的人？"大汉紧张的声音松弛下来，冷笑。

"杀剑神纯属机缘巧合，他事前已经中了不可解的剧毒。不过，就算他毒发的那一夜只剩下十分之一功力，我依然远非其敌。而那个人的厉害只在剑神之上。"

"究竟是谁？"

黄龚亭淡淡一笑，低声："九天魔帝！"

那大汉一滞，不可置信地道："什么？！"他声音暮地一亮，那么高亢的嗓子令沈慧薇一惊。

"当时我也惊呆了，不知如何是好。"这份惊讶在黄龚亭意料中，他不动声色，继续道,"十二年前承蒙先生看得起,安排我进入九天魔帝的地宫,顺利取得干娘信赖,终于联手重伤魔帝,此人从此不知下落。先生暗中力平众议,扶持干娘成为新一届的江湖首盟,还以为一介女流总是容易应付得多。谁知事情没有那么简单,干娘不是你我想要的傀儡,反过来我被她束缚甚紧。"

"不错,这是咱们的疏忽。可当时你刚出道,一点分量也没有,我总不能扶持你。"

黄龚亭殷殷笑道:"正是这样。若非先生提携,在下没有今朝,至今思及,感激匪浅。"

大汉冷然道:"不客气。我若不是你拼死相救……况且你洞悉了我的秘密,咱们已经注定生死与共。"

房中两人一时静默下来,只闻灯烛轻微毕剥之声。书架后面斜望出去,望见那枝燃烧的烛,在夜幕中冷冷的清光里零乱飘摇。沈慧薇心里仿佛被寒气侵袭得结成了冰。

十二年前黄龚亭还是无名小子,被两派人联合起来利用,也难为他十二年来左右逢源,如鱼得水。他是当真诚心和这个神秘之人合作么?两人的话里却各有机巧。

"幕后的那个人,是九天魔帝!"黄龚亭重复说道。

蒙面之人亦恢复常态,低声道:"他复出,并缔造一个全新帮派?"

"是的,他处心积虑,已经展开向徐夫人报仇的行动,如在下和他作对,单以武功差距而言,此人随时可取我性命。魔帝重现江湖,徐夫人便没有价值,既然如此,倒不如暂且讨好他,杀掉他眼中之钉。在下也知皇帝会因此举特别注意我,但是离我岳丈八旬大寿也只有一个月,皇帝那里的动作应该不会这么快。一旦在下如愿以偿,与先生联手,那边及时发动起来,任何意外都不怕。"

"呃……"蒙面大汉沉吟良久,这才发问,声音里透着重重疑虑,"你不怕他卷土重来?到时这个人比徐夫人更可怕。"

"这倒不会。我们十二年前把九天魔帝的声名在江湖上彻底毁去,他即使卷土重来,亦得不到往日声望,且现在的江湖首盟,毕竟有一半权力被朝廷收去。此人除本人武功外,实已无所作为,只要好好安抚,必无变卦。"

除了那一时震惊,那个蒙面之人始终未曾高声说话,可他的身形实在是特别,那样异常高大的形体入得眼中,决计不易遗忘。因为有所怀疑,沈慧薇听那人故意压住的嗓音也特别熟悉。

他是谁……他是谁?

黄龚亭一直称他为"先生",客气已极,说明他的权势更在其上。而除了一上来说了"下官"二字,此后便刻意抹去了这个称谓。这个人的来历,无论从哪个方面来看,都是非同小可,只怕十之八九和朝廷有关。

想到朝廷,沈慧薇倏然一震,心内迷雾被风吹散,想到那天晚上在山庄,匆匆赶过来向钟碧泽禀报紧急情况的那个渊渟岳峙的魁伟大汉。

——一点没错，正是那个名叫川照的对钟碧泽一脸恭顺的人！

沈慧薇旋即涌起重重疑云。他的老爷，无疑正在盯防黄龚亭，只不过迫于没有实证和不宜涉入江湖事，而无法出面。川照和黄龚亭联系，是得到他同意的，还是私底下的行为？

——我若不是你拼死相救……况且你洞悉了我的秘密，咱们已经注定生死与共。

这句话再一次响在耳畔，那是什么样的秘密？如果是不可对外人道的秘密，钟碧泽是否知晓？

川照的开口打断了沈慧薇的思虑："算了，事已至此，只有拿到兵权是当务之急。你这次，是许胜不许败，绝不能再做砸了。"他声音倏地一冷，"我可不是威吓于你，皇帝对国内兵力分散早已耿耿于怀，只不过朝廷积弱过久，他一时无可奈何而已，今冬战事平息，可能会趁着武功大盛之时机，把全国冗兵重新收编，不可能再让戍边以外的官员自握重兵。"

沈慧薇微微一震，果然从川照口中亲自说出了"皇帝"两个字，此人是从朝廷而来，决计无可疑了，而他们有着不为人知的密谋，也是显而易见。

黄龚亭满不在乎道："龙谷涵用兵是不错，不过大离朝打了多年，见到农苦和瑞芒都是软脚虾，这一次难道有必胜的把握？"

川照冷冷道："我虽然不知道原因，但如果不是这样，皇帝不会同时撩起两个强敌的，而且他意不在此，他要的是先安内，再攘外。"

只听得极轻微的脚步声在地下不住地来回，黄龚亭良久不语，川照冷笑起来："怎么，胆小了么？还是把总督职位拿到了手，受个几十年虚名再说？"

黄龚亭下了决心，道："那个东西呢？"

停了一会儿，仿佛黄龚亭接过一个东西，问："这个药，当真灵验？"

"我试过无数人了。这包药的主人，就是那个据说已经通仙的葛倾云，在江湖上籍籍无名，但在当地，却被当做神来膜拜的，而他也确有真实本领。你拿去给夫人服用，定能使你称心如愿。"

"呵呵……"黄龚亭低声，"那女人简直变态，不可思议，药灵验最好，如若不能，我绝不带她出面。我已做万全之策，总督大人根本没有其他选择的机会，这一次，决计成功无疑。"

沈慧薇一字字听着，直觉惊心动魄，蓦然发觉黄龚亭一字一音渐渐清晰，仿佛每说一个字，他就距离她近一分。

她顿然醒悟，但已来不及。书架在她面前轰然倒塌，黄龚亭和川照呈掎角之势把她一左一右夹住。

"你听得够多了。"黄龚亭满面笑容,"沈姑娘,原来又是你。"

沈慧薇谨慎地微微向后缩,然而身后并无多少空间,这样的动作使她看起来略略有些瑟缩。

但黄龚亭和她交手几次,对其没有丝毫的轻视之心,更知她狡黠机变。沈慧薇剑光撩亮之时,他的掌力也雄浑击出。

川照在左侧守着,封死了少女可能反击逃出的角度,目光闪烁不定。

黄龚亭咬牙道:"这个时候还顾江湖规矩?这丫头知之甚多,容她不得。"

川照道:"你不是怕得罪九天魔帝,不敢向磙礩下手?"

黄龚亭冷道:"容忍需有限度。"

川照一笑,他的刀一亮出来,沈慧薇顿觉不妙。刀风有肃杀之气,如冬之暴雪猛烈万分,在书房这狭小的空间里,施展开来却毫无顾忌。沈慧薇所在地势不佳,对付黄龚亭一人就很难破围而出,又加上一个川照,似乎更在黄龚亭之上,她应付起来越发吃力。

与此同时,警报大作,贯彻满园。沈慧薇听见,又喜又忧。喜的是这等于及时通知吴怡瑾行迹已露,多加戒备,但也担忧她不顾一切地赶来,两个人都不能脱围。

她衣袖一拂,一阵清风起于身侧。湖蓝的袖子被风卷起,如湖水波纹层层展开,尽管被两大高手限制在一小块地方之中,仍是绰约如仙。但这一招看起来花巧多于实用,黄龚亭当然不会为它所迷,微微带着冷笑,趁机向前猛逼,沈慧薇已经被逼到死角无路可退。

水波骤然变化,仿佛从微澜荡漾的水面溅出一大片白晃晃的东西,乱雪般扑向黄龚亭。黄龚亭想道:"魔帝素擅暗器,她是他传人,定然不差,我怎会如此大意!"

暮地惊起一身冷汗,电闪掠回,然而脸上已经沾到几片。他大骇,却发现那东西拂在脸上,轻飘飘地无力坠落。定睛看时,几乎气得吐血,——那不过是几片撕碎的纸页!——原来沈慧薇躲在书架后面,不知何时便袖了一卷书,临急用上。她功力尚不足飞花摘叶以伤人,但是陡然攻击出来,也隐隐然有了威势。节度使大人顿时气得脸色铁青。

沈慧薇轻巧而笑,趁此机会闪过黄龚亭,未等她抢到书房门口,再次被拦截下来。川照道:"你走不了的!"狂烈的暴风带动了她的袖子、衣裳和头发,她的人看起来亦是飘飘摇摇,宛如御风。几次欲夺门,都被川照挡了回来。

忽闻门外轻轻一声叹息,清冷哀婉,又如同空谷回声一般幽寂。黄龚亭陡然剧震,握刀的手几乎松了开来,大声喝问:"谁?是谁?!"

门外人不回答,又是幽幽叹了一声,房门大开,灿烂的月华照在地面上一片雪白,缓缓升起一个颤颤巍巍的黑影,直发长披,身体随风轻飘飘地浮动,虚幻得不似真实。

"婉若?"那声音如此熟稔,颇似几分钱婉若,黄龚亭脱口而出,"难道你死后不甘愿,特意显灵?"

川照浓眉顿锁,这个人真可谓多情种子,为了一个小姑娘不惜破毁一切计划,而激战当头,又这般轻易分神!川照从来不信鬼神之说,这自然是对方熟知他情况的,在装神弄鬼而已,头也不回,一刀猛然劈向门外!

刀子砍中了什么,他却因为吃惊而微微分神。——明明是砍向了发出那个声音的所在,然而,这一刀劈下去的地方,却不是血肉之躯。

趁此一分神,沈慧薇飞身退出门外。

"不好,不能让她出去!小心!"陡然,黄龚亭领悟到了什么,大叫道。

山谷之战,他最惊的便是她那身法,若流星若飞电,更若天上点点飘雪,真是精妙绝伦。几十个武林中数得上的高手围起来对付这个年方及笄的少女,才把她困在中心。而现在只有两个人的情况之下,一旦让她逃到可以施展的空间去,那简直是休想抓得住她了。

川照跟着出来,迅速地向他劈下一刀的地方看去,竟是一树新梅,不禁为之气结。有人把花树的细枝推到书房门口,月影下不及细察,还真是不易分辨。花枝摇曳,躲在其后的那人早已不知去向。

梅花乱落如雨,仿佛具有灵性,纷纷向着川照迎面扑来,雪白的梅花里糅着一阵宜人和风,清香扑鼻。川照悚然一惊:"无影飞花啊,好家伙!这人可了不起!"随即发现发动这飞花攻势之人招势曼妙无极,功力却犹未圆满,不过就是利用这一点挡他一下,用意在于令她的同伴有暇脱身。

川照惊怒而笑:"若容你在我手下逃脱,誓不为人。"轻飘飘拍出一掌,沈慧薇只感一股巨大的磁力,把她逼在当地移动不了半步,不得不凝神以待。

"乖乖现身吧!"川照一面困住她,用足踢起几枚石子,向梅树后分前后缓急而去。

梅后人影倏现,未见貌,先见形。两条长长的雪白袖子翻卷如云,仿佛黑夜里闪电惊现。

黄龚亭见到那条纤细的人影,心脉贲然一张。

白衣女郎来势竟似是决绝无回,不顾川照掌风刀风凌厉无比,直向他力量范围以内而去。川照一刀已近她左肩,陡然间惊见她袖底下竟是一把清光万千的剑,自己一刀砍下去,胸口也无疑会挨上一剑。川照猛吸口气,胸腹间顿时向下塌陷数分,掌中刀一顿,依旧猛烈绝伦地砍下去。

吴怡瑾蓦然矮身,她口中咬着一物,在那瞬间奇袭而出。"嘿!"川照这一次不得不退,夹住那件东西,却是女孩子所用的一枚簪子。他气得冷笑一声。

"快走。"沈慧薇乘隙一把拉住白衣少女,回身便跑。

书苑以外灯光透彻,所有的人都听到警报赶来,但已无法拦住她们双剑合璧的脚步。

"可恶！居然让她们跑了！"川照咆哮，"这就是你设置的好机关！安排下的好计谋！"

黄龚亭满脑子里轰轰烈烈，仿佛有无数巨响不断在重复回声，只是满手冰凉，默念："你第一次也能向她下手,为什么竟是一次比一次不堪？见了她便什么都顾不上了,却如何能成大事？……更糟的是,我刻意隐瞒婉若死讯,方才却脱口而出,这一来我们之间绝无善了可能。难道真是冥冥中注定？"

秘道
MI DAO

皇甫总督未曾料及,他的八十寿辰将会在烽火连天的日子里度过。

原本他很高兴,因为他的大女儿皇甫龄在经历了多年封闭症以后总算有所好转,黄龚亭兴冲冲地特来相告:寿辰的正日子,他将会偕妻同贺。

然而,突起的战事令人措手不及。

大离朝多年积弱,与邻近的瑞芒、农苦等国家作战,往往以割地赔款求和。这种情况直到十余年前新帝登基,才有所好转。皇帝性烈如火,刚强好战,迅速改善大离朝百年积弱的现象。

年初,皇帝下旨取消之前对农苦割让的出云十城及割给瑞芒的数个物产丰富重城的归属权,以及单方面打破赔款约定,这一系列行为惹恼两个强大邻邦,今年以来战事频繁。但各辖区总督军,仍按兵不动。

瑞芒和大离两国交界处横亘着无法逾越的丛林冰山,每年十二月到三月份冰川横流,大雪塞川,如此恶劣的气候条件双方无法采取任何实质性行动,无论多么惨烈的战事都会于每年的这个时期被迫中止。这也是皇帝敢于突然同时向两个国家交恶宣战的主要原因之一,一旦进入冰封期,皇帝立刻调动全部兵马,由枢密使龙谷涵掌军,务求在此三月当中,奇兵击败农苦。

这事经多年筹划,本来极有把握,不料临时变故出乎所有人意料,从已经被封锁的山区内,突然冒出一支精良瑞芒军,攻入兵员几近抽空的大离国境,如入无人之境,猖獗凶狠,生灵涂炭。

皇帝震怒,朝中良将都已北伐,任禁军统领川照为西线兵马大元帅,出动京营,并征集一切可用之兵。这一次,各地总督亦在发兵之列。节度使军是自备,历来数量极少,不做规划。

皇甫总督忧心忡忡。他年事已高,对于家国、战事、胜败的得失荣辱之念远远比不得从前,此刻一心所牵挂的,不过就是十年来朝思暮想的亲生女儿。皇甫总督早年无嗣,四十岁以上方得此女,从此开枝散叶,家业兴旺,他始终认为这一切幸运是由此女儿带来。

他走得匆忙，甚至未及召来黄龚亭交代，就已上路。

所幸，没过两天黄龚亭派人赶来报信，表示皇甫龄因为重病初愈，想念父亲，他将会照顾妻子赶来战地，向老父亲贺寿。闻听此消息，皇甫总督真是喜出望外。

不过军中接取家眷，乃是大忌。是以皇甫总督和黄龚亭约定，起更后，悄悄将久违的人送来。

是夜，大帐之外，浓密的风雪湮没了仅有的几个士兵的身影，一阵阵扑在帐篷上面，皇甫总督听着，一声声都似化作女儿急促的脚步。老人心里涌动着难以言喻的悲怆之感，两眼微微湿润。——是什么样的痼疾，使女儿十年来失去自由失去欢乐失去爱，只能够躲在阴暗的地方独尝苦痛？

十年长而又长的日子对女儿的思念化作烈火般燃烧，几乎使得这八十岁的老人坐卧不宁。

风声里传来一丝异样的声音，皇甫总督霍然而起，以火热的目光注视着挑帘进来的人。

黄龚亭把仆役背上背着的女子小心翼翼地扶下，抱到地上坐着，解开了裹紧女子的毛毯，露出一张苍白而枯瘦的脸来。

"这是……"皇甫总督迟疑半晌，颤声问，"难道、难道……"

他说不下去，震惊地抬起手，轻轻触摸那张熟悉而又陌生的面庞。

"你是我的女儿？我的女儿……怎么会变成这个样子？"

女子苍白的脸飞起一片红晕，颤抖双唇道："爹爹，女儿不孝，这十年来睽违慈颜，惶恐不已。"

听她说话，老人这才确信了似的一把抱住面前女子，然而，手臂上顿然落空的力量使他大惊："怎么？怎么回事？"

黄龚亭微微叹息着转目不视。皇甫龄自己撩起身下长裙："爹爹！"

漆黑的长裙以下……空无一物！

皇甫龄泣不成声，她丈夫一脸挚爱与哀伤，代她道："令嫒炼制药品，不想被反噬。这样的晴天霹雳，任何人都无法接受。这十年来她痛不欲生，自闭自苦，只为心中牵挂岳父大人，终于渐渐又活了过来。"

总督大恸，女儿是多么骄傲之人作为父亲不会不清楚。皇甫龄昔日"毒媚娘"的芳名传遍江湖，人提及莫不畏让三分，一旦这种荣耀，被她自己亲手击溃，其间所经历的痛苦不难想像，由此罹患自闭症原在情理之中。

"孩子，你可是受了苦了！"重兵在握的老人没有了丝毫威严的架子，此时他的反应如同世间一切父母，老泪纵横地抱头相泣。

黄龚亭频频轻叹，微微下垂的视线犀利而冷锐，带着一抹深不可测的冷嘲。

父女激动人心的相会不上一个更次，残疾女子的精神即明显不振，黄龚亭借口妻子体弱并且只有他善于区分病况加以照料，带之离去。皇甫总督怅然地望着远去身影。

在他身后，轻悄无声地出现一道人影。

她在军中，亦扮成士兵模样，行动宛若狸猫般轻捷，别处都看不出端倪来，只是眉目间的清丽逼人，令她还是只能小心翼翼地藏匿行踪。

总督缓缓道："你不是说，我和女儿见面后，她将有所表示？"

吴怡瑾道："大人，也许夫人受到钳制也说不定。"

"即便如此，她也应该有所暗示。"

"我想，一定有其他不为我们所知的原因。大人，家族戒指，只有夫人一人知晓，连您也不知藏在何处是吗？"

"那是没错。可……"老人跌坐在地，浑浊的眼里没有半分神采，仿佛短短时刻的相会，给予这个老人的震动，足以使他猝然间变得更加苍老。

"大人！"吴怡瑾道，"请你给我一点时间，我会查出原因。"

总督思考良久，颓然道："好吧，我再信你一次。可你记着，我只能给你三天时间。无论如何，女儿在他那里，如果三天内找不出原因，我就会把总督兵权正式传给他！"

他沉默一会儿，又道："我父女相会，就算只有一天，一天完整的时间，就是立刻就死，我也无所遗憾了。除此之外，我还有何事介怀呢？兵权……兵权又算什么？"

吴怡瑾见他如此，恐怕是三天也未必有耐心等，便说："请大人也帮我一个忙。必须引开黄龚亭，我才有机会接近夫人。"

"我会安排的。"

吴怡瑾走出来，和沈慧薇相见，把情况说了。沈慧薇沉吟道："若夫人不是故意，这种情形有两种可能。一是她神志被药物或其他的方法所控制，现在不过是个傀儡，另一种可能则是黄龚亭掌握了夫人的弱点，使她不得不如此。若是后者，事情更难办。"

吴怡瑾微微皱眉，想着那个阴森如地狱的处所："以那个女子的阴鸷忍耐，未必是后者。"

"我想也是。那天晚上，川照给过他一包药，想来就是此物效力。"

皇甫总督果未食言，第二天驻军扎于原地，令人请黄龚亭来，执意与他不醉不休，席间老泪纵横，虽不便明言见到女儿，但传位的意思已很明显。

这个传言由筵席间传了出去，不过半天功夫，军中便已传得纷纷扬扬。

而此刻，沈、吴二人却悄悄设法进入了黄龚亭营帐。

然而，帐内空无一人。两人相顾失色，情知事情有变，立时抽身而退，整座大帐倏然凭空掀起，四周东一晃，西一晃，蹿升的火苗耀眼夺目，冷森森的兵伐之气扑面而来。数千兵马潮水般涌动,满山满谷皆是战鼓声,最里面的举着短刀利剑,外面一重拿着绊马索以及倒钩网面,最外面,则是长枪强弩的骑兵。

重围中,白马银铠,黄龚亭殷殷微笑:"吴姑娘,你若想见拙荆一面,在下求之不得,何必如此大费周折?"

吴怡瑾脸上微现因怒气而致的红晕,即刻退去,目不转瞬瞧着对方。数千兵马包围着两个弱小女子,黄龚亭亦下定决心此次必不容她们俩轻易逃去,满天火光映着遍地清雪,照在那少女脸上和所穿的士兵盔甲之上,红白两种颜色都似闪电一般明丽,刺得他双目生痛。却见她收回冷冰冰的目光,微一侧头,向着同伴道:"慧卿,真是对不起,我连累你了。"言语轻缓,不紧不慢,沈慧薇微笑不置可否。黄龚亭一阵阵心潮澎湃,只觉风神如画,清雅扑面,仿佛从兵戈利器之间,突然氤氲满江南云水缥缈之气,他心神俱已远游,身不由己道:"你两位若能弃刃归降,我绝不与你们为难。"

吴怡瑾淡淡一笑,没有答言。沈慧薇却笑道:"我们姊妹受总督大人邀请,各处随便走走,敢是犯了大法么?诚惶诚恐,这就告退了。"

黄龚亭见她仍如无事人一般,他明明优势在握,却如一根绷紧了的弦般紧张,丝毫无心玩笑:"既是受总督大人邀请,在下是新任总督,如此,也一样视姑娘为上客,请。"

沈吴对视一眼,均想:"原来皇甫总督终究忍不住了,让他得逞。"阵前换帅,三万兵马人心何向,确是危险之极。这一点比沈慧薇听说是川照统领西军更为忧心。

请字出口,众兵士闻风而动,重重叠叠扑了上来。吴怡瑾随手震开几枝长枪,发现这些士兵绝无武功高手在内,不过拥上来的人如同潮水,人多聚集的力量也就越大,即使武功再高,也禁受不起数十人组成的人墙一次撞击之力。

忽然一只柔软的手伸过来,悄悄握住她。"千万不要离开我。"千军万马之中,沈慧薇仍旧镇定若常,盈盈微笑。吴怡瑾看着她的眼睛,她温暖柔软的手传递着坚定的感觉,失去师父以来一直如孤雁失寄的彷徨忽然之间得到依靠,那个无时无刻不谈笑自如的师姐给她以一种最温暖最宁静的安全感,又是和师父在一起时的样子了。

接连几次撞击,吴怡瑾额上微微沁出汗珠,索性摘掉碍事的卫士头盔,风吹来,乌黑的长发随风扬起,突现的惊人丽色,仿佛寒夜里刺破云层的闪电,照亮了每个人的心和眼睛。所有士兵齐齐倒抽了口冷气,瞬间一阵呆滞,然而等到定睛再看时,袅袅而起的云雾霎时使得那绝丽的容颜若隐若现。

云气以沈吴为中心,飞快向上升腾而起,几乎不用一盏茶时分就弥漫了整个山谷。士兵们一开始还相互可以看见最短距离之内人的脸,很快就连面对面站着也不分彼此了。只听甲胄兵器不住相击作响,马嘶人吼,惶惶不安,山谷连营燃烧的一堆堆篝火像夏夜萤火虫微弱跳跃。

"怎么会这样?"眼看即将成功,却天降大雾,黄龚亭只觉一股干火直冒出来,烧得心里口里火烧火燎，"不许乱了阵形，大家守护好，各自守护好！不要乱，里面的人跑不出去！"

他一挥手，十几道本来湮没于士兵群之中的影子悄无声息地蹿出来，扑入包围中心，人群中接连发出几声惨叫，有人大惊："不好了，她们想逃走，快拦快拦！"

黄龚亭微微冷笑，他事先于士兵当中安排了杀手，如果仅靠大量士兵就能把那两人困住，这些杀手无需露面，一旦遇到这种意外就必须由他们出面。杀手们当然不会顾及到士兵的性命，惟一的目的只是用最快的时间和速度去达到他们的目的。

蓦地，一个士兵大叫起来："不对！没有雾！没有雾！现在升起来的不是迷雾！"

黄龚亭猛然向后转身，只见天边流云，山岱清廓，映着月华辉光，满山堆积的白雪连绵，明晰得如雕如镂，他豁然朗悟："不好，准又是那个丫头在捣鬼！大家小心了！集中注意力！这不是迷雾，坚持一会儿就能散去，外围的人，立刻张旗，鼓荡起风，这些雾或许一遇着风就散开了！一旦有人跑出去，就——"

他猛一顿，然后咬牙切齿地吐出两个字："射箭！"

可是浓雾弥漫的程度越来越是严重，黄龚亭想出来临时应急的法子，张旗鼓风，非但没有起到预期的作用，反而有如火借风势，使迷雾变得更加无孔不入的浓密厚实。因为杀手在行动，也因为士兵的过于紧张而相互莽撞，被误伤的人也越来越多，黄龚亭也喝止不住如此乱成一团的局面了。

吴怡瑾和杀手交了一招，力量之大使她向后猛退，她借势而退，脚尖点住一个士兵的长枪，飞身跃起。在这一霎有阵猛烈的风擦着她的脸颊过去，沈慧薇那边似乎遇到了什么阻击，左手感觉为之一紧，但随即跟着过来，同她一起跃过一重重的人马脑袋。吴怡瑾记住骑兵方位，抢过去只一招，便将人逼下马来，她顺手一拉，把身边女子同时拉了上来，放马狂奔。

"她们逃出去了，射箭射箭！"

万箭齐发，飞蝗如雨，冲出去的马匹很快形如刺猬般倒下。然而，马背上空无一人，不知何时已逃上山崖。

夜色迅速吞没了两个人的影子，山道崎岖陡峭，雪铺如银，也是仗着轻功卓绝才敢走上这边。吴怡瑾受了一点飞蝗擦伤，左臂受伤剧痛，左手上的力量也随之加重，沈慧薇的速度慢了下来。

"慧卿？——啊！"她回过头，突然大吃一惊。同伴左胸的铠甲里，不住有鲜血透出，几乎染红了半边身体。

"你受伤了！"吴怡瑾把她抱住，双手不住颤抖。这是什么时候受的伤？她为何一声也不出？

"是我们在往外冲的那个时候，对不对？"吴怡瑾极力回忆着，那一道阴寒生猛的金铁之风，因为自己飞身起跃，而沈慧薇事前并不知道，而且她的右手拉着自己左手，行动的迅捷和方便大大受到妨碍，但自己起跃的那个刹那，她明明感觉到逼近的危险，却仍毫不犹豫地相随，这才受伤。

伤在如此要害的地方，这一路跟着自己飞跃抢马，翻滚脱逃，她竟然一声也不出！

"慧卿呀……"她抱着她跌坐下来，喃喃地叫了一声，带着几近于苛责的眼光望着她，"你可以拉住我的，我们可以再忍一会儿，找到最契合时机的，为什么不阻止我？"

沈慧薇面色如雪，却不住微笑："激战时分，容得你一再找机会么？你没怎么受伤，这就很好了。"

吴怡瑾把她抱在膝上，伸手拉开那么沉重的盔甲，一道枪伤赫然在她心口上面两三寸处，伤口触目惊心。

"这里还很危险，你独自走吧。不过……"她从怀中取了一样物事，塞在吴怡瑾手里，"找到一个叫钟碧泽的人。还给他，他委托的任务太重，我根本完成不了。替我说抱歉吧。"

吴怡瑾不耐烦地推开她的手，匆匆做着止血包扎的简单处理，喂她服用了两颗随身带着的药丸："伤口不在心脏，你不会死的，别和我说这些。"

"只是怕我想说的时候就没机会了。瑾郎，我……认识你的时间不久，但我能求你一些事吗？"

吴怡瑾把她背起来："说吧。"

"你放下我，别这样。"

"你说吧。"

"……瑾郎？"

"……嗯？"

"碇碳帮是由张敞祖师所建。"

"我知道。"

"他还没有死。"

"是吗？"

"因为他是闪族人，受到大离所有人的敌视，不得以借口假死。他的义女程雪雁，就是我们第二代帮主，但她也是早早传位给了第三代帮主，即现在的白帮主，所以碇碳立帮只有短短三十年，却已换了三代帮主。"

"这个你以后跟我慢慢讲。"

"我的武功是由程帮主启蒙，而后，师祖把我送到闪族，从那个封闭的地宫闯出来，我就必须成为闪族的守护圣女。"

"什么？"

"闪族是一个漂泊无寄的民族,人们以为那是嗜血的邪教,凝结了天地邪恶之气。他们每到一个地方,被当地人仇视、追杀、驱逐,千年以来颠沛流离,误解加重仇恨,而仇恨又加深了苦难。守护圣女职责所在,便是守护闪族十万子民的安宁。……我发过誓,虽然我是中原人,但我会尽到自己的责任,保卫闪族安全,帮助他们找到世代可以休生养息之地。"

"你不要对我讲这些。"

"瑾郎……我请求你能帮我做到……"

"你才是闪族的守护圣女。"

"瑾郎,还有一件事。"她的声音蓦然一紧,其间透出的紧张、清冷以及痛苦之感,使吴怡瑾一时也不敢贸然打断她的话头,"师祖早年……我想他是受过好朋友的出卖,尤其是女人……所以,他建立碶碪帮,却并不是怀着慈爱之心。……他……他的行为……他的行为……神人共……"

她轻轻叹息一声,咽下最后那个谴责的字眼。吴怡瑾不住地走,她在她背上颠簸,似乎神志也随之起伏,宛若梦幻,"他待人很严苛,你一直跟随剑神,是多么幸运。你可曾看过碶碪帮规……不可思议的严苛、冷酷、残忍、无情。瑾郎……所以,我想求你第二件事,将来你要废除它,一定要废除它!要小心那个人,不要让别人再落到他手里……碶碪招收的多数是女孩子,我真的希望所有的女孩,在碶碪找到真正的安身之处。瑾郎啊,你比我聪明,比我善良,比我好,你定能做到。"

吴怡瑾背着她走近一道山谷的隘口,风雪簌簌地扑下来,迷离了双眼。沈慧薇在她背上瑟缩,不知不觉昏迷了过去。

等她再度醒来,发现自己躺在一个山洞里,身下铺着厚厚的草叶。山上银雪铺被,这些草叶不知是从哪里找来的。正感然,吴怡瑾抱着一堆枯木进洞,向她微笑:"你醒了。我们已进入边关岭区了,他们不可能大举搜山。你在此好好休息,我去去就来。如果太冷,就点火。不过……最好是忍一下,火堆容易让人注意。"

"不要!不要走!"

沈慧薇抓住她衣角,手指一点也不放松:"你去哪儿呢?你陪我,我要你陪我。"吴怡瑾微笑:"刚才还有人赶我走来着。"

沈慧薇道:"是,我多么任性。瑾郎,不要离开我,瑾郎,你抱着我我才暖和一点,我怕冷、怕孤独、怕被人遗弃,求求你不要扔下我。"

她眼神明亮,两颊通红。这是伤口不曾做及时处理以后的恶化现象,她开始发高烧了。吴怡瑾有些着急,她的伤虽然不在心脏,但也是伤在危险的地方,何况伤口还很深,以她的武功,如果不是自己没有顾及到她安危的话,她根本不会受这么严重的伤。偏偏这时,这个平素嬉笑自若、大大咧咧的师姐看起来如此柔弱可怜。

她半是昏迷半是清醒的话在心间一一流过，吴怡瑾一点不怀疑那是她找一个倾诉的机会，把心底里最痛楚最隐秘的话通通讲出来。——她以为自己就要死了，而其实，她似乎一开始就不想活。怎么会这样？怎么会是这样的呢？

吴怡瑾弯腰，重新把她背起来。沈慧薇颤抖一下："做什么？"

"你不要冷不要孤独，我们一起走。"

"去哪里？瑾郎，你现在应该回去啊，你带着我不行，我会变成累赘的。"

"谁说我们要回去？"

"……啊？"

"我在这里附近看到过参客团，这山上有非常好的人参，或者还有别的药。我们去找。"

"那……那不行！"沈慧薇吃了一惊，很快挣扎起来。

吴怡瑾紧紧按住她，生气地说："你不想浪费我力气的话，就别再乱动。"

"别这样。"

"我们第一次见面，你把朱睛冰蟾让给我，那个时候我想我要认识你，我喜欢你，你会一直像大姐姐那样关照我、爱护我。"

"不是的。你很强……"

"在地宫里，上面大火烧起来了，我们找不到出口。正在忙乱无措，你来了，也因此一切危机迎刃而解。"

"没有我你一样出得去。"

"被两千铁骑围困起来的时候，我看见你的笑容，忽然感到安定。我失去了师父，仿佛失去生命主宰，从那以后我要一个人面对所有，我一直在彷徨，在胆怯。然而你对着我笑，你握着我的手，失去很久的勇气又都回来了。两千铁骑亦若等闲。我等着你拿主意，出奇计，等着你把我带出险境，你果然也做到了。可是，最终我发现我错了，想要温暖和依靠的是你，真正像在大海迷航、随便找一个点就想永久归航的人，也是你。"

"……"沈慧薇彻底沉默下来。

吴怡瑾忍了又忍，终于道："你一直想死对吗？"

伏在她背上的人没有回答，只是微微一颤。

"你一直想死。你去守护闪族安宁你想改变瑷媞现状你也想完成平乱印所托付的任务，但是你同时却在无时无刻地害怕着逃避着。所以你不顾一切地受了伤，然后一股脑儿把这些重任推给你随随便便认识的任何一人，自以为做得很妥当，可以安心。"

"我没有随便给一个人……"

"住口！"吴怡瑾冷声呵斥，"你不许说话，再也不许说话！我要你好好养伤，要你很快地好起来。你担负了太多责任，所以决计不可以死。如果你不听我的话，继续糟蹋自己的身体，那么你就去死，然而以后你不可以再见到我，托梦都不可以，我不见你。"

沈慧薇几次插不了话，听到她最后故意用极孩子气的口吻所说的狠话，终于低低地笑了起来。

吴怡瑾生气地道："你又在笑什么呀？"

"我不死的话，如果……你可以多说两句话，那也成。"

"……"

"瑾郎。"

"……"

"瑾郎？"

"……"

"哎哟！"

"你要我说什么呢？"

"讲故事吧。"

"讲故事？！"

吴怡瑾倒吸一口凉气，很快又感到庆幸，她没让自己说笑话。

她们已经走入了千重深峦，白云在脚下低飞，大雪却在云层之上飘飞，放眼皆是雪白，叠起千荡起伏。吴怡瑾不知道走了多久，只觉得自己的力气也在一分分失去，背上的女孩很久以来都没有说过一句话，无论自己怎么引她、逗她甚至骂她。

当务之急是找到药材，足以疗伤的药材，人参、灵芝，或者何首乌，或者即使发现一只虎、一头熊，也足以成为救命至宝。然而或许是因为在冰封期的缘故，她什么都没有发现，只有几次从结冰的硬土底下，挖出一点枯碎草根，嚼碎了把汁液喂入昏迷人儿的口中。

忽而眼前一片眩然，红日毫无预兆地当空升起，天空里到处弥漫着的雪花霎时一洗，天边雪白的山色映着湛蓝长空。终于迎来了日耀当空，吴怡瑾觉得自己的心境也像阴霾扫尽的长空，无限清澈起来。她认识这个地方，应该是翻过一道山岭，就能找到一片人参生长地了。即使找不到人参，只要从这边隘口出去，不多久就会到大离驻扎的秦州军营，但之前听说瑞芒突出奇兵，而秦州兵营空虚，想必此地已为瑞芒所踞。不过，只要能到有人的地方，沈慧薇才有活命的希望。除此而外，任何危险她也不怕。

她把沈慧薇从背上解下来，搂住她，轻唤道："慧卿，你醒一醒。你努力一下，不要再睡过去了，我们很快就到了。"

雪色掩映里，稀薄却耀眼的日光洒在昏迷人儿冰凉的身体上面，她手指动了动，似乎也感到温暖，她的脸色不再苍白得死一般可怕。吴怡瑾轻轻吁了口气，欢欢喜喜地把脸颊贴在她胸膛之上。

"吴姑娘,我们可算有缘,又相见了。"

突如其来的声音令得吴怡瑾大惊,按剑而起。——有人笑容满面地站在那里,华贵无比的绣金衣袍折射出神人般的光芒。

吴怡瑾是那么吃惊,冷锐的眼神变幻不定,最后慢慢凝定下来,冷冷道:"是你。"

"我注意你很久了。"那个男子笑容可掬,"为什么跑进山来呢?你不知道这里随时会有兵马出没,非常危险吗?你抱着的这个人,是受伤还是生病了,她是——"一个谁字没有出口,他看清了那张冷白的脸,微微一惊:"是她?"

"你做什么?!"

根本未曾料及,那个人如风一般卷来,从吴怡瑾手里抢过昏迷少女,看着,更吃惊了。吴怡瑾怒道:"快还给我!"

剑光已到身前,硬生生止住。身形高大的男子迅速转过身,朝山脚下一个微凹的沟壑快步走过去,那里,有一排小小的白色连营,与冰雪山岩融为一体,若不走近细看,全然区分不出来。

他率先钻进营帐,吴怡瑾犹豫一下,也跟着进来,见那人盘膝而坐,他的手按在沈慧薇背心,很显然,是在默运玄功。

"你……"

男子不做声,过了一盏茶时分,他才抬起头来:"她没事了。不过,伤势严重,还不会全部复原,需要时间和其他的药物。你不用担心,我会叫人准备的。"

吴怡瑾默不作声,把受伤人儿抱回来。她的脉搏平稳而有力,凶险之象已退。她不由得抬头瞧了他一眼,他正笑眯眯地看她,那么一张气势凌厉的脸,对着她却是温存而耐心。

见她不语,那个奇异的男子叹了口气:"让你说话也真难呵!"站起身,大步流星地往外走去。

"等一等——"吴怡瑾忽然出声,那人脚步在营帐门口停住,回头:

"怎么?"

吴怡瑾低下头去,轻声:"多谢。"

那人愣了一下,随即纵声大笑,走出营帐,他的语声在外面微微透过帐篷传入,随即有脚步跑动起来。

沈慧薇尚未醒转,不过,她脸色大为好转,呼吸也趋于平稳,已安然度过了凶险。吴怡瑾替她盖好毛毡,抱膝在一旁守着。

一名侍儿模样的少女送了吃食过来,还有煎好的汤药。喂沈慧薇喝过了药,她仍旧沉沉睡去。

外面略显匆促的脚步不断纷纷传来,似乎比之前要多,脚步也显得凌乱,仿佛传递着某种惶惶不安的情绪,许多人压低了声音在说话。

这名男子在延绵深岭中出现,举动神秘,大有用意。若自己在侧,显然是给他们的行动带来不便。吴怡瑾想了想,轻轻走了出去。

山里天气多变,几丝铅色的云悄然垂在头顶,天色阴霾,沉沉如铁。寒风挟着雪气吹过,刚从温暖如春的帐篷里走出来,白衣少女的身子微微战栗了一下。

"明明看到又一支军队从那个山口里面出来,却仍然未曾发现是从哪里过来的,是这样吗?"

这是那个神秘男子低沉的嗓音,此时此刻,那个从来都微带戏谑但又不失威严的声音里却明显有了几分怒气。

"是……是的。"另一人低声回答,"这一支队伍人数很多,大约有两千五百人,不过……就像是被法师突然放到那个山口上似的,在此之前,末将未曾发现有丝毫的预兆。"

"两千五百人……秦州已为瑞芒所夺,这样算起来,他们的兵前前后后屯了三万以上。"

"是。"

"期颐皇甫总督前天正式把兵权传给黄龚亭,他手里也是三万兵,其他,或者还有咱们不知道的数目,把所有不确定的兵数算起来,应该不会少于十万。"

"是,主上!皇甫总督真是大胆,他居然胆敢不禀报朝廷,就匆忙把兵权出让。"男子顿了顿,似乎为这声"主上"而大感不快,生硬地回答:"你们的任务是找到从大离通向瑞芒的那条路。"

"是。"另外那个声音变得十分惶恐,"末将立刻就去!一定会找到那条路!"

"主上,"另一个人插了进来,"不过在此之前,您必须立刻撤离,这里离那个山口太近,秦州已经全部是瑞芒的人了,您在这儿太过危险,请主上尽早离开。"

"我不会离开的。"

"主上……"

"不许废话!"男子呵斥,"这条计策是我定的,如果出了意外,也将由我来负责解决。不必再劝,我必不后撤。"

"可是……"

仿佛听见什么动静,小小营帐里压低了声音紧急商议的七八个人一齐回头。冰天雪地里的白色人影,几乎和天地融为一体,风雪透过她的身体打了进来,所有人都吃了一惊,霍然起立,握紧了手中的兵器。

吴怡瑾微微欠身:"很抱歉,我不是故意听到这番话。我原想向主人辞行……如果不能原谅,听凭主人发落。"

男子注视她片刻,鹰隼一般锐利的眼睛慢慢和缓下来,说:"你是吴怡瑾,她是沈慧薇,同是瑷碳帮的人。我们本来就已结盟,即使你听见了也无妨。"

吴怡瑾微微动容,眼里有深思的神色:"你是……"

那人道:"钟碧泽。"

"钟……"吴怡瑾蓦然吃了一惊,脱口而出,"你就是那个、那个……"

钟碧泽察言观色,道:"她都和你说了是么?"

"因为她受伤,以为完成不了你的托付。"

"是这样的,我明白,不会怪她。"钟碧泽听着吴怡瑾微微着急的分辩,朗然而笑,"也是我托付的时候怕她不受,使用了激将之计,不料她甘愿为此拼上性命。唉,真是个傻瓜,一万个黄龚亭的性命,也抵不上一个沈慧薇呢。"

帐中几个人听到他如此说话,不由得深感不安,相互偷偷传递着眼神。

"你刚才说什么?要离开吗?"他又说,"这是不允许的。岭区以外的战事已经开始了呢,你一个人,武功再高也难以脱险,更何况,还要带一个受伤的人。"

"是。"吴怡瑾道,"我原以为——你们另有要事,不便与人言。"

"可是现在,我们好歹算得上联盟呢。"

钟碧泽又大笑,"好歹"那两个字,无疑有些贬义,仿佛他把平乱印赐给沈慧薇,并不是什么重大的事,而是随心所欲的游戏罢了。这个人身上那股深沉而霸气的味道令吴怡瑾隐隐有些不悦,还是觉得及早避开他为上,却有一句话不得不说。

"的确有一条秘道。——从瑞芒到大离,每年的这个时间,的确有一条秘道,是没有冰封期的。"

"什么?"这下轮到钟碧泽吃惊了,"的确有一条秘道?你知道?"

"我跟着师父来到此地之时,也是这个季节,可是,却意外见到一个外来参客团。奇怪的是,那批参客团分明是刚到此处,而人人衣着光鲜神态轻松,仿佛对于穿越天险视若等闲。"

她往往在没有必要之时,不肯多说一个字。钟碧泽思索一下,立刻明白了她师徒认为奇怪之处。瑞芒盛产宝石玉器,但是物产贫乏,尤其在冬天,药材奇缺。所以尽管每年冰雪塞川,却仍有不怕死的瑞芒参客企图翻越冰峰,采集药材牟取暴利,不过往往很难穿越天险。这群参客团如果是在冰封期越过天险,却又视若等闲,当然值得引起注意了。

"我师父暗自跟踪,发现也不过是寻常之人,但从他们交谈的话语之中,得知大雪山里穿出一条捷径,周年冰雪不封,他们计议独揽此道,可大发投机财。师父打探了一下,无果,又以为那条路既隐秘也一定非常狭窄,不足为虑,事后也不曾多予挂怀。"

"现在敌兵拥出的方向,就是你们师徒曾经发现的那个所在?"

"差不多。"

钟碧泽不语,只负手在地下来回走了几圈,恨道:"可恨留守在边关的军士未必不曾见过这类参客团,却从未引起注意。"

吴怡瑾道:"我能找到路。"

"可是你刚才说没有打探出来?"

"是,当时我没在意。但应该是已经发现了端倪,所以一定可以找到,而且,照那里的地形看来,只需少数精兵,便可阻住敌寇。"

钟碧泽心中一喜:"你若立此大功,要什么奖赏都可以。"

吴怡瑾淡然道:"阁下救我师姐,此恩难报,何况现在我们'好歹'也算得上是联盟,这是我该做的。"

钟碧泽顿时噎住,又好气又好笑,但看她神色间不可侵犯的神色,方知那绝非玩笑,只得慢吞吞地叹了口气。

清
QING YUN

云

朔风漫卷，万物凋败。

山脚下，这是一个在战争中遗弃不久的村子，疏疏落落十几户人家，到处有火烧过的痕迹，房塌梁倒，人烟俱失，满目疮痍。

沉重迟缓的脚步踏着坚硬的积雪艰难而行，暴风无情嘶吼，裹着年迈苍苍的老人身躯。天气冷得足以使人的血液结成冰块，但是这个老人头上却冒出腾腾热气，豆大的汗珠从布满皱纹的额头滴落。

然而无论走得多么艰辛，老人脸上却是洋溢着幸福和满足的微笑，视若珍宝般地紧紧抱住怀中的一个罐子，小心翼翼护着它。

老人朝一所被火烧掉一半的砖舍走去，比起村子里绝大多数以茅屋为主的建筑来，看样子这砖舍原是此地的小康人家，却也在战争中和其他人家一般被摧毁了。

老人轻轻推开木门："龄儿！龄儿！"一面瞪大眼睛，努力适应内外光线的差异，很快看见地上蜷伏着的一个玄衣人形。

"爹！"那个人形动了动，发出微弱的声音，一面缓缓地爬起来，靠墙而坐，"爹，您又出去了。您不该这样，这么大年纪，还为我操劳。"

"没关系，我很开心。"在让出兵权以后，终于见到这个被藏在废弃村庄里的女儿的皇甫总督，显得心满意足。

"只要有女儿就可以了，做父母的本应为儿女操劳，我都十年不曾为女儿做过任何一件事，也没有听见你任何一句话了。"

十年来阴沉而枯竭的眼睛微微湿润："爹爹！"

"对了，你瞧我多糊涂，我找到好东西呢。我今天居然找到了一户人家，他们居然还有一头羊，你看，这是我讨来的热气腾腾的羊奶呢！"

总督像捧至宝一样地把罐子捧到女儿眼前，然而，他的脸色僵住了："这……"一路奔回，虽然极力护着这珍贵难得的东西，罐子里那半罐羊奶还是结成了冰。

"我、我去生火……看看生得起火不……这可是极好的营养呢！你现在正需要！"

皇甫龄忽然起手夺过罐子，一把摔在地上，从碎片里捡起结成冰的羊奶，一个劲儿往嘴里塞："爹，这样就很好。"

总督叹了口气，枯老的脸上都是痛苦之色："爹真是无能，让你受这么多苦。"

他视线移到残废女子空荡荡的下体部分："这么说，是那个畜生亲手割去你双足，把你关在见不得人的地方，然后又极尽花言巧语来骗我！——那个畜生，他会得到报应的！他不得好死！"

"爹爹，您真不该把那个位子传给他的，我不是之前已将戒指当做信物交给一个女孩子，转达我的意思了吗？"

"可是，那个小贼带你来见我，一副情深义重的样子，你也没半点异常表示。"

"这是因为我被他灌下药去！那个时候我一切都是身不由己，包括我的表情和动作，可我心里却是明白的！爹，我有多么着急，怕你上他当，最终还是被他得逞了！"

"其实我并非毫无怀疑。但是女儿啊，我等不及了。他说只要传位，我就可以天天和你在一起了。唉，龄儿，我八十岁了，荣华富贵俱已享尽，这世上没有什么比儿女亲情更重要了。"

"但爹爹，那个畜生他不会放过我们，他根本不是人，不会让我们好受的！爹爹一旦失去权力，也只能任其宰割。"

"放心吧。"老人风霜清奇的脸突然绽起笑容，浑浊的眼睛里闪过一丝狡狯，"你爹也不是任由宰割的人呢。即使我现在不让位，也不可能占着那个位子太久了。皇帝猜疑日重，对于各地分散兵力的注意不是一天两天了，我不让位，迟早也要面对皇帝，这会给全家带来莫大灾难。这种敏感的状况只有那个小贼利令智昏，他才看不出来，或者，他野心膨胀到自以为有能耐里通外国、平步登天呢！嘿嘿，比起皇帝，他差着远呢，现在他自身难保！"

皇甫龄一震："爹，这是怎么说？"

"小贼一拿到兵权，立刻联合其他几个蓄意作乱的总督，和不知从哪里潜入大离国境的瑞芒精兵，由西线大元帅川照率领，准备趁着国力空虚之时北上，强占京畿呢！不料，川照是皇帝做下的套，此人花了十几年的功夫做出通敌的样子，甚至让瑞芒得到不少实惠，谁都不会想到这是皇帝一手安排的。哈哈……结果是除了京营以外，山里还藏着几万精兵，一夜之间，小贼兵败如山倒。而瑞芒的损失更是惨重，川照派人找到了那条秘道，设法引起雪崩，把瑞芒屯着的几万骑兵生生压死在秘道里！这是一场辉煌的胜仗啊，瑞芒折损数万精兵，来年无力再战，而朝中反叛力量由此彻底扫空。"

"是吗？这么说，那个人……那畜生也被杀掉了？"皇甫龄不关心如此惊天动地的变化，只尖声追问。

"这个……我没听说……多半如此。嘿，自以为掌握了最佳时机，刚拿到兵权就敢这么做,这小贼反正死定了。"总督安慰地拍拍女儿,"总之不要担心这个人了,等战事一结束,我们就回故乡去,爹在那里早已准备妥当,女儿,你以后再也不会受苦。"

"是。"皇甫龄垂下眼睑,一种凶恶的光在那低垂的眼里闪动着,就像是饿极了的野兽所发出的凶狠的光,不亲手把猎物追缉到,送进嘴里吃掉,绝不甘休。

那个恶贼害苦她一世,即使丧了命,却不是她亲手报仇,也是永远的遗憾。皇甫龄一生与毒物为伴,十年来不见天日饥餐人肉渴饮血的生涯更令她一颗心里除了刻骨仇恨以外装不下任何东西。亲情和友爱……仿佛九天重重阴霾以上的东西,这一辈子都距离她太过遥远了。

"要报仇,我要报仇。"望着父亲开始忙忙碌碌的背影,她在心里一个字一个字地说,"他才不会死,我知道他在哪里。"

阴冷而咆哮的风吹着,仿佛要把半山腰艰难爬行的那个女子生生撕裂。

墨绿深衣里伸出磨光指甲的十指,攀住一块块残留冰雪的石头,没有脚,用手也可以。

风在呼啸,仿佛把一缕悲怆的声息送上山腰:"龄儿!你回来,回来吧!"

她咬着牙,坚持不回头,再三告诉自己:"那是幻觉,是幻觉。离开爹爹很远了,他找不到我,我也听不见他的声音了。"

父女亲情,在八十岁老父亲的眼里至高无上,兵权、荣华、仇恨,那些都不值一提。但是在生不如死的痛苦里折磨、浸淫了三千多个日日夜夜的满怀仇恨的断腿女子,报仇雪恨,亲手杀死那个恶魔一般的负心贼,才是生存的惟一意义。

听到了兵败的消息,但是以那个小贼的武功和诡计多端,肯定是会从乱军中逃出去的。而他逃亡的方向,只有她知道、她知道!

第一次和他相见,那个小贼,就是躲在那个连捕食的野兽也无法寻至的地方,悄悄舔食满身伤口,失败的痛苦尚未消退,眼里重新燃起斗争的渴望。她是一路暗中跟随他过来的,从而对这个野心勃勃、刻毒阴狠等待机遇的江湖混混产生好感。以她的卓著声名以她的繁华家世和这个一名不值的小混混成亲,从此一心一意把所有一切他没有的带给他。

但是他的刻毒阴狠,用在前代江湖首盟身上,用在奉承多年的徐夫人身上,亦同样用在这个大过他五岁、同样阴狠却善妒的妻子身上……

她爬上一道山坡,喘着气在上面休息。万仞冰峰在对面闪着冷彻夺目的光华,曙色微透,乳白色的晨雾把万丈深渊填得扑朔迷离,潺潺流水从密林里透出,万古不变的水声。

她深深吸一口气，探手抓住一块突出的巨岩，全身蜷伏，探出其外。蓦然，松开了手，身子扑下，但另一只手却抓上了另外一块尖冰，她勉强抬头，看见了斜下方一个浅浅雪窟，乱石嶙峋，人在其上几乎无法立足，对面稀疏地透出一线亮光，看来这个雪窟两头镂空，类似于桥洞一般。

皇甫龄所在的位置，和那个雪窟之间，有深不可测的沟壑隔断。

要荡过去才行，但是没有了双腿，连这一点也难以做到。她在心间迅速计算着角度、力量和距离，一面小心翼翼地继续向下面一点点的攀爬，到一定方位，向对面极力扑出。

然而，在那个瞬间，那个看起来无法容人的雪窟里，突然现出一张青白的脸，形同魔鬼般咧嘴而笑。

"啊！——"忍耐坚韧的女子尖声惊叫，完全失去凭借之力的半断身躯在空中战栗，眼睁睁看着那张熟悉不已的脸，轻轻起手一推。

温柔的白光如同山谷之间的晨雾迤逦徜徉，不迟不早，托在坠落女子的腰间，把她送回山坡。白衣少女衣袂当风，刻不容缓地直冲下去，雪窟里那人突现惊骇之色，微微往后缩身，白光已近及面门，他占着优势地位，若全力一击那少女无所借力必无法阻挡，击，还是不击，刹那间在他心头转了两转，终于闪电般出手，招式里挟着雷霆隆隆，他确定那个少女无法躲开，不由得颓丧地闭上眼睛。

但忽然他的手臂一抖，蓄满的力量陡然落空，惊愕间疾睁双目，那张令他恋恋不舍坠落深渊的面庞咫尺相近。

"你！"

黄龚亭喃喃出声，一时还想不明白这其中缘故。再度挥了挥手，却发现手臂里仍然毫无力量，然而对面的少女却也不乘胜追击，只是微微转动，调整了姿势方位。

"借力卸力……这是剑神门下从来不用的两败俱伤法子。"终于明白过来，黄龚亭震惊而恐惧，"如果……我的力道不是在这一刻卸空，你岂非必死无疑？"

吴怡瑾冷然，慢慢立定了身子，握紧手中之剑。

黄龚亭叹道："是我不对，无端向瑗碟下手，连累你师父。可你师父并非死在我手上，即使无那夜之战，他亦难免遗恨，你何苦恨我至斯？"

他一声长叹，眼中却放出异样华彩。若留她在此，这个绝密的隐身之地便保无虞，更何况平生之愿，一夕而成。她毕竟年轻，无论剑技多高，眼下总还逊他一筹。现在惟一的关键，是要知道她究竟是不是单身追过来的。雪窟下面虽另有一片天地，但是却不急于让她获知。

"你该死。"

吴怡瑾看着他的眼睛，那双阴枭的眼睛里时时刻刻流露出奔腾不息的千思万虑。

此人罪恶罄竹难书,是他害死了师父,是他逼死钱师姐,是他残害无辜性命,是他如此残忍地对待结发妻子,更是他一手遮天,背国通敌。她忽然感到疲惫,一个人,这世上真的会有一个人,会如此的罪恶滔天,会做出么多天理不容的事情来吗?

黄龚亭看她神情,只觉得好笑:"你实在没有杀人的勇气,又何必一路跟我到此呢?"

吴怡瑾不说话,一剑倏地刺出,转瞬划出一道光幕,耀人眼目,黄龚亭擎刀和她冰凰软剑相接,当当连声,每一相接便被削出一个口子。但吴怡瑾每次与他的刀相接,全身便是微微一颤,接连向后退出两步,雪窟地下石笋冰雕林立,她不曾顾及,冷不防一个趔趄。

黄龚亭呵呵轻笑:"你只身追来,勇气可嘉。不过……你决计不是我的对手呢。既然如此,就留下来吧。"

吴怡瑾在仓促间迅速扫了一遍地形,雪窟里到处是石钟冰乳,有些从地上长出,有些从头顶倒挂下来,锋利有如枪剑,一不小心碰到的话,极易受伤。但看黄龚亭退趋自如,显然是对这个地形熟悉至极,见吴怡瑾惶然,脸上不由得浮起必胜的笑容,缓缓向前逼近。

然而看见白衣少女目中陡然流出的冰雪般冷冽、不顾一切的神色,他那满怀信心的笑容为之一滞。

"真要拼命吗?为了报仇,连自己性命也不要了吗?"

那个少女当然是不会回答他的,迅疾从地面掠起,人剑合一。黄龚亭只感剑气弥漫开来,笼罩了整个雪窟,而在那瞬间似乎已找不到随剑而来的那个人。手上重重一挫,那把刀竟然在这一剑之中被平平地切入进去,平削为二!

吴怡瑾身如惊电向后退出,地下虽然到处是可以割伤人的冰锋,却仗着绝世轻功,毫发无伤。然而,她在倾全力削开对方兵器以后,自己手中之剑也几乎脱手而出,微微喘息。

黄龚亭目瞪口呆地望着手中之刀,这其实是练剑时最基本的一招,即所谓的批纸术。即使是薄薄一张纸,也可以把它一分为二,成为大小无异、只有厚度不同的两张纸。但是,那只是练眼力和手力分寸把握的基本功而已,谁也不曾听说过,用这样一招最基本的平削术,可以将一把锋利钢刀平削开来——如此,这把刀就彻底作废了!

不顾一切毁了他的刀,固然是仗着冰凰软剑之利,也已是倾尽全力,所以为了防止对手反击,只能选择向后退却,然而,却因此落到了最危险的地步。在那一进一退之间,已退到了雪窟冰缘。黄龚亭不用看也熟知那个微微向下倾斜的地方,几乎是无法使人立足的。这样的话,只要自己及时发出一掌,她是根本挡不住的吧?

"弃剑吧。"他随手弃刀,缓缓逼近,首先封死了她可以退避的方位,"你莫要不知好歹自寻死路，雪窟以外就是万丈深渊，以为我当真不能逼你退出一步？"

忽然有人恻恻笑道："有生以来，这是第一次听你出言威胁而不是付诸实施，难道还真是对这小姑娘动了情？"

这个声音几乎紧贴着吴怡瑾背脊响起，随后一双冰冷的手紧紧箍住她身子，把她抱起，当成暗器般掷向洞内。黄龚亭大惊，如雷轰顶，定在那里竟不会闪避，眼睁睁等着那少女自动迎向他蓄满力量的双掌。

吴怡瑾腰部被那女子拿住了穴道，无法旋转或闪避，瞬间抬袖，从袖中飞出一件物事，一声轻响，牢牢钉在雪窟顶上。她手腕用力一抖，顺着那件物事抬身而上，雪窟顶部犬牙交错的石乳如锋利枪剑般刺穿了她身体，血雾喷泉而出，黄龚亭只觉得满天红光，一时心胆俱裂。蜷伏在地的女子陡然凭空跳起，将他一把抱住。

"放开我！贱人！"黄龚亭惊恐中怒喝，但被她拿住穴道挣扎不了。断腿女子发出凄厉长笑，两人猛然滚在一起，揪成雪团似的，向着雪窟外面滚了出去。笑声和着骂声从深渊下一声声闷雷般回应上来。

白衣少女等腰部的麻痹感渐渐消失，这才挣脱石乳，在最紧急的一刻极力避开了要害，然而刺入体内的尖冰少说也有十几根，已然浑身浴血。她慢慢欠身，看着手腕上的一团长索，一点点回收，长索末端钉在雪窟背面，若非自己早就做好准备，无疑会死在那个女子的临危一击之下。不知因失血还是因方才惊心动魄的一幕，她微感眩晕。她在千钧一发之际救了那个女子一命，可那个女子却以她为质，几乎要了她的性命。她微微摇头苦笑，喃喃轻声："为什么不可以等一会儿？……我有必胜的把握……报仇……是以伤害他人为手段的吗？"

雪窟以下，云雾终年封锁，因为受到震动，雪窟以及外沿巨石上面的积雪纷纷往下直落，转眼间沉没于云雾，声影俱无。

少女裹着名贵狐裘，明亮的火花映出她失去血色的面庞上的一抹嫣然。钟碧泽看着她，重伤之后她少了几分顽皮多了几分温婉，眉宇间的温柔悲悯少有的令他心跳。

阅尽世间花……但像她这样，就像湛然明亮的天上的一抹云，投入心湖那明亮而深刻的影子，一眼之后就难以忘怀。更何况，这美丽的少女兼具聪慧，世间所谓两难并具，矮䫆的女孩子们却轻易做到了。钟碧泽又想到她的师妹，仿佛一只雪白的鹤，孤独而遥远，不会有什么事令她低头一顾，如此骄傲却有一颗充满温情的心。——这两个女孩性情天差地别，却只有这点是共有的。

一旁，川照满脸严肃地盘膝而坐，苛刻而严厉的眼光不时扫在少女身上。

"一万个黄龚亭的性命，也抵不上一个沈慧薇呢。"

虽然没有亲耳听见这句话,但照样准确无误地传入川照耳中,让他说不出的恼火。

然而现在,却强忍这恼火,向她开口:"听说姑娘有一样奇特的东西,是可以像云雾升起迷人眼目的,能否借给在下一用?"

沈慧薇犹疑了一下:"那不是可以大范围使用的东西。"

"是。还有一部分未清余孽,如果可以借它的力量就会省很多力气。"

另一名将领模样的人立刻反对:"那些人已经投降了,没有必要这样做!"

川照怒道:"理当斩草除根!"

他转过头来,逼视沈慧薇:"请给我。"

沈慧薇微笑:"很抱歉,我只有一次的用量呢,全部用完了。"

川照阴沉着脸看她。沈慧薇不觉有些怕他,笑道:"我受了重伤不能移动身子,这边侍女应该是最清楚的了,你可以问她,确实没有发现什么瓶瓶罐罐吧。"

川照哼了声,大力拂开身上襟袍,仿佛坐在这个地方使他浑身难受。钟碧泽在一旁始终没有发表意见,忽道:"川照,你出去吧。"

川照大喜,霍然起立:"是!"

"主上!"另外那个将领抗议地出声,同时站了起来。

钟碧泽看了看满脸关切的少女,甚至不理会那个将领,低头道:"让他去办。那些人不应该宽容,一次改变心意,以后也可以。"

听那个人以漫不经心的口吻说着杀戮流血的事,沈慧薇禁不住剧烈一颤,脸色慢慢苍白起来。

"行了,没事的话,你们都可以出去了。"

几名将领面面相觑,他们兴冲冲赶来向此次战争的最高统领者汇报情况,然而他显然早就心不在此了。无言对视一番,只得一一退出。他正向火旁那个重伤痊愈的少女低声安慰:"战争就是这样。"——这个人什么时候会变得如此温柔了?他可以随心所欲地拥有天下女子,可是还从未见过这个人会如此对待哪一个女子呢。看起来,那个少女的前程是无可置疑的了,川照在这么明显的情况下敢摆脸色给她看,显然是失策了呢。

每个人都在这么想。

将领出去以后,沈慧薇也感到松弛几分,不再有那样严重的压力,即使没人说话,也沉沉压着她的心。

她百思千虑,末了只是低叹一口气,在摇曳跳跃的火焰里,仿佛清清楚楚映见了那个人的面庞,犀利的眼睛,英挺的鼻,线条强硬的唇,时刻流露出不容违逆的铁一般的意志。自别后,盼相见,虽然料定他绝非寻常人物,但在这种情况下重会,仍是始料未及。

"您好可怕,您到底是谁呢?"

钟碧泽不由得笑了,想了想说:"是皇帝。"

"啊?"

"皇帝的堂兄!"帐门伴着一股巨大的风推了开来,川照铁青着脸站在门口,尚未远去的他听见这句话,显然已经出离愤怒了,两眼闪着怒火似的盯住钟碧泽,"主上!您也不能随便开玩笑!皇上怎么可能不声不响地跑到战场来!战火未休,您随随便便说这种不负责任的话,是自找麻烦呢!"

钟碧泽愣了愣,随即哈哈大笑起来:"我就喜欢开玩笑。川照,你跟着我这样一个人,可得小心了,说不定我随时把玩笑变成事实。"

川照吃了一惊,瞬间恢复了些微冷静,默默行了一礼,大步流星地走开,这次是真的彻底迅速离开了。

"算了,一介武夫,他的话不必在意。"

他轻描淡写地说道。

沈慧薇脸色煞白,怔怔看着他。钟碧泽道:"傻丫头,吓着了么?天高皇帝远,我说说而已。他是我堂弟,不是我亲弟弟,我想抢来做,血统上也认不过。"

大离朝对于血统苛刻非常,血统决定等级,他一提起这个,沈慧薇便不疑有他,只道:"这样的玩笑开不得。"

"身为江湖中人,随时在风口浪尖上生活,也怕这种事?"

"小女子只望平安就好。"钟碧泽的眼睛不再含有笑谑讥嘲,她才慢慢定下神来,俏皮地微笑。

"平安,这容易。"钟碧泽爽快道,"我应允你永远握有它。你持平乱印,为我除掉徐夫人、黄龚亭,功劳极大。我赐予你永世平安。"

"其实我没有做任何事。"沈慧薇最想不通的就是这一点,"这一切,您都已经运筹帷幄,为何还要将平乱印下赐给我这样一个民间女子呢?"

"你不是民间女子,你是江湖女子。徐夫人既死,黄龚亭这个朝廷的后患也根除,江湖上需要另一个神话,铸造这段神话的人将会是你。"

"神话?"

"大离朝积弱百年,各藩拥兵自重,绿林肆无忌惮,这是绝对不允许出现的状况。然而,却没有办法立刻改变过来。为此,当今皇上在接任大位后,让我采取一系列措施。前代江湖首盟九天魔帝嚣张至极,根本不可能听我摆布,我便找了一个傀儡徐夫人取而代之,同时,扶植了黄龚亭作为监视她的人。可惜,我第一次操作,只看到了这两人的聪明机变,却未及时发现他们暗藏的野心,所以才造成麻烦。如今这两人都顺利除去,但江湖终需有一股能平衡其间的力量才行,这一次,我选择了你,希望你不会令我失望了。"

"您认为我会胜任吗？"

钟碧泽大笑："这是最糟糕的了，好像我又看走眼。你心地过于慈悲，你师妹也是一般，应该不是最佳人选。"

沈慧薇悻悻然道："啊……明知道这么样，您何必还是要这么做？"

"我不愿意再结一次这么麻烦这么大的网了，这一次，我要放手给一个、几个完全信得过的人，来维护这张结成的网。更何况，你和你的师妹虽然心地善良得简直有些邪门，却还是冰雪聪明的人哪！"

沈慧薇低头不语。不知为何，对于钟碧泽每提及她一次便要带到吴怡瑾，她心内隐隐有些异样。

钟碧泽只作不察，兴致勃勃地继续说："说起来，我和你们师姊妹有缘。她抱着你在山里乱跑一气，若非遇上我，你小命不保。但我不遇上她，要找那条秘道还真不容易，若非如此，这场仗打得还有点吃力了。"

"所以瑾郎才是有功的人，我不过是个累赘罢了。"

"瑾郎？这个叫法有趣！"钟碧泽笑起来，"老实说，第一次遇见她，我还以为她是个冰做的人呢。不会笑，不会哭，只知板着脸骂人，浑身散发出冰雪般冷冽的寒气。"

沈慧薇微微笑了："也不对，她怎么会骂人？"

"呵呵……第一次看见她嘛，是在京都。"侍女以琉璃盏奉上琥珀色酒液，钟碧泽转斟给蓝衣少女，望着她的眼波在其间荡漾，"我无聊，去逛奴隶市场，在那里面做游戏呢，不料她进来，立刻就大大的生气，把那个小奴隶抢下来不说，还不停骂我。"

"小奴隶？"

"呃，这个……"钟碧泽略有些不自在，避开沈慧薇询问的眼神，似乎那的确是个很过分的游戏，"我说过了在做游戏嘛。那个贱奴也不一定会死，我出钱，也没人把那个奴隶当回事，她是特别爱生气。"

他看沈慧薇低垂双眸，脸上有极端不以为然的神气，笑道："又来了，我忘了你和她一样滥好心。不提了不提了，我们不提如此扫兴之事。"

"对了，瑾郎她到哪里去了？"

"黄龚亭乱中逃脱，她只身追下去了吧。"

沈慧薇一惊："那人武功很高呢。"

"剑神门下，不会败的。你和她日日相处，应该很清楚，不用担心吧？"

"倒不是担心，我只是觉得黄龚亭诡计多端……"

她微微蹙眉，不时躲闪着钟碧泽烫人的眼神，惶然不安，几乎连自己在说什么，也不确定了。钟碧泽只觉她如此可爱，猛地情热如火，满身血液都似火烧起来，把她一把抱住,耳语道:"现在也别提到她,任何人都别提,现在只有你和我。"

沈慧薇猛然一惊,琉璃盏脱手滑落,摔得粉碎,琥珀色汁液泼上貂裘,宛如鲜血:"不要!不要这样!千万不要这样!"

钟碧泽握住她试图用武功来挣扎的手,慢慢俯下身去,滚烫的嘴唇吻住她惊惶冰冷的泪,感受着她全身无处不在的颤抖。

"别怕。我必不负你。"

然而她的泪流得更多,钟碧泽不曾抬头,没有看见她恍如末日般惶惑恐惧的神色。

他不容她有机会说。但她清清楚楚地瞧见自己一刻以后的万劫不复。

她有瑕疵。那个足以致命的瑕疵是她根本连想也不敢想的噩梦。何况,她明知那个噩梦远远没有结束……地底下的那个可怕的、阴暗的老人,他还在。

他的手臂如此强硬,他的身体如此炽热,然而那样的真切却如一梦,从九天降下的雷火将她卷入,彻彻底底地燃成灰烬。她以为此生此世再无欢乐再无希冀,然而人生却带给她一点点光明。虽然她知道那只是琉璃易碎只是一触击溃的幻梦,在这以后隐藏着无穷无尽的狰狞鬼蜮,这一世永难出脱。

跳动的火焰一点点熄灭,天色一分分亮起。

帐篷里还是那两个人,只是,情热如火过后,就像那牛油巨烛燃到尽头,剩下的,是冰冷的灰烬。

钟碧泽震怒。

"民间女子!你这样的民间女子!"他咬牙切齿,受到彻底的羞辱,目中狂怒凌厉的刀锋似要将面前的小女子粉身碎骨!无上尊严!他以无上尊严之身俯就、亲近一个低贱卑微的平民女子,果真如禁军统领川照事前一再警告的结果,再怎么特殊也不能混淆在朝在野,身份是越不过的一道坎。

"江湖女子,谁也不知她来路。"他曾以为川照轻飘飘的断语是刻毒诅咒,然而一切都不幸成真。这个小女子成为他毕生之羞辱。

沈慧薇不能抬头。从他抱住她的那一刻起,她便不能抬头,不可抬头。她只埋着脸,任凭钟碧泽的怒火似九天之上的雷霆,隆隆而下。碧泽、碧泽……为什么命中的魔星会是他呢?

他不会原谅她。他那样的霸气,君临天下一般的睥睨众生。他是无法忍受那样的瑕疵所带给他的刻骨耻辱和前所未有的打击。所以,她注定了只是在双重的噩梦中毁灭。

"看着我,你看着我!"他暴怒地扯住她的头发,逼使她抬头,眼色沉沉,"是谁派你过来的?竟敢这么……下贱地引诱我,到底有何用心?"

用心?——痛哭着的少女忽然呆住,不能置信地望着眼前那个突然变得陌生的人。

"如果不说，我会把你丢进刑部大牢。"他冷笑，"反正，你这种女子，百死有余。"

她被重重地摔到地下，蓦然，那痛彻心肺的悲凉也冷下来。她猜到他不可能会原谅她，但是仍然没能猜到的是他会如此来看待这件事——没有恩，便是仇？

眼角的泪珠仿佛在霎时凝住，一阵阵如水悲凉浸骨寒肌的情绪把她淹没。钟碧泽无端也是一惊，恨恨地盯了这个让他最终狠不下心肠的女子一眼，蓦然甩开脚步，从她身畔跨过，头也不回地去了。

这以后她没再见到他。钟碧泽并没更进一步为难她，甚至也派人过来加以照顾。但是一日之前还深受眷顾的女子的转瞬失宠，任何人都一眼看出。

吴怡瑾带伤回营。她伤处不少，幸好不在要害，休息三五天便即康复。钟碧泽有意把她和沈慧薇两人分开，且寻找理由不让她们见面，起初一两天，他对她也同样很是冷淡，但是不知不觉地，又殷勤起来。

一俟她伤愈，钟碧泽不待大军北返，便执意启程返回京都。

川照为此极力阻止，希望监军能随大军北归，一方面为军威军容着想，另一层未宣诸于口的原因当然是为了他的安全。不过他完全无法说服这个行事任性的主公，钟碧泽设宴与吴怡瑾作别，只邀了千辛万苦刚刚赶到军中的文恺之作陪。

冬雪消融，早春的气息透着千万株梅花盛放出来。

沈慧薇倚在花树之下，远远眺望那边三个把盏言欢的人儿，一阵阵浸骨寒肌的悲凉把她淹没。

钟碧泽偶一回头，见到了花树之下朦胧梦幻的少女身影，心头突地一跳，只管说笑，对文恺之使了一个眼色。文恺之如何不理会，微笑着借故把吴怡瑾引往别处而去。

见两人往相反方向姗姗而没，繁花中簇拥着满目锦绣冉冉绽开，钟碧泽忽然感到后悔，疑惑自己让文恺之引开那丫头，是不是从根本上就错了。

随即面色阴沉，迅速走到那伶仃影子之前，掩饰不住几分恼怒地道："你竟敢跟踪我！"

沈慧薇什么也没说，看着他，眼神幽怨，却没有想像中的那份悲苦，仿佛是已经麻木了。钟碧泽更怒，挥袖道："这种不贞不节的女子，我看也不要看！快走快走！"

他袖中拂出大力，把沈慧薇身形震得微微战栗，衣裳裙袂和发丝都向后飘飞了起来。劲风扑在她脸上，她只起手捂住了面庞，却丝毫不加躲闪，钟碧泽又气又笑，只得及时收回力道，却见她面色如纸，缓缓向后倒了下去。

她苏醒的时候，钟碧泽抱着她，冷厉如刀的眼神也有了一丝和缓，抚着她头发说："我也不是你想的那么恼你。只不过徐夫人初逝，江湖上难免有人趁机起乱。你可是忘了我对你的托什么？要好好地做，明白吗？"

沈慧薇不说话。他从没见过那绝望黯淡的眼神，心里不是没有动摇，但想到那天晚上的光景，心里那点松动又立刻填得严实。

"你自己做下的事，应该没脸对我有何要求。我也需要冷静地想想。这样，你等我五年。"他冷冷说道，"等满五年，或者我来找你，或者你不想再等下去，另有新欢，我都不会怪你。"

嘉丰十四年冬，大离朝彻底改变长期以来的积弱形象。在北方，枢密使龙谷涵率四十万大军，以摧枯拉朽之势横扫农苦千里平沙，收复以往数十年间被占领的土地，并最终以农苦求和而达成停战协议。

而西线战事更为神奇，一直以来，每逢冬季罢战的冰封期使瑞芒与大离两国长久处于胶着状态，十四年冬，却有数以万计的瑞芒精良骑兵被大离奇计困死于隐秘雪谷，并借此一举扫平国内动荡不安的反叛力量。

自此，撤销各地总督军，保留节度使，但免除其地方性，隶属于朝廷，地方上军队亦由朝廷兵部指派。

碌碡帮由于鼎力协助朝廷扫除江湖巨蠹、前江湖首盟徐夫人，并在围歼瑞芒及叛军之战中建立大功，朝廷为此赐予坐落于期颐城外的连云岭，碌碡帮帮主将成为新一任江湖首盟。

大难得脱的白帮主即将返京。临行前，她做了一个对全帮举足轻重的决定，即传位，指定了碌碡帮的第四代帮主：沈慧薇。

这本来几乎是无可非议之事，但白帮主的态度却令人诧异。——以白帮主素日对沈慧薇的看重而言，众人以为她在传位时，不可能有任何疑惑，但事实却恰恰相反。白帮主经过了好几天难以成眠的苦思冥想，几次把吴怡瑾召入深谈，最终才做出了上面那个决定。有人说，如非吴怡瑾极力婉拒，白帮主最终选定的第四代帮主将不是沈慧薇，而是吴怡瑾。

这么做当然别有原因，吴怡瑾是世人皆知的剑神门下，师门显赫，而沈慧薇却是突如其来的一个人，她的来历和身世充满神秘，虽然据称上代程帮主曾经对她有过武功启蒙，但没有人确切地知道她的授业恩师是谁。很多人说她可能来历不正，甚至，可能并非中原人，才会使白帮主在传位时如此举棋不定。

白帮主临走之际，把沈吴叫至面前，旧话重提。

"阿慧，还记得我从前建议？"见沈慧薇明显愣住，已传位的一帮之主加上一句，"那几十个人，也许只一个不可信，也许有好几个。"

蓝衣少女心头怦怦而跳，万不料旧事重提，想必她从未忘记："帮主！——不！"

白若素道："你要知道，星星之火可以燎原，就算现在谢秀苓死了，徐夫人也丧了命，但并不意味着所有的危机都解决了。那些人如果和谢秀苓走过同一条路，说明其心意不坚，特别容易为人再次利用。那这样，你的危机始终未能真正除尽。"

正因那次期颐弟子为官府所缉捕，才出现了叛帮的谢秀苓，不但祸害碇碒帮，更几乎连累了宗家。那次缉捕之中，是否还有其他未知的叛变行为？这个要求，与钟碧泽处理叛军的态度一模一样，但沈慧薇只是摇头。——即使没有其他理由，那次缉捕中有丁堂主，她怎能因为毫无根据的怀疑而痛下杀手？

吴怡瑾也明白过来，她们俩打的什么玄机。剑神伤亡那一夜围歼的血战历历在目，虽然那些弟子之中，的确是有值得怀疑的人物，但是，所有拼着性命流血流泪的弟子，也正是第一次被缉捕的那些弟子啊！即使是李堂主、中途入帮的吕月颖，在那一夜倾尽血泪，毕竟也未曾离开一步。她忍不住插口道："帮主，祸患初渡，人心未定。若是现在猜疑自己人，对稳定大局不利。"

白若素含笑回过脸来看她。从这几天的行为来看，碇碒帮主明显宠爱这位剑神之徒更胜于沈慧薇。但，这件事，她似乎不想让她来做决定。只是慢悠悠地问："我仍将这个权利赋予你。你好好想想，再决定一次。——杀？不杀？"

沈慧薇苍白着脸，道："不能杀。"

白若素沉默了一会儿。终于，无声地笑了。

"阿慧，不杀，是你的决定。可是你不要后悔，我希望你有朝一日，不得不为这个决定付出代价的时候，也别抱怨。"

语声冷冷冰冰，每一个字都如一块石头。沈慧薇苦笑起来，她不愚钝，这分明就是"除非碇碒帮没有出事，一旦出了事，你就得负担全部责任"的话外音啊！——白帮主以简淡平凡的出身，成为大离首富宗家的当家人，在她带领之下碇碒帮一蹴成为新一代江湖首盟，这两项辉煌，足以成就一生显赫，后世仰望。然而碇碒崛起得如此迅速，后事难料，也是因为这样，白帮主才会这么爽快地把帮主之位传给她的吧？

虽然看彻因果，虽然心里也是有着愤懑的情绪激打不平，她却仍然只是平静地回答："是。"

她眼中灰暗，仿佛曾经有过的梦幻已经彻底破碎，默然地在心里加上一句："我随时准备着我的报应，我应付的代价。"

一双温暖的手伸过来，握住她。她怔了怔，却无法注视对方清澈明亮的眼睛，微微转过了头。

自从那一晚之后，她和吴怡瑾原本亲密的关系也生疏起来。不是对她有任何意见，而是自惭形秽得不敢面对那个一身纯白的少女。

如今她非但是为了求生而失去气节的女子,更是意志不坚、惹人笑谈的人了呢。而那个少女,却纯粹干净得仿佛周身焕发出明亮的光辉。只是因为不知道,不知道她是这样该被鄙弃的一个人,否则,那个纯白的少女,只会用带着怜惜而鄙弃的眼光来看待她吧?

"别怕。"吴怡瑾握着她,另外一只手伸过来,扶住她肩头,让她看着自己,"不论何时、何地、何事,我都陪着你呢。"

她眼睛里仿佛一切都是了然的,又仿佛一切都是宽容的。

"慧卿、慧薇啊。"——伴着千年花开的声音。

有朝廷的支持,也确实是有着鼎盛人才,叕叕帮很快发展至世人侧目的繁华,尤以招收天底下无依无靠、贫穷困苦的女孩子为这个帮派的显著特色。

其中,"清云十二姝"名声响彻,成为整整一代江湖中最美丽、最梦幻的传说。虽然钱婉若早逝,可是叕叕帮仍将她算了进去,其他十一人依次是:沈慧薇、吴怡瑾、刘玉虹、吕月颖、谢红菁、赵雪萍、崔艺雪、许绫颜、方珂兰、张恒贞和李盈柳。

翠峰如簇,千叠云飞,有亭榭无数迤逦隐现于八百里纵横连云岭——那是倾三年人力而建的清云园。五昊峰顶,停云楼。蓝衣少女一手微微按住随风飞扬的秀发,眺望极处。

作为新一代的江湖首盟和第四代叕叕帮主,她以宽容明朗的个性著称于世。经过这三年,她的剑法、内功都已有所大成,时常遇到新出道的或者桀骜不驯的挑战者,但是每一次,她都以深不可测的实力,把真实的比武结果包容下来,却令得所有人都心服口服。

除此而外,她也明显发生了其他方面脱胎换骨的变化。以往那虽然时常欢笑,却也心事重重的眼睛里,似乎已经没有了昔日阴霾,她的眼神更坚定、更从容,更加充满了情味。

此时此刻,她极目远眺,显然是在期待着什么。

直到有人极轻极缓地拍她肩头。

"天!——你回来了!"

她飞快转身,看到后面那个温和婉约的白衣女子,也许只有"冰雪神剑"吴怡瑾,才能神不知鬼不觉地靠近她背后而不为所觉。又或者她明明是知道的,只是不动声色,等待着她翩然而至,给她带来那一刻由衷的惊喜。

她问:"带回来了吗?"

吴怡瑾欣然点头:"我取到了冰晶莹鲛,已经交给绫儿。"

沈慧薇松了口气,道:"谢天谢地,一切顺利。"——眼神却是惊悸的,微微嗔怪地看着她,"以后遇到这样危险的事情,必须要叫我与你同行。"

——三年来,和她们一路努力,一路患难,一路鲜血过来的女孩子们,所有的人都很好,惟一遭受不幸的是许绫颜,当年那个怯不胜衣,却又心机深沉的美丽女孩,不幸双目失明。遇此变故许绫颜痛不欲生,天性爱美、好强的她更不愿意以盲目的弱者之态现身人前。吴怡瑾听说深海处有一种罕见的神鱼,若取得鱼目上的冰晶莹鲛,覆上眼睛,虽然不能使人恢复光明,却可以使失去光芒的眼睛重新焕发璀璨的光彩。

一旦打定主意,她谁也没有告诉,便悄悄踏上征程。这一去就是半年。归来时她虽然什么也不说,但是那风尘沧桑的面庞、双手裸露在外的累累伤痕,表明了这一趟旅行的万种艰险。沈慧薇心痛地抚摸那些伤痕,恶狠狠地说:"不然的话,我再也不理你……甚至也不托梦给你!"然而没有说完,已经先笑了起来。还记得"托梦"是那年自己受伤却没有求生意志,吴怡瑾为了给自己鼓劲而说的孩子话,如今,却成为她俩之间相互表达最强烈不满的惯例了。

吴怡瑾看着她默然微笑,末了,说了一句:"绫儿也很欢喜,只有这样才能使她的眼睛与常人无异。"

这句简单的话使沈慧薇平静下来,不再负气:"我知道。但我仍是忍不住怪你,你不可以……不可以为了别人,甚至忘记自己的。"

吴怡瑾微笑:"忘记自己,那又怎么可能?"

沈慧薇任性地断言:"就是这样,不许犟嘴。"

吴怡瑾低头笑笑,三年来,她习惯于沈慧薇类似以进为退的关怀,更懂得她心内深藏的隐忧。——是的,那个隐忧,永远也无法消失……只因她们之间藏下了那个秘密,那个使她们魂梦萦绕、挥之不去的可怕的秘密!

"瑾郎,瑾郎啊……"沈慧薇轻声叫着,眼神里转过一刹那的迷惘和惊怕,"若不是你,我一辈子都困在炼火的地狱里……但我只怕会连累你一生。"

"不会的。"吴怡瑾道,"就算会,我亦不悔。"

两人并肩而坐,沈慧薇忽然又嗤的一声笑了出来:"那怎么可以,你不可以为了我不悔。瑾郎呀,你和文君,到底什么时候让我喝喜酒呀?"

吴怡瑾啐她一口:"好好的又胡闹起来了,你是不是给雪儿做媒做上瘾了,还真爱管闲事啊。"

两人相对,嘻嘻地笑了起来。

雪儿,崔艺雪,爱着一袭黑衣的她,独来独往,风一般迅捷的身法,惊电一般的剑法,成为"清云十二姝"之一,没有人认得出她就是那个凶野幼稚的小狼人。只不过不苟言笑的她少了个能够倾心交付的人,以至于沈慧薇一天到晚想着替她找个归宿。有家、有伴侣、有那一手惊世骇俗的剑法——"山中荆璞谁知玉,海底骊龙不见珠"那句话,也就不会再实现了吧?

天边落日熔金,暮云焕出绚烂光彩。一切如此美满,现世静好,沈慧薇只觉心头安稳而满足。只有头顶白云千幻,满目松峦浮沉之际,才会偶然地隐隐浮起一丝隐忧。

"又恐琼楼玉宇,高处不胜寒……"那个最初碰见的道人所说的那句似是而非的谒言,仿佛成为冥冥中一个铁定不变的声音。

岁月如流,光阴似箭,时间分分秒秒地改变着世间格局、万事万物。谁也不能预知,如今美满静好的嫒碰帮清云园,十年后,二十年后,又将会迎来怎样的命运……